也说
李白与杜甫

张炜

著

人民文学出版社

图书在版编目（CIP）数据

也说李白与杜甫 / 张炜著 .—北京：人民文学出版社，2023
ISBN 978-7-02-018160-5

Ⅰ . ① 也… Ⅱ . ①张… Ⅲ . ①诗学—研究—中国 Ⅳ . ① I207.2

中国国家版本馆 CIP 数据核字（2023）第 137116 号

策划编辑　胡玉萍
责任编辑　黄彦博
装帧设计　刘　远
责任印制　任　祎

出版发行　人民文学出版社
社　　址　北京市朝内大街166号
邮政编码　100705

印　　刷　三河市宏盛印务有限公司
经　　销　全国新华书店等

字　　数　257千字
开　　本　890毫米×1290毫米　1/32
印　　张　12.125　插页7
版　　次　2023年9月北京第1版
印　　次　2023年9月第1次印刷

书　　号　978-7-02-018160-5
定　　价　50.00元

如有印装质量问题，请与本社图书销售中心调换。电话：010-65233595

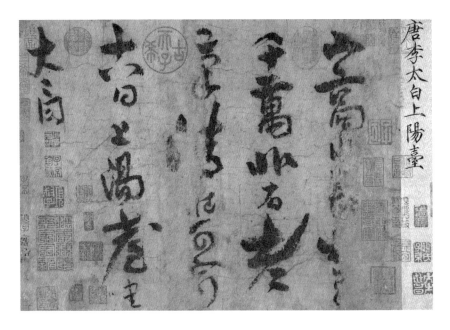

《上阳台帖》（局部）

[唐] 李白　北京故宫博物院　藏

《太白醉酒图》
[清]苏六朋　上海博物馆　藏

《李白仙诗卷》

[北宋] 苏轼　日本大阪市立美术馆　藏

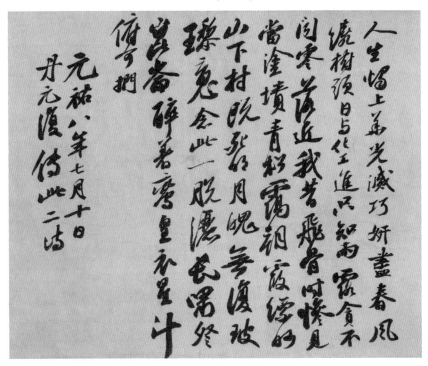

《李白仙诗卷》（局部）

[北宋] 苏轼　日本大阪市立美术馆　藏

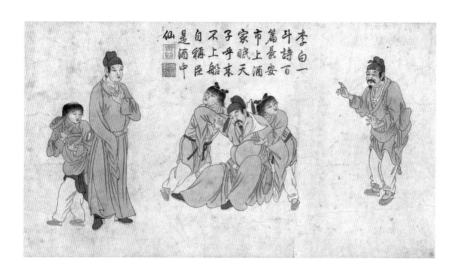

《饮中八仙图卷》（局部）

[元]任仁发　台北故宫博物院　藏

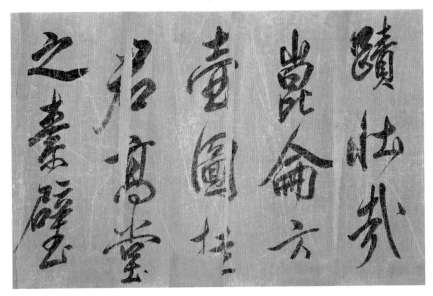

《书杜少陵题王宰山水图歌》

[北宋] 米芾　美国大都会艺术博物馆　藏

《书杜少陵题王宰山水图歌》（局部）

[北宋] 米芾　美国大都会艺术博物馆　藏

《丽人行图》

[北宋]李公麟　台北故宫博物院　藏

《丽人行图》（局部）

[北宋]李公麟　台北故宫博物院　藏

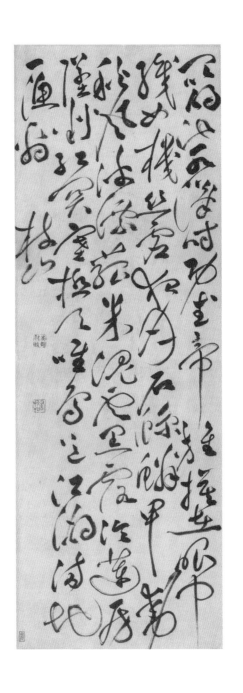

派城逗骤红搏歌
近寺浮烟翠且重

《杜甫诗意图册》（节选）

[清]王时敏　北京故宫博物院　藏

目 录

腾 / 形单影只的独身猛人 / 无物之阵 / 假设与求证

第一讲

李杜望长安

· 三种讲学方式

万松浦春季讲坛又开始了。这里不同于学校老师的授课，所以特别希望大家能够参与进来，形成对话。因为只有以平等求真的态度相互交流，甚至冲撞起来，有些问题才能越辩越明。所谓的"教学"，从古至今大概有这样几种方式：

一种是我们都熟悉的"例行授课"，就是老师在讲台上讲授。这也是现代教育的一个基本模式，大中小学都是这样的。特别是自上世纪90年代以后，大学纷纷扩招，于是就需要更多的阶梯教室、更多的教学楼，甚至连夜间也要上课，要大规模集中授课。这样的好处是能让更多的人受益，缺点是听课的人太多，他们很难参与讨论，提问不会多。这里还有一个特征，就是大致要依据课本——按照课程的设置去进行，要诠释课本，循着教学流程从头至尾讲下来。所以我们可以称之为"例行授课"。

还有一种是"设坛讲学"：设一个坛，一个人在那儿讲学。有人可能认为书院就是"设坛讲学"，不，眼下万松浦书院还没有这样的资格和能力。"设坛讲学"对讲授者的要求非常高。一般来说，这个人需要在某些专门知识方面有很高的造诣，有极好的个人修养；这个人往往是、最好是某一学科某一时代遗留下来的人物，他沉浸在过去的世界里，跟自己所处的当下形成了一定的间离关系。由于他是这样的一个人物，所以才能够把专门的知识以个人立场、个人感悟的方式传递出来，并在这个过程中不断加以扩充。他通过这样的讲学整理自己的思想，将其传承下去。他对知识有深刻的记忆力，对所授内容有独到的见解。这种人才有资格设坛。

我们可能听说时下哪里正有人在"设坛讲学"，在尝试这种教学方法。但是在当下视野中，实在说目前还没有见到这样的人，没有见到这样的"坛"。也许讲学者觉得自己还不具备"设坛讲学"的资格——这里大半不是指他的知识不够，而主要是因为他当下的生活状态不宜。前边说过，能够"设坛讲学"的人基本上是跟整个时代有所间离的，就是说这个人大致要处在世俗生活的孤岛上。他拥有个人的空间和闲暇，在那儿反思一些问题，咀嚼一些问题，觉悟一些问题。他跟当代所流行的各种知识常有隔离。而且最重要的是，这一切绝不能是一种生活姿态，而是一个人所固有的生命品质。也就是这样的一个人，他送给别人的才会是比较独特的、陌生的、真正个人的东西。

放眼教育的历史，写《道德经》的老子大概有这样的能力。民国时期有几个，如陈寅恪、马一浮，他们大概也有这样的资格，但设坛与否又是另一个问题。我们会发现，这些人多少是上一个朝代的遗老，是留下来的极少数。这样的人才会把一些陌生的东西送给他人。有人可能问：孔子是不是在"设坛讲学"？ 好像也不是。尽管孔子有一个杏坛，一摇葫芦就"发课"，但他在早期可能也属于"例行授课"。

孔子当年教授的算术、射箭、礼仪等皆有蓝本，他个人创造的东西不一定很多，而且都是那个时代的学问。孔子是一位教育家，是面向社会公开招生的第一人，是"例行授课"的开创者。后来，随着孔子的经历越来越广博，思想越来越深入，而且强烈地参与了当时的社会生活、文化生活、政治生活 —— 这种参与性很好，可以获得各种各样的知识，但也因此而使他进一步丧失了"设坛讲学"的资格。

为什么？ 因为"设坛讲学"有一个条件，就是这个人相对于他所处的时代必须有一种特别的关系 —— 与当时的文化生活、社会生活是有相当距离的。总之需要这是一个极其寂寞的人，与社会流行的常态有隔膜的人，相对封闭的人。它是文化和思想、学问与专业凝结起来的块垒，而不是汹涌的水流。如果是水流，浪花溅得再大，也只能顺时间的流向涌去，不能送给这个时代孤僻的、专门的、陌生的、个人的见解和知识。所以孔子直到后来也不算"设坛讲学"。

今天看《论语》，它有大量了不起的言论，影响了中国几千年的文化，影响了学术，影响了道德，塑造了一个民族的性格，特别是文化性格。孔子是中华民族文化传承的代表性和决定性的人物。《论语》是以什么方式产生的？ 这就是我们今天要讲到的第三种方式："对话明辨"的方式。

"设坛讲学"是一种，"例行授课"是一种，第三种就是"对话明辨"。

孔子后来与前期不同，从"例行授课"转向了"对话明辨"。一方面是因为他的谦虚，另一方面是他根据需要，采取了新的讲学方式：跟弟子对话。弟子颜回、子路，他们一个个问起来，他就解答。这中间还有辩论，很多东西也就在这个过程中变得更加清楚了，孔子自己的思路也得以进一步理清。

苏格拉底也是如此。有人可能认为苏格拉底以他的雄辩、逻辑、深邃和特立独行的性格，是完全有资格"设坛讲学"的。但他仍然不是。因为苏格拉底也是一个深入而强烈地参与当时的文化、政治和社会生活的人，每一条思想脉络都与当时的社会肌体相通相连，所以他也无法与自己所处的时代隔离。他跟弟子也是采取了"对话明辨"这种方式。

书院采取的是"对话明辨"的方式吗？我们当然向往这样一种境界，只可惜讲授者没有那样的器局和才具，仅仅要学习和采用那种形式而已。在对话交流的状态下进行，参与者变得很重要。所以这里特别希望大家能自由地提出问题，尽可能地多谈，放松敞开地谈。讲授者更想在这个过程中提高自己。

如果当年苏格拉底没有那些好问的弟子和朋友，一些卓异的思想就不会迸发出来；孔子没有子路和颜回等人参与，《论语》也不会产生。

这三种方式中，最高的品级当然是"设坛讲学"，虽然这种方式也并非没有缺点。但是在我们的视野里，起码至今还不见这样的人出现。1940年代到香港去的钱穆先生办了书院，他在那里也不是"设坛讲学"，而是"对话明辨"；到西湖边办复性书院的马一浮先生或有设坛的资格，因为他基本上是生活在另一个时代的人了，而不是生活在新的时代里，算是上一个朝代的遗老。大概辜鸿铭也可以，那也是生活在个人的、另一个世界里的人物。这种人好像被完整地移植到了新的时空里，所以他们就可以在很大程度上自说自话。这是最高级的人物。

如果一个人跟当代思潮搅在一起，无论有多么广博的知识，多么博闻强识，都会多多少少失去独语的资格。对于自身所处的这个时代，他既是一个积极的参与者，又是多元里的一元，成为纵横交织的当代文化思潮的一部分。所以这种人不能够"设坛讲学"。能够做这种独语的，肯定是每个时代里最稀薄的异数，他们为数极少。

第二个品级就是"对话明辨"了，因为这也需要主讲人有相对广博的知识，有执拗的个人见解，有学术立场、社会立场，有很高的理想。

第三个品级就是"例行授课"，这个难度似乎不大，照本宣科就很好。但是做一个好的老师、一个名师，大家都知道有多么难。

这样讲并不是把三种方式完全对立起来，不是要划分得那么清楚。很有可能"设坛讲学"者因为各种条件不是最好的，满足不了那么高的文化期待和历史期待，因而也并没有做得最好。另一方面，"例行授课"中出现了非常优秀的个体，老师能够坚持个人的理想和话语，也会不同程度地传达一些陌生而深刻的、新异的内容。

现在是网络时代，我们到一个地方听演讲或授课，会发现听众常常是无精打采的，他们在玩弄手机，发短信，或看看报纸翻翻书，并不好好听讲。在这个传媒特别发达的时期，听众已经充分领略过各种各样的观点，包括语调，都已经相当熟悉了。想在不同的场合听到一个人说出新异的东西非常之难，无论这个人多么能言善辩，都很难把属于个人的、比较新颖的观点送给他人。听者现场感受到的这一切，全都被无数次地重复过了，从内容到口吻、表达方式和个人姿态，甚至连手势和使用的语汇都差不多，他人还怎么有兴趣听下来？

所以说这也不能完全责怪听众，更不能过分埋怨讲者，因为他们全都一样，身陷网络时代，已经再也没有条件生活在个人的空间里。台上台下的人每天看到听到的既是同步的，又是相同的，连风里面都是各种似曾相识的声音和观念，一个人无论有多么强大的能力、贯彻力和记忆力，都很难守住自己的世界。

如果"例行授课"者能够掺杂或临时焕发出一点个人的东西，让人听到与惯常的语调和内容迥然不同之物，听者就会渐渐收起涣散的眼神，把手中把玩的东西放下来。

可见这三种授课方式，并非一定按照我们的排列顺序，一个好于另一个。同样是"例行授课"，有人一堂课下来就是比较精彩的个人演讲，因为他能在这个看似平常的过程中表达出极不平常的东西，这就是他的个人独语部分。

这三种讲学方式在历史上起到的作用是不同的。书院想走第二条道路："对话明辨"。

在今天，这三种教学方式也许将发生一些转化 —— 课堂将越来越多地用来讨论和解决具体问题，所谓的传统的"例行授课"大概会变得少一些。

这次讲坛的主题是"李白与杜甫",希望大家一起探讨这两位伟大的古代诗人。

· 独孤明

那些能够"设坛讲学"的人肯定是了不起的,他们的听者一定也是很幸运的。他们须具备极大的力量,将相当陌生和别致的知识与观念传达出来,以此激发别人,唤起非同一般的情怀。人需要从一个高点上得到刺激,这样才能走进生命的激越状态。

然而这样的人实在是很少的,起码在我们的视野里很少。这种人到底有什么不同?这里可以用一个古人的名字来概括,这个人生活在唐代,是唐玄宗的一个女婿,叫"独孤明"。现在姓"独孤"的可能不多,至少在身边没有听说过。唐代这个姓氏可能不少,如著名的文章大家、诗人独孤及——他与李白也是同时代的,两人有文字之交,写过《送李白之曹南序》。还有一个古代的将军也姓独孤。关于独孤明的记载不多,只知道他是信成公主的丈夫。如果不是因为李白,可能今天谁也不太注意这样一个人了。说到李白的时候往往要提到独孤明,这个人对李白曾经很重要,当年提携过李白,与之有过一些交往。李白大半为了个人的发展才跟他往来。

李白在失意的时候给独孤明写了一首《走笔赠独孤驸马》的诗,回忆他们的友谊和分别后的苦恼、沦落,以及仍然希望对方能够助他一臂之力的心情。

这里说的"独孤明",就是借其表面字义:一个人既要"孤独(独孤)",还要"明"。"孤独"是一个基础条件,一旦失去了它,"明"也就失去了。现在好多人恰好相反,不是寻找那种状态,而是极其恐惧孤独、害怕寂寞。一般人有了专业成就还大不满足,还要做一个闻人,并以此为荣,习惯和得意于这种生活。但是他失去了"独孤"这个基础和条件,也就丧失了强大的发现力和感受力,没有了"明"。

一个人只有生活在个人的、有所隔离的封闭空间里,才会有一些完全不同的、极其偏僻和深入的发现。既要"独孤"又要"明",讲的就是清晰和洞彻,是距离的功用和能量 —— 他不再是一个搅在一团世俗生活中的人,而是一个目击者和思悟者。思悟和思考还有区别,悟是冥想玄思,是心的力量而不尽是脑的力量。世界太大太复杂,需要生活在其中的人花费大量的时间去辨析、思索,时刻保持强大的理性。拥有清澈的个人世界,同时还要拥有一个混沌的个人世界,这样的人才会有超越一般的智慧。

这样的人可以称之为"独孤明"。

· 两次进长安

庄子有句话被很多人引用过:"举世而誉之而不加劝,举世而非之而不加沮。"这句话很了不起。他赞扬这样极端的人格与力量:整个的世界都在否定他,他却不感到沮丧;整个的世界都在赞誉他,他也不会更进一步去做这些事。像这样的境界谁能抵达? 大概没有一个人能够做到，包括庄子自己大概都很难做到吧。但是作为一个理想至境，作为一个很高的目标，却实在不可以不想，起码要向往才好。

而李白这一生，他的"劝"和"沮"总是十分明显的。有人说李白一辈子到过一次长安，也有人说两次，郭沫若先生在《李白与杜甫》这本书中做了考证，认为是两次，这大概是切中事实的。李白第一个老婆是前宰相的孙女，她有很多人脉关系，所以李白才能够在三十岁以前到过长安。这次到长安对他的一生非常重要。因为李白三十岁左右已经对自己的才华十分自负和自信，不再能忍受平凡的生活淹没自己。他写过一篇《大鹏赋》，其中就充分表达了这种心情。他将自己比喻为"大鹏"。

这个赋写他在山里遇到一个道士，这人叫司马承祯，年龄比他大得多，谈吐不凡。道士说李白是个少见的青年人，俊朗，清爽，有一股仙气 —— 后来许多人谈到李白的时候，比如身在朝廷的大诗人贺知章，都说他身上有仙气。李白的个子并不高大，曾有人估计大约在一米七之内；但为人很豪放，稍微有点狂妄，爽朗、痛快、利落，持剑而行，游历四海。这样一个人是可爱的，有很强的"观赏性"，让人有耳目一新的感觉。他是个富家子弟，穿着不俗，见识过人。道士当时和他交谈得很愉快，对他大加赞赏，是可想而知的。

李白把他们的这次相遇写成一篇赋，赋中说这个道士很了不起，是一种很稀有的"怪鸟"，而他自己就是那个"大鹏" —— 这里对自己有极高的期许和肯定，而第一次进长安，就是一次"京漂"，是第一次展翅高翔的尝试。

李白这次到长安结识了许多人，其中就有唐玄宗的女婿张垍，还有唐玄宗的妹妹玉真公主。这两个人对改变他的命运当然是很重要的。除此之外，李白在京城还尽可能多地结识了一些名流，这些人对他第二次进京起到了关键的作用。

当时张垍让李白住到修道的终南山里，说玉真公主有个别墅建在那里，在那里等候公主是最适宜的。结果李白住在那个空旷的房子里等待皇帝的妹妹，最后不过是一场空等。好在快要离开长安的时候，玉真公主终于跟他见面了。所以可以说，没有第一次长安之行就没有第二次，而这两次长安之行又成为支撑他一生的精神慰藉，是其中最重要的内容。

李白第二次到长安已经四十多岁了，当时一得到诏宣兴奋至极，写了那首著名的七言诗："仰天大笑出门去，我辈岂是蓬蒿人？"一般人都认为这次是由一个叫吴筠的道士将他推荐给皇帝，可能同时还有其他人的举荐，比如玉真公主的美言。当年的唐玄宗特别喜欢求仙事业，少有例外的是，当一个皇帝取得政权并最后巩固的时候，就要想长生不老的事情了，这和秦始皇是一样的。这种事业与打天下不同，倚重的不是文臣武将，而是方士和道士。吴筠在当时是很有名的一个道人，唐玄宗把他弄到长安切磋修道，吴筠就趁机向唐玄宗提到了李白。

皇帝诏宣李白进京做了翰林供奉，这是诗人一辈子最高的荣誉、最辉煌的人生经历了。他后来的诗中时常提到这段荣耀，表达了无限的怀念和渴望。这成为李白一生中最华丽的乐章。

李白的功名心，围绕这些的全部行为，既有文化心理因素也有其他。他的言与行成为历史，已经不可变更，后人可以说他媚俗和庸俗，难脱战国以来游说之士的窠臼；但即便如此也处处显露出某种诗人的单纯气 —— 这应该是天生的性格因素在起作用，如过分地情绪化和外露，这在处处讲究中庸的中国文化里将格外刺目。

· 不可忍受

尽管如此，今天的许多人还是会原谅李白。设身处地想一下，一个诗人有了这样的一些经历，招入朝廷接近唐玄宗，做翰林待诏，自然会引以为荣。人们会以这样的人之常情来设定和原谅古人。但是如果结合李白一生跟达官贵人的过往，因巴结攀附留下的大量文字来看，又会觉得不可忍受。比如作为后来人的大诗人陆游看了这一类文字，就心生厌恶，说李白这种人活该要一辈子落魄："一生坎壈"。

"坎壈"即困顿不得志。如果通读了李白的诗文，有人会觉得陆游这种激烈的言辞算是苛责，也可能有人认为并不过分。陆游言外之意是说李白的下贱，说像李白这样不能自尊自贵的人，一生就应该充满折磨，落得这种命运也算活该，并不为过。

其实李白的性格因素中比较一般人更是充满了矛盾。他在结构作品抒写情怀的时候，感性世界是那么丰富，判断事物是那样缜密和深刻，一丝一毫都不会偏差，处处表现出超人的能力。我们知道写作过程中既需要充沛的感性，又需要理性的强大把握力，小到每个字词的调度、段落的起承转合，大到通篇思想与逻辑层次，都要凭借超绝的把握力和判断力。李白在这方面具有卓越的才能，但在另一方面，在人事机心、世俗物利的处理上，在与权势交往、自尊和隐忍等等复杂关系方面，又表现出相当的混乱和昏聩。他是一个巨大的矛盾体。

当他得志之时，曾在宫廷上有过十分传奇的表演。尽管诸多事迹已不可考，只在民间传流很广——皇帝让他写一个诏书，李白即趁机逞能显傲，让皇帝的宠妃杨贵妃研墨，让权势显赫的高力士脱靴……这十有八九是民间演义，而不会是真实的细节，但肯定也不尽是空穴来风。在人们对他的行为逻辑推理中，他就应该如此玩弄皇帝身边的权贵，出一口恶气；从另一方面来说，这种骄纵姿态也是软弱无力的表现。与此相伴的另一个记载，说唐玄宗看了其言行表演，私下里跟高力士说李白，谓之"此人固穷相"。

再看李白诗词之外最著名的文字：《与韩荆州书》。李白才华飞扬，狂傲不羁，不愿或不能通过科举道路去当官，他觉得那样太麻烦；还有一个假设，就是当年的李白很难通过科举审查这一关，因为他的出身有问题。但无论怎么说，一级一级地考取，这极为刻板的程序很不适合一个拔地而起的天才。他想的是一步登天，比如让一个有足够影响力的人物直接推荐给皇帝。对此他非常自信。所以他就给当时一个极有权势的"韩荆州"写了一封自荐信：自己多么有才华，多么了不起，而"韩荆州"又多么伟大。他对这个权贵人物的颂扬达到了耸人听闻的地步，用语是极为夸张和肉麻的。作为历史名文，后来的《古文观止》等重要选本都收录了。

人在利益面前竟可以如此，似乎更让人难以忍受。

这只是从旁观者的超脱立场而论的，如果从另一方面来看，也可以说无论李白多么不堪，人们或许还要对他网开三面，允许其"胡闹"。我们不可能再有第二个李白——一个国家有没有李白将是大不一样的。当然这也是意气情怀，从理智上来讲一切又当别论。这里不能不更多地谈到唐代风习，考虑当时浓烈的"干谒"传统。这是从战国时期一直承续下来的，到了宋代才变得式微——宋代人对汲汲于做官、到处跑官要官感到极大的耻辱，正像钱穆先生总结的，那时的读书人"以清淡自甘，以骛于仕进为耻，更何论于干谒之与请乞矣"。

宋代以来，知识人的这种恪守被固定下来了。

· 非虚构的力与美

一些文章和虚构作品不一样，是真实的记录，它的力量和美也在这里。像通讯报道、报告文学、书信、谈话录、政论文章，都是不能虚构的。它们就应该真实，这也正是它们的价值之所在。

有人可能习惯于像写小说一样构思自己的记录文字，这是一个陋习。有人讲这样也可以写出个人的心理状态，因而多少还是有益的；但我们要求的这一类文字，一般要是佐证性质的、应用性质的。

比如说传世散文集《古文观止》中收录了很多名篇，里面就有大量的实用性文字。《史记》是实用的，它记录历史，被称作中国的一部信史；《出师表》是实用的，成为千古绝唱；李白、杜甫那些自荐表、投书和干谒文字也都是实用的。这些都是中国文章的代表作。许多古代名篇集锦都要收李白的《与韩荆州书》，因为直到今天看这仍旧是一篇美文，并且可以作为一个方面的标本，含有无与伦比的丰富信息。这篇文章的局限我们前边讲了许多，但就文辞本身来看却是生动奇崛的，表现力是第一流的。

中国古代实用性文字中出现了这么多美文，跟"散文"这种文体尚未获得"独立"有关。古代"散文"的文体意识还是比较弱的，虽然出现了"唐宋八大家"。散文作为一种文体真正获得独立地位，极有可能是从五四运动开始——散文自此开始从书信、表、谏和史志里分离出来了。不过这种分离性越走越远，对于这个文体的利弊到底如何，还需要冷静分析才好。

看一篇文章的角度有很多，如果我们从文字的力量，从它的认识功能看，要超越李白的《与韩荆州书》就难了。那种对仗，那种气势、率性与畅利，还有文字的华丽，都不是一般的篇章所能比拟的。这是天才的文笔，是不可重复的。这篇文字塑造了一个最鲜明的人物，就是李白自己，而这种塑造的一大部分效果，或许是作者当年完全没有预料到的。他要突出作者个人的才华与能力，以便让权力者看重；但是通篇文字所塑造的"李白"其人，却远远超出了他自己的主观意愿，让其始料不及。文中活跃的"李白"生动无比，需要多么强盛的生命才能活画出这样的一个形象。辞章调度自由，灵动，干净，所有表述都缩为最短的距离，形成最强的发力。溢于言表的东西很多，作者冲动急切的性格，不顾一切的勇气，一蹴而就的决心，势在必得的抱负，所有这一切都纵横在尺幅之间。

我们既要沉浸于文章之中，也要跳跃到文字之外。读者一旦成了冷静的观察者，结论和感受就有一番不同了。看文章有好几个角度，作者的主观愿望所规定的只是其中之一。比如有人可以从很多方面谴责李白，表达自己的遗憾，从道德层面、精神层面、社会层面和政治层面；但是另外还有一些元素，这或许又会引起截然不同的情愫，比如对一个天真无忌的天才青年的欣赏，对一个心机浅近却又豪情万丈的诗人的欣赏。这一切对读者来说都是极复杂的综合，有些还是相互矛盾的。

由此我们又可以深长思之，得知古往今来为什么把这样一篇文章当成了不朽的美文。文章所流露出的那些经不起苛求的东西，难道还不足以伤害我们审美的味蕾吗？可是它的认识价值也就统一在其中，它的丰富性也就体现在其中。没有它，我们怎么能更好地理解李白？怎么会更深入地了解那个时代？于是我们一定会因为这篇文章而心怀感谢。

今天看《与韩荆州书》这篇奇文，说到底就是一封"求职信"。作为美文，艺术上自然是成功的；但作为求职信的实用价值，却是完全失败的。它把对方和自己都夸过了头，只顾笔下快感，大快朵颐，实在有些傻。作者好像只为了满足自己的快慰而写，倒不像是为了求职。如夸对方"有周公之风，躬吐握之事"，"君侯制作侔神明，德行动天地，笔参造化，学究天人"；说自己"十五好剑术，遍干诸侯。三十成文章，历抵卿相。虽长不满七尺，而心雄万夫。皆王公大人，许与气义"。最不可思议的是后面很不谦虚地请战："请日试万言，倚马可待。"更有："而君侯何惜阶前盈尺之地，不使白扬眉吐气，激昂青云耶？"这简直像是威胁对方了，隐下的意思就是：如果你不举荐我，实现不了伟大理想，耽误了我，可要负全部责任!

如此求职的结果是可想而知的。韩荆州并没有举荐和提携李白,这封求职信于是只获得了文学上的成功。就这个结局来看,韩朝宗这个人是十分理智的,中规中矩,并不太有幽默感。他竟然对作者没有充满好奇,比如见见这个人。从今天的角度来看,这封信倒为韩朝宗扬了名,如果不是李白的缘故,谁又会关注历史上的这个韩氏?他未助李白一臂,却凭借李白而流名千古,也算得上一件趣事。

可见中外历史上有一些奇文,并非没有严重瑕疵的,如果一味陶醉在这些文字里不能作超越观,当是很大的遗憾。若能在文章中进出自如,不时退出到文章之外,读到的东西就会更多。

李白的文字始终被看作千古名文,像金属铸成的一样,不可更动地写在历史之中。我们应该从中接受更多的信息,获得更大的启迪。不然就是误读和浪费。

· 孟子与齐王的谈话

在较长的历史时段中,我们很可以正视一些东西。比如一篇给韩荆州的自荐书白纸黑字放在那儿,后人怎么评价?有人说李白固然是狂了一点,但用词是多么生动、多么直爽,算得上夸张而不失自尊。"不失自尊"这样的评价古人今人都做出过,令人稍稍不解。因为我们读这篇文字的真实感受并非如此。

这里说到了基本的判断力,因为无论是为文还是其他,这都是至关重要的。如果换位思考，那个韩荆州，接到这么一篇出奇肉麻的奉承文字、自夸文字，会觉得对方正常吗？会放心地重用这个人吗？他必会依据字里行间的气息自忖自度，怎样处理可想而知。

李白是那么了不起的一个诗人，那么有才华，有时候却又显得那么弱智。他的诗文中几乎所有的自荐文字都有类似的倾向，即轻狂与浮夸。如果说宋代以后才有了知识人的自立和清流意识，那么仍然可以说他们依据了前一个时期的榜样，不过这是反面的榜样而已。知识人面对权势的基本姿态，我们可以从更早的历史时期寻找一些案例，将其加以分析和对照。比如回头看战国时期的孔孟荀，看稷下学派那些知识分子，注意他们跟庙堂的关系，会得到相当不同的启迪。

即便是盛唐之前的魏晋，还有特立独行的"竹林七贤"。一些杰出人物追逐了另一种时代风气，较之前人更加退步了，这是令人痛苦和惋惜的。从这个演变的轨迹上，我们会总结出很多东西。

不妨以孟子见齐王为例。齐王在当年是一个不得了的人物，他的国家在当时是第一强国，那时最具有统一力量的还不是秦国，而是齐国。齐国创办了辉煌的稷下学宫，在政治、经济、外交、军事各个方面都是天下第一大国。齐王这样一个人跟当时最有名的大学问家、大思想家孟子见面，选在了一个叫"雪宫"的地方。它大概相当于今天的钓鱼台国宾馆、俄罗斯的夏宫之类的皇家园林。齐王嘻嘻哈哈，十分得意地问：你们大学问家也喜欢这种地方吧？谈话就这样开始了。

《孟子》里面的记录很有意思，齐王的傲慢轻薄之态跃然纸上。

孟子也跟他打哈哈，却趁机导入严肃的话题。在傲视一切的权力面前，孟子并未失去内心里充盈强大的中气，总有一股浩然之气在支持。他循循善诱地向对方灌输自己的思想，劝解和引领。这是强健的能够独立思想的个体的力量。理性给人力量，立场给人力量。权力者最后坦承"寡人好色""寡人好货"，而后孟子又是一番指教。这真是一段极有趣的谈话。

我们这里将李白和孟子加以对比，可以发现孟子是哲学家和思想家，而李白是诗人，他们的表达方式太不一样，最明显的是理智与感性之别：一个严谨，一个漏洞百出。总之对李白，也许仅仅从社会学的角度来评析还远远不够。

· 精神的太阳

在五千年的文明史上，中国知识分子说了很多漂亮的大话。可是这些大话离现实生存状况又差得太远，这就让我们不敢正视这些掷地有声的人格的宣言，就像不敢正视太阳一样。

精神的太阳和现实的太阳一样，之所以不敢正视，就是因为它太灼人、太强烈了。但是没有它的光和热，万物都不复存在。人们平时不敢正视，甚至常常忽略太阳的存在，却难以否认一直依赖它的事实，就连地球也要围着它旋转。精神的太阳也是这样，它高高悬起，提供给我们生存的全部热能。

精神的太阳由整个人类历史，包括中外古今一切精密深邃之思凝聚而成，渐渐形成了巨大的体量。比如在中国，人们说得最多、争议最多的还是孔子和孟子。一本《论语》成为民族精神的基础，或者反过来，成为一代代人痛心疾首的心之大患。再说孟子，别的不讲，只讲他言说什么才是"大丈夫"的一段话，就让我们难以忘怀。这确是掷地有声的大话，是从古到今必须有人为我们厘清的大是大非、一次民族和精神人格的大界定。

孟子的那段话涉及的，就是李白在诗文里也多次提到的张仪等人。这几个人本来处于很卑微的社会地位，只凭借三寸不烂之舌，奔走于权势之间，就能够一朝显贵。这样的行迹在李白诗里留下的烙印特别深刻，看他的诗文，其中几次提到了大说客苏秦这一类人。这些人的命运轨迹很能刺激李白，显然对他产生了极大的感召力。当然敏悟如李白者也不能说全是羡慕，不能说毫无矛盾心理。苏秦一类人本来一无所有，为了出人头地到处游说，无所不用其极。李白的诗"归时倘佩黄金印，莫见苏秦不下机"，就是临别出门时对妻子说的一句玩笑话。这里指的是苏秦带着盘缠去各国游说，归来时一无所有，正在织布的老婆见了他都不理的一些记载。

但是后来苏秦终于成功了，再次归来时成了一个显要人物，身佩六国相印，显达富贵，老婆这一次吓得话都不敢说了。

有人曾议论说：张仪这种人多么了不起啊，真是大丈夫！一介布衣，凭一张嘴巴就可以达到那么高的地位，真是何等了得，好样的——他们只要动动嘴巴，活动起来，那些君王们就再也不得安宁，非常惧怕。孟子说：

"是焉得为大丈夫乎？……居天下之广居，立天下之正位，行天下之大道，得志与民由之，不得志独行其道，富贵不能淫，贫贱不能移，威武不能屈，此之谓大丈夫。"

孟子这里对张仪之流嗤之以鼻，说他们算什么大丈夫！摇唇鼓舌之徒而已，于阴暗处使些投机的伎俩，全无是非正义，一切都为了自己的显达富贵，只算是一些鄙俗的小人。

再看张载，他有一段话也是影响深远的，这里说的也是知识分子，当然是大丈夫了："为天地立心，为生民立命，为往圣继绝学，为万世开太平。"这些话初听起来觉得大而无当，但细想一下不过是对知识人的基本要求，并不是什么不着边际的大话。关键是对一个"为"字的理解，这里是指对天地之心的参悟和知之后的选择和作为，即"参悟了天地之心而为之立"，下面的句式及意思也应该这样解释才好。这些话诚切而朴实，更没有什么虚妄自夸。张载说的不过是知识人追求真理的性质和意义，是正当的人生道路的选择。

类似这些伟大的思想李白和杜甫心里都有，也肯定受过这方面的影响。张载是晚他们许多的后来者，但其思想仍然是大儒一脉。李白、杜甫对孔孟极为推崇，其中李白受道家思想影响较重，比杜甫更重。但是他们面对个人生存的现实，急于入世，急于做大事情、大丈夫，有时候手段与目的就会有所分离。李白受到苏秦、张仪这一类人的启发和召唤，很想走一条"终南捷径"，连科举都不屑于参加（或不能够参加）；杜甫年轻时在洛阳考过进士，没有考上，所以才去漫游。

孟子关于"大丈夫"的言说，张载等人的言说，表现出的气魄和气概是永远不可轻薄的，它们的确塑造了一个民族性格中最卓绝高尚的部分。

　　苏秦的老婆与李白的老婆看上去都差不多，都对丈夫的游手好闲表示了拒绝，但实际上仍有许多不同。李白的第一个老婆是前宰相的孙女，姓许；第二个老婆没有详细记载，只知道她是山东鲁西人，即李白为学剑术待下去的那个地方。她求仕的心没有那么强烈，比较现实，只是过日子，讲究开门七件事，柴米油盐酱醋茶。李白到处走，总想做官，结交一些有趣的人。李白的好奇心太大了，听说哪里有道士和奇士就要造访。他天性活泼好动，一块儿过安分日子是不行的。所以他最后被第二个老婆赶走了。山东这个地方出过圣人，女人心里的主意比较大，总算没有被李白"倚马可待"之类的才华给吓住。

　　杜甫对家庭的责任感是很强的，与妻子相濡以沫，虽然也有不得不离开的时候。他一生只爱夫人杨氏，并且拒绝当时的声色场所，结婚时三十岁了，比杨氏大了十岁。他约有二三十首诗涉及杨氏，其中最著名的是《月夜》，写到妻子和孩子，算是典型的爱情诗："香雾云鬟湿，清辉玉臂寒。何时倚虚幌，双照泪痕干？"可谓缠绵至极。

　　我们用中国传统文化中正反两方面的一些例子，分析知识人复杂的行为、各种各样的倾向，找出今天与往昔的异同，正视其面临的巨大危机、困难和不可逾越的障碍。当年那些精神障碍究竟有多大，今天又有怎样的变化？当年面临的一切与今天的最大不同是哪些？今天这样一个网络时代里，我们在做人、立言等各个方面，与一两千年前相比自然非常不同，但是其中有些最基本的精神指标会改变吗？这需要我们深长思之。

· 李杜与孔孟求仕

如果说李杜汲汲于求仕是继承了一种儒家传统，也许没有人会持异议。但时代有别，具体情形也就大为不同，其中的许多问题和差异还需要做进一步的分析才好。比如说孔子和孟子，这两个人也多与官家周旋；孔子虽然做过高官，但更多的时候是在威权面前碰壁，非常落魄。"文革"时候搞"批林批孔"运动，持这种观点和认识的更多起来，认为孔孟不过是坚持"学而优则仕"，一切皆为做官。好像当时儒家的代表人物与李白、杜甫他们并没有什么区别，真的如此吗？

看孔子和孟子的言论行为，不能不说他们是为了落实自己的主张和抱负而奋斗了一生。给我们直接的印象就是，他们有安顿人民生活的一整套理想，并且为了实现这些理想而不辞辛劳，四处奔波。他们必要借助于行政力量，需要施展行政力量的一种环境。所以他们的行为是自然而淳朴的，可以说，他们是有很强行动力的思想家。他们的行动和思想是统一的。而且正因为他们的生命质地如此，当面对权势人物的时候，心态与言行和李白、杜甫等也就有了极大的不同。他们更有道德的高度，更有思想的深度，而且在处理与权贵的关系时，也更有气度，真正算得上"不失自尊"。也就是说，他们既要达成自己的目的，手段却毫不拙劣。

纵观李白和杜甫，却不尽是这种情形。尽管他们二人关于治国的豪志都散布在诗文之中，但其中主要还是感性地把握世界。

他们是艺术创造者，是诗人，在极力地、完整地表露个人政治抱负的时候，除了发出一些原则性的大言之外，并没有更具体的设计。就我们目前看到的文字而言，还没有多少稍稍可信的计划细部。孔子和孟子则不同，他们是思想家、政治家，有自己的思想体系和治国理念。他们游说的过程，总是以推销这个体系为中心，为了说服权贵施行，这就与李杜的"干谒"有了重要的区别。孔孟与君王的摩擦与矛盾，有一部分与屈原是相似的，即来自政见的冲突。

李白和杜甫跟当时占据主流的庙堂人物有多少政见冲突？我们寻遍诗文，看不到更多的具体和细部。在唐玄宗重用安禄山的问题上，杜甫是焦虑的，但宰相张九龄表现得更为峻急，连杨玉环的哥哥杨国忠这样的人都很激烈，可见这只是朝野达成的共识。其他方面表现政事主张的言辞，尽管李白和杜甫也时有涉及，但大致还是模糊笼统的。有些豪言，如李白的"达则兼济天下，穷则独善其身""修身齐家治国平天下"等等，都来自前贤，既无错误，也没有个人创见，更算不得政治方略。

总之李杜的求仕，并没有与权势者在理想和政治理念方面产生多少原则冲突，其不平之气也主要不是在这个层面上，更多的还是求仕不得之失意。儒家代表人物如孔孟则要大气得多。孟子"好为帝王师"，极有胸襟和气度，他与齐王的一些谈话今天读来多么有趣，其中不难看出循循善诱和多多少少的教训气味。孔子及其弟子要实践自己的政治主张，就要研究理政，这和一心求官的欲望有着天壤之别。这样说并非指李杜就是这样的"欲望客"，而是说他们与孔孟求仕仍有很大的区别。

杜甫一方面"干谒"不成，另一方面又"以兹误生理，独耻事干谒"，内心的矛盾令人同情。李白也是一方面"干谒"，一方面又写出"功名富贵若长在，汉水亦应西北流"，这两个李白都是真实的。以那样的绝世才华还要那样没有自尊地乞求，会是多么大的痛苦。中国社会极少尊重"人"，也就谈不到人的尊严。从这个意义上讲，这是社会的罪恶、文化的罪恶。

讲到李白、杜甫与庙堂的关系，可以看出李杜身上有中国知识分子的问题，如对权势的依附和巴结，人格不够独立；但还有另外一些重要原因，如李杜对长安的念念不忘之中也包含了所谓的"信仰"，这和屈原的忠君是相同的。中国人没有"上帝"的概念，常常以一国之君替代。皇帝被看成是上天派来管理地上事务的，于是也叫"天子"。西方是君权神授，东方是君权天授，农民起义也要假托一些灵异现象，表示自己受上天指派。一个人可以不依附权势，但不能没有神和天。如果一个民族没有具体的信仰，或者在信仰中没有具体的神，那么对皇权的信奉就会演变成信仰。所以李白、杜甫心系皇帝和朝廷，有一部分当是"代信仰"的意识在起作用。

李白诗中每每提到长安，一生无论身在何方都心系长安："正西望长安，下见江水流""总为浮云能蔽日，长安不见使人愁""客自长安来，还归长安去。狂风吹我心，西挂咸阳树""一为迁客去长沙，西望长安不见家""长相思，在长安""长安如梦里，何日是归期""西忆故人不可见，东风吹梦到长安""闻道金陵龙虎盘，还同谢朓望长安""遥望长安日，不见长安人""西入长安到日边"。

可见"长安"已经成为一种精神动力和信仰。

杜甫《秋兴八首》的主题即是"望长安"，由长江风光写到曲江风光，由夔州写到长安，再由长安写到夔州，"每依北斗望京华"。穷瘦苦老病，即将死去，杜甫念念不忘的依然是长安，坚贞如此，顽梗如此 —— 也许只有信仰才可以抵达这个深度。

· 思君

李白在流浪困苦中念念不忘唐玄宗的恩宠，写道："长安宫阙九天上，此地曾经为近臣；一朝复一朝，发白心不改。"在这里他自比屈原的流离与忠君，像屈原那样一刻也不曾忘记那个"美人"。那个"美人"就是天下最有权势的皇帝，他真有那么"美"吗？虽然这里的皇权多少有点"代信仰"的作用，可毕竟还有诸多复杂的信息透露出来。

与其指"美人"们的道德情操或身心姿容，还不如说是权力带来的恍惚迷离，是情感的变态。权力这种东西是极其古怪的，它能使一个清晰过人的聪明人变成愚夫，变得比儿童还幼稚。"每饭不忘君"这样不可思议的话，多少应看作是皇权对人的一种异化。

后来人对李杜的概念化印象中，只记住了"狂傲"与"忧愤"，往往抽掉了他们"白发心不改"和"每饭不忘君"这种顽固的"长安情结"。其实一直到生命的最后，这仍然是他们两人的一种寄托和心愿，是无法摆脱也不曾摆脱的。当然我们也会从他们的诗句中找到许多悔悟和埋怨，甚至是一些痛快淋漓的句子，可惜这仅仅是激愤之言，还远远比不上思君爱君那样的执着。

他们两人对屈原的怀念寄托着敬重和认同，但与屈原又实在是不同的。分析一下屈原与李杜的异同，这很重要。屈原与楚王的分离，也有失宠的痛苦和不甘，这一点仿佛与李白被谗、"赐金放还"差不多，但实际上压根还是不同的。屈原与楚王有非同一般的亲近关系，有长时间共事的过程，甚至参与了内政外交、制定国策等一些至大事项。有人认为屈原只是一个贮于宫中的可有可无的游戏闲人，这是与事实不符的。这样一个人与楚王无论在国事还是个人交谊方面，都是深陷其中的，他们一旦发生了矛盾，对其中一方特别是屈原来说，当然是刺激深重的。所以我们读屈原的诗，对他的重重纠缠不能解脱，对他的神迷错乱幻觉环绕，总是特别能够理解和体谅。

李白与唐玄宗的关系则简单了许多。无论在个人关系还是国家政事方面，他基本上没有涉入很多，只是浅尝辄止，基本上是个门外的观望者。李白与杜甫对君的忠诚与思念，更多的还是渴望"进入"，而不是离开之后情绪的激烈反弹。因为他们都没有真正"进入"过。杜甫没有，李白也没有，他只是做过翰林待诏，或许见过唐玄宗几面而已。"天子呼来不上船"，那只是朋友诗中对他狂放之态的想象，并非确凿的事实。由此看来，李杜和屈原的哀怨、思念及其性质，其中的差别的确非常之大。

屈原诗中除了思念"美人"，更多的还是纠缠于政见的不同，是这种遗憾和痛苦，充满了对国家未来命运的担心。这就将自己与被思者（美人）的地位扯平了，是大大超出一己情感的。而李杜的思念，则是仕途不顺者的思，是抱负不展怀才不遇者的思。

我们谈论忠君的话题，一定会想起长期以来对于"君"的理解，因为总有这样的观点：中国古代的"君"其实是代表了国家和民族的，忠君也就是忠于自己的国家，所以也就无可厚非。这种讲法虽然不能说完全错误，但基本上是错误的。因为语境是不能轻易抽离的，前提也十分必要，比如我们这里谈的李杜，他们所忠的"君"是极其具体的。就是屈原所思念的那个"美人"，也轻易不可以换成别的对象，他就是楚怀王。

· 大用是书生

我们从生命的角度去分析一个人的文字，是理解美文最重要的途径。它记录生命，从生命出发，又回到生命，是生命的自语和对话。如果从这些诗文中读出一个生命的内质，其余一切都好理解了，修辞研究等等也就简单多了。

"文章千古事"，即因为文章是了不起的生命之痕，是生命的指纹。这指纹在人世间没有其他相同的。

李杜是"书生"吗？普遍的看法是正因为他们是"书生"，所以才在官场上连遭挫折和失败。有一句话流传很广，叫"百无一用是书生"——最初说的是因士子太多而无法用于相应的位置，后来引为一个人被大量的书面知识所困，一辈子也就没有大的作为了。这其中有说得对的部分，即严格来讲，苦读是伤气的，而这个"气"不是一般的"气"，是维系着人的心志体魄各个方面的。显而易见，一旦伤了这个"气"，也就失去了生命的冲决力，无胆无魄，什么大事都做不成——或许心里明白怎么做，但行动力毕竟差了一些。

可是李白和杜甫的行动力却一点都不差，他们上京下府，在社会层面上看也十分活跃，而且活动半径很大。勇于接触一些很难接触的人，这是看一个人行动力如何的重要指标。看来当年的书面知识并没有伤害李杜二人的"气"。

至于"书生"本身，那倒是一个基本条件，是做大事情的前提。身为"书生"而没有伤"气"，可能才是最重要的。相反地，如果一个人不是"书生"，做任何大事业都要先打个折扣。首先要是个"书生"，然后再谈其他。大政治家、大商人、大慈善家、学问家，一般都是"书生"所为。连一个"书生"都不是，还能指望他什么？大格局大境界往往是谈不上的。严格地讲，单就从政而言，在现代社会，在正常的人文社会里面，不是"书生"，就没有资格做"治"的工作。

在古往今来的各种"吏"当中，"书生"往往是清廉的。清廉好办，"书生"最容易做到，但有为就必须有勇气了。这里又说到了"气"。被书伤了"气"的人是不可能有什么作为的。有人会说"书生"好像什么都懂，但政治上大半是幼稚的。所有关于"书生"的议论都是嘲笑这一类人，嘲笑他们从政的简单和低能。其实这是极大的误识，是大错而特错的。"书生"的清明细腻决定了其洞悉力和把握力的强大，但唯有一条：一旦被书伤了"气"，政治作为也就没有了，因为行动力没有了。

总的看，即便是一个冲动的艺术家，比如李白这种人，也比那些玩弄权术者在政治上清晰和成熟。那些专门做官的人，心思都用在人事机心方面，不会深入考虑怎么安顿民众生活。安顿民众的生活必须是超越个人利益的，需要达观和理性、没有私心。有人问，"安顿民众的生活"能概括政治的全部吗？比如外交怎么办？体制机构怎么办？可是再问下去，所有这一切难道不是最终都要落在安顿民众的生活上面吗？人文、道德、教化，所有这些都是民众生活的组成部分。

李杜既然没有被书伤"气"，而且仍然那么热衷于政治，为什么最终却不是一个成功的政治家？答案也许是清晰的，即因为他们的这种"气"仍然过多地注入到了纯粹的政治本身，而没有专注于"人事机心"。这正是他们最可爱的方面。

可见"书生"之好，就是他们的人文关怀力，这才是为官从政的基本素质。如果一个书生读书即为了做官，满脑子都是为皇家着想的奴才性，那就真的是"百无一用"了。

· 从政与为文

谈到艺术家和知识分子，人们往往会说他们感情饱满，艺术天资很高，很有才华，另一方面又常常表现出政治上的幼稚和弱智。这种说法也许已经成为社会通识，其实在很大程度上是谬误和浅见。因为这种说法的根本错误，就是把"政治"和"人事机心"混到了一起。

实际上，即便像李白这样一个冲动浪漫、常常不靠谱的诗人，也在诗文里流露出自己的治国雄略，尽管笼统却也算相当美好的设想，很是令人赞叹。至于孔子、孟子等圣贤人物，非但不是政治上的低能儿，反而真正是社稷道路的大设计者。

　　这里首先要界定"政治"是什么。政治当然不是玩弄权术，也绝不等同于人事机心。前边说过，政治就是安顿民众的生活，就是治理社会。至于怎么安顿民众的生活，怎么治理社会，稷下学宫的学人、历代知识分子，都有过非常美好也非常现实的设想。这一部分人从政治上看恰恰是过于专业了，考虑问题都很认真，只是很少着力于人事权变那一套策略。权术不是他们所长，如果在这方面有所长，也就背离了政治的专业，更不会写出那么好的诗章，表达出那么好的思想。

　　历史上很多文人和思想家在政治上都是比较成熟和高明的；相反，那些专门做行政管理的统治者，他们在许多时候不得不陷入令人厌恶和恐惧的权斗，并直接导致政治上的偏狭、昏聩和腐败。因为他们不得不专注于人事机心，不能像对待真理和专业那样从事政治，其中的一部分最后只能成为政事上的昏庸者和小人物，让自身道德败坏下来。

　　有句话说"自古文人多良吏"，谈的即是知识分子与政治的关系。单论这部分人在政治上的成熟度，非但不亚于那些政治上的所谓专业人士，还因为其富有政治理想和贯彻力而获得了更大的成就。说到底从政与为文是一致的，一篇文章要写好，起承转合，段落思想，一切皆需要良好的判断力和协调力，而这些能力同样是治理国家所必不可少的。为文涉及无数的细节，从局部到整体的观照，需要无数能解决实际问题的方法。而政治也是如此，治理国家，安顿民众的生活，最需要回到细节，回到复杂的、具体的判断上来。这才是政治的真正含义。

　　我们长期以来将政治真正本质的意义抽掉了，偷换成等同于权术和人事机心这一类低俗的概念，是十分可悲的。

好的政治不会是权谋密室那一套，而中国自古以来的宫廷斗争太多了。这正是一个族群的不幸。在这种有毒的文化中，哪怕是抱着美好的抱负去治理天下、安顿百姓生活的文人，到头来也无非要效忠皇帝，最终落入诡谲庸俗的权谋圈套中。他们所能做的，用鲁迅的话来讲无非就是"帮忙"和"帮闲"——帮忙与帮闲不成，就从廊庙跑到山林里抒发自己的不平。鲁迅先生还说，"中国文学与官僚也实在接近"。

是不是"良吏"，最重要的指标还是要看人文精神对从政者的影响力。古代科举考试要考四书五经，儒家经典对人的品德有制约性，虽然这种制约力极其有限，但在专制国家里仍然是十分可贵的。

如果有人问李白适合不适合搞政治，一百个人里面会有一百个人说，李白是一个好的诗人，但不是一个好的政治家。理由就是因为李白在政治上失意了，搞砸了，而在艺术上却取得了辉煌的成就。但这样讲也许忘记了：历史并没有把李白放在一个从政的位置上。既然没有经过这方面的检验，一切到底如何也就很难说了。

谈到历史上的大文人大诗人的从政作为，苏东坡的例子不必说了——中国古代那么多政治上失意的文化人和艺术家，其实他们都可以是杰出的政治家。比如王安石等既是文人，又具备强大的行动力，这种人应该是很多的。但他们从来不是一个狡猾的权术家和权谋者。李白有那么高的社会志向，要他做一个治理者，怎么可能比一些庸常的官吏更差？

　　还有人可能会说，李白既然有那么高的抱负，要走向治理国家的高位，欲展鲲鹏之志，那么就应该允许他用各种办法达到自己的目的。由此又产生了另一种宽宥，认为他无论写出怎样取悦他人的文字，只要可以结交权贵抵达成功，似乎都是可以理解和谅解的。言外之意是等他真的走到了那个位置，也就可以施展自己的政治抱负了。许多人一直是这样考虑问题的，也就是将目的和手段分开，以所谓的"成功"论英雄。这正是人性中普遍存在的一种混世的黑暗逻辑，是导致人间悲剧和苦难的渊薮。其根本目的无论多么崇高，多么辉煌和宏大，都不可以用卑鄙的手段去实现。"目的"是"手段"一寸一寸积累起来的，而不仅是最后的那个"结果"。"手段"随时都在"结果"，一路都在"结果"。

　　有许多时候，实用主义者是只问"目的"不问"手段"的，可以用所谓的终极目标、崇高目标来为自己的卑鄙手段作出辩解。这只是一种欺骗，是哄骗他人上当。一路结果的恶劣手段，任何时候都不能被原谅。在这里，我们应该就"目的"和"手段"之间的关系，就政治理想和文学成就诸方面，来全面地认识李白、杜甫等伟大的古代诗人。这种认识，可能对我们当代人更为重要。

· 人性的角度

　　中国还有一种"忍"的文化，比如一个人为了达到自己的"崇高目标"，就可以忍受和妥协 ——"英雄能受胯下之辱""君子报仇，十年不晚"等等。在这里，"目的"和"手段"的差异实在值得从多方面讨论。韩信曾有过"胯下之辱"，但后来成为大将军，"胯下之辱"也便成了英雄行为的一部分。但不要忘记"胯下之辱"仍旧存在，那是一种大辱。如果韩信没有这样的经历，他的形象不是更为高大吗？再说，如果一个英雄人物不曾耍弄权谋，不曾摇尾乞怜，难道会因为缺少戏剧性而留下什么人生遗憾吗？

为了成功，为了那个目标，一切的曲折忍让都可以理解和原谅，这成为一部分人的"至理"。其实这正是民族劣根性的一部分，是某些人习惯的"手段"与"目的"的"分而论之"，不仅不能看成堂而皇之的理由，而且还是缺乏自我批判力的道德哀伤。

身份会影响和决定诗品，却不会是优劣的唯一凭据。有的大诗人直接就是皇帝的重臣，甚至皇亲国戚，比如清代那个纳兰性德。李煜是大诗人，也是皇帝，他的父亲南唐中主李璟也是很好的词人。苏东坡曾是皇帝的近臣，后来受了很多磨难，这之前之后都写出了很多杰作。韩愈、高适，莫不是身份显要的人物；辛弃疾则是将军。可见高位与低位并非判断诗作优劣的依据，也不是判断人格的依据。古今中外这种例子还有很多，比如被称为美国"诗人中的诗人"的华莱士·史蒂文斯，一生几乎跟诗坛没有什么交往，是很成功的大商人、保险公司董事长、律师。再比如写出《失乐园》的弥尔顿，出身富贵身居高位，曾在克伦威尔执政时期担任国务院的外交秘书和新闻秘书，负责当时的宣传工作，还是首席出版检察官，却写出了《论出版自由》。

一切都需要以言与行作为评判的根据。诗人的"行"既是行动，也是作品本身，诗与文都是他们人生的重大行为。究竟留下了怎样的一些文字，这既是一个"行"的依据，又是"言"的物证。

说到"行"，我们不能简单地说他们为封建地主官僚专制工作，就一定有不堪的人格。他们在"治"的位置上发挥个人的能力，如果能够推动社会发展，安顿民众的生活，这也诚乎可贵了。他们在那种社会和体制框架中努力做好自己应做的工作，当然无可厚非。尤其需要我们深思的是，今人未必可以居高临下地指责唐朝的体制，因为我们不能以简单的"进化论"的口气论世，认为今天的一切都是高于古代的。我们还需要向古今中外一切优秀的东西学习。

具体到一个人，还要看他为了进入那个体制的高层，或是进入高层之后，表现出的千差万别。这恰恰是最能够检验道德操守的。如果为了进入那个体制，达到高位而使尽伎俩，留下了许多不良的人性与道德记录，那将是另一个问题，必要受到追究。这些追究更多是留给历史的，那是一个足够大的近乎无限的时间，可以容纳无数人的评判。个人的言与行，诗人的言与行，是其中最重要的凭据——除非可以推翻这些言行，证明这些记录是虚假的。

郭沫若先生在书中试图做"推翻"的工作——他在《李白与杜甫》中曾为李白的一篇自荐表申辩，认为是后人伪造的，但最终并没有得到佐证。

人性中最基本的一些东西是难以开脱的，这一点古今皆是。人性是很神秘的，有人讲人和动物的区别，即人会语言、会思想和劳动等等。但有人说动物也有语言能力和思想能力，甚至也有羞耻感和道德感。许多人的生活体验中，觉得动物与人的情感模型、智力模型是十分相似的。但《圣经》讲上帝按自己的样式造了人，所以人性中原本就有神性；而在造动物时并没有按照这种样式来造，所以动物性中没有神性。这就将人从动物里区分出来了，人有道德伦理和良知，动物则没有。人被赋予了一种向善的属性，他的追求完美，他的理性特征等，是一开始就具备了的。从这个意义上讲，人作为上帝的子民应该是有智慧、有理性的和向善的。按这个宗教系统的讲法，人只有被魔鬼引诱，才会丧失良知，陷入妄为的迷途。

关于"人性"的判断和表述，我们可以取三个中国哲人来做比较。孔子被称为"圣人"，再后面是"亚圣"和"贤人"，这样的称呼也许是有道理的。孔子谈人性的话，影响最大的是这一句——"性相近，习相远"。这句话包含了什么？这里的"远"一是指古人和未来的人，二是指地理距离。就是说在时空两个方面，离开多远的人其本性都是相近的。但是他没有讲人性究竟是怎样的。到了"亚圣"孟子，他说"性本善"。

而另一个儒家的代表人物，战国后期的荀子则进一步发展了儒家学派，他也谈到了人性。荀子是不得了的人物，不但文章言辞凌厉，而且将儒学深入推进到社会管理当中；当然其中也有大量的"扬弃"。用以前耳熟能详的话说，他是儒学的"修正主义者"。李斯和韩非都是荀子的学生，由此可见荀子身上也有一些法家的元素。他如何看待人性？他的观点与孟子正好相反，认为"性本恶"。他的论据是，一个人必然要喜欢财物，贪图美色和享受。人必须经过学习，经过教育和熏陶，借助社会的一些良好制约才能变得更好，做一些好事。

今天我们不带成见地去比较这三种关于人性的论述，觉得谁最高明？好像孟子说得不够准确，他的"性本善"有些简单，因为

"人性"之中显然还有其他，包含了各种贪欲。再看荀子的"性本恶"，也不完全对。因为人性里毕竟有天生的良知良能，比如怜悯之心人皆有之，人性中天然地存在一些美好的东西，这同样是最基本的，是不需要教化即先天存在的。所以人性既不是本来的善，也不是本来的恶，而是一个难以言说的复杂体。所以孔子只说"性相近"，并没有"恶"和"善"的界定，因为实在太复杂了。就此看，孔子是最高明的。

再进一步比较，可以发现《圣经》和孔子都认为人性可以在自身条件和外界环境联合之下发生改变。《圣经》说起初"所造的一切都甚好"，但蛇引诱了夏娃、亚当，他们因而产生了恶，接下来就要在神启之下向善回归。孔子也讲"人之生也直""天生德于予"，又说"为仁由己"，可见人的道德境界和美德既有先天所决定的部分，也要靠后天的自我努力，故在现实中有"君子""小人"之分。

我们正是从人性的角度来谈论李白和杜甫，所以对他们作出伦理方面、道德方面的分析，而不会仅仅拘泥于社会学的意义。

· 人性的变与不变

我们从李白和杜甫的文字中不难注意到：他们是那么敏感的人。这样的人一旦做下了有伤自尊的事情，是会非常痛苦的。比如杜甫，有一首诗里就说到他最感耻辱的一些事，叫作"干谒"——为了博取功名而奔走。像写自荐表、跑关系等等，统称为"干谒"。

"衣不盖体，常寄食于人，奔走不暇，只恐转死沟壑"，杜甫这样描述自己悲惨的境遇，但仍然恳求"伏惟明主哀怜之"。李白也回忆过当年"干谒"的狼狈："前门长揖后门关，今日结交明日改。"他们怎么会没有强烈的狼狈、尴尬、耻辱的感受？这在他们的文字里一再得到印证。

郭沫若先生在晚年也谈到了李白和杜甫不堪的一面，但是非常节制，常常是点到为止。因为这或许要产生一些现实的反思，是难以回避的。1949年前后，特别是当时中国知识分子的生存处境，郭沫若先生是非常清楚的。上世纪六七十年代的杰出作家们在哪里？知识分子在哪里？有许多在监狱和农场里。有的知识分子只是苟活，或者死去，已经不在人间。当时议论李白、杜甫与权力的关系，就需要面对那样的社会现实，不由自主地产生诸多联想。同时我们不要忘记，郭沫若先生谈论这一切的时候，"文革"还没有过去，他自己正接连遭受老年丧子等的诸般打击。

在这种情况下，郭沫若先生能够如此论说诗人和庙堂的关系，已经是极为难能可贵的了。另一方面，李白让郭沫若特别珍爱，因为这是对他发生过重要影响的古代诗人，他不忍对其过于贬损。实际上把李白树成千古不朽熠熠生辉的民族诗人的，正是李白自己的文字；但同样也是这些文字，却差点毁掉了一个伟大诗人的形象。李白是一个饱含剧烈矛盾的人：一方面极其敏感和自尊，另一方面又极其麻木，常常扔掉自尊而不顾。

这种情形我们不会感到陌生。因为中国社会的"官本位"思想根深蒂固，最广泛的价值尺度就是官阶，一个人只要仕途顺达就算不容置疑的成功，仿佛不再有其他的尺度和标准。其实只要处于封建专制下的族群，就一定会演化和形成这样的一种价值尺度。绝对的权力意味着绝对的腐败，也预示了无所不能的野蛮。一个高度文明的族群一定会给艺术、精神、思想，给个体生命的尽情发挥留下充分的空间，形成一个色彩斑斓的生存格局。

封建大一统的专制社会，其权力不仅具有十足的野蛮性质，而且还会覆盖一切、遮蔽一切，这时候就会让任何健康生长的机会变成一种奢望和梦想。

无所不能的权力会带来巨大的利益，因为依仗的是野蛮的力量。李白、杜甫当年或许也曾把治国平天下、把为官从政当成一种"职业"去理解，这是他们书生气的一面。实际上这在封建专制时代是根本不可能存在的一种"职业"，官与民永远是欺压与被欺压、管理与被管理的一种关系。这里没有也不可能出现平等思想，更不能把这种抱负和理想拿到现代，拿到民主社会，不能从"管理国家"这个高度去认识。李白他们当时虽有书生气，但也不会傻到那个地步，把做官仅仅当成是一种"职业"看待。他们心里当然明白：这是一种无所不能的巨大力量，尊严、权力、财富，一切都会在官阶上得到体现，一切都要服从它的调度和笼罩。

从李白、杜甫到现在，一千多年过去了，顽固的"国标"仍然没有根本的改变，这只能看成是一个族群的大悲哀。

上世纪六七十年代讲"公仆"比现在多，出现的频率也要高得多。但怎么称呼其实是无所谓的，一切还要看实际内容。随着社会文明的不断进步，我们感知李白和杜甫开始使用现代人的尺度，可以更深入更细致地解剖这两个艺术生命的标本。

当然我们不能去苛求古人，不能用一厢情愿的思维模式去评析古人。但人性中总有不变的东西，比如在权势面前、利益面前，人的高贵和自尊怎样安放，这仍然还应该是古今相同的。从这个层面上讲，今人仍然在为一千多年前的李白和杜甫感到遗憾和疼痛。

· 拾起理性

李杜的言行是他们自己的问题，在千余年的中国文化史上如何看待李杜，则是我们的问题。我们最熟知的是后来从民间到庙堂，对李杜诗篇的热爱与自豪。这是自然而然的，是不言而喻的。

有一位西方的权力者曾经说过这样的意思：一个民族记取她的辉煌和胜利，与记取历史上曾经发生过的令其耻辱和羞愧的事情，同样重要。这样的话令人警醒。对羞于启齿的伤疤，我们不愿记忆，而只想更快地将它忘掉。这不仅是虚荣的缘故，而且还希望让整个民族有个好心情。不过好心情与噩梦之间的关系，最后还得从头分析和面对。

一个民族是这样，一个人也是这样。比如对李杜在行为缺失方面给予有意无意的过分的宽容，一定会有后果的。我们对成功者往往是很能够原谅的，很难拾起理性冷静地对待。重大缺失甚至是不可原谅的那一部分，与他们辉煌的成就应该是两说的。我们的尺度如果在某些方面稍稍放松一点，就会形成一种多米诺骨牌效应 —— 自封为"天才"者太多了，他们都会认为自己是拥有道德豁免权的人，于是就会放纵自己。

我们的文化老汤浸泡至今，其中的得失太多了。常说的"大丈夫能屈能伸"，用今天的流行价值观来看好像也没什么大问题，但这里是怎样的"屈"？围绕这个字到底要画一个多大的圈，就是问题了。忍受困苦、愤怒、饥饿、贫困、寒冷，在权贵的淫威下也决不低头的"屈"算一种；说假话，苟且，委屈自己的良知，无所不为，这算另一种。这后一种"屈"就有点可怕了。

比如颠倒黑白，放肆地吹捧自己，见了有权有势的人一切都不管不顾，利令智昏以至于做出耸人听闻之事，这就让人不敢恭维了。这种认识并不是什么道德高调，要知道古人曾经有过更极端的要求，像许由，听了不好的话马上要到河里去洗耳朵。用这样的标准要求生活中的所有人，似乎太不现实。但不现实是一回事，这个事例所标志的价值观及取向，却是谁都不能否定的。

看一下李白写的那些表，其他的一些言论和诗，其中的一部分简直不忍入目，岂止是经不起苛责。我们不必要求一个历史人物和现实人物在精神上绝对纯洁，不必要求一个人为精神、思想和操守而殉命——这样的人是旷百世而一遇的悲伤决绝——但也不必向着相反的方向越行越远。

我们可以苛责李白或杜甫，但必须与中国文化结合起来。如果真的能够"拾起理性"，那就将自战国到唐代浓烈的"干谒"之风来一个梳理，找出民族文化基因方面的问题。这会是一个极大极难的工作，但却不能不做。中国文化原本就不是一种理性见长的文化，因此"拾起理性"是最难的。

· 杜甫的绯鱼袋

郭沫若先生说到李白与杜甫，对李白非常偏爱。李白是一个浪漫主义者，深刻地影响了中国的一代又一代诗人，包括郭沫若先生自己。所以他在《李白与杜甫》中，写到李白的时候就常常表现出许多宽容和谅解——虽然也表达了一定程度的痛心，但基本上是推崇和赞扬的。而对杜甫就不是这样，有时算得上是苛刻。

其实杜甫和李白在许多时候是十分相似的。我们常常讲李白是一个浪漫主义诗人，杜甫是一个现实主义诗人，因为二者在性格、在做人方面色彩迥异，他们写出的诗章也必然有一些审美差异，人生目标也不尽相同。可他们都是杰出的诗人，都生活在同一个时代，一些言行也相差不远。比如说对权贵的依附和借重，杜甫并不亚于李白。杜甫在推荐自己的时候，同样用词大胆而泼辣，很有自吹自擂的锐气。还有喝酒，一般人都知道李白是一个酒徒，极度嗜酒，却对杜甫的能饮视而不见。

李白二次进京以后受到了皇帝的厚待，与权贵多有交往，并且一生都视这段经历为最大的荣耀。杜甫有过之而无不及，比如年老的时候，正赶上好朋友严武做了四川的最高长官，对方出于对杜甫的怜惜和敬重，就给皇帝上了一个表。结果杜甫得到了一个相当于六品的虚职，这就是后来人们常说的那个"杜工部"。从此杜甫有了一个表明职级的"绯鱼袋"，也就是绯衣和鱼符袋。这条袋子一直挂在杜甫身上，也给他添加了许多荣誉和不便。他和一些年轻人同在严武的幕府中，因为披挂这个袋子，惹得年轻人嗤笑，最后弄得极不愉快。他在《莫相疑行》中写道"晚将末契托年少，当面输心背面笑"，指的可能就是这段经历。

李杜二人诗风不同，但就与权势者的关系而言，其行为方式算是十分接近的。今天我们把这两个标志性的、符号性的文化巨人放开展读，认真研究他们的文字，关于他们的许多记录，以还原他们的生活，得以总结和思悟，是非常有意义的。时代不同了，语境已经大变，但我们仍然会将他们与今天的文人、知识分子的言行加以对照，从中发现一些规律性的、似曾相识的东西。

杜甫到了身体极度衰弱的晚年，终于把这条鱼符袋从身上解下来。在死亡的威逼之下，他已经顾不得那么多了。

· 比较陶渊明

就仕途的认识来说，李白、杜甫与陶渊明的区别很大。就为官之途而论，陶渊明同样极不顺利，虽然很早就是县令，但后来还是弃之不做。我们只知道李白为求仕大费周章，最后没有成功，却不知道他如果获得七品的官职，能否有耐心长期做下去。我们知道杜甫做过七品，至于后来获得较高官阶而获赐"绯鱼袋"，也并不是实职。

杜甫在《自京赴奉先县咏怀五百字》中写过"独耻事干谒"，但"干谒"却一度成为他的中心事业。李白在连续的挫折之后写道："安能摧眉折腰事权贵，使我不得开心颜""功名富贵若长在，汉水亦应西北流"。这些千古名句写出了李白内心的真实情绪，也和陶渊明完全一样，表达了愤怒和不屑、反省和自我批判。他算是背对官场吐出了一口恶气，这口恶气于是被后来人当成了最响亮的警句或宣言接受下来，长期用来赞扬李白的气节。实际上李白只是说了几句气话而已，说过之后该怎么做还怎么做，继续他的"干谒"之路。类似的豪言壮语并没有化为行动，这就是李白的人生悲剧。陶渊明的感叹、痛苦，和李白的这句诗所表达的几乎完全一样，即有名的"不为五斗米折腰"。但是陶渊明的不同在于他真的回到了自己的土地上，付诸实践。可见他有了痛苦不只是说说而已。杜甫也回到过田园，那是在四川，有过不错的农事营生，规模还相当大，以郭沫若先生的考证足以算得上一个"地主"，而且雇有长工。但是杜甫仍然不算弃官为农的人，而是失去为官机缘之后不得已的某种选择。

如果说李白和杜甫的文学成就小于陶渊明，那当然不对。我们对诗人很难简单作比。历史上公认的是李白和杜甫的成就大于陶渊明。但陶渊明却是一个不可取代的诗人，是李杜在许多方面不可比拟的大诗人。如果说屈原、李白、杜甫、苏东坡后面再加上一个最重要的诗人，那么许多人会加上陶渊明，而不是白居易或李商隐，也不是其他人。

可见陶渊明是一个拥有独特地位的诗人，实在是极了不起的人物。这了不起并不完全在于他的愤怒与痛苦、懊恼与觉悟，以及付诸行动的彻底性，但一定是与这些有关，这也是从古至今总是谈到的一个命题：人格与艺术的关系。

艺术问题是特别复杂的。有人说艺术的高度最终由人格的高度所决定，这也成了一个通识；但另一方面人格与艺术又会有所剥离，人格并不能完全等同于人的全部艺术。比如能不能在文学史上找到一个人品不那么高尚，或者是大有瑕疵的人，却写出了绝妙动人、具有极高艺术价值的作品？大概可以找到。

人们对陶渊明及其艺术是有误解的。通常一谈起陶渊明，就会把他想象成一个"悠然见南山"的闲适田园诗人。他有这样的时刻和情愫，但同时又是鲁迅所说的"金刚怒目"式。不光如此，在中国诗人里边，还很少有人像陶渊明一样，能够直面死亡，做出如此彻底的表达。他敢于面对和正视死亡，是这样的一个诗人。

历史对陶渊明还是非常公正的。他的作品在很长时间里比较寂寞，不仅是他在世时，就是去世后很长时间内也没有人说他是个伟大的诗人。当时和后来一段时间内，一些稍稍重要的诗歌选本都不选他的作品。只不过最终诗坛还是渐渐认识到了他的独特与深刻，成为一个绕不过去的文学存在。历史上，有人甚至把陶渊明的地位提到李白之上。比如王国维写《人间词话》，列举最重要的诗人时，就没有李白，而有陶渊明。当然王国维在《人间词话》里对李白也有很高的评价，说过"太白纯以气象胜"。

陶渊明是一个知行并重者，其品格与艺术、生活情状各方面高度统一。他的纯粹性弥补了很多不足，其诗章呈现出可贵的单纯质朴的品质。比较他，李白和杜甫就缺少这样的质朴和纯粹性质。李杜的人生和艺术常常表现出巨大而尖锐的、无法弥合的矛盾，这一方面增加了他们的艺术魅力，另一方面也撕裂了他们的艺术。

· 足够大的树

关于李白和杜甫，更有韩愈等杰出人物留下的一些"干谒"文字，许多人会为他们感到惋惜。其实远早于他们的时代，那些"毛遂"们就已经很多了，纷纷"自荐"成为盛大风气，而且有着堂皇的理由：生逢盛世，敢不为君所用？"致君尧舜上，再使风俗淳"，这是杜甫《奉赠韦左丞丈二十二韵》中最有名的句子，集中说出了这样做的志向和理由。这样的情形以战国时期为最盛，到了唐代这样的"盛世"，也就延续下来并有了进一步的发展。

我们注意的往往是极有名的历史人物，其实比他们名声小一些的人即便做得更甚，却没有多少人援引。如唐人符载《上襄阳楚大夫书》中写道："天下有特达之道，可施于人者二焉。大者以位举德，其有自泥涂布褐，一奋而登于青冥金紫者。次者以财拯困，其自粝饭蓬户，一变而致于肤粱广厦者。"可见当时是颇有人寄望于这"特达之道"的，梦想着"一奋而登于青冥金紫者"。这种"一奋"者从古至今总未绝迹，而且有古例可傍，所以此类风气只能愈演愈烈，闹成"跑官要官"的现代版，成为数字网络时代的另一道风景。

任何一个人面对时代的潮流、世界的潮流，都不可能岿然不动，只是程度会有所不同。举例讲，大风来了，真正的大树枝叶在动，但主干是不动的；再小一点的树，枝叶动主干也要动；更小的树如灌木之类，几乎就要匍匐在地了。

一个人要有足够的自持力，就必须长成一棵大树。可是放眼看大地植被，最多的不是大树，而是小树、灌木最多。在这个风力很强的时代，我们要长成一棵大树，这样大风来了，枝叶可以动一下，主干还不至于偏移。

但是一个人无论多么了不起，无论是多么大的树，丝毫不为所动也是不可能的。石头才不动，而人至多是一棵有生命的树。人和树是一样的，无论怎么高大，枝叶在风中总要动一动的，这是一个人回应自己时代的哗哗作响之声。能够这样已经很不得了了。如果说一个人在任何的时代风潮中都毫无所动，都可以低头做自己的事情，打自己的主意，这样心如铁石的人几乎是没有的。

这也正是我们开始所讲到的话题，即今天为什么找不到一个有资格设坛讲学的人？因为我们找不到一棵足够大的树，它已经像一个活化石了，那样就不为时代风潮所动了。他可以生活在个人的世界里，做自己的大学问，这样的人才有资格设坛讲学。一个人博闻强记，知道的事情很多，足迹遍及几大洲，穿梭在大学里，总是夸夸其谈，是电视台等媒体上的活跃人物，设坛讲学恐怕就难了。哪怕他算是一棵不小的树，每刮一阵风枝叶就会不停地抖动，无论愿意还是不愿意，都要用这抖动的声音去回应自己的时代，回应周围这个世界。

他的声音散布在风中，而这声音都是我们大家似曾相识的。

在真正能够设坛讲学的人面前，大家没有多少参与的份儿，而只有倾听的份儿，他送给我们的，必须是个人的声音。这声音我们会感到陌生，其高度达到了不容别人置喙的程度——一般人够不到他。

而我们自己是什么？好比草，好比灌木。

所谓的"英雄史观"，从来不认为群众是真正的英雄。但单讲思想，还需要重视个体的力量，哪怕草木一样的个体。个体才有进行思想的巨大能量。所以我们应该强调做一个有价值的人，强调发挥个体的力量，修好个体。

修好个体的条件有许多，检验个体力量如何，其中的一条就是看其独处的能力有多大。

独处是一个了不起的能力，能够很好地独处是困难的。有人讲，独处不就是一个人待着？是的，看来再简单不过，其实是再困难不过。环视周围，哪一个人能独自待下去，待得健康？一个人待得太久要出事，孤独，忧郁……各种各样的毛病都随之出来了。独处也并不是一个人在斗室里冥思，不是打坐——这些当然也是独处的一种方式；但是更重要的方式，是独自与另一个生命沟通和对话，比如阅读。有人说，一个人在那儿看大片，看图片网络，那不是独处吗？当然不是。因为跟这个时代最芜杂混乱的声音和声像搅在一起，是热闹而不是独处。

要沿用相对传统和沉寂的方法——一个族群使用最久的一整套系统符号，即语言文字——跟另一个时空里的生命沟通，这才是独处。

阅读是最好的一种独处方式。

一个族群的素质越高，独处的能力就越强。上个世纪80年代中期我去欧洲，下午四五点下了飞机进入市区，走在不宽的街道上——不像我们这么宽的大马路——只见一辆辆小车停在边上，街道静静的，一个人都看不到。当时觉得奇怪的是欧洲人口密度这么高，按我们的经验街上应该是人山人海才对。可是这里竟然一个人都没有。一连转了好几条街，几乎没有看到人，到处安静得很。

后来我们才明白，他们都在家里，在工作的地方，上班或忙自己的事情。总的来说他们独处的能力更强：在家里读书，听音乐，或与家人一起。个别人在咖啡馆里待一会儿，也是独自安静着。总之，一个文化素质较高的民族独处的能力才强。而在第三世界，在文化程度相对较低的地方，连人口密度不太大的地区，大街上经常都是人流蜂拥，他们好像天天忙着串街购物。独处对他们而言是极难的一件事。

没有独处的能力，说明没有个人的精神世界，或者这个世界极其狭小。这样的人是无法阅读的。因为没法在精神的世界里遨游。有人说首先要解决温饱问题再讲其他，类似的话可以说上一代又一代，好像我们只配解决温饱问题似的，再往前走就是奢望了。这样我们也太窝囊了。

这里的阅读不是广义的阅读，而是狭义的阅读。再狭义一点，只读那些经典，各种经典。经典来自时间，不是来自乌合之众。一窝蜂拥上去的书往往是乌合之众的读物。好书也是能够独处的，它们不怕偏僻寂寞，那我们就来读它们。人的见解确实是有高低之分的，读那些高人赞不绝口的书，一般更会有意义。一个人不学习，连文明的基础都不具备，却化入了"群众"之中，于是就成为一些人开口必赞的"英雄"，这样的"英雄"多么可疑。

经典来自时间，要到时间的深处打捞。比如说读几百年前、几千年前，那个时候留下来的经典。时间是有积累、有利息的。平时光知道钱有利息，可是时间的利息更大，时间是个很神秘的东西。我们读陈子昂、李商隐、白居易、岑参，读屈原、李白、杜甫、张九龄、王之涣，看西方的那些英雄史诗，如《贝奥武夫》，而后会惊奇：一个在遥远时代中生活的人，怎么可以写出这种色彩和基调的诗章？它是如此地深邃迷人，如此地具有时光的洞穿力，其光芒一直投射到今天，投到我们的身上，还是强烈炫目。

这两天我们讲李白和杜甫，因为他们支撑着中国文学与东方文明的天空，是其中的两根支柱。既然如此，就可以拿出时间好好读一下他们的原典。中国研究他们的书汗牛充栋，有余力再读这些文字，看看他人是怎么看待李白和杜甫的。有些篇目可能是无聊的，因为从古至今都有个去伪存真的问题。在匆忙的数字时代里，我们花上一些时间研究这样两个人物，完全值得。

· 幻想和追求

谈李白和杜甫，在时下这个特殊的时期，很能够从一个方面拨动我们的心弦。

一拨从上世纪50年代一步步走过来的人，经历了各种各样的动荡和变化。仅就知识分子的地位来说，表面上看经历了几起几落，实际上却没有太大的、本质的改变。现在的许多文学作品仍然在写知识分子的苦难，使用了大量笔墨来写上一代人的不幸，而且都很真实。这应该说是很"现实主义"的，并不需要什么"浪漫主义"。

一些很不幸的代表人物丢掉或接近丢掉了性命，命运稍好一点的，也在监狱里度过了最好的年华。他们一路跌宕过来，经过了一系列政治运动，最后好不容易等到了平反，已经是老迈之人了。1980年代之后的知识分子，已经觉得经受了沧桑巨变。今天他们在物质主义、欲望主义、商业主义的合力挤压之下，作为一个群体也产生了巨大的分裂。一部分人仍然不能从昨天的记忆里走出来，带着痛苦的回顾纵横思索，内心非常复杂和沉重。还有一部分人追随时代，与时竞进的能力很强，可以及时地投入到当下的生活中，对一切都很适应，也很认同。

在这种时代背景下去看李白和杜甫的一生，会别有一种深刻的感受，体悟知识分子与庙堂的关系，悲剧感特别强烈。知识分子急于被庙堂所用的那种尾随、攀附的心态，在两个大诗人身上得到了淋漓尽致的体现。其中给人的痛苦——那种痛彻骨髓的感觉，尽管经历了千余年，也仍旧是无法消除的。这种感受伴随着审美的始与终，算是一种特殊的阅读经历。这种阅读体验和经历会是中国独有的吗？

自然，李白、杜甫与庙堂的关系一言难尽，他们身上既有知识分子的依附和巴结，还有另一些不可忽视的因素，这或许就是——信仰。当时的帝王被看成上天派来的俗世管理者，所谓的"天子"，于是对皇权的信奉就多多少少演变成为信仰。

早在春秋战国时期，中国出现了那么多标新立异的思想家。战国时期有严刑峻法的秦始皇和商鞅，有齐国的物质奢靡，但另外还有一个更大的奇迹，就是稷下学宫的建立。在经历了那么多朝代，在不同的文化格局、文化人物和文化潮流的演变之后，一路走到了所谓的盛唐，出现了灿烂的唐诗，其中就有李杜这两颗最耀眼的文学恒星。我们长期以来被笼罩在盛唐诗歌的巨大光环之下，感到炫目，浑身流汗。

可是如果转过脸注视其另一面，又会觉得冰冷寒彻，有瑟瑟发抖的感觉。这里不仅指他们这两个杰出人物的悲苦命运，他们的晚年归宿，还有他们的心灵挣扎、对于庙堂的乞求与哀告，这声音一阵阵传到我们的耳膜中。

这种冷热温差之大，有时让我们无法消受。今天的知识人有什么期许？可以幻想和追求一种理想的知识人格吗？我们处在一个被冠以"全球化"的时代，一个网络时代，又将如何接受李白和杜甫他们那一代的遗产？

· 公德与私德

说到李白和杜甫等历史人物的言行，对其评议，有人认为也有个"公德"和"私德"的问题。这就使问题稍稍复杂了一些。怎样区别二者并作统一观，大概在许多历史人物身上都是个难题。评说一些特别的人与事，不光是中华文化有着"巨大的包容力"，外国也同样如此。"公德"与"私德"之不兼容，我们还可以举出一些更显著的例子，如明末清初的钱谦益，从文字记录上看也是一个很有才华但操守大有问题的人。钱谦益很了不起，在诸如文学批评、诗歌创作等很多方面都作出了很大贡献，是一个难以忽略的文化人物。国外的毕加索、海明威等人，都有好多事情可以谈，既有足以夸耀之处又有被人诟病之处。特别是雨果，莫洛亚写的《雨果传》是多么迷人的一本书，其中就写了雨果很多"私德"方面的问题，同时也能大处着眼，给予足够的谅解。

一个大天才，他做过的所有事情都在一个世界和系统里面。如果对其进行"解码"，我们也许会发现，任何一个生命体或其他物质实体，就像网络中的虚拟物象，全是由简单的几个数码组成的，这些数码在排列中只要错乱一个，就全部乱套了，这个"物象"也就没有了。可以说是牵一发而动全身。所以我们对一个人物不可能只取其好，不取其坏，只取个人所喜欢的那一部分，舍掉个人不喜欢的部分。他的一切行迹似乎都是由一个整体生命所规定的，他必要沿着这个规定越走越远，不可以挽留，也不可以劝勉，不可以吸引，也不可以改变。阅读这些人物的传记，我们常常会有这样的感觉。像李白与杜甫这两个人，就向着自己命运的轨迹一路走去了，谁也无法改变他们一丝一毫。

但我们以局外人的身份，如何来看待他们的世界，评价这两个已经完成了的生命的全过程，又是另外一回事了。我们在评判这些生命的时候，要有自己的理性、穿透力和觉悟力，以及我们对于道德层面和艺术复杂性之间纠缠难分的诸多关系的再认识，用我们的谅解和包容，更有期望的生命高度与之对接和对撞。拥有这种能力并且能够这样去做，对我们自己的精神世界和艺术世界也是至关重要的。

这可能只是一个幻想，一个奢望。实际上拥有这种能力的人很少，即便有也可能不被大众所理解。他们对那些杰出的生命看起来是苛刻的，实际上是平等的和理性的，是一种认识的深度。有人会疑问：后来者对那些天才人物怎么如此挑剔？其实更多的还是爱与理解，是远与近的交替打量，是两难的痛苦，是在这种观照下产生的自我愧疚，是感受人类共同的伤痛。在历史上的一些天才人物那里，优点和缺点会一起被放大。挑剔和否定是容易的，肯定也是容易的，但这种否定和肯定应该放在一个更大的生命框架中才好，应该有永恒性的观照，有这样的高度和判断力。这就必须摆脱小市民化的、庸俗用世的视角。

从这个角度讲，我们对李白和杜甫，还有雨果、歌德、托尔斯泰等百科全书式的文化人物，对他们的接近和诠释正未有穷期。他们也许会伴随我们人类的历史一直走下去，难以消失，后人对他们的再认识也绝不会中断。已有的结论将被重新打量，还有一些结论将被深化或改写。

但"公德"和"私德"这种划分方法是很有问题的，这或许会将"道德"变成一个伪命题，将思维导入误区。"德"只有一种，不分"公""私"地完整寄存于活生生的生命当中，不可能被劈成两半。一个人如果将自己划出"公德"和"私德"去分别对待，那只能造就出一个伪君子。作为公众，对他人这样区别评判也不尽合理，因为所谓"公德"毫无疑问是在大众监督范畴之内的，而所谓"私德"即一个人和与生俱来的良知或道德律之间的关系。

《圣经》中讲到有人抓来一个淫妇到耶稣面前，要众人拿石头打她，以此来试探耶稣的态度，耶稣说："你们中间谁是没有罪的，就可以拿石头打她。"结果没人敢抓起石头。这里并不是说违背了戒律可以不受惩罚，而是说解决罪恶的方式不是让一群有罪的人去审判另一些有罪的人。人人有罪，怎么有资格站在道德的制高点上去审判他人？我们常说的"良心的谴责"，其实就包含在这个意思里面。

托尔斯泰和陀思妥耶夫斯基等人的伟大，不在于他们行为上的所谓"公德"或"私德"如何，而在于他们来自灵魂最深处的罪恶感和忏悔心，在于他们终生都在寻求真正的救赎之路 —— 无限地朝向那个绝对真理的靶心校正自己的生命偏差，救赎自己的灵魂 —— 这才是真正的道德。

· 不同的"机会主义"

不必讳言，李杜身上确有机会主义的元素。在艰难的进阶之路上，他们不可能完全摈弃庸俗的东西。比如在长安的辛苦"干谒"，两人受尽屈辱却又乐此不疲。对这些岁月，杜甫和李白的诗中记录得最充分不过。"此意竟萧条，行歌非隐沦。骑驴十三载，旅食京华春……"这是杜甫《奉赠韦左丞丈二十二韵》中的句子，其中写尽了自夸与自怜，简直不忍卒读。"精诚有所感，造化为悲伤。而我竟何辜，远身金殿旁。"这是李白的《古风》第三十七首所写，是他被逐出长安后的惶惑与痛苦，为远身金殿感到莫大的屈辱。他先后对韩荆州、张垍、独孤明等官场权势人物迎合攀附，这个过程中有多少悲酸落在心底，也只有敏感的诗人自己知道了。杜甫更是如此，他一生不得不与之往来或接近的权势人物，有一些显然是让其非常痛苦的。比如他诗赋中提到的滕王李元婴、国相杨国忠、韦左丞丈济以及梓州的章彝，都算是这一类。

利益与机会摆在那里，有时候是由不得人犹豫的。

但是机会相同，寻找这机会的人却可以是有大区别的。有些问题，有些人物，需要相当细致地辨析才好。像美国的庞德、挪威的汉姆生，都曾经跟强势的希特勒思维合拍共鸣，做过一些附和的事情。而希特勒崇拜前人瓦格纳，喜欢瓦格纳的音乐和尼采的超人哲学。如庞德和汉姆生这类人物，当时总算是服从了个人的"感性"和"理性"，也许是从心底认定了反犹的正确。他们究竟是为了个人的进阶，还是其他，这的确需要分类甄别一下。

在巨大的物质利益、强大的权势面前所表现出的随和一致，我们必然要充满警惕。这个时候心中的机会主义要冒出来，就是人性的弱点。很显然，当我们对权势、潮流进行剥离和对抗的时候，很可能需要压抑机会主义。但也并非完全如此——因为有些时候，对于潮流和权势的反抗，也有可能是机会主义的变种——这种反抗同样是为了昭彰个人，比如为了口彩和其他利益。这后一种反抗其实与他们所反对的目标是一回事，在本质上并不能高到哪里去。这极有可能是追随另一种权势和潮流，是无缘进入庙堂而采用的另一套计策和方法。

这两种机会主义，相同之处即全都失去了生命的纯粹质地，是为利益而搏。

所以无论是李白、杜甫、海德格尔、庞德，还是汉姆生、瓦格纳，他们有时候持什么政治观念并不重要，而观其生命质地是否纯粹才是最重要的。只要保有朴素的情感和认知，那么他们的创造力一定会是比较强大的，也是值得谅解的；反过来，当他们失去了这种纯粹性，其创造力也就大大地下降了。

　　瓦格纳是个很了不起的音乐家，他的音乐令人陶醉。像这样一类人物，他能在自己的生命创造上做得登峰造极，相当完美。这种完美只能是源于生命的纯粹。就这种生命的纯粹和热烈而言，是极质朴又极辉煌的。但这种纯粹和热烈却被后来的希特勒利用和推崇，实在有些诡谲和复杂。

　　但是许多时候，一些人的出发点和机会主义者仍然大有不同。历史道路、学术道路的选择，许多时候是由各种各样的原因造成的，绝不可简单论之。我们看待这些复杂的事物时，不能以世俗的成功与否作为判断的标准。

　　与李杜同期的一些文人，他们当中有许多是进阶有道并且大获成功的，这些人当中有不少留下了极其优秀的诗篇，却没有多少人对他们一路留下来的"干谒"文字一再追究，比如文章大家韩愈。韩愈的《上宰相书》等，都算得上这类文字的范本。

第二讲　嗜酒和炼丹

· 李白炼丹

李白太过浪漫，所以让人觉得他终生追求炼丹、长生不老之术等一点也不奇怪。敏锐的人，好奇的人，往往都是很有才华的人。当年李白那么迷恋修道、炼丹，今天的人只当笑话去谈，事实上是不求甚解的一种表现。当年连皇帝都喜欢这些东西，社会高层的许多人都有自己的丹炉。只是当年的炼丹和今天理解的道家"内丹"有点不一样，"内丹"实际上是唐末五代时期萌芽，直到丘处机的"龙门派"之后才慢慢演化成熟起来的。气功也是"内丹"学问的一个分支。

当年道教起源时还没有炼"内丹"这一说，他们是炼"外丹"，真的要支起一个冶炼的丹炉才行。包括皇帝等人爱吃的丹，大半都是用水银、雄黄等矿物炼出来的。李白和杜甫都爱好炼丹，他们炼的都是"外丹"。其实我们今天的人大部分也热衷于"外丹"，也在不停地吞下一些毒物，只是我们不能够正视而已。我们的认识还没有跟上去，不知道现在实质上也是在炼"外丹"。我们并不是丘处机龙门派的传人，练引导身体内力的气功反而不是太多。当时还没有"性命双修"这样的说法，也是到了唐末以后特别是龙门派之后才有。"性"是精神心理方面的，"命"是生理身体方面的。当年李白和杜甫最佩服的一个人叫葛洪，葛洪就是炼"外丹"的大仙家。

杜甫诗中说"未就丹砂愧葛洪"，意思就是：自己在这个方面差得远，尽管已经作出了极大的努力，也还是有愧于李白这个"葛洪"的提携。李白是一个非常有趣的人，他做什么事情都很认真。我们今天的人难以想象李白是怎样炼丹的。李白有钱，他跟从当时一些最有名的道士，立起丹炉。炼丹要有"大药资"，这方面杜甫当然不如李白。杜甫说过，他炼丹不像李白那么有条件，苦恼的是没有"大药资"。

李白先后拜了几个很高明的道士。除了健康的考虑，另一方面炼丹也是求官的一个途径。当年上层社会的风气是好道访仙，皇帝和权贵都爱道，都访仙，都炼丹。所以只有走了这一路径，与权贵才有更多的共同语言，比如跟他们谈论道、仙、东瀛，谈论三仙山这样一些时髦话题。这正是进阶之路。

从根本上讲，越是拥有大能的人对生命的奥秘就越是专注，他们这一生必然要穷究根底。李白炼丹求仙、长生不老的念想一辈子都没有断绝，当是自然而然的。他不是一般的好奇和喜爱，而是极为认真和信从。他曾经跟一个叫高如贵的道士接受道箓——这是一个严苛的仪式，要筑一个坛，接受道箓者要七天不吃不喝，围着坛转圈，两手背剪，披头散发。很少有人能承受这个煎熬，有的人甚至半途死去。有的人没死，但已经被折磨得恍恍惚惚，仿佛见到了仙人。李白经历了这个，最终成为接受道箓的正式道士。而杜甫还没有走到这一步，那不是因为他的清醒和疏远，而是因为资本不足。

李白到了晚年，在去世的前三四年写了一首很长的诗，许多人没有注意，没有几个选本收录。诗的题目叫"下途归石门旧居"。这是李白用以跟吴筠道士告别的，郭沫若先生在《李白与杜甫》一书中极为重视这首长诗。李白在诗里总结了自己的一生：艰辛学道，官场失意，以至于走到了今天这一步。他对求道访仙稍微有一点后悔，但悔的并不是这条道路，而是自己未能取得成功。"此心郁怅谁能论？有愧叨承国士恩""挹君去，长相思，云游雨散从此辞""吴山高，越水清，握手无言伤别情"，其中蕴含了极为沉重的情感，是风雨人生的过来心情。

· 现代丹炉

李白和杜甫炼丹成仙的心情一度特别急切，这在现代人看来不仅难以理解，还常常觉得有些可笑，会觉得两位大诗人竟然这样愚昧，以至于浪费了一生中的大量宝贵精力，还有大量的金钱。李白只活了六十二岁，杜甫刚过五十九岁，两人都疾病缠身，晚境可怜。而为了追求长生不老，他们到处访仙，寻找大山里的道士，看来真是有点划不来。

但是如果还原一下当时的情形，我们也就不会惊讶了。当年没有今天这么多的中成药，更没有西药。我们现在有数不胜数的中成补药，还有从西方传来的那些补充剂、胶囊，这些都是用来维护身体的。这其实就是今天我们追求的"丹"，却没有谁觉得这种事情有什么荒唐。名字变了，不再称作"丹"了，究其实质却是一样的。我们现在的"丹炉"现代化了，电脑控制，正在世界各处不停地熬炼。现在的炼丹程序复杂之极，原料也大大拓展了。李白和杜甫那时候的"丹炉"里常有雄黄、水银等有毒物质，很多人吃了生病或暴死。魏晋时期死了很多人，有的皇帝都吃死了，就是对原料缺乏科学认知。

可是科学发展到现在，我们还是不知道今天的"丹丸"是否就一定安全，同样一味补充剂，专家们说法不一，有的说大有裨益，有的说大有危害。关于"丹丸"的问题，人类永远要处在一个认识和探索的过程之中。从这点来讲，李白和杜甫一点都不可笑，相反他们是那个时代的先行者，是生活得十分讲究的一批知识人物。

当年李白、杜甫他们喜欢的"丹炉"，今天不但没有停歇，而且还利用了现代技术，比古代烧得更大更旺了。所有的中药厂、西药厂，都有自己的"丹炉"在熊熊燃烧。总之在谈论古人炼丹等行为的荒唐可笑之前，还应该冷静地想一想现代人对各种"丹丸"的迷恋。今天推销"丹丸"的人更多了，许多人还因此致富。不同的是今天的"丹炉"更多更大，也大大地现代化了，数量比过去扩大了几千倍。从东方到西方，到处都在"炼丹"，只不过改了叫法而已。进入任何药店，都可以看到货架上堆满了花花绿绿的现代"丹丸"，我们百分之九十的人都和李白、杜甫一样，时不时地吞食这些东西。

像李白、杜甫这样的人只会更关心自己的生命，因为这是最根本的问题，没有生命了，其他一切都谈不上了。

郭沫若先生说李白在晚年谈到炼丹修道时十分愧疚，算是大彻大悟，根据就是写给吴道士的那首长诗。可是我们今天展读这首诗，却觉得更多的还是因为炼丹未成而滋生的痛心和遗憾，是他与吴筠的依依惜别之情。在他心里，那段修道生活仍旧是最值得留恋的黄金岁月。"云物共倾三月酒，岁时同饯五侯门。羡君素书常满案，含丹照白霞色烂。余尝学道穷冥筌，梦中往往游仙山。"总之直到晚年，他对炼丹事业还是一往情深的。

李白炼丹是对永生的渴望，是意识到了生命的短暂，更是被虚无所纠缠。他想成为超人，想突破人的局限，因此陷入了另一个更大的局限之中。李白对永恒的向往，不仅仅是期待肉体不灭，而主要是包括了灵魂的永生。

· 炼丹与艺术

郭沫若先生在《李白与杜甫》一书中，对李白和杜甫的炼丹、寻仙、寻求长生不老的愿望和行为给予了彻底否定，其实是大可商榷的。人对生死问题的关心是切近而自然的，人生不能不面对这些至大的问题，属于"终极关怀"。人在这些大目标、大思维之下有所行动，自始至终地探究不倦，当然是可以理解的。将李白和杜甫这样的天才人物，简单地归于迷信无知和愚不可及才是不可想象的。

也有人认为李杜局限于当时的科学知识水准，才做出了那样怪诞的选择。炼丹这种事是极为复杂的，道士即专门家。炼出的丹丸尽管也有化学反应致使有毒物质出现，让人受害，但大多数时候肯定也还是安全的，不然人们早就扔掉了丹炉。炼丹只可以看作药物合成研究的一个阶段，而不能简单视为古人的执迷怪异之举。这种研究直到现在仍在进行之中，未来也很难终结。

如果从信仰和哲学方面来考察，那就更不能全部否定了。人的信仰与沉思是自由的、深邃的，古人的形而上思维能力远不是庸庸碌碌的现代人所能理解的。一些悠思与玄想只有质朴的土地上才能生发，它们不会像科技一样线性进步。在思想领域，不能因为信奉一种主义而排斥其他主义。如果对李白和杜甫的信仰有了基本的尊重，就会在这种前提下分析他们的价值取向和艺术得失。

按照葛洪的理论，丹丸中最重要的元素应是金属物质，吃它们人才能长生不老；次要一点的是动植物，它们只能强身健体、长寿，并不能长生不老或成仙。吃了能够成仙的必须是朱砂、水银、黄金、白银这一类东西。可见这些大多数人是用不起的，也难怪杜甫发出抱怨。所以真正大力投入这种事业的，只有李白这种人才行，但也只是局限于前期。

李白和杜甫处在葛洪的"外丹"理论、原始道教知识的笼罩之下，从养生的角度看有得有失，用今天现代科学的眼光看也不乏失误——我们现代"丹丸"是一些中西药片药丸，它们也常被查出毒副作用。所以这种事情总是得失互现的。在那个时候，第一流的天才、皇家贵族们都迷恋于炼"外丹"，这和今天有钱有地位的人更加注重药物保健是一样的。那时主张修炼"内丹"的"龙门派"还没有出现，葛洪的理论主体也不是"内丹"思想，所以一座座丹炉只得烧下去。直到现在，"内丹"的神秘性也横亘在大多数人眼前，反而可以掺杂许多邪说，令人望而生畏。所以今天吞食各种药丸的人，仍然要远远多于练意念引导术的。比李杜更早一些的大文学家思想家，如以嵇康为首的"竹林七贤"，都迷恋炼丹，苏东坡也炼丹。

追求长生，挑战死亡，是人类自古至今都不会停止的思想和行为。这是关于生命的原初和本质、从哪里来到哪里去的一个质询，这种忧思发问在天才人物那里就越加强烈。一些了不起的哲思，都是在这个大质询之下产生的。如果承认李白和杜甫的思想与艺术，就不能完全否定他们炼丹求仙的行为，而且还要从他们的这些行为和思想中，看到真正深刻的现代意义。

李白炼丹与仕途的关系是清晰的，但与作诗之间的关系还待探讨。炼丹其实并不完全独立于他的诗歌创作之外，而始终是相伴相行并产生了深刻的影响。李白诗中出现云雾烟霞等大量意象，其想象力达到的极致、飘逸的诗风、自由洒脱的方式、神仙美学，这一切都离不开他一生的求道生活。

李白被称为"诗仙"，这不仅指诗的内容常有神仙，而更主要的是气韵和神采。对神仙的向往深入骨髓，对长生的追求直到最后，正是这些左右了他的诗魂。

· 李白与东莱

李白和杜甫都是到处游走的，但李白走的路或许比杜甫还要长。古代的人一般来说走得比我们当代人少，除非是流离失所，要混生活和安顿自己。比较起来，古人比今人更能够"诗意地栖居"，只不过因为交通工具的原因，走得很不容易罢了。如果仅仅按里程来计，古人一生跨越的地理空间一般要大大少于现代人；但是他们使用两足实际勘踏的自然山水，却要远远超过现代人。李白写大自然的诗篇、在土地上留下的行迹都比杜甫要多。

李白和杜甫来没来过胶莱河以东？除了文字记录中有一点李白东游的痕迹，再找不到更多的记录。孔子也没有来过半岛，孔子如果来古黄县看看多好，但终究还是没有来。记录中孔子往东走得最远的地方是临淄，再没有继续走下去。

杜甫来没来胶东已经无考，但是有人认为李白《沙丘城下寄杜甫》这首诗很可能就是在半岛地区写下的。他们认为李白那首诗中的"沙丘城"就在掖县，即今天的莱州。其实这种推论是成问题的——"沙丘城"在今天的鲁西一带，而不是掖县。但是李白是到过崂山的，那里就属于胶东。"我昔东海上，崂山餐紫霞"——这说明他走到崂山了，不去今天的蓬莱和古黄县一带，似乎是讲不过去的。

李白到过胶东腹地是非常有可能的，因为李白的脚更野，求仙炼丹、访仙的热情更高，行动力也更强。杜甫喜欢炼丹，但由于缺乏资本，没有那么多钱，虽然热望却不具备这方面的条件。李白既有热情又有条件，为此到处游走。胶东半岛是古代方士活动最多的地方，最具代表性的人物就是徐市（福）了。徐福这个人是海内闻名的大方士，就是《史记》上说的欺骗了秦始皇，带着三千童男童女到东瀛求长生不老药的那个传奇人物。与徐福类似的方士还有很多，他们后来演化在各种道教流派当中。

　　"三仙山"和徐福的形象是李白多次写到的。李白走访半岛地区，当是他人生的一个重要经历。他在山东的时间较长，这也是来半岛地区的一个重要条件。总之考察李杜去没去过胶莱河以东，是既有趣也有意义的事情。因为这个地方与其他地理板块在文化上差异极大，所以对一些著名人物的行迹寻索，实际上也是在做文化思想的研究。比如孔孟这两个儒家代表人物，考证中发现，孔子是确定来过齐国都城临淄的，听过齐乐《韶》，"三月不知肉味"。但他没有继续往东部进发，没有去过东莱地区。孟子虽然在临淄讲过很长时间的学，对稷下学派产生过巨大的影响，但从文字记载上看也没有东行的确凿证据。

　　我们研究李杜，就要对东莱给予极大的注意，因为那里毕竟是方士的大本营，是道家思想发扬光大的地区，无论是道家的"内丹"还是"外丹"学说，都在那里有了长足的发展。那里后来成了道家的圣地。春秋战国时期邹衍的大九州说，如果没有东莱文化的培育是不可能出现的。我们读李白杜甫，会感受到浓烈的道家思想，他们一生都没有忘记求仙访道，直到最后还带着未能得道成仙的深深的遗憾。特别是李白，他的气质与东莱地区的海雾迷茫、东海诸岛的仙境传说是一致的。

　　李白诗中写到的道教圣地崂山，从地理位置上看靠近东莱的"犄角"一带，就是今天的青岛市。那里离八仙过海传说的蓬莱市已经很近了，所以他不去蓬莱沿海一带游转似乎不可想象。这一带的海市蜃楼是最有名的，所以也是方士们流连最多的地域。按照地理文化风俗气质来说，这一地区是最能够吸引李白的，也与他的诗性最为协配。他的诗中多次提到"蓬莱"和"仙山"，虽然这个"蓬莱"还不能与今天的蓬莱市等同 —— 那时还不是一个确指的区划地理概念 —— 但"仙山"却一定是指那一带海域分布的列岛。

起码从文字记录上看，杜甫没有像李白那样东游莱夷。杜甫虽然也极为迷恋访道求仙，但投入实践的力量越来越少于李白，走的道家地场也远远少于李白。记载上他没有像李白一样正式接受道箓，而且在晚年的时候好像更多地转向了佛教。"老夫贪佛日，随意宿僧房"，"不复知天大，空余见佛尊"，"重闻西方止观经，老身古寺风泠泠"……杜甫对多半生的访道成仙可能已经不存奢望了，于是对求佛反而觉得更为现实。成佛是人人皆可的，而成仙是难而又难的 —— 大概没有人在一生中见过一个成功的实例吧。

杜甫的诗中谈到访道求仙的字句很多，却少有仙境的恍惚迷离之气。这与李白是大不相同的。如果说李白的那种气质不仅来自对仙与道的痴迷，还来自豪饮，那么杜甫也差不多，也是一生嗜酒的。可见两个人诗的质地之不同，既可以看成是性格的原因，也可以看成是他们与道家的心灵距离有很大差别的缘故。

杜甫一生没有去过东莱并不奇怪，而李白在东莱游走却可能是如鱼得水的。

· 东夷与道教

李白到山东的崂山去访道，引人多方想象。但愿这里作为他的长久怀想之地，并没有让其失望。这之前他有许多时间流连在陕西终南山一带，还在山里长住过。当年的终南山有许多访道谈玄的人，这些人有的是真心修道，渴求长生之术；有的只是采用了这样一种求仕的方法而已，目的不过是为了做官。中国古代就是这样奇怪，有科考取士，有举荐为官，有行伍进身，还有隐身求仕的——当一个"大贤"隐藏到了大山深处，一经发现就要上报，那时这个"大贤"就得被请到朝廷里去做官了，不然就是对"盛世"大不敬——国家需要人才，一个身怀济世绝技的人不为国家服务，不为社稷着想，只图清闲，这是自私而无义的行为。这个逻辑讲起来是通的，理由也相当堂皇，可惜很容易被人钻了空子。为了当官反而远离官场，钻到大山深处，再找机会让人作为隐世大贤往朝廷推举，既有面子又有身价，还省去了冒死打仗立军功、科举考试等一大沓子麻烦。这样的做法，后来就被称为"终南捷径"。

这种捷径当然是当官的一条近路。不过也并非那么简单，世上没有免费的午餐，其中仍然有大技巧和大难度。不过成功者总是有的，像唐玄宗时代被请到宫中去的道士就不止一位，他们一时身价倍增，不仅自己进了宫廷，而且尚有余力举荐别人。比如道士吴筠应诏入京后，就将李白推荐给了唐玄宗，这成为李白终生感念之事。

李白在第一次进长安的时候，就曾经在终南山待过一段时间，一方面为了等待同样爱好修道的皇帝的妹妹玉真公主，另一方面也有求隐待诏的用意。不过那个时候的李白火候还远远不到，既无名声，也无足斤足两的人推举，所以还是空等一场。李白当时专心修炼的是"外丹"，对于长生之术的迷恋，一开始不能说全是求仕的机会主义心理，而大致还是真诚的。只不过他求仕的心情渐渐强烈起来，并且与求道之心相加一起，于是才有了一生迷恋道家的更大动作。郭沫若先生在《李白与杜甫》这本书中就道与佛诸问题将李杜做了一番比较，认为李白最后是悔悟了，而杜甫终其一生都迷恋道家，到后来还迷上了佛家。这样的结论可能不尽准确。因为李白直到最后也是向往道家的，而杜甫只是在当时上层人物迷恋修道的风气中跟进了一步，尤其是他所钦佩的李白如此爱好修道，更加找到了效仿的对象。杜甫在晚年的确是向往佛教的，但并没有背弃道家。

李白所到的崂山一带作为方士活动的主要场所，还要追溯到很久以前的春秋战国时代。这里是东夷地区，是欺骗秦始皇的大方士徐福一干人的大本营，同属于常有海市蜃楼出现的胶东半岛。徐福谈到的三仙山、长生不老药，时不时地出现在李白的诗中。帝王们江山安定了以后总要做长生梦，这几乎没有什么例外。秦始皇被徐福等方士骗了，但唐玄宗并没有觉悟，依旧将一个个道士请到宫中。再后来到了成吉思汗时期，这位悍勇的马上英雄还把道士丘处机请到了自己身边——这就是帝王与道士方士们的关系，总之没有多少改变。

陕西终南山与道家的关系十分深远。直到李白以后的几百年过去，山中的隐士仍然很多。后来还不断有新的道教人物产生，比如王重阳就在终南山下创立了全真道，只是没有发展起来。王重阳是这个教派的教祖，因为他是创立者。真正使这个教派发扬光大的人并不是他，而要留待后人。他在终南山一带没有成功，原因就是尚不具备天时地利人和的条件。王重阳实在没有办法，穷困潦倒一路向东，最后游到了徐福的老家胶东半岛地区。在这个仙气缭绕之地，一切大为不同，王重阳得以招收弟子，全真道就此发展起来了。

全真道是主张炼"内丹"的，将人体自身当成一个"丹炉"，而不再需要支起一个炉子去野外烧炼矿物。这种追求长生的方式既简便又奇异，仅仅依赖自身的省悟就可以了。如果当年李白和杜甫有知，在访道修炼方面一定会有一个大的转折，杜甫一直苦恼的"大药资"问题从此也就不存在了。可是这种"内丹"却需要更为艰苦的修炼，需要非同一般的身心砥砺。

创立新教的王重阳被看成一个革命性的人物，因为"修性"的观念从他这里开始进一步强化，儒释道三教合流也见端倪。但他当年没有什么完整论述，留下的一些文字也不太有趣。那些顺口溜，那些诗，那些传道的神神秘秘，今天看太过滑稽可笑，是很底层很粗疏的。这个人行为怪异，在家乡不被认可，于是就流落到了胶东半岛。

大方士徐福的故乡容纳了他。这里的人只觉得他怪异和费解，但还是努力去理解。虽然刚开始愿意接近他的人少而又少，毕竟也有了一两个忠诚的追随者。王重阳置身于方士遗风浓烈的土壤，身在东夷文化之中，无论是栖霞这个"胶东屋脊"还是莱州一带、昆嵛山一带，离海越近越是适宜道家思想的传播——举目四望是大海，是苍茫海雾，虚无缥缈，无边无际。一个地域的文化终究还是自然的生长，靠一代代人培植起来。邹衍的"大九州思想"、关于瀛洲的思想，也只有在齐国的稷下学宫才能发生。

李白到了半岛的崂山，也就来到了方士的大本营，这对他来说一定是最重要的经历之一。

·"性"与"命"

李白、杜甫那个时期还没有晚唐的内修理念，更没有王重阳的新教，没有关于"性"与"命"的系统的道家理论。但我们不能说李杜思想中就完全缺乏类似的思考，不过是没有从这一系统的思想概念去表述而已。有关思路在南宋已经成形，但使这个理论成为完整体系的主要还是丘处机。全真教是道教改革的产物，注重研究和提倡"性命双修"。这是颇为复杂的一整套理论，只有这方面的专门家才讲得透彻。

丘处机有两点特别值得注意：第一点是强调"性"的修炼比"命"的修炼重要得多。尽管它们是一体两面，是紧密相连不可分离的，但修"性"更为重要，以至于到了晚年，他只谈"性"而不谈"命"。谁跟他谈修"命"的事，他根本不接这个话茬。但是在他前期的《大丹直指》这本重要著作中，谈的几乎都是修"命"而不是修"性"，可见他在认识上有一个提升和发展的过程。类似的书做文学研究的人很少关注，当代人读起来也有些费解，但这对于李白、杜甫及古代一些思想艺术的研究会有一点启迪。

丘处机这个人不同于一般的道家人物，他谈修"性"有一个要点，就是对于中国文化典籍的学习和吸纳。比如说儒家，还有佛教，甚至当时刚刚萌芽的一些哲学思想都不拒绝。这些成为他修"性"的重要思想和知识来源。他强调并借重儒家"仁"的意义，赞同和倡导入世、治国、平天下，关怀当代民生，而不是像过去的道教人物那样只讲清静无为，讲出世逍遥，讲玄而又玄。也正是有了这样的改变，所以他后来才积极入世，西去千里谒见成吉思汗，劝说这个外族征服者免除兵刀大祸。他一生都热心于入世做事，曾几次到京城求雨，积极为百姓谋划现实福利，而不是一味清谈超脱。他把这种功在当世、为老百姓做事、安顿人民生活的政治行为，看成了修"性"的重要内容。

如上的入世思想是道教改革中出现的，有力地为丘处机的全部言行找到了理论基础。入世是修"性"的一个重要步骤，不可或缺。弟子跟他学习怎样修"性"得道，他有时只简单说：要劳动，要辛苦，让他们不要厌烦世俗之务。这正是丘处机了不起的方面。

如果说传统的道教只专注于修"命"，那么一座座熊熊燃烧的丹炉就是可以理解的了。这方面李白和杜甫是向往并实践过的。但是当时尽管没有丘处机的道教改革，没有修"性"大于修"命"的理论，尤其是没有积极入世的修"性"观，李白和杜甫也还是注重入世的，因为他们本来就是受儒家传统影响深重的，就此来看，和丘处机后来的新教思想也十分吻合。李白、杜甫的炼丹访道与当时的道人仍旧是大为不同的，他们并没有一味沉溺在玄思之中。

李白写过"隐居寺，隐居山，陶公炼液栖其间。灵神闭气昔登攀，恬然但觉心绪闲"，更写过"愿将腰下剑，直为斩楼兰""长风破浪会有时，直挂云帆济沧海""仰天大笑出门去，我辈岂是蓬蒿人""谢公终一起，相与济苍生"……像后者这样表达入世有为的句子太多了，至于他的赋与表中，这种志向就更加强烈了。杜甫济世忧民忧天下的思想比李白还要重。他们首先是一个儒生，其次才是迷恋佛道的人。比较丘处机越来越注重于用世济世的道家发展轨迹，可以说在一定程度上是殊途同归的。

李杜的诗篇没有提到"性"与"命"的新教概念，但统一来看他们的诗篇，实际上是修"性"远远大于修"命"的。他们向往修"命"，但最后单就"命"的层面来讲却是一无所获。对于他们而言，这真是对人生的一大纠缠。这种痛苦在他们的晚年显然是越来越重，虽然没有走到背弃的地步，但多多少少的失望是存在的。从这里来看道教的代表人物丘处机，从他的晚年舍弃谈修"命"一事，仿佛也可以窥见这种人生的痛苦吧。

宗教的包容精神是最重要的。没有包容就没有真理，真理性是在包容中趋近和抵达的。丘处机的新教思想接近解决了包容的问题，所以才焕发出勃勃生机。包容不是无原则的妥协，而是求真的结果。真理只有一个，但接近真理的道路和方法却不止一个。不包容，也就背离了寻找真理的热情和本愿，也就不算热爱那个"唯一"的真理。

丘处机晚年有一个失误，或者说是错误——一个技术性的错误，结果却引起了佛道相争。本来佛道两教到了丘处机这儿是关系和谐的，王重阳在这一点上做得非常好，他认为儒、佛、道都是一体的，虽然他基本上讲不清楚，但有这个朴素的认识就很好。儒释道本来相安无事，但到了丘处机的晚年出了一点问题。起因是他在唐代大画家阎立本的《老子出关图》上题诗，结果惹出了麻烦。这本来是一件平常小事，却演化成了一个大的宗教事件。丘处机具体写了什么？大意是释迦牟尼的佛教也是道教鼻祖老子创立的，因为老子过关的时候那个守关的人知道来的是一个大学者，就让他留下一篇文章再出关，五千言的《道德经》就这样产生了。老子出关去了西天，在那里创立了佛教。这一来老子不光是道教的鼻祖，也成了佛教的鼻祖，合二为一了，而且创立道教在先。

这种诠释当然让佛教徒不安和愤怒。丘处机的诠释既缺乏典籍的强大依据，又少了一些现世智慧，属于不智之举。这是他晚年犯的一个错误。人生到了晚年有时候是很成问题的。

丘处机年轻时候的韧与忍、悟与思都是令人称道的。他曾在终南山长时间不吃不喝，不停地登山、编草鞋，故意让自己的形体处于一种劳烦和苦累、无暇停息的状态，以求得内心的虚空。这种折磨肉身的行为与当时的道教并没有什么区别。李白受道箓时经历的生死考验，在正式的道教徒那儿是基本的功课，几乎没有谁可以逃脱。《大丹直指》主要讲的还是修"命"之术，什么"丹田搬运""守一"等等玄妙，类似于气功理论。这些东西后来在他的实践和问道中很大程度上被否定了。

在道家学说中，"命"不仅是"性"的载体，而直接就是"性"的合成。它是从虚无中产生的，包含了最重要的一些元素，这些统可以称之为"性"。比如说自由、才华、德性，这些都是"命"里面一开始就包含的。所以过于注重修"命"，最后转来转去还是要回到葛洪那个地方，将炼丹当成了道家的重中之重，却无形中忽略了"性"，算是走进了误区。

"命"既是根底和根本，又是一开始就包含了"性"的，无"性"也就徒有其表。它们二者的分离是不可能的。从这个角度谈到死亡，就是尤其重要的一件事情了——一个生命丧失了全部的自由、才能和品德，也就等于丧失了生命本身。

从这个意义上讲，我们对于李白和杜甫那时候痴迷于炼丹，就不再觉得可笑。这是对生命状态的深入探究，是那个时期的道家思想格外重视修"命"的具体表现。李白在《月下独酌》一诗中写到"相期邈云汉"，就隐约期待了"性"的不灭、物质的不灭。这种灵光一闪在李白的诗中是并不罕见的，而在杜甫那儿好像还没有出现。

好在两个人虽痴迷于修"命"，却并没有因此而放弃了入世济世的渴望，并且这渴望随着年龄的增长变得越来越强烈了。这种领悟到了丘处机那儿，就成为一种比较现代的思想：注重修"性"而不是修"命"。这会被指斥为"唯心主义"，但是再想一想"唯物主义"，也会感到它的脆弱：记住了小物质，忘记了大物质，忘记了物质的初始和本源，所以也有可能是一种简单化的思维方式——对于任何体系，哪怕是极其反感的体系，都要有勇气去面对，吸纳它可能包含的真理性。各种思想体系都是作为一种终极真理的假设，我们应该在对各种假设的质疑和包容中，完成一次"整合"，一次"解码"。

如果不相信终极真理，我们就会缺乏"解码"的热情，也从根本上丧失了道德感。道德和审美之间不是一种怎样平衡的问题，而审美本身就是道德。如果一味地标榜自己相信真理，却不愿意包容和审视不同的思想体系，那么我们就会变回一个阶段性的、简单而狂热的偏执者，就会重犯粗暴的错误。无论是希特勒的种族灭绝，还是后来东方集团某些国家令人发指的残酷，都是因为缺乏对不同思想体系的包容，缺乏无处不在的质疑和"整合"，缺乏把各种思想体系都当成真理的"假设"的开放思维，所以最终走向了封闭和暴戾。

· 李白的"走神"

"李白斗酒诗百篇"，这是杜甫留下的一句人人能诵的诗。它由于最通俗最传神地概括了一位奇特的诗人与酒的关系，所以令人不忘。但是李白究竟是否因为豪饮才能写，这大概还是一个需要讨论的问题。我们知道，一个喝酒没有节制的人，原因不外乎喝得久喝得多，而后成瘾不能自控；这种饮而成瘾多半是因为贪杯难舍，或者是愁闷所致。大概李白和杜甫两个人更多的是为了排遣愁闷才要喝酒，最后也就有了酒瘾。一般来说给人豪饮印象最深的是李白，其实杜甫也是一位合格的酒徒，他的诗中也多有这样的记载。

一个总是在酒精中恍惚的人，能够写出李白那些绝妙和精美的诗句，这似乎大可怀疑。李白嗜酒，却未必于沉醉中写出了杰作。他可能醉后有过写诗的欲望，并且也写过一些，但一定是在醒后认真地修改过。酒对诗的重要，不是指一喝酒就有了写诗的灵感，而是指酒能在某种程度上使人获得生命的自由状态，而这种状态可以使人摆脱世俗规范。这表面上看有些类似于西方的"酒神精神"——摒弃后天的文化影响，人类天性中原本就有某些相通之处；但细究可见，在李白这里其实更类似于中国道家的神仙态境。酒神精神是狂欢，是自由，与向死而生的悲剧有关；而道家却有逃避的倾向，与儒家形成了一种对立与互补。

李白的诗总体给人以幻觉感，缠裹了一层恍惚缥缈的"仙气"，加上多有与酒有关的内容，所以才往往让人与醉酒联系起来。但这样一来就把诗人特有的气质给表象化也简单化了。这种"亦幻亦仙"的思维特征，其实更多的还是和他的神仙思想有关。

当年的一些大道士都是李白的朋友，如司马承祯、元丹丘、吴筠、高如贵等。在初入长安的一段时间，还有中晚年的一些时段，他或者在山中独自修道，或者与道士们生活在一起。炼丹对他来说就是一种专业的研究和实践，这种生活对他的健康不见得有好处，但对一种诗歌艺术特质的形成一定是大有裨益的。神志迷离的远望，对神仙的无限向往，这既是他诗中一再出现的内容，更是诗的气质。这一点与杜甫的区别就很大。李白的天外飘游感浓重，而杜甫的大地辗转感强烈。可以说李白属于天空，杜甫属于大地，一个天上一个地上，所谓的"天壤之别"。

一个相信神仙的人，一个经常吞食丹丸的人，这样的人才会写出那种充满幻觉的诗章。李白的游历与杜甫的跋涉也不尽相同，他花费许多时间对名山大川的造访，是为了向往神仙和寻找道家。而杜甫越是到后来越是为生活所迫，是为生计奔波。杜甫和李白的诗中写了大量的人生之苦，但是给人的感觉仍然大有不同：李白常常为一些形而上的痛苦所纠缠，为神仙问题、再生问题、长生不老问题，是这样一些莫名的苦恼；而杜甫的苦与痛常常是极现实极具体的，贫穷、风寒、百姓、饥饿等等，很少有李白式的"走神"和迷惘。这是他们诗歌气质上最重要的、不可以忽视的差异。

今天的文学，包括人文学科的其他部分，要么极为缺乏形而上的内容，要么让形而上的追求破坏并弄丢了生命经验的丰沛感受，成为干瘪空洞的、日常生活的对立物。

说到李白的"走神"，这里牵涉了重要而复杂的问题。首先是闲暇——对比长时间的劳作，这时才有可能出现一种冥想和无所事事，白日梦，游离肉体的局限，走入沉思神游的悠然状态。这时可以听凭世界和事物自己运行，正是最富于创造的时刻。这种"走神"与社会功用观念相对立，比工作和工作中的停顿都要高级，进入了更高的秩序，成为一种超越平凡世界的独立存在的力量。它不是消极的，而是生命中的礼物——一件于无意间降临的厚礼。

杜甫和李白常常沉溺于酒中，以酒浇愁，可是杜甫的作品中却少有那种迷离和幻觉。所以说李白的这种诗的气质之谜主要不是因为醉酒，而是某种天性所致。当然醉酒跟神仙气质并不对立，醉酒带来的生理和心理上的自由，恰与天人合一的神游是一致的。

· 我舞影零乱

今天读李白，觉得最易懂最上口的那一部分，是最能够代表李白的。也许最能突显李白生命特质的诗之一，就是《月下独酌》："花间一壶酒，独酌无相亲。举杯邀明月，对影成三人。……我歌月徘徊，我舞影零乱。……永结无情游，相期邈云汉。"这首诗里似乎没有什么重要的纪事，也没有什么触目的社会现实和尖锐的个人情绪，如此率性天真，却总是令人念念难舍，不能忘怀。

李白诗中，究竟有哪一首更能体现诗人的这种深不可测、悠思缥缈、神性摇荡？好像就是这首。他说一个人在花间月下喝酒，"我歌月徘徊"——月亮在那儿不动，怎么能徘徊？原来是诗人喝多了，一边舞动一边歌吟，恍惚间觉得是月亮在徘徊。好大的沉醉与忘我，好大的寂寞，好大的牵挂！"我舞影零乱"，这一句倒是清醒，知道自己的影子凌乱了。可是这里稍稍需要注意的是，"影子"在这里不仅是他的倒影，而是一个有生命的平等的实体。这就大异其趣了。

最有意思的是，月亮也好影子也好，都跟他没有任何交流，彼此都是那样孤独，"永结无情游"，这"无情"二字概括和参悟了多少生存的真谛。这儿是说月亮、影子、我三者之间的无情，还是说人来到世间的偶然性？说人与极其陌生又极其熟悉的这诸多因素合成的世界相处，有一种巨大的恐惧、惆怅和寂寞？一切都在这简单的几行字里了，在一场醉后的吟哦和舞蹈之中。"相期邈云汉"——未来，在邈邈星空宇宙里边，我们三者再相遇、再期待，会有这样的机会吗？诗人并没有回答，那实际上是大存疑虑的。

李白能吟能舞，特别是舞。他一个人在月下舞之蹈之，独自在酒后做这一切。这不是表演，不是小小的舞台之上，而是通常的生活之中，是在人生的大舞台上。可爱的诗人如李白才能这样。如果有一个男人喝醉了边舞边唱，在今天看就有些疯癫，大概这样做的并不会太多，在古代也不一定常见。

李白这首诗让我们从细处一讲就割伤了，无趣了。因为诗意的核心部分是不可言传的，它靠词语的调度，意象的营造，让神思与虚空衔接和连缀，洇化出无边无际的感觉，可以让人无尽地发掘下去。

唐诗历经了汉语漫长的演化时间，今天读来还如此平易。其中的阅读障碍大多不是遣词造句带来的，而是其他。这主要还是来自时代变迁的问题，如好多事物的称谓发生了变化，人名、地名、职务、习惯说法等，都发生了变化，是这些东西夹杂在诗章里碍事。

李白那些咏唱月亮的诗篇，其中的一部分对我们来说可能是恍恍惚惚的。反复看这些诗，也许总也不能全懂，只是越看越觉得大有深意存在。这里不是说字面的意思不懂，而是透过文字的更幽深处有什么，是这些不能全懂，不能掌握。从文字上看，无非就是写了人的一点惆怅、孤独、爱酒，以及思念、月光等。但是这温煦或洁白的月色下包容得实在是太多了。

他写"醉"，写"歌"，写"舞"，写"低头"与"举头"，本来还是很欢乐的，可是看后却常常感觉有一种人生的大悲哀在里面。这些文字间透出的悲凉也许远远超过了陈子昂的名句："前不见古人，后不见来者，念天地之悠悠，独怆然而涕下。"陈子昂给人以惆怅和无奈感，而李白却给人以可怕的伤怀与绝望。它们是不同的，力量和效果大为不同。

陈子昂的那首诗写得比较直接，其情绪是比较容易捕捉和理解的，对许多人来说都不会陌生。那都是归纳出来的大实话，可以迅速拨动所有人的心弦。这种感受也是人之常情，是人性和经验浅处即有的东西。这就像张若虚的《春江花月夜》里说的："江畔何人初见月，江月何年初照人"，这一类思绪离无常和悠远的感慨还不算远，稍稍跋涉总还能够抵达。因为讲到底，无论说还是不说，这种悲怀与无奈是人人都有的，也很容易形成通感。但不能因此而说它是廉价的，它当然是深邃、阔大、深沉的人类情感。陈子昂和张若虚在写人与宇宙的关系时，人是面对宇宙的，人在对宇宙发言，宇宙还是一个独立于"我"之外而存在的"他者"；而在李白那里，人已经与宇宙混为一体了，难分难辨，人在宇宙之中，宇宙在人之中，彼此属于对方的一部分。

李白笔下的思绪就不同了，它微妙、曲折和形而上得多了。这不是一般人能够产生的思维和情怀。"我歌月徘徊"的恍惚，"我舞影零乱"的迷离，"永结无情游"的悲苦，"相期邈云汉"的呼告，以及这一切叠在一起而产生的冷凝凄美、怅怀心惊，更有永远无法穷尽的意味与想象。这个思维向度和深度都是人们很难体会和达到的，也不是一般人能够意会和表达出来的滋味。如果我们习惯于用惆怅、悲哀、孤独来形容，那么这些词汇再加一吨其他的词汇，也仍然不足以描绘它所给予的全部感受。这种无边和无尽感，就有点像音乐的功能了。在运用文字描述的一切形式之中，可能唯有诗是近似于音乐的。

诗毕竟和歌靠得太近了，有一些词就是用来唱的。有时候我们在电视上看到，一个老人竟然能将唐诗唱出来。当年的诗是怎样唱的，这么久了没有谁知道，也不知道他从哪里弄来的调子，因为古人没有留下录音。我们觉得那种调子很怪，不但没有被打动，反而感到滑稽。我们一点都没有回到古诗的氛围中去。我们觉得这种吟唱，离古人的情怀和质地非常遥远，只算是当代人的某种怪异的表演。

相反，在一个晚会上，一位老生演员用京剧唱腔把李白的一首关于月亮的诗唱了出来，却让人心旷神怡。我们可以循着他高亢古雅的唱腔进入李白的诗境，并引起无边无际的联想。当然这不是当年古人的吟诗之腔，只不过诗与京剧相挨相近，于今朝完美地结合在一起，反而能够传神。这种合二为一是一种美好的结合，而不是一次古怪的变异、模仿和强拟。任何人的艺术表现力都有其黄金期，那个老生演员正处于那个时期，艺术修养、年龄、思想、技艺，一切都综合地达到了一个炉火纯青的、最高的、最和谐的时期。他一下就把我们带到那种不可言喻的意境里去了，留下了一次最美好的回味。

· 迂回趋近

文学或艺术都是以诗为核心的。所有的作品，真正意义上的妙品和高文，天才之作，都是言在意外，意在言外。它的"意"完全不能等同于和文字直接发生逻辑关系的那一部分，而是"象外有象，境外有境"，它是一种气息，一种气味，或无色无味的充斥和存在。它将外露的和隐存的、显在的和潜隐的，所有这一切综合一体，形成一种非常复杂的功能，在另一个心灵里启动和发挥出来。这些真的是很难直接表达的，因为这是神秘的诗意，我们只能用那种迂回的办法、比喻的办法，来无限地趋近诗中所要表达的某种微妙之物。

一个欣赏者在转述感受的时候是这样，一个写作者也是这样。

写作者把所有的字和词、语汇，都折叠得非常短小，让它化为绕指柔，能够无限纠缠，去一点一点接近那个目标、那个存在。这是运用文字的奥秘和方法。比如所有的文字都是直线，它要在最细腻的弯曲里运行，就要变得极短极微，变得极精密和极神奇。

那种微妙的诗意如果比作柔软的、随时变幻的曲线，那么使用语言去再现它，简直就是不可能的。因为组成语言的词汇是直线，它的单位长度再短也要妨碍使用，于是才有前面所说的"折叠"，让它变成最小、小到不能再小的单位。这种无限接近诗意的表述途径，就是一种迂回，因为舍此我们将没有一点其他的办法。

在阅读和欣赏李杜诗篇的时候，常常觉得离两位古人的情怀是这样地接近，但我们心里感受多多，却又难以转述。有时候觉得语言真是笨拙到了极点，因为我们感受到的那一切是无法用词汇再现的——尴尬的是我们手里只有语言。

李杜等杰出的诗人手里也只有语言，在这方面他们与我们是一样的。可他们是旷千古而一现的伟大诗人，是不朽的精灵。所以他们做出了语言的奇迹。

· "灵媒"

读《楚辞》就要明白"灵媒"这个词。"灵媒"是什么？ 就是人与鬼神之间的代话者、中间的媒介。因为没有哪个鬼神会直接跟人说话，我们与它们处于不同的世界，只有某个人变为"灵媒"，才有了相互通话的渠道。简单点说，就是神鬼与人之间的"翻译"。

那些会巫术的、跳大神的，也就是传达鬼神意志的人，通常叫做"灵媒"。"灵媒"在平时就是一个普通的人，但当他通过一个仪式进入了那个古怪神奇的系统之后，也就有了异能，能够跟鬼神和人之间做双向对话。

诗人严格地讲就是一种"灵媒"。在平时，在许多时候，诗人显得普普通通，因为他还没有进入诗意的捕捉和表达，也就是说还没有进入那个"系统"。要进入就要有个过程，这与巫术相似，往往是通过舞蹈等一套复杂的仪式，来变成"灵媒"。诗人运用韵律、韵脚，牵引一个时刻的特别思绪，进入独有的一番浪漫的想象，这个时候他便是真正的"灵媒"了，可以站在艺术女神与世人之间，进行双向对话。

从这个意义上可以进一步证明：真正意义上的艺术是没有"现实主义"的。"现实主义"只是进入那个仪式之前的普通人，是变成"灵媒"之前的状态，这个时候他与艺术女神根本不能通话。他没有进入状态，没有变成"灵媒"，不能向我们传达神的旨意。

读李白和杜甫的诗，会觉得他们说出的很多东西，营造的意境，那种出神入化的程度，真是超越我们现实人的思维能力太过遥远了。有时虽然出语平易，似乎常见，但最后却飘然离地，升入高邈，成为天上奇观了。有些句子一经组合就触目惊心，让天地悲鬼神泣。比如我们吟哦李白的"两岸猿声啼不住，轻舟已过万重山"、杜甫的"观者如山色沮丧，天地为之久低昂"，多么浑然天成，又多么出神入化。

李白在长安遇到了大诗人贺知章。贺已诗名盛隆，官达三品，是能够接近唐玄宗的文人。他看到这个年轻人久久地端量，一边想象这个人如何写出了《蜀道难》那样的绝篇，最后脱口而出："你真是个被贬下凡的太白金星啊！"从那时起李白就有了"谪仙人"的雅号。贺知章那时是什么样的拔尖人物？什么样的才俊没有见过？但是他为眼前这个年轻人的气质所打动，实在忍不住，让心中的惊叹飞出口来。贺知章认为这哪里是一个凡人所为，而分明是神仙所为，面前的人就是一个被贬后沦落人间的神仙。

在贺知章眼里，这个闯到京城里的小伙子太好了，形貌俊逸，英气逼人。他激动地把身上一个特别宝贵的金龟饰物解下来换酒，与李白共饮。这个场景让李白实在难忘，于是写下了《对酒忆贺监》，以作纪念。诗坛领袖人物对后进的提携是令人感动的。李白第二次进长安，也有贺知章的功劳。

最使贺知章惊异的，当是李白进入"灵媒"的角色之后，是那个时候的超拔脱俗的奇异表达。所以他的诗文像是神仙所授，而不像凡人所书。有人说李白醉酒之后才有这异样的神采，有所谓的神来之笔。他们的意思是豪饮正是李白成为"灵媒"前的那套仪式，于是古往今来不知有多少人学习李白，不停地纵酒。他们没有李白那么大的才能，在喝酒方面却模仿得很像，整天一醉方休。后来的这种人物很多。其实他们不喝酒还好一点，一喝酒更是一塌糊涂，行为举止更加不堪入目。

现代的伪李白们是吓人的，晨昏颠倒，斜眼看人，动不动就醉酒滋事，成天半醉半醒，有时在酒席上还会郑重地将一杯酒倒进他人的口袋中。尽管如此，也还是没有进入"灵媒"。他们呓语连连，但没有一句话是来自"鬼神"所授。

· 诗仙与诗佛

仅仅从记载上看，李白和王维这两个大诗人好像没有见过面。他们年龄差不多，诗名都很大。这两个人一个被称为"诗仙"，一个被称为"诗佛"，多么相近，却没有什么诗文切磋和交往的文字留下来，让今天的人觉得奇怪而遗憾。这里面的原因很多，如今已经不能猜度。比如即便是当代文人，哪怕两人时常见面，但由于各种原因没有留下交往的记录，也是有可能的 —— 很久之后，人们也就不知道他们曾经在一起了。所以说文字的记载只是一个方面，没有，也并不能说明二者没有过见面。

但是我们又真的没有他们在一起的明证。唐代那个时期的有名诗人很多，可是好像都不太扎堆，这与今天的情形是大为不同的。一方面可能是交通不便，信息不通，所以要见一次真是很难。李白和杜甫一生相遇，从记载上看只有三次，但实际上几次就不得而知了。我们从留下的文字看，好像张九龄与李白也没有见面，但是李白写庐山瀑布的那首诗好像明显受到了张九龄的影响，这说明李白起码对张九龄的诗是十分熟悉的。杜甫有关于张九龄的回忆，但他们在一起的描述也不多见。李白与杜甫、孟浩然、李邕、贺知章、高适、王昌龄、岑参等在一起的文字记述是清楚的，但涉及更多的反而是其他一些人物，如官场人物和道士们。特别是后一种，李白和杜甫都是相当喜欢的。

王昌龄与李白、杜甫、高适、孟浩然、王之涣、岑参等人都是交情很深的朋友，但这些人之间有的却极可能一生未曾识见。李白写道："吾爱孟夫子，风流天下闻。"但记载中他和孟浩然在一起的时间也很短。杜甫怀念李白的诗很多，可是记录中他们在一起的时间并不算很长。还有写《春江花月夜》的张若虚，一般认为他出生在初唐和盛唐之交，与以上的诗人更难有什么交集。留在《全唐诗》中的那个时期的诗人，只有很少一部分是彼此提到过的。这就是那个时代的隔膜与寂寞，在今天看有一种令人神往的荒凉感。

有人认为王维与李白的个人身世差异太大，这也许是他们未能成为朋友的原因。王维比起李杜二人幸运得多了，十几岁即有诗名，二十一岁得中进士。在诗歌和绘画两个方面王维的成就都是很大的，甚至在音乐方面也有很高的造诣。后来的大诗人苏轼评价说："味摩诘（王维）之诗，诗中有画；观摩诘之画，画中有诗。"王维是盛唐诗人的代表，留下的诗篇有四百多首，也算是很多的了。与李白不同的是，王维精通佛学，受禅宗影响很大。佛教有一部《维摩诘经》，就是王维名和字的由来。人们习惯上将他与孟浩然合称"王孟"。

王维官运较畅，做过监察御史、凉州河西节度幕判官，还有过半官半隐的一段生活：买下了初唐宫廷诗人宋之问蓝田山麓的别墅，修养身心。《王右丞集注》中的《大荐福寺大德道光禅师塔铭》曾这样记载王维："日饭十数名僧，以玄谈为乐，斋中无所有，惟茶铛药臼，经案绳床而已。退朝之后，焚香独坐，以禅诵为事。"

看来王维对于佛事的痴迷，丝毫不亚于李白对道家的深情，而且他们的诗歌写作显然都深深得益于这一切。可以设想王维的"茶铛药臼"就像李白迷恋丹炉，但他们的信仰取向又有佛道之别，这可能也是两位大诗人终生不交的原因之一 —— 不过真实的原因也许远没有那样复杂，而是非常简单：仅仅由于性格差异，一个人就可以不喜欢另一个人。

李白的"道"、王维的"佛"，这种选择与不同的生命质地有关。李白也并不是从信仰的意义上选择了道，他同时也是信佛的，与儒释道三方面的关系都很大。唐朝虽然也有反佛的时期，但更有崇佛的阶段，尤其是李白生活的开元天宝年间，更是三教并存的时代。佛教在东晋时期就盛传并影响了文坛，到唐朝则得到了巨大发展，李白置身其中，一定会受到影响 —— 他自称"青莲居士"，与僧人酬答的诗也很多。李白有一首《答湖州迦叶司马问白是何人》："青莲居士谪仙人，酒肆藏名三十春。湖州司马何须问，金粟如来是后身。"湖州司马对李白的信仰定位是有疑问的，所以才会问他到底是佛还是道，而李白回答："如果我再转世的话，就是金粟如来了。"可见道与佛在他看来并不是那么界限分明。李白还写过一篇很长的佛教颂文 ——《崇明寺佛顶尊胜陀罗尼幢颂并序》，洋洋洒洒，气势磅礴，从中可以看出对佛教典故制度的熟悉程度，看出对佛法威力的敬仰。

可以肯定的是，李白对王维所知甚多，因为当时王维的名气太大了，不仅是官方地位诗坛地位，还有佛界地位 —— 从"金粟如来是后身"一句可以看出，他对王维还是蛮敬重的，"金粟如来"是印度大乘佛教居士维摩诘的号，王维之名号即来源于此。李白此处提及，不能不联想到当朝诗人王维。

这样两个才华横溢并且性情特异的人物，如果有些交往，再展开诗文切磋，该是多么有意义和有趣的事情，可惜全然不见这一类记载。

　　古代文人不像今天参加这么多的笔会，更没有什么文学的专门组织，再加上交通工具的问题，所以他们相见的机会也就少多了。这其实除了小小的遗憾，更多的还是清静自守，可以少去许多麻烦。诗事可以商讨交流的固然不少，但更多依赖的还是个人的参悟。今天有了飞机高铁，有了电邮微信网络这一套，诗人的互通与接近太容易了，可是这样一来反而大大折损了个人的清寂之福。某个诗人在大山另一面的吟唱，在大水另一边的吟唱，已经是不可能了 —— 他们不是相互隔绝或遥远地倾听、想念和想象，而是紧紧地挤在了一起。

· 李白的爱情诗

　　古代有人攻击李白的诗写得不好，主要的一条理由就是他的诗写喝酒和女人太多了。这样的理由有些牵强了，因为酒与女人不但可以入诗，而且同样会成就好诗。题材对艺术品质有决定力，但不会是全部。今天看李白的诗，尽管写了许多女性，但好像没有多少遣述个人情怀的爱情诗，这和李商隐等人是大不一样的。他写的许多女性诗，大部分是思夫的内容，是写她们的孤独寂寞与哀愁。这样的视角也许常见，但问题是李白总是能够化腐朽为神奇，什么东西一经他写就完全不同了。

　　李白的一些女性题材的诗作，并没有脱离中国大诗人屈原开辟的道路，就是将君臣的关系比喻为男女的爱情关系，这中间的哀怨嫉妒和离恨情愁，有了另一种意味。其中的一部分的确是借女人之口，写出了他自己的寂寞和愁苦。对于阴柔的艺术来说，权力有时候真的呈现出强烈的阳刚性质，这在许多类似的诗中都可以看得比较清楚，比如在屈原的《离骚》中就是十分明显的。诗人有极大的幻想和浪漫性格，有改变一切事物的巨大能力，但诗的艺术总的来说还是具有"阴性"的品质，而权力和社会现实却有"阳性"的品质。

这样讲并不是说诗和一切艺术一定要处于软弱的地位、被支配的地位，而是说它们存在方式的区别。艺术也正因为其阴柔的性质，才更加韧忍和绵长，具有了培植生长的强大的母性功能。这一点"阳性"事物反而做不到。有人可能从李白的作品中感受其男性的强悍与力量，感受那种"飞流直下三千尺"的豪迈，并且再敏感一些，直接感受其整体基调和色谱：高亢和明亮。但这一切仍然只是一层外部的色彩，其内在的阴柔性质还是占主导地位的。它全部的滋生和成长、蔓延和孕化的过程，是在一个相对阴郁的空间里完成的。没有内向的沉吟，独自徘徊，对世俗强光的回避，就没有这样绵绵不绝的个人倾吐。

李白这样一个到处游走、嗜酒的人，肯定要跟很多歌伎接触。再就是李白这样的一个人物，照理说应该是常常招惹事情的，他有多方面的过往，走的地方多，见的人多，爱美，好奇，浪漫。这样的一个人很容易陷入情感之中。但他为什么很少从个人视角写出男女爱恋一类的诗，这就成了一个谜团。当然也不是绝对没有，只是不多也不够彰显。他的诗中给人印象最深的还是关于自然风光、山川大地、酒、神仙与心志抒发这一类。关于女性的诗歌数量不少，但给人深刻印象的，并不占多数。

好像杜甫这方面的作品也不多。他们两个都不够"缠绵"。

有人说李白是一个"永结无情游"的人。比如他怀念杜甫的诗不多，而杜甫写他的诗那么多。但是李白却写了那么多怀念道士、友人，还有怀念皇帝女婿的诗。有人说李白到处奔走，不是一个好丈夫好男人，对妻子儿女家庭不能尽责。比如他的孩子生下来以后，一会儿寄养在这里，一会儿寄养在那里。刚刚与家人团聚了，官家或酒肉朋友一招呼，马上又要走。皇帝召见，李白很高兴，孩子拉住他的衣襟不放，他很痛苦。"仰天大笑出门去，我辈岂是蓬蒿人"，李白这时候仍然是大喜悦，因为有了发达的前景，并没有多少离开亲生骨肉的哀伤。起码从表面看，李白是这样一个冲动漂浮的游人。

但李白在文章里经常讲起他的两个孩子，越是到了晚年越是如此。李白有没有别的孩子不知道，能够确定无疑的是有一个女儿叫平阳，一个儿子叫伯禽。经郭沫若先生考证，伯禽的这个"禽"字肯定是误写，他应该叫"伯离"。因为李白委托李阳冰为他的诗集作序的时候，跟对方交代了自己的身世和家庭。他说我的儿子叫"伯离"。也许在书写的时候"离"字加撇，误成了"伯禽"。周公旦的儿子名号"伯禽"，李白这样一个特立独行的人不太可能拾人牙慧。但郭沫若先生也很有意思，他说千百年都叫下来了，都叫"伯禽"，那我们也这样叫吧。

唐诗里好的爱情诗太多了，《诗经》里面也特别多。但是李白和杜甫所写的最重要的诗、脍炙人口、令人不能忘怀、成为经典名句的，好像这方面的不多。李白有一首诗，题目忘记了，好像也是写了男女私情，但不能肯定在写谁、写了哪一段恋情。像李白这种无所顾忌、挥挥洒洒、背着宝剑到处游走的人，总会旁逸斜出一些个人的情感，没有反而是不可理解的。

比较李白和杜甫，前者更应该是一个情圣。爱情对于浪漫主义者是非常重要非常强大的一个推力。它有时候甚至是首先用强大的异性之爱笼罩了主体，然后再转移到植物、动物、朋友等一切方面，产生一些变异，化为一些即时浪漫的思维。所以如果考察所谓的"浪漫主义"作家，无论是小说家还是诗人，他们都有真挚感人的爱恋生活。李煜是皇帝诗人，也是最能爱的一个人。

对于李白这样一个人物，有人恨不能发掘出一大批爱恋诗来。李白的诗现在存世的有一千首左右，如果剔掉存疑的部分，还不足一千首。他的文章留下一些，大家并不特别注意，对这些文章谈得较少，其实这些文章的重要，一点都不亚于诗，同样是他浩瀚艺术宝库中极其珍贵的部分。

古人留下的东西跟今人不一样，有时古人的一行字就相当于今人的一篇文章，它非常内敛和简约。杜甫留下的诗比李白几乎多一倍。有人说这与性格有关，李白挥挥洒洒，走到哪个地方随手一写就扔掉了，或者喝了酒就忘记了，保管积攒的能力较差。杜甫不一样，他规矩，内向，心细，所以会有严谨的文学操作，比如把作品及时装订起来。而且杜甫还说，每一次把诗改完，一定要长吟一遍，听听顺耳不顺耳。李白没有这方面的记录。所以李白遗失的那一部分诗里是不是有另一些爱情诗，也就不得而知了。有人认为李白总是写月亮，而月亮下面谈恋爱才是最为相宜的。

李白离开我们一千多年了，留下好多生活的空白让我们去想象。有些事情如果在当时突出，离得遥远了，常常会随着时间放大而不是湮灭。李白在爱情方面没有得到放大。有人说李白除了一生娶的四个女人之外还有别的女人，但失于考证，只属于某种大胆的假设。

· **懂得异趣**

也有人说李白非常浪漫 —— 过于浪漫也就不在乎情感了，爱得不会深入。这是不能让人同意的，因为即便李白交往的人再多，也总有一些特别的友谊，这在他的诗里记录了很多。他与道士吴筠、大诗人贺知章，更不用说杜甫了，都是终生未能忘怀的朋友。连那个将他赶出家门的山东老婆，他也时常怀念，分手时还为她写了一首《去妇吟》，对她的主动离弃表示了理解，并能从中感受女人之不易。最能反映李白重情重义的例子，还是他和一位朋友同游南方发生的事。这位朋友死在半途，他无比悲伤地将其埋在了途中，后来又再次返回，将故友的遗骨遥遥千里背回了老家安葬。这个事件由李白亲自记下了。

即便是真的人走茶凉，诗人在阶段性的情感冲动里也会留下情真意切的诗，这并不影响他形成文字。再就是所有浪漫性格的人都是很多情的，说他们不专一不专注是不对的。

李白那首很有名的短诗《赠汪伦》，直白畅快而有趣，许多人张口能诵，可以说百读不厌。诗中的汪伦也是一个率性的人，他至少是一个成年人了，见李白要走，还啊啊大唱为他送行。"李白乘舟将欲行，忽闻岸上踏歌声"，李白听到歌声回头一看，见汪伦正在那儿高抬双腿踏着节拍唱歌。"桃花潭水深千尺，不及汪伦送我情"——两个大男人这样分别，以这种方式，令人觉得十分好玩。据考证"踏歌"在当年是一种艺术表演形式，即高抬腿踏地而歌。在今天，这样为朋友送行是不可能的。

可见这种送行的方式让李白感动了，所以他就写到了诗里。李白是一个浪漫冲动的游侠，他特别懂得异趣，欣赏天真，敬重激情。

· 女性的宽容和浪漫

比起古代，我们身边有性格的怪人似乎少多了。有时我们也会遇到几个特别的"怪人"，但基本上不是真性情的表露，而是故意用力的表演，这不算什么。李白比杜甫更外露，也更有性格。李白是一个看起来比较奇怪、更可以欣赏的人，但有时好像也让人难以接受。违背常规的人看起来就会显得怪异，人们往往在背地议论时会加上几句不轻不重的谴责，比如说李白：一个身背宝剑的怪人，这个怪人如何寻仙访道，如何能喝酒，如何花钱如流水，如何出口成诵，等等。

孔子所说的"性相近，习相远"，太远了，就成了怪人。俄国作家契诃夫在《契诃夫手记》里有一句话，说"女人都喜欢一些怪人"。这是他的细微洞察，大概不是戏言。这是有一定道理的。那些循规蹈矩比较严肃的男子，比较"正常"的男子，往往没有"怪人"更引人注意。当然这是一般而论，不算通则。但有鲜明外部风采和特征的男人，的确更容易受女人注意并引起她们的好奇，进而欣赏。

但在世俗层面上有时也会出现相反的情形。因为一般人要生活在更为现实的世界里，他们遇到一个说话一蒙一蒙、太有色彩和棱角的人，比如快言狂语的家伙，就会小心起来。这些人很难见容于周边。因为人性的缘故，这种情况从古至今大概都不会有多少改变，比如今天一个机构和单位里有这样的男子或女子，是很难被委以重任的。不过单讲可欣赏性，人们又极喜欢有趣的人。比较男人，女人天性里有更多的天真气和单纯气，她们常常有不同程度的幻想和浪漫的气质，所以一些在生活中所谓的"不着调"的角色，她们也能谅解和包容，有时还会着迷。比如我们一般人都觉得某某男子是一个"坏人"，可就是会有一个相当优异的女子矢志不渝地爱着他，就像某首诗里写的："跟随坏人，永不变心！"

"古怪"和"坏"有时也像某种知识学问，是有一种系统的，女人与之亲密接触才有可能进入这个系统，那时的判断和理解也就完全不同了。这种男女之间难分难解的关系，在外人看来总是十分费解的。从这个角度讲，李白这种人更容易被女人喜欢，也容易陷入爱情之中。比如他一生的四个女人当中，就有两个前宰相的孙女，这可能并不是一种偶然的现象。以当时李白的地位而言，按世俗的价值标准判断，这两次结姻都显得有些特别。第一次他只是一个商人富家弟子，虽有一定的文名却没有进入官场。第二次更有些出乎意料，因为这时候的李白不仅背运，而且年龄偏大了。宗氏作为前宰相的孙女，家境好，人脉广，弟弟当朝为官。有人以李白是一个大诗人来解释这两次姻缘，说当时人们对诗人如何崇拜等等。这大概只会是一小部分理由，主要的理由，仍然还是李白的个人魅力起到了决定的作用。

李白有诗名，但"怪异"的名声肯定更大。杜甫说李白"世人皆欲杀"，从这一句诗来推断，他的恶名在一个时期一个范围内可能是不小的。当时李白加入永王李璘幕府，受牵连下狱并流放，差点被当成乱臣贼子以叛逆罪处死。宗氏当年还是相当优越的：原宰相的嫡亲，兄弟在朝为官；来往的是当朝名流，如一同进庐山修道的就是宰相李林甫的女儿。

像李白这样的人，一旦与之有过具体的接触和深入的了解，就很难抵挡其过人魅力。宗氏面对一个走向末路的困顿书生，一个有过至少三次婚姻的大龄男人，要做出以身相许的决定肯定也不容易。这里面一定有许多理由，其中最大的一个莫过于爱情本身了。在爱情面前，在喜悦和倾心面前，其他的也就不算什么了。要说财富和官职，这些东西宰相的孙女一概都见过，唯一感到新异和稀罕之物，大概就是逼人的才华了。这才是天下真正的无价之宝。她的目光极为突出和非凡，她当然是对的。

李白与宗氏确实有感情，为她写了不少诗，如《秋蒲寄内》《在浔阳非所寄内》《南流夜郎寄内》《别内赴征三首》等。宗氏等女子的趣味并非一般精明世俗女子可比，往往有着特别的我行我素的爱情，有特立独行精神。在衣食无忧的前提下，她们的向往是十分特异的，希望追求更高更远的大体验和大实践。比如和李白生活在一起，不是需要相当大的勇气吗？比如和一两个人离开繁华的官宦之家，到庐山这样的地方去修道，对一个女子来说不是足够离奇的吗？像唐玄宗的妹妹玉真公主，像宗氏和宰相李林甫的女儿，她们都是长期专于修道的人，而不是图一时的新鲜和刺激。

李白在和宗氏结婚后不久也到庐山去了，两人志同道合，倾心修道。这该是另一种理想的生活，因为李白以前的许多精力都花在访道求仙这类事情上了，如今能和妻子一起潜入山中，也该是人生的大机遇大快乐了。可惜他仍然跳动着一颗儒家的入世之心，这颗心还相当活跃，太渴望建功立业了。于是当有人来劝说他加入永王李璘的队伍，一扫胡人平定天下时，他再也坐不住了。记载中宗氏对此很不情愿，但李白还是拗着性子离开了。从宗氏这个角度想一下看，刚找了一个如此可爱的男人，刚隐到大山里修道，做伴的还有当朝宰相李林甫的女儿，显然是最幸福的一段人生。可是李白还是走开了，结果酿成了一生中最大的磨难——被捕和流放。

说到李白晚年的这次大不幸，还要好好感谢这位贤妻：宗氏和弟弟动用了朝中的人脉关系全力搭救，结果最终使李白获得自由，并且写下了那篇千古绝唱："朝辞白帝彩云间，千里江陵一日还。两岸猿声啼不住，轻舟已过万重山。"

·贵夫人

与李白相伴的四个女人中，起码有两个可以称之为"贵夫人"。

她们对李白一生的命运起到了不可忽视的作用。第一个夫人对他两进长安是重要的，没有她就没有朝中的人脉。第四个夫人则挽救了流放途中的苦命人，她在朝中为官的弟弟曾一直陪伴流放者走下去。她们对于诗人究竟有多重要，无论是心灵的安慰还是实际的帮助，我们都可想而知。诗人与她们的这种关系，令人想起近代欧洲的一些故事：贵夫人们无私地支援那些大艺术家。其中有许多是耳熟能详的，如奥地利诗人里尔克、俄国音乐家柴可夫斯基。这个名单将会很长的，故事中的贵夫人都令人爱慕或钦敬。这些女人无一不是品质优异、见识远大、情怀高贵，她们全都宽容浪漫，能够理解和包容旷世之才。她们连同爱护和援助过的天才人物一道，成为不朽。

宰相是一人之下万人之上的人物，李白却在青年和晚年两次与相门结姻，当然不仅仅是两次巧合。女方是前宰相的孙女而且适合婚配，这个概率太低了。分析起来，一个是李白博交广游，遇到她们的机会可能稍多；再者渴望入仕的诗人和郁郁不快的诗人，天生容易和一些富贵女人发生故事，这与他们强烈的功名心和价值观是紧密结合在一起的。可以给韩荆州写出那样一纸文章的人，也许不会忽视一个异性的社会身价。

当然这都是大胆而无聊的假设。但是作为女子来说，不言而喻，生于衣食无忧、钟鸣鼎食之家，比一般人更不理解现实的烦琐和辛苦，用我们今天的话讲就是考虑问题"不现实"。于是她们更有能力也更有心情去接纳和欣赏富有艺术气质的一些"怪异人物"。李白就是这些"怪异人物"当中最典型的一个。这些"怪异人物"看起来有些言行突兀，但我们说过，他们往往是具备一套自己的

"系统"的，一旦进入，那将是魅力无限趣味无限的。

这样的例子多极了。比如意大利画家阿梅代奥·莫迪利亚尼，这个人虽然英俊潇洒，毛病可真不少：贫穷，酗酒，吸毒。从事西方绘画史研究的人对莫迪利亚尼会很熟悉，知道这是一个天才人物。这个人多少有点像我们的古人李白，不仅是嗜酒，而且同样不按牌理出牌，属于极狂放的一路。对于这样一个人，有的女人竟能深深爱怜不能自拔——那个"长脖美人"被他画了无数次，成为他的代表作。她爱到了这样的地步：莫迪利亚尼去世时，她怀的孩子就要出生了，她竟然在这时候跳楼自杀了。一个有身孕的女人为爱情纵身一跳，这有点过分了。她有权利杀死自己，却没有权利杀死腹中的生命。但是那个时刻她已经失去了理性，被巨大的爱与痛所笼罩和控制。再比如毕加索，他的去世就像一条巨大的沉船，形成的漩涡把水面上的漂浮物都吸进水底——几个深爱他的女人都先后自杀了。

这些人的力量或魅力来自哪里？这些生命无一例外都带有严重的甚至是不可原谅的恶习和瑕疵，却让其他人着魔一般，连死亡都不再惧怕。李白可能也是这样的一种类型。诗性的浪漫需要相同的情怀去协配，二者之间拥有一种非常特别的语言，一般人很难与之对话。艺术不是什么专业，而是生命本身的放电方式，敏感的女性对生命深处的寻觅，对这一切的认知和迷恋，是无法用语言来形容的。她们当中的一部分特异者，简直就是浪漫的母亲，诗的母亲，艺术的母亲，是滋生这一切的母体。

另一位俄国贵夫人拥有一大片林子——有一部电影叫《卖掉的林子》，讲的就是柴可夫斯基和这个女人交往的故事。女人非常有钱，柴可夫斯基像李白一样没有进项，一心迷醉于创作。那位夫人太爱他的艺术了，一定要让他过上一种衣食无忧的生活，但条件奇特：按时资助却不能见面。这里让人猜想：或者是因为她太爱他的艺术了，担心现实中的人破坏了完美的想象，击碎了美梦。要知道这种情况在生活中是屡屡发生过的——作者与作品可以是不同的，有时作品会分离于作者。还有一个可能，就是那位夫人担心与作者见面之后会产生其他麻烦——她不能保证自己沉醉于艺术的同时，一定能够与创造这种艺术的人保持距离。她真是足够理性。

柴可夫斯基在贵夫人的无私帮助下，写出了一生中的大部分杰作。但后来柴可夫斯基还是太好奇了，终于千方百计地和她见了一面。后来不久——因为家庭变故等原因，那个女人就取消了原来的约定，卖掉了那片林子。柴可夫斯基与贵夫人之间有一些很动人的书信往来。

诗人里尔克跟李白一样，在很长时间里没有什么具体营生。他最好的诗就是在贵夫人提供的城堡里写成的，如《杜伊诺哀歌》。她们最高兴让一个诗人过着衣食无忧的生活，这是她们的快乐。总之没有那些贵夫人，也就没有了一些欧洲的大艺术家，如音乐家和诗人。

现在常有男子慨叹不已，嫌目前缺少过去那样无私而高尚的贵夫人。也许真是这样，因为时过境迁了。不过她们即便真的出现了，也不要轻易帮助一些浪子，因为这大概是划不来的事情：很可能只是养活了一些虚张声势的家伙，他们腹中空空，缺才缺德。

其实那些贵夫人后边还有一个了不起的男人。想想看，如果她们的丈夫斤斤计较，怎么会容许这样的事情发生：供养一个男子，这还得了！现在如果有这样的一位贵夫人，一定会被丈夫揍得鼻青脸肿，说不定还会闹出人命来。这种事只有欧洲那些高贵的绅士们身边才会发生，他们乐于让自己的夫人去燃放生命的焰火，他们自己可以仰望夜空的绚丽。

所以从这个角度去考察炼丹和嗜酒的李白，会觉得很有意思。女人对李杜都是极重要的，这方面的研究却近乎空白。对一些古往今来的大艺术家，一定不能忽略他们与异性的关系 —— 这不是追逐低级趣味，而是对艺术和生命的重要理解方式。她们庇护过他们，帮助过他们，温暖过他们，他们作为一个艺术精灵也就更加激越了。

这样谈论问题也许过于依从了男人的视角 —— 女人在世界上的全部价值好像就为了成全男人，她们总在幕后工作，等着与成功的男人一起载入史册 …… 真是悲哀。其实这些贵夫人也有多种类型，有的只是崇拜者，对男性采取仰视的态度；有的是平视的，并且很有才华，但在男权社会中得不到发挥，如艾略特夫人薇薇安、罗丹情人克劳黛尔，两人最后都被逼疯了。她们只是生错了性别，命运不济。除此之外或许还有第三种，她们是从高处俯视的，有才华并且强势，比如帮助过里尔克的莎乐美，虽未提供城堡，但在生命和艺术中一直指引着里尔克，像个舵手。

· 隐性的榜样

如果到海外某些华语地区，会发现那里的人似乎要收敛和文雅一些。经过多年的传统和培植，各个领域的人物都会表现出不同的气质。诗人只是一个方面。中国大陆各个方面的人物一般来说都比较放得开，既无拘束也比较粗野。这都来自传统和培植。

当然诗写得好坏，也不由简单的外表所能决定，这其实是十分复杂的。要说行为开放，没有谁比李白更能放得开了，他自己，他崇尚的那些人物，他的宣言，他和侠客的关系，都有点夸张吓人。

我们重视李白和杜甫这两个符号，是因为他们即便比起孟浩然、王维、白居易、杜牧、柳宗元、李商隐这些著名的诗人，仍然更能代表唐代的诗峰，称得上是群峰之巅。他们是中国历代文人中最引人注目的部分，是知识分子中的重要代表。从某种意义上甚至可以讲，他们传递和普及了一种生活方式，即艺术家的、诗人的生活方式。人们可以不同意他们的主张和行为，但事实上许多人的心里都装了一个李白或杜甫。

他们已经成为艺术家和诗人、文人们的一个隐性的榜样。

类似李白这种人国外也有，常在我们视野里的美国作家海明威就是一个例子。海明威也是一个狂放不羁的家伙，一辈子折腾之重，并不亚于李白。他除了不像李白那样一心当官走仕途，没有炼丹和求道，其余的大胆尝试一应俱全，同样嗜酒如命。当代作家似乎没人说"我要做海明威"，但不少人心里真的装了一个海明威。到了开放的现代，保守内向的大陆艺术家抖掉了农耕社会的土末，其中的一部分也要学着酗酒、狂放、冒险、恋爱，就像海明威那样。

当然凡事总是有得有失，没有免费的午餐，这种欲望社会的潇洒对人还是会有很大的损害。

李白有一首很有名的诗，流传很远，就是那首《侠客行》："十步杀一人，千里不留行。事了拂衣去，深藏身与名。"诗中只表达了他对侠客的向往，并非记录自己的行为。他从小练剑，走到哪里都背着一把宝剑，小小年纪即把侠客当作志向和榜样。他一生背着宝剑走在路上，喜欢游侠生活。但是我们相信他本人并没有"十步杀一人"，而大致上还是一个内心柔软的文人。

魏颢的《李翰林集序》言之凿凿说李白："任侠，手刃数人。"这里的李白竟然成了一个杀人犯。魏颢并没有坐实的证据，不过是从李白的表白中，从对方崇尚侠客的诗文中推理出来的。

由这么几大块组成了李白的生命：好剑术，嗜酒，一心想治国理政，访道和炼丹成仙。这可能是李白生命中的几大要素。

李白和杜甫不一样，他有诸多理想，却唯独不太强调自己的文学理想。但是杜甫在许多诗文里都谈怎样炼字炼句，"语不惊人死不休"。李白或者是不屑于表达，或者是不太去想，想得不够系统。他为数不多的吐露诗的理想的，就是那首以"大雅久不作"为开头的诗章了。奇怪的是李白的几大抱负都没有取得成功，唯一成功的却是自己的文学。

由此可见文学并不是一个"专业"，它只是一种生命现象，是生命质地的自然表达。一个生命满载了正负电荷，一定会突爆出来，划亮这一道耀眼的闪电。

郭沫若先生从李白的诗中找出一句"我本楚狂人，凤歌笑孔丘"，因此判定李白是嘲笑孔丘的"楚狂人"，结论说李白是反孔反儒的。实际上李白也是尊孔的。不要说他诗文中有大量尊孔的词句，就实际行为来看，其入仕用世的强烈要求，随处都透露出深受儒家文化影响的痕迹。

李白与杜甫一样尊孔："我志在删述，垂辉映千秋"，意思是我的志向在于学习孔子。他有大量诗篇涉及孔子的形象和思想。当然他也受佛家和道家的影响，尤其是道家影响甚巨。他想平定天下，向人推荐自己的文字中总是一再强调这种豪志有多么大。他一生秉持的理念主要是儒家的。

许多写作者心中都有一个李白和杜甫：做李白还是杜甫？无论从写作风格还是人格构成、生活方式的选择上，都想从这两个隐性的榜样中选取一个。

· 浩然之气

几乎所有具备巨大创造力的人都有一个共同的特征：朴素和简单。人一旦有了机会主义和过重的名利心，就难以回到朴素的境界，就会产生表演的欲望，走向广告式的操弄。这极不利于能量的发挥，是生命的耗散。小智越多，大智越少。"聪明绝顶"者会犯最大的错误，而"傻乎乎"的人却在走一条大路。怎样使生命能量得到很好的保存，这是一个不小的命题。李白多么率真又多么骄傲——当他骄傲时就变得无力；当他回到李白式的简单中，就会写出那些不可思议的美妙诗句。

李白和杜甫经历了过多的扰烦，这使我们不由得去想：他们如果一生只做写诗这一件事该有多好！这种愿望和要求看起来简单，其实人世间没有谁能够真的做到。"做一件事"并不意味着其他事情都不做，而是指将主要的能量都凝聚和围绕在一个方面，一切都围绕着它、服务于它。

李白和杜甫却用大量的时间去求仙，"干谒"，为基本的生存而奔波，但最终成为中国历史上的两个伟大诗人——他们不是在做许多事情吗？不是很业余吗？

就本质意义而言，也许人世间只有文学事业可以是"业余的"，并且也只有这样才最为正常。作为心灵之业、生命现象，也只能如此。文学写作者不能是一个"专业感动者"。李白和杜甫就在这种"业余"的状态里，自然而然地留下了这些有韵的文字，这正是他们生命的痕迹。

稿费和专业作家制使文学艺术异化，演变为一个行当和职业，成为谋生获利的手段——所以才有如何博得更多人的喜欢，怎样才能卖得更好的问题。一个人不再专心于社会和人生，也不为形而上的命题所焦虑，最后连为艺术而艺术的那种巨大陶醉也会丧失。如果说艺术是生命的延伸，是灵魂的投影和反射，那也就只能看生命的质地和能量了。

李白和杜甫那些流传千古的辉煌创造就是如此。如果他们过分地在文学上寄托自己的功名心，过分地囿于一个专业一种职业，那将是断然难为的。这里的诗章只是他们求索真理、奔波生活的副产品。当然文学作为一个表达工具，也有极为技术化的部分，但那毕竟不是最重要的。

孟子说："我善养吾浩然之气。""浩然"这个词开始被广泛引用。他的这句话究竟意味着什么，包含着什么，为什么要这样讲，都得从头细思。怎么才是"善养"？什么才是"浩然之气"？什么才是"气"？怎么"养"？如果真的搞通了这句话的全部意涵，现代人不仅会有力量，而且身体也会更好。在时下这样一个物质主义时代、商业和数字时代，最需要也是最难得的，也许就是怎样蓄养这种"浩然之气"——个体生命与茫茫虚无相连接的含纳与觉悟，如此才会有那样的"气"。孟子自己认为"浩然之气"难以解释，但还是作了解释："其为气也，至大至刚，以直养而无害，则塞于天地之间。"这里除了强调个体与茫茫天地相接之外，还含有"正义"的意思。这种"浩然之气"应该理解为个体生命与宇宙、大自然之间有和谐共振的关系，气息彼此交通，从而获得并保持充盈纯粹正义的气息和能量。这种气息和能量不应该被破坏，但随着现代科技、世俗利害的逼近，我们离那种渺远的虚无、生命的觉悟、潜于心性底层的力量，已经是越来越陌生越来越遥远了。现代人类几乎完全丧失了那种气概。

孟子身处战国时期，那时候一切还比较原始朴素，世界还没有这么喧闹，但即便如此，他还是要强调养"浩然之气"。可见这种"气"是最不易蓄积、最易流失的。

李白和杜甫的那个时期比起现代的喧闹毕竟少多了。他们在应对外界事物的时候也比现代简单多了。他们的简单与朴素，正是他们所拥有的最了不起的一笔财富。我们读他们那些不可思议的诗篇，常常为其中伟岸过人的气魄所震慑，甚至常常产生出一闪之念：世上的伟大诗句已经被他们吟完了，后人大概再也不必尝试了。

是的，李白和杜甫那一代诗人，比较今人，更有可能蓄养起自己的"浩然之气"。

第三讲

李杜之异同

· 两个不同的符号

过去大家谈论李白，读他的诗很多；现在谈论李白的人很多，读他的诗却比较少。这种状态以后还会加剧，即不读原典，不求甚解，只把李白作为一个文化符号挂在嘴上。

李白到底是怎么样一个人，今天或许没有多少人去深入探究。我们专注于文学和思想，研究历史文化，那些有代表性的人物，比如屈原、李白、杜甫、苏东坡等，就是最好的标本，鲜活的标本 —— 不仅是艺术和思想的标本，更重要的是生命的标本。他们能否永生，就在于当代人有怎样的心灵，如果有极其敏感的心灵去呼应古人，他们这些古人就会从千年前复活起来。

现在像李白、杜甫这样的历史人物常常被符号化、概念化了。一般情形下人们不仅不注意他们的生活细节，不考察他们做了哪些事情，有过哪些言论，而且对他们的作品也渐渐疏离了。我们当然还会念念不忘一些名句，却逐渐要忘记这些名句是谁说的，在怎样的情状之下说的。我们在生活中仍然经常套用一些历史上留下来的好句子，可是要注意的是，这些句子都联结在一些时代和生活的细节上——我们如果不能进入这些细节，又怎么会深知这些句子之好？

李白的一生，有几个人对他很重要。特别是拥有最高权力的唐玄宗，给李白这辈子留下了最大的念想。李白在作品里、记述中，不停地提到皇帝对他的垂顾。还有一个道士叫吴筠，他和李白是朋友，曾经一块儿炼丹，并向皇帝推荐了这个诗人朋友。另有一个人也喜欢炼丹修道，她就是唐玄宗的妹妹玉真公主。玉真公主对李白的重要，是因为她的身份，所以她对李白的看法不会是无足轻重的。再就是皇帝的两个女婿，一个叫张垍，据记载是宰相张说的儿子，一个很坏的人——李白做了翰林待诏一度很得意，但不久就被"赐金放还"，据说张垍从中起到了很坏的作用；另一个女婿就是独孤明，李白离京以后还给他写过赠诗，其中写道："一别蹉跎朝市间，青云之交不可攀。倘其公子重回顾，何必侯嬴长抱关？"从中我们可以窥见很多隐秘心情，并想象出他们的一些过往。

唐代有那么多的大诗人，但很少有大思想家。这是一个时代的特征，究其原因可能非常复杂，足够我们好好地探讨。韩愈说"李杜文章在，光焰万丈长"，以李杜为代表的唐代著名诗人的形象经过千年塑造，已经相当鲜明。但他们内在的特质、他们之间的区别，还需要我们深入细部去寻觅，这个工作远远没有结束。对他们的作品和生活有了学院派的许多考证，这是极重要的，但后人在这些工作的基础上还会有新的任务。网络时代不是白白来临的，它将有自己的发现。因为生活在这个时代里，就将接受这个时代的刺激，刺激不同，发现、感慨也就不同。

我们这个民族的文化，比较起来好像缺乏一点自我批判和反省的能力。德国是怎样对待歌德的？人们熟悉恩格斯很有名的一句话，即说歌德既是一个伟大的德国人，同时也是一个庸俗的市民。可是我们对于李白和杜甫这样的人物，就很少有如此清晰和深刻的剖析。

我们谈到李白，就是一个诗仙，一个可爱的、飘逸的、充满梦想和狂放不羁的仙人——简直不像是生活当中的一个实有人物。越是到后来，人们越是把李白和月亮、狂饮，什么"斗酒诗百篇"的形象联系在一起。而杜甫则是一个忧郁的、多思的、贫困的诗人，是严谨的现实中人。大致印象就是这样，似乎不必往深处走了。

李白和杜甫一生坎坷，性格迥异，作为两个鲜明的符号，已经深深地植入了中华民族的心里。大概谁也不会将两个形象混淆，因为他们气质差异大，在漫长的阅读史中，人们已经把两人一些有代表性的元素给提炼出来了：一个狂放，一个严谨；一个在天上高蹈，一个踏着大地游走；一个借酒浇愁，动辄舞唱，一个痛苦锁眉，低头寻觅。中华的精神天空上出现了这样的双子星座，真是一个奇迹，他们对应着，辉映千秋。

有了他们的存在，我们平时引以为荣的"诗书之国"才能成立，文化上也永远不会自卑。不过余下的关于他们的事情还有很多，我们还要继续做下去。

· 来自碎叶城

我们要接着讨论一下李白和杜甫的出身，因为这仍然是不能忽略的关节。一个人由于出身不同，言行就会有所不同，性格也将不同。我们看很多著名人物的传记，对他们的出身都有浓墨重彩的描述。20世纪80年代以前，"出身"两个字有时候要决定许多人的命运。那是血统论，很荒谬，因为它太绝对和太机械，也太简单，人的精神及性格因素与遗传的关系是十分复杂的，不能用出身来论断一切。将一种事物推向了极端，作为某个不可更改的原理和指标去使用，特别是运用在理解人性、处理人与人之间的关系时，就要小心了。出身问题作为重要的参照和准则时，弄不好会出现大麻烦和大荒谬。以前是以阶级斗争的眼光来观照出身的，或许这就成了一个很可怕的事情。

但是这并不意味着我们一定要回避这个话题。出身与人生、与命运的纠缠紧密是显而易见的，当然谁也绕不过去。一方面不同的出身决定了不同的经济与人脉基础，这对人的发展，特别是前期发展会有重大影响，这个道理是不言而喻的；还有一个人们通常忌讳不谈的问题，就是"性"和"命"层面上的 —— 这里借用道家沿用的一个概念来表述，说一下精神心理以及血脉遗传的不同影响。当代医学已经确凿无疑地证实了与遗传有关的一些疾病，大家知道人的心理和身体状况，比如健康与否，有些疾病是不是发生，都与遗传有关。

　　但人们平时最忌讳最小心的还是道德层面、人性层面，忌谈它们与血脉遗传的关系。因为这是最复杂的东西，也最容易受制于后天条件，处于不停的转化和变化当中。当然生理方面也是一样，也要在客观环境里发生一些重要改变，这些都难以量化和掌控。

　　可是我们每个人会根据自己的人生经验去判断，一般来说谁都不会否认遗传的力量。比如同一些近亲血缘的人，尽管可以有大不相同的性格，但往往还是具有一些共同的特征：老实、内向、善谈或性格绵软、慈悲、多情、浪漫等等。这些特征似乎真的可以不同程度地遗传。就此来说，我们过于忌谈是没有勇气的表现。我们需要面对一些难以面对的东西，只要不是走入更大的机械性的谬误就好。

　　李白出生在西域的碎叶城，就是今天中亚的吉尔吉斯斯坦境内。这方面虽然也有不同的看法，但基本上争执不太大。李白的父亲或者更早的几代，据说是从长安流离到那里的 —— 或因为贬官，或因为战乱，或因为重罪，反正不能在京都生活了。李白在那里出生，五岁又随父亲迁移到四川青莲，所以李白还有一个号叫"青莲居士"。青莲就是江油县，现在改成市了。

　　李白的父亲是个大商人，几个兄弟也是大商人，他就在这样一个富裕的家境里长大了。但是李白不满足于做一个商贾之后，因为商人有钱却没有很高的地位，中国一直是这样的文化传统。战国时期只有齐国比较推崇商人，那里经商不仅自由，而且还有较高的地位，而其他国家就不行了。齐国的文化与中原正统文化不同，是一种东夷文化，基本上是一种边陲地区的海洋和商业文化。

像秦国商鞅时期经商甚至是犯法的，一旦发现就要关起来杀头。秦国最终统一了中国，所以这种文化流脉延至全国，不是一时一地可以改变的。

唐代是李姓的天下，李白强调他是皇室李姓，自称是皇室的后人，还给自己排出了辈分，说到他这儿是第几代等。实际上这只是关于出身的修饰和创造，他自己在论资排辈的时候就极不认真，因为心里知道这压根是靠不住的。由于不当真，他跟皇室的人、李姓家族的人作诗酬答时，就常常出现这方面的矛盾，不仅是不严密，而且还相差甚远：就因为遇到了一个地位很高的李姓，按过去曾经有过的排序，本来对方应该是他的曾孙才对，他却尊称对方"叔"或"兄"。

可是从哪里寻找依据来否定李白自己标榜的出身？那可能是更难的一件事。当时有人质疑过，却没有用铁定的事实去加以证明。还有人作出了更玄的推论，认为李白是个外国人，比如大学问家陈寅恪，但他也没有拿出经得起推敲的证据。李白的行为举止太不同于常人了，于是总能够引起多方的猜测和假设。只有一点是确凿无疑没有争论的：李白出身于商人之家。

· 杜甫是皇亲国戚

这种对于出身、身世的掩饰，如强调自己是皇室贵族血统的心理，在杜甫身上也同样明显。但杜甫真的是皇亲国戚，其血脉亲缘的线索非常清晰，他的曾外祖母是唐高祖李渊的孙女，应该算是母系血统的"王孙"，杜甫一生深以为荣。

一般人谈起杜甫，脑子里常常出现这样一个形象：干涩、穷困、刻板，生活在底层，一生坎坷。他的性格收敛而随和，包括严谨的中规中矩的诗风，都给人这样一个综合的感受。实际上单讲与皇家的渊源，杜甫比李白要深得多。单就现实机遇来看，李白曾经与皇家走得很近，近到了可以接近唐玄宗；而杜甫则是出身接近皇族，这二者自然具有完全不同的意义。杜甫的父亲曾是奉天令，还做过兖州司马。当时的"司马"是一个特殊的职位，一般在这个职位上的人都是仕途不顺者。比如白居易也做过司马，那也是他仕途上的一段坎坷岁月。但无论如何杜甫还是一个官宦子弟。他那首有名的"齐鲁青未了"的诗，就是去兖州探望父亲时写下的。

杜甫在作品中多次谈到自己高贵的出身，与李白不同的是，这些言谈都可以落到实处，即有踪可寻。李白的特点是夸张，将真实笼罩在纵情言说之中，使人既摸不着头脑又难以贸然否定。杜甫认为自己是陶唐氏尧帝的后人，并且在诗文里一再提到这一点。他的祖父杜审言当年是一位与陈子昂齐名的大诗人，是武则天赏识的人，曾被她亲授为著作佐郎；至唐中宗，杜审言官至修文馆直学士。杜甫谈到这样一位祖父很是自豪，写道："诗是吾家事""吾祖诗冠古"。

杜甫作为一位世家子弟，源头能够追溯到很远。他的远祖杜预，就是西晋著名的军事家和历史学家。有这样出身，并且对自己的出身意识十分自觉和强烈的一个人，心灵里一定会留下极深重的印记，并将自然而然地影响到他的言行。

· 难以直面出身

李白一直强调自己是皇族李姓的后人，却因为过于遥远而实在难以考证，所以这些强调就显得多少有些生硬和失措。这在人性里是一种非常有意思的事情，其实直到今天也不难让人理解。

一个人能够直面自己的出身，不为自己的出身而羞愧，有时候也是很难的。人很愿意根据需要，从不同程度上掩饰和夸张，甚至创造和虚构个人的血脉。这样做并非一件小事，而是常常具有现实效用的。比如当代人也常常有意无意地暗示自己出身高贵——虽然只是一般小知识分子家庭或工薪阶层的孩子，但走到哪里都愿意讲"我们高干子女"如何，遇到一些事情就慷慨陈词地说："作为我们高干子女来讲，可不这样认为"，等等。还有的更甚，竟然要找一个同姓的古代高官做自己的先祖。

但也有相反的情形，那要在极其特殊的时期才会发生。比如在"文革"那些年，人们不但不能强调自己出身的富贵，还一定要往反里说。一个人绝对不能强调祖上有多少财产，也不能承认出过什么高官和大的知识人物。现在则不同了，这些都变成了很荣耀的事情了，可以算作另一种资本。而上世纪七八十年代以前一定要强调自己的穷困，出身贫农还不过瘾，还要强调自己是雇农或更下层才好。那时还产生了一个特别古怪的职业：专门的"忆苦家"。

现在的年轻人一定会觉得奇怪，问专门忆苦有什么好，但当时确乎是这样。这些"忆苦家"在当时是很忙的，他们日复一日地穿行在工厂学校部队机关，到处忙着做忆苦报告。这些人并非一定是受了最多苦的人，而主要是靠一张嘴巴出名，在方圆十几里甚至上百里都很有名。听他们忆苦将留下深刻的印象。《九月寓言》里写过这种情形，那应该是没有多少夸张的。在忆苦大会上，台上的人一开始要慢慢讲，先做一些铺垫，渐渐就呼喊起来了。他们进入一些苦难的细节时，会发出一些凄厉的声音，喊叫："拿刀来啊，拿绳子来啊，我不活了！别拽着我呀！"一时声泪俱下，让全场人都一齐跟上哭。

那时专门的"忆苦家"是很有社会地位的。这样讲一点都不夸张，因为那是一个畸形的年代。在忆苦的深夜，那种喊叫听起来就像李白的"两岸猿声啼不住"，既吓人又感人。当年有一首歌许多人都会唱，歌词里有一句很难让人忘记，说的是穷人在大雪天里讨饭的苦境与绝境："十个脚指头，冻掉了九个。"那时候我们一方面觉得人生真是太苦太可怕了，另一方面也心存疑惑：怎么只剩下了一个脚趾？这大概会是大拇脚趾吧？

时代的风气就在两极里变换：那时极为崇穷，现在极为崇富。如果我们能生活在一个平常自然的、取其中间的时代该有多好，就是说生活在极富裕和极贫穷的中间状态就很好了。这样会更正常也更安定些。

事实上中国人在出身问题上很少会有平常心态，究其根本原因，无论"崇富"还是"崇穷"，都是极不正常的，这可能源于自古以来便缺少生命平等、人类平等的意识——由等级文化造就的人，而不是民主文化造就的人，所以才有这样的意识。我们这里也许实在没有西方那样的真正的世袭"贵族",很长时期里,农民起义轮番上台:打倒"老贵族",让自己成为"新贵族";打倒旧地主,让自己再做新地主。如此往复。

李白和杜甫因为出身问题,在诗文中花费了极多口舌。因为无论是就社会环境还是他们个人来说,这似乎都成为一种很重要的大事。在这种情形之下,出身对于他们的行为、思想和诗风也就不可能不发生重大影响了,想要忽略都很难。

· 拔地而起的天才

有一些诗人和作家很不幸,才华盖世却天不加怜,很早就去世了。古代有王勃这一类早熟早逝的天才,而李白和杜甫只活了五六十岁。法国的兰波十几岁就写出了《奥菲莉亚》,四十多岁就去世了——他经商,折腾,最后还锯掉了一条腿。拜伦有残疾,后来得了伤寒死在战场。普希金、莱蒙托夫、叶赛宁……一些令人惊异的天才匆匆逝去。这种拔地而起的天才人物就像闪电一样划过,在苍穹里亮起刺目的光芒。

还有一种特别耐折腾的人,他们生命的河流特别漫长和开阔,像托尔斯泰、雨果、歌德这一类。这是两种类型,后一种往往更复杂也更具有综合性,他们像大象一样沉稳地往前,体量巨大。前一种卓绝罕见,发出绝唱,不可企及——这些人的不幸,不仅是生命短暂得像闪电一样,而且更是因为极度特立独行,在世俗中安放自己的生命总是非常艰难。他们不被当世所容。后来人对他们的欣赏和赞扬，只因为是做了个遥远的旁观者，可以是放松和自由的，可以极大地超脱，所以才能够怜惜他们。我们今天的人总是不吝言辞地赞叹李杜，道理就在这里。

那些特异的天才人物，他们的一些举止在今天常常被看作是"行为艺术"，其实他们自己并不觉得那是一种表演。但无论如何，他们的行为就艺术传播而言是有益的，因为越是招人议论就越是变得突出，变得难忘，变得形状鲜明；不利处是他们在这个过程中也被大大地简化、符号化了。

从另一方面看，他们的行为在不容于当时生活的过程中，也对自己的生命造成了很大的磨损和内伤。这往往就是他们过早消失、坎坷与痛苦的重要原因。

像李白这种率直放松和夸张的为人行事，在任何时代都是反世俗的，都不会成为处世的平均值，都将闪耀出传奇的色彩——既容易被人笑传，被公众注意，也会引起争执。人们一旦把注意力一齐投放在某个事物上，这个事物就在过分的聚焦中被大大扭曲了。一些艺术家也就这样被标签化和符号化了。

李白等人的可爱与可贵，在于他们对自己的种种行为以及后果都是不自觉的，也就是说自然天成、水到渠成。无论是李白的荒诞不经，自吹自擂，还是不合人情的一些交谊方式，如对韩荆州突兀而孟浪地投书，似乎都有一些大可哀叹的原谅存在。因为李白这样做是出于一种特别的性情，是天性使然。他有时是一个长不大的孩子，有时又表现出艺术上的超人机心，有极绵密的运筹力。事物就是这么矛盾，这么相悖和不可化解。

作为一个艺术家，如果真是一个特立独行的人，那么更多的还是要表现在创造物上。而相反的是，有一部分人只在世俗和表面的言与行上大逆其道，有点"语不惊人死不休"的意味，但在其心灵的创造物中，比如诗文中，倒绝少刺目的大个性 —— 他们是极为符合当时当地的精神和文化潮流，也是极为顺从的。可见这样的"特立独行"是需要大打折扣的，这通常只是一种表演，是为了引人注目、赖以立足混世的一招心计而已。这些人根本没有李白等人的异才，却极愿意表现出一种更加放荡不羁的样子。

所以在进行艺术与生活之辨的时候，我们需要非常地客观冷静，以便把一些人和一些事，把作品及其他放到时代和思想的坐标里细细考察。这里需要相当的理性。特别是现在的网络时代，大众很容易被一些尖音所吸引，被一些故意制造的现象、响亮的广告所诱惑，而这恰恰也是对方的目的。相反地，在这个时代，有一些默默无闻的安静角落往往倒是很了不起的 —— 他们的行为不具有广告性，甚至整个一生都没有什么可以被逮住言说的传奇环节，但却真正具有别样的意义和力量。

可以设想，如果是李杜活到现在，特别是李白这样的人，该有多么大的"点击率"；可是另一方面也可以作出相反的推断：由于他为人本色，最终还不是表演，或许早已经被淹没在网络的狂涛之中了 —— 网络时代的表演家太多了，真正的个性并不会出圈。在一个娱乐和广告时代，深入的理性思考很难进行下去。过度的喧嚣，发达的媒体，将把所有冷静的声音大部分遮蔽 —— 那些本色的、深邃的思想家和艺术家，将一概进入沉寂的角落。我们为之痛苦，可又实在没有办法，那些符号化的、广告与娱乐化的、哗众取宠的种种尖叫，或将真的变为"成就"的有机部分。这就是网络时代的悲剧。

可见，即便是李白这样自称"楚狂人"者，也要惧怕时下这个网络时代吧。

· 李白的口碑

李白当年的口碑到底怎么样，这是许多人至今仍感兴趣的。谈到一个著名的历史人物，我们常常要考虑他当时的口碑。因为一般来说，人都要受世人、受周围环境对其评价的影响，这将塑造他、影响他甚至规定他。有的人受这种约束和影响要小一点，有的人要大一点 —— 因为有人完全是看世人脸色行事的，也有人可以满不在乎地活着 —— 但即便是最满不在乎的人，也一定会受到环境、舆论等等的巨大限制和改造，这简直是无一例外的。

一个人真要做到庄子所讲的"举世誉之而不加劝，举世非之而不加沮"，几乎是不可能的。庄子讲的不过是一个"至境"，一个理想，一个永远可以努力，却又永远难以达到的崇高目标。

李白的口碑最初怎样不太好考，大概主要是"嗜酒"和"仙人"之类吧；但是到了后来就多有不良记录了。最典型最被人接受的是杜甫一句有名的诗里所透露的，那就是"世人皆欲杀，吾意独怜才"。这里好像清楚地说出了一个事实：世上的人提起李白都咬牙切齿，都说这个人真该杀，而我杜甫却与他们全都不同，太怜惜他的才华了。这么有才的人杀了可惜，但也只是因为其有才！从字面上看，杜甫并没有为好朋友作出什么有力的辩护 —— 可能是欲辩无言吧。

但是这里似乎可以注意，李白是在获罪后的特殊时期才有了被杀之忧，并不一定是大范围里的恶名泛滥到了这样不可收拾的地步。再就是，在这个语境里，这个"才"可能不仅指才华和异能，还包括了他的人性之美。杜甫的诗中包含了有大才异能者不被世人所理解的大遗憾。

我们还要注意到，杜甫写这首诗的时间，是在李白折腾了一辈子，在快死之前，也就是"安史之乱"流放之后。其时李白已经是穷困潦倒，处境相当困难了。当时传说很多，有的说李白已经疯掉了，有的直接就说李白死掉了。杜甫对这些传说都有过强烈的反应，并且都写进了诗里。

李白的口碑一定经历了不同的阶段。最早人们会传说这个人的奇异与不得了：英俊少年，得志青年，出口成章；这个人多么狂放不羁，特立独行，携一把宝剑游走四方，而且极为富有，散财行义，聚友豪饮。这个人就像仙人一般出现在人世间，走到哪里都是一片好奇、惊羡、赞叹。估计大致会是这样。

当他被唐玄宗召见，在宫廷里做了一段翰林待诏的时候，其声誉一定是达到了顶峰，那时的口碑一定是好得不得了，可以说如日中天。在他被"赐金放还"时，一路上的口碑也不会太差。他个人的心情可能有点失落感，因为在宫廷里没有得到重用，毕竟被放还了。但是他终究有过那样辉煌的经历，尤其身上带了皇帝的手谕和大笔银子。所以他还是得意的、神清气爽的一个游吟诗人，在各方面都超人一等。

民间舆论一般是不夸倒霉汉的，如果要夸，也一定要等上一段时间。人们常说的民间对弱者的偏向和同情，总是要具备很多条件的，并不一定总是发生。就人性规律和现实通例来看，民间逐富逐名逐势的倾向是难以改变的。所以李白的口碑好坏，相当程度上是随着他的荣辱沉浮而起伏的。我们教科书上总是说劳动人民喜欢李白，爱戴自己的诗人，这都是相当概念化的呓语。其实还是同时代的杜甫说得对，也更可信："世人皆欲杀"，这个"世人"不就是劳动人民？肯定还是劳动人民居多。劳动人民到了什么时候才赞扬和同情李白、杜甫这一类人？要等到他们蒙上一层厚厚的历史尘埃，变成被许多人认可的大诗人之后。这时候"民间"也就一齐赞扬他们了。

李白流浪的时间长了，打扰的人多，交往的人多，加上终究落魄，慢慢地就把口碑搞坏了。一个没有生活来源，靠各种办法混生活的人，又有出手阔绰的习惯，这样的人要不贫穷潦倒也难，最终要保持一个好的口碑更难。我们都知道，"口碑"这种东西是极靠不住的，因为它要借助于众人之口才能形成。有什么比当世的"众人之口"更离谱更荒谬、更遥远更陌生？他们的言说由于不是出自个人的深刻感知和洞悉，也就没有了价值。

李白活着时打扰的人很多，被他惹烦的人一定也很多。他一旦到了在生活中站不住脚的时候，"口碑"马上就会很差了。每个人都处于"当世"，所以民众的口碑一般还是要看庙堂，当一个人真的离庙堂远了，成为一个被逐者，那么他要获得一个好的口碑确是难乎其难！无论是历史还是今天，这种情形大致都是一个通例。在乌合之众那里，做人往往是很难的。有人会说到当代另一些现象作为突出的反例，什么对庙堂的反感和厌恶——那其实只是一种特殊时段、特殊原因才有的反应，并不能作为通例来看。奇怪的是，即便是庙堂和民众形成很强烈的对立关系的时候，某个人的口碑也要严重受庙堂的影响——进一步说，靠与庙堂对立而形成的所谓的好口碑，实际上终究还是以庙堂为坐标来进行判断的，并不是依靠对个体的独立认识和公正评判而形成的。

"乌合之众"与"大众"怎么区别？谁来为我们区别？前者是一个贬义词，而后者总有褪不去的光环。可是我们知道"乌合之众"总是打着"大众"的旗号，因为它要挟"大众"之威，谁也不敢指摘"大众"。现在看，要敬重"大众"是应该的，但要首先将其区别于"乌合之众"，这个工作再难也要做。

"乌合之众"对于文化没有记忆力，从来谈不到理性，更没有分析力、传递力。一种文化、一种艺术一旦沦落到平面化、民众化、通俗化的包围之中，也就算倒了大霉。所以对李白这样一个深邃的、特异的，同时身上又有着许多不可原谅的缺陷的大诗人，他到后来一旦失去了庙堂照耀的光环，甚至被流放逮捕的时候，对于大众也就等于一味毒药了。他的特立独行过去是美好的标签，而今就变成了人生灾难的药引子了。他这样的时候口碑怎么会好？不是一般的不好，而是大家都觉得这个人可杀而不可留了。可见曾经一度被民众欣赏、传为佳话的那些夸张言行，连同那些诗句，都一块儿跟倒霉的命运结合起来，全都变成了不容于人、不容于世的一大烂坨了。

从杜甫诗中可见，起码在蜀地，李白即将被杀的消息是盛传开来了。杜甫也是一个到处游走的人，他写这首诗的时候正是在四川，在严武的地界上。这里的最高统治者严武是杜甫的好朋友，而四川正是李白的老家，我们由此可知有关李白的可怕消息在自己的老家传播，这是多大的不幸。

· 齐鲁青未了

杜甫年轻时候的诗作保留下来的不是太多，如一千四百多首之中，到四川之后的就占去了百分之七十，而三十五岁之前的作品数量就更少了。如果将杜甫的诗按照编年体排下来会发现什么？一个显著的特征是更沉郁了，更怀旧了，更悲怆了；但从诗艺上讲却更周全了，更精致了，更丰腴了。前边或偶失于青稚，而后边的稍有雕琢——一个大诗人也不能幸免于人生与艺术的规律和格局。

有人会说杜甫比起李白的诗作来，其年轮的痕迹更为深重。的确是这样。杜甫在晚年的作品中凄怅浓重，这与早年是大为不同的。"万里悲秋常作客，百年多病独登台"，这样的著名句子只有后来才能写得出，也是最为典型的。可是就在这句之前还有一句更有名的，就是"无边落木萧萧下，不尽长江滚滚来"，这是多么开阔辽远与肃杀的自然秋象，而诗人在这种天象之下的悲悯与惆怅，又显得多么茫然无助、孤独和潦倒。即便是以豪壮之气见长的《观公孙大娘弟子舞剑器行》中，也透出了无比的哀伤和悲愁，有着令人痛彻的叹息："绛唇珠袖两寂寞，晚有弟子传芬芳。""先帝侍女八千人，公孙剑器初第一。五十年间似反掌，风尘澒洞昏王室。梨园弟子散如烟，女乐余姿映寒日。""寂寞""风尘""散如烟""映寒日",是这些辞与意。

李白的狂放则多少掩去了这种年轮的痕迹,虽然仔细辨析仍然存在。即便痛诉狱中苦情和惨状的《万愤词投魏郎中》,也有豪迈夸张的句子:"翕胡沙而四塞,始滔天于燕齐。何六龙之浩荡,迁白日于秦西。"然后才是具体惨况的描述:"恋高堂而掩泣,泪血地而成泥。狱户春而不草,独幽怨而沉迷。兄九江兮弟三峡,悲羽化之难齐。"像类似的悲苦之诗在他这儿是比较少的,即便有也透着奇特的豪唱风格。人们会稍有不解:都到了随时被杀之期了,李白还有心情起劲地"转"!这一类诗还有《南奔书怀》《在浔阳非所寄内》《九月十日即事》《临终歌》等,总让人感觉颜色还是相对明净的,调子还是昂起的,唤不起人们对杜甫那样的怜悯之情。李白性格中的乐观主义因子,使我们将他的狱中号哭读出了更多的怜爱,而不是同情。但不知为什么,我们会觉得李白比杜甫更孤独。他一生从前到后的七八百首诗中,前后一致的全是纵情豪歌,是虚无缥缈,是沉迷酒仙。这种风韵基本上是贯彻到底的。

杜甫的《望岳》《画鹰》《赠李白》等早期诗作,较之后期轻快单纯,也有更多的稚趣。"决眦入归鸟",眼睛为搜寻归鸟都快瞪裂了;"侧目似愁胡",鹰的眼神冷峻怪异而又陌生,就像外国人的眼睛似的;"方期拾瑶草",期待和李白一同寻找长生不老的仙草。越是到后来,这种情趣就越是缺乏了 —— 只是在成都草堂时期才写出了一些生活的逸情趣味,算是特别的一笔;更多的,仍代之以三十五岁以后的沉重记叙,更有晚年的凄苦哀号。从诗的技巧和氛围上讲,中年丰腴而锋利的诗多起来了。到了晚年的《秋兴八首》,则从各个方面都达到了登峰造极的地步 —— 有人甚至认为这组诗已经到了"增一字则多，减一字则少"的地步，认为已经是抵达至境的律诗典范。这样的赞美从方向上看是不错的，也是对杜甫艺术成就的最高颂扬。不过晚年诗的推敲斟酌与锤炼还是留下了痕迹，好在才华与经验悉数走到了一个极端的诗人，能够最大程度地掩去这些痕迹而已。

对比杜甫早期的诗作，那种青葱气象已经没有了。这是生命的必然现象，所谓的得失兼备，谁也没有办法。杜甫在早年探父期间写下的几首诗，特别是写岱宗泰山青色无边，地接齐鲁气势的那一句"齐鲁青未了"，即可用来形容一个大诗人初登诗坛的志向、他的锐利清新和朝气勃勃。杜甫这个人对山东的贡献可谓大矣，他的一句"齐鲁青未了"成为多么大的广告，后人真该好好感谢他。

任何一个杰出的写作者，最初一批作品总是具有极大的预示性，并包容了无限的可能性。仅从他们的人生阅历、阅读范围看也就那么大，直露而出的思想也许并不高明，在技术层面上也多有问题 —— 但为什么早期的文字往往很受重视，有时甚至是传播最远、影响最大？ 就因为它们投入了一个人最饱满的生命，一些最初的新鲜体验都汇在其中了。作者个人甚至朋友、家族，他们所有的情感和牵挂也都帮助了他。他个人正处于一个非常强有力的生命阶段，正认真而专注地探索问题、思考问题。这种向上的强烈的探索热情，汇聚到文学写作中是最了不起的一种力量。所以仅仅从简单的字面上分析它们，常常还嫌不够。那一种激越、情感、单纯和勇气，其本身就是深不见底的。这些东西，个别专门的学问家也许会忽略掉，但写作者应该明白：它恰恰是构成作品价值的最重要的部分。

· 常人与异人

我们总觉得李白是一个"异人"，而杜甫是一个"常人"。遇到任何事情，换回到今天的现实之中，我们当会更信赖杜甫这样的人，有什么事情交给他去办更放心一些。李白的脾气有些怪异，做事反复无常，全凭一时兴起，许多时候像个任性的大孩子——这样的人作诗当然好，做实务好像就有些问题。这个人在当年被称为"谪仙人"，既然被"谪"，肯定会有许多毛病，特别是性格方面的问题。他好像一直是飘在上面的人，离开土地很远，几乎成了一个"天人"。而杜甫无论写出了多少想象绮丽的诗篇，有过多少奇妙的设计，也大致还是一个生活在地上的人。我们更信赖后者。

谈了许多李杜之别，感受上的最大不同就是一个天上一个地上。这是性格的差异，生命质地的差异。说到"常人"与"异人"之别，古今中外其实都是一样的。在生活中，更不要说在艺术家之中了，大大小小的"异人"总是层出不穷，他们的存在，更是反衬出了"常人"之多。不过这里说的是真正的"常人"，而不是"伪常人"。

杜甫就是一个"伪常人"，也就是说他貌似"常人"而已，其实骨子里也是一个"异人"。杜甫只是外部色彩与李白不同而已。杜甫的异处比起李白来，大概更为隐蔽罢了。我们看杜甫的诗文，会发觉这个人的冲动思绪和别样感受，似乎并不比李白少到哪里去。这样的一个人怎么会是"常人"呢？他竟然对一生敬重和喜爱、好奇的诗兄李白抛出一句"飞扬跋扈为谁雄"，高兴时呼叫"白日放歌须纵酒，青春作伴好还乡"！这同样像一个冲动无边稚气可期的人，简直一如李白。

说到这里，杰出的艺术家们不过是由两种人构成："异人"和"伪常人"。如果真的要从他们当中找到一个真的"常人"，那大概是难乎其难的事情。真的"常人"如果做了艺术家的工作，那一定是十分辛苦的。这方面从古到今都是一个道理。

比如将文学当成一种营生和一个专业之后，看上去大家都在低头写着，都在用文学这个武器发泄和表达自己，成色却大大有别。这是因为人的差别放在了那儿。我们曾经有过多少好作家涌现出来，但没有具体的长时间的接触就不会知道，他们其中很有一些"伪常人"，那种聪明和才华并不一定像李白那样闪露在外边，而更有可能是杜甫式的深藏不露。总之人和人看起来都差不多，五官差不多，还使用着同一种语言，情感表达方式也差不多，但其内在的差距真是大到了不可估量。如果有一种极敏的感知力，那么无论跟一个"伪常人"接触多么短暂，交流多么少，都会感到对方有一些特异的元素。

我们回忆一下，在学界，在学术场合和平常的生活中，遇到了多少让人永不忘怀的特殊人物，这些人在表达力，在感悟力诸方面，其机敏和智慧会突然把人领到一个不可企及的高度。有一些特别高贵的人，也有一些特别龌龊的人；有很缠绵的人，也有很冷漠的人。他们真的是各种各样斑斑驳驳，令人目不暇接。那些让我们难以忘怀的人，那些或隐蔽或敞开的各种"异人"，经过了残酷的时光的淘汰，一直留到了今天 —— 将来还会存留下去，因为他们太与众不同了。

说到李白和杜甫，他们从历时三百年的唐代、极为拥挤的唐诗大河中淘洗出来，这个筛选过程将是多么残酷。他们并不是一开始就走运的，要知道文运就像官运一样，从来都不是福星高悬的。李白出名早一些，但也有人把他的诗文贬得一文不值。杜甫则在很长时间里文名不彰，名声大起是在死后，大约在中晚唐时期。

时下的道理也差不多是一样分明：在十几亿人口里，一个写作者能够在寂寞中一直坚持下来将是极其艰难的。能够在长达十年二十年或更长时间里坚持写作，保持一种严肃的探求与追索，这意味着什么大家都知道。不要说这样一位作家能够步步递进和上升，就是仅仅保持在一个循环往复、迂回向前的状态已经相当不容易了。一个三十年前的歌吟者，如果在今天还能偶尔听到他不错的声音，这已经是非常之难得了。

在各种各样的艺术行当里，有哪一种艺术工作比文学更难？画家们可以一生画梅，稍作改变亦无伤大雅；画竹子画虾，画李白大声称道的"大宛马"，都可以无数次地重复下去。但是文学家们写出了一个构思、一个人物、一个主题，就要从此绕开，一生不再复回 —— 不仅是他自己，即便别人表达过的，常常也要远远回避为好。最后这条路也只能越走越窄，直到难以为继、堵塞不前。李白说"蜀道之难，难于上青天"，这里的诗路，其实正是一条名副其实的"蜀道"。

康德认为诗歌赢得了超乎其他艺术之上的地位，它高于绘画

（雕刻），甚至高于音乐：因为每一种美的艺术不仅要求有建立在模仿之上的鉴赏力，还需要思想的独创性。诗人比音乐家除了感官之外还要求有更多的知性，这就是为什么诗人中浅薄的头脑不像在音乐家中那么多；音乐仅仅作为服务于诗的载体，才成为不光是快适的艺术而且是美的艺术。同样在绘画中，自然画家只是在模仿，算不了什么；只有上升到观念画家，才是艺术大师。

康德关于不同艺术的比较，当属发人深省的哲思。

· 隐伏的血性

杜甫常被想象为一个谨慎的忠君者，一个终生对君王抱有耿耿忠心的臣民。这种印象来自他诗文中的一再表白，也由他的具体行为所印证：在"安史之乱"中，他为了奔向唐肃宗的阵营，冒着生命危难一逃再逃，可以说是历尽艰辛，九死一生，最后总算抵达了。他的诗章中道尽了人间的苦难，谴责中却总要小心地绕开"君"，并且一再地表达对朝廷的忠贞不贰。杜甫简直是那个时代人间苦难的代言人和目击者，集一切忧思于一身，却又总能忠"君"的人——仿佛那个时期的一切不幸与悲哀都与最高统治者无关，这不是最大的矛盾吗？

李白式的冲动与怨愤，怒而一掷的豪言，比如"何王公大臣之门不可以弹长剑乎""安能摧眉折腰事权贵，使我不得开心颜"，类似的情形在杜甫这儿是不多的。他给人隐忍的感觉，即便是酒后之言也大大不同于李白。这主要是性格的原因。但从大量的诗中来看，杜甫对权贵的悲恨可以说更为深广，如泣血般书写了人间的苦难和挣扎，作为一个最细致最切近的目击者，那种痛和恨是可想而知的。

郭沫若先生在比较李与杜的论述中，对杜诗中最忧伤的部分加以拆析，认为这些诗大多是同情"富裕的农民"，"是站在地主阶级的立场、统治阶级的立场，而为地主阶级、统治阶级服务的"。他评论那首著名的《茅屋为秋风所破歌》，将其中的"大庇天下寒士俱欢颜"中的"寒士"，解为"还没有功名富贵的或者有功名而无富贵的读书人"，这就太过刻意地抠字眼了。通读全诗可知，这里的"寒士"显然绝不止于这部分读书人，而是饥寒交迫之中的所有人。

这些诉说人间万象、言说悲苦深重的记叙诗章，从诗学角度讲会有另一些弱点和缺陷，但主要却不是所谓的"阶级性"和"社会层面"的错误，也不是这些属性太弱，而是正好相反，它们是太"正确"也太"强烈"了，并且因为这些原因而在一定程度上削弱了诗性。强烈的控诉与悲愤，会压抑更复杂曲折的诗意的表达，将唯有诉诸诗性才能彰显的审美元素给过滤掉。这当然属于难言的写作学诗学的范畴，还可以专门讨论。这里只讲杜甫与民众的关系、与官方的关系。从后一层面来看，尽管杜甫不得不偶尔应付，不得不为了眼前的苦境和生存之需求助甚至奉承那些权势人物，但内心情感的重心是绝对没有偏向统治阶层的。我们这里不能简单地从诗文中抽离一些字词和句子作判，而是要从所有纠缠繁复的杜诗中感受所有的一切。

杜甫不但不是一个"统治阶级"和权贵富豪的"爪牙"和"帮

凶"，而且还是一个隐伏了血性的男儿。这由他诗章无处不在的控诉与揭露中透出，而这些文字是不能更动和改变的历史记录，也是一个诗人的心史之章。郭沫若先生用很多篇幅比较了杜甫与苏涣这两个诗人，其实这两个诗人在诗史上是极不成比例的，因为后者只留下了三首诗作，无论如何也没法完整地表现一位大诗人的规模与器局。但是诚如郭沫若先生所言，杜甫对苏涣是推崇备至的，而且使用的赞语也是少见的，甚至对李白和其他大诗人都没有这样冲动地感叹过。

杜甫与苏涣是很晚才认识的。这时候的杜甫已经相当困窘和潦倒了。苏涣是一个什么人？他一开始也有公职，后来却拉起一支两万多人的队伍造反，这使他成为一个在知名诗人中绝对少见的人物。这样的一个人，即便从仅存的三首诗中，也可以看出其锐利和冲击的性格。或许也就是这种性格，才让隐忍怨愤的杜甫产生了向往和感动。杜甫是不会揭竿而起的，但他心里的怒火已经燃烧日久，他隐伏的男儿血性时不时地在涌动。我们不可能天真到这样的地步，认为他与苏涣的密切交往中，竟然对这个人的反叛之心毫无察觉。但是他和苏涣不但成为朋友，而且盛赞："老夫倾倒于苏备至矣。"

苏涣率众造反，当然是诗人中的异数。这个人留在《全唐诗》中的作品仅有几首，但一生创作的作品肯定也不在少数。郭沫若先生对于近代诗论家送给杜甫的"人民诗人"的称号难以苟同，认为真正配得上这个称号的当是苏涣。这样称许也有些牵强和不通，因为是否具有强烈的"人民性"另论，单讲一个诗人，就留下的作品而言，苏涣还不能说是足斤足两的。一个艺术家的重要与否当然不完全取决于作品的多少，但要展现一条完整而宽阔的生命的河流，仍然也还需要相应的数量，这几乎是没有例外的。

・放纵和克制

杜甫许多时候属于那种自我克制的人，在文明的汤水里浸泡日久，变得成熟而规范。他通常不像李白打扰的人那么多，也不是那样顽皮和出格。李白有时候实在做得太过了，当然这里不是指他的诗中透出的惊人消息，如"十步杀一人"等。

但李白的表演性有时候的确是存在的。他做好事的时候也有些夸张。比如说他和好朋友一块儿同游洞庭，好朋友死了，李白号啕大哭，把朋友埋了——多少年过去他还念念不忘，觉得应该把朋友葬回老家，于是就重回故地，用宝剑掘用手扒，最后将尸骨背回那人的老家。这是出于对"存交重义"的信仰，也作为大爱大义的重要依据，被李白写在了一封自荐信里，以标明自己德义之高。这就是李白《上安州裴长史书》里描述的"剔骨葬友"的故事，通篇看也真够吓人的了。

李白常常表现出生命最大限度的天真烂漫，这时候他是质朴天然的；但另一方面，当他真的任性放纵起来的时候，又没有了边际，并首先对自己造成了伤害。这二者形成了极大的反差、极大的不和谐。或许没有那一面就没有这一面，所以一味地赞赏或批评都不行，令人感到有些两难。至于杜甫，一方面可以嫌他拘谨无趣，另一方面又会被他那种严谨和真挚所深深打动。

有人说李白这个人主要是因为嗜酒，酒喝多了才放纵和浪漫。但我们也可以反过来看，正因为他这个人天生放纵和浪漫，也才会时常纵酒。究竟哪是因哪是果？显然一切都取决于人的性情和品质。单讲诗中的酒气，杜甫并不比李白少到哪里去，杜甫写了多少饮酒的诗，但人生行迹却大大有异于李白。杜甫一生还有三次做官的阶段，这虽然是大不如意的、忍受的三个时期，但他却能大致按照官场规则认认真真地做下来。李白只有一个时期做了"翰林待诏"，可是并没有很具体的职责，也没有细琐的官方事务，所以大致还算是轻松自由的——即便如此李白也还是做砸了。比起李白，杜甫的忍与韧、规范与恪守仍然还是明显的。杜甫的自由与放纵只在诗中表现出来，这时候才是他了不起的、最为宝贵的生命大释放。

· 自然天成

盛唐产生的以李白、杜甫为代表的诗人群体，在中国文学史上达到了顶峰，与其他朝代各种文学品类的综合高度都可以作比，并且仍然会是一个高峰。清代同样时间很长，诗词积累的总量巨大，还有小说《红楼梦》的问世，但是综合而论，我们却很难讲清代的文学高于唐代。当然文学的量化比较也是极为复杂的事情，还不能掷一言而定论。

唐诗是在前人创作的基础上发展而来的。像一些代表人物如李白、杜甫，他们受战国或魏晋南北朝时期的影响很大，比如屈原和陶渊明都是他们喜欢的诗人。在思想方面，他们则接受了孔孟和老庄，以及稷下学派的深刻影响。李白的《梦游天姥吟留别》是非常明显的，里面写了大量天姥山的神奇，所见到的仙人列队等神仙阵容，那些奇妙的比喻和联想，在屈原的诗里是常常出现的。

李白与杜甫不同，他写的律诗并不算少，但并不真正拘于格律，所以严格意义上的标准格律诗可能并不多。他算得上天马行空、不受羁绊，这与他的性格是相符的。总的来说，李白的诗比杜甫的诗更平易上口，读来十分轻快，好似张口即成的一般。汉语经过了长时间的演变，在一千年前的李白手中使用，今天读起来仍然朗朗上口。这些诗抵达了口语化的极致，许多句子都流畅无碍，自然天成。

杜甫的诗更合乎格律，从这方面讲也更严谨，但这是综合看其全部诗作的结论；就某一些篇章来讲，风格上也完全是爽快流利的。一般来说，同样的一个题材，由杜甫写起来就变得沉郁一些，以我们今天的耳朵来听，远没有李白那么轻快。"轻快"是轻松畅快的意思。比较而言，李白的诗相对平易好懂，光亮照人，而杜甫的则沉重、暗淡一些。杜甫像李白的那么轻快的诗也有，但还不够多。杜甫在四川的时候听到安禄山的部队被歼灭，河南一带被官军收复，就写了"却看妻子愁何在，漫卷诗书喜欲狂。白日放歌须纵酒，青春作伴好还乡。即从巴峡穿巫峡，便下襄阳向洛阳"，真是轻快极了。不过像这样的诗句并非俯拾皆是，而要等到他有特别的时刻和心情才能创作出来。这样的诗句看起来倒很像是李白写的。

古人记下了杜甫这样的写作习惯：写下诗句后一定要反复吟诵，要听一听顺耳不顺耳、好不好，再决定取舍。他的大部分诗都称得上苦吟而得，正如他说的："语不惊人死不休。"这种诗艺的大志向自然会影响通体诗风，其严谨就来自极度的自我苛刻，其拘谨也是。惊人之语许多时候是需要打磨锤炼的，与追求轻快的诗风并不一定相符，有时二者真的不可兼得。杜甫的一些诗开头特别顺畅，比如《丽人行》："三月三日天气新，长安水边多丽人。"但下边两句称得上绝妙的文辞却显然要工于经营，也许需要多次打磨才能获得："态浓意远淑且真，肌理细腻骨肉匀。"但总的来说，由于有了开头的引导，全诗的气息似乎已经决定，于是这首诗的畅快感大致还能够贯穿到底。《兵车行》通篇都是民歌风，开头即是"车辚辚，马萧萧，行人弓箭各在腰。爷娘妻子走相送，尘埃不见咸阳桥。牵衣顿足拦道哭，哭声直上干云霄"。这首诗直到后面也毫无淤缓。正是开头的口语化带动和设定了全诗的气韵，到下面全是写实和记录，是事件的叙述，只不过诗意似乎变得平淡起来。

比照千余年前，当代自由诗的口语化却成了问题。现在有些诗几乎是将生活中的日常口语直接搬进去，忘记了它们之间的区别。诗中的口语必是经过诗人严格选择和锤炼的结果，而不是简单的照搬。有人会问，既是"口语"为什么还要锤炼？回答是，因为它既保持了日常生活用语的特征，又须具有深化和协配具体意境及思想的强大功能，这对诗人来说就成了更为艰难的一种劳动，而绝不会是从便求简和得过且过。纵观李白和杜甫诗中那些口语化的句子，无一不是独具匠心的绝妙运思。

· 大舞者

说到李杜为代表的唐诗与时下自由诗的关系，我们不得不说，现在中国现代诗受翻译诗影响很大，相反受唐诗的影响却很小，受楚辞、宋词的影响也不大。这个情形与纯文学小说一样，几乎是很难逆转的一边倒的情势。当然这绝不单纯是一个文学问题、文化问题，而是有着一系列极复杂的历史原因。但不管怎么说，最起码中国现代诗不应该这样。因为仅就文学内部来讲，中国的诗与小说的出发地不一样，基础也不一样。

中国的叙事文学作品，特别是纯文学小说作品，在本土似乎没有深厚长远的传统，到了清代才产生了一部《红楼梦》，还有一些笔记体小说，算是有了一点基础。中国的小说大都是通俗作品，是武侠演义一类。作为后来的纯文学小说，也就没有了继承的母本。这和中国的散文、诗迥然不同。从这里说，中国现代小说受国外翻译作品影响大一点是情有可原的。但是诗就未必了，因为中国诗的传统是最丰厚的。别的不讲，楚辞、唐诗、宋词这三大块多么丰厚华丽，简直是无与伦比，中国现代诗不能去继承就极不正常。如果打开一本诗都是国外翻译诗的反射和投影，那还不如直接读翻译诗就是了。

李白和杜甫在当年做出了那么大的变革，那是他们的勇气。但他们首先也还是继承。李白的诗吸收汉魏乐府的东西比较多，他特别推崇南朝的鲍照并深受其惠：民间性强，口语化，非常自由。

他在这个基础上才创造出很多自己的句式，尝试新的写法。在这方面，他不像杜甫那么循规蹈矩，所以收益更大。关于李白与乐府诗的关系，要谈的话可能是很多的，如他的乐府诗就写得最好，使旧乐府具有了新生命，变得更主观，更大胆，也更自由。即便是有些老派的杜甫，其诗作也比一般人想象的更洒脱，在继承前人的基础上具有不可替代的独创性，有重大的开拓意义。中国的现代诗学习和承续杜甫、李白他们的传统，就一定会更加率真、自由和无所羁束，走向一个新的天地。

唐代后期有一位推崇杜甫的诗论家，说杜甫多么严谨，而李白就差多了，根本没有进入杜甫的堂奥，还没有沾边呢。他这样贬低李白，说明没有读懂杰作所需要的悟性。杜甫当然好，但我们却不能把他们两个简单对立起来。他说李白不合韵律，不合规矩，写得那样浅直，全是口语，因而瞧不上眼。这样的刻板之论其实也变成了艺术上的无知之论。其实口语更可以是高贵的，诗人所采用的口语经过了精心酿造，而并非直学日常生活的自然之舌。

否定李白者持论之荒谬，还在于将形式凝固起来，并将其高悬于内容之上。形式总要为内容服务，这是个不变的道理。但凡有大才华的人都不会满足于循规蹈矩，比如写诗，完全不必被那几个平仄和韵脚限制得不能伸展。自由如李白者，一定会让生命尽情地舞蹈起来，而生命一旦进入狂舞之态是再也没有边界的，上天入地不管不顾可意飞扬，这都有可能。那些刻板教条的诗论家并不理解这些有关生命和艺术的至性与道理，所以容不下任何一个生命的大舞者，不允许他们离开地面，不允许他们离开狭小的舞台。真正的大舞者能一口气舞到底，无拘无束，他们的舞台就在天地之间。

李白就是一个大舞者。杜甫也是。

我们盼望现代诗探索传统继承传统，就从李白的自由和杜甫的严谨中开始。

·常有双璧

李白在山东住的时间看起来最长，但却很少安顿下来，其实是由此出发到处行走。这个人很不稳定，喜欢一种燥热的生活，不能在一个地方长久地停留。他在京城，在皇帝那里待的时间也不长，有的说一两年，有的说两三年，总之也是很短。如果说他在宫廷因为行为不当被皇帝驱逐了，也不尽然。记载上说他是被"赐金放还"，这更可以看成是李白本人待得不耐烦了，缺少官场上所需要的忍耐力，所以才导致了这样的结果。他在做翰林待诏的时候竟然写了很长的诗来讽刺同僚，而且还拿给他们看。同僚自然不悦，看了之后会报告给更有权势的人，李白怎么会混得下去？这个人总是对人世间颇不耐烦，于是不可能在一个地方待得长久，他的脚与心都是很野的。

这样的一个人为什么要来山东？郭沫若先生认为是为了"学剑"。这个理由真是够浪漫的了，却极有可能只是实情的一小部分。李白诗中明确写过自己为学剑来山东，但实际上是因为一些本族亲属在山东做官，如有的在济南做太守，有的在济宁那边做县令，李白来这里可以投亲靠友。记载中当年剑术最好的一个人就在山东，他由此而来并待下去，娶了当地人做妻子。他既好剑术侠客，又忙着求仕和炼丹修道，这大致还是归于文事的。

李白向往长生不老，向往侠义行为，言行属于比较开放的那一类。而杜甫则属于比较收敛的，作品给人"现实主义"的印象。他和李白色彩不同，并行在同一个时代，有一段时间还结伴而行，成为多么有趣的、耐人寻味的一片风景。纵观一国一区一地，最有趣的是常有这一类"双璧"。

美国的海明威和福克纳也多少有点像李白和杜甫。海明威豪情万丈，到处拳击、豪饮，还到前线去侦察，总是乐于冒险。这个人的可观赏性极强，很外向很有趣，随处都留下很多谈资。但是福克纳就内向一点，打扰的人也少一点。同时代同国度的这样两个人，也堪称"双璧"。

"双璧"须是具有同等地位和影响的，而且二者不能重复，不可替代，只有这样也才有价值。

· 古人重情谊

有人说比较起来，杜甫更重情谊。理由是李白怀念杜甫的诗只留下两三首，而杜甫怀念李白的诗却有很多首——各种选本尽管没有收全，已经有近二十首了。

郭沫若先生在《李白与杜甫》里讲到了两个人的情感和友谊问题，非常有趣。谈到李杜的关系，有人替杜甫抱屈，认为很不平衡：杜甫那样怀念李白，李白却总是把杜甫扔到脑后，他俩的友谊不是一种平等的关系。郭沫若先生在书中否定了类似的看法，他说李白对杜甫也很有感情，写杜甫的诗也很多，有可能都散失了，比如在"安史之乱"中丢掉了。

是否真的丢掉了，郭沫若先生也不知道，他只是推测，尽管让人觉得很有道理。杜甫的诗没有丢失太多，那也是性格原因。李白这种人丢三落四，粗线条，写诗很多却不注意保存，随手扔下，或写在墙上就走人，类似情况极可能有。但是若论当年书写工具和保存方式，李白和杜甫都差不多，都经历了"安史之乱"，都经历了动荡的年代，都没有现代印刷术的帮助。

记载中李白的好友在当年给他编了一本诗集，还作了序。而杜甫当时却很少有这种机会。所以我们只按两个人的性格来推断，认为李白的诗丢得肯定比杜甫多，但实际上肯定不会差异那么大。李白究竟给杜甫写了多少诗，这不光无考，而且仅仅以此来衡量两个人的情感浓度也是远远不够的。

他们两人的友谊值得我们好好揣摩一下。从杜甫的诗中看，他怀念一个朋友达到了这样一种不能忘怀的程度：常常想着此时此刻李白在做什么。要知道他们主要是在山东共游了一番，时间不长，见面的机会总共不过三次。杜甫却要不停地怀念李白的文与人，心里仿佛永远装了一个李白，写了那么多诗来排遣这种思念。当有消息说李白在流放当中死去了，杜甫简直痛苦极了，马上写了一首诗；当有消息传来说李白被迫害得疯掉了，杜甫立马又写了一首诗。

不光是杜甫，古代的诗人，也包括李白、杜甫同时代的一些诗人，有那么多记述朋友相聚离散的文字。这总给人一个感觉：古代的人要比我们当代人更重情谊。他们那么实实在在地、情感浓烈地去牵挂一个朋友，真切朴直。当代人已经很少这样，如果不是故意将情感掩藏起来，就一定是丧失了这种能力。可能有两种情况：两个人在一块儿时间很长，看起来仿佛友谊很深，但实际上情感淡薄，离开以后想念很少或压根就不想，或有一点点想念但不愿过多地表露；再就是对于爱情、友谊的记忆能力是不同的，现代人深化这种人与人的情感的能力，咀嚼这种情感的能力，已经大大地不如古人了。

也许这是现代生命的一个总的趋向：情感淡漠、冷漠。古代人与我们有许多差异，其中最令人惊心的就是人与人之间的关系，从古至今变化之巨 —— 情感的浓度与表达的方式都改变了。这或许是人的生命演化的一种大不幸。我们看到的不仅是李白和杜甫的关系，其他的例子更多。古人那么看重友谊情分，分离后常常不停地怀念。那些感人至深的友谊，在古代人那儿多到了数不胜数。随着现代社会的发展，各种交通通信工具的发达，技术的飞跃，媒介的无孔不入和全面覆盖，竟然在很大程度上伤害和改变了人与人之间的情感状态。也许人的情感真的需要在安静独守中培植和孕育，今天的喧嚣之中，人的情感属性的确被伤害了。不仅是情感，包括人的道德感，也都会在这个过程中无可挽回地下降。因为一再地通过各种管道拉近对象，一再地重复繁多的信息，人的心灵就会疲惫，其道德冲动也就相应地降低。

对于情感，对于情谊的留恋、牵挂、怀念，这一切仍旧属于道德伦理范畴。也就是说，随着社会的现代化进程，人的道德感会不可逆转地、普遍地走向下降。这个判断是非常严重的，也是非常冷酷的。

仅以诗人们举例来说：上世纪80年代，一些文学人士在哪个地方开笔会，相见和分手都很难忘记。那个时候交通远不如今天发达，没有动车高铁，飞机几乎不坐，天南地北的人要见一面真是很不容易。有些好朋友相见之后会通宵交谈，分手的时候还依依不舍，因为不知猴年马月才能再见——他们就像李白、杜甫曾经有过的那种情状，分别以后还是想着对方。

后来一切都变了，交通发达，电邮有了，手机有了，视频也有了，那么好的文学朋友见面后反而没有什么亲热的感觉了。正在会议当中，吃饭的时候才发现朋友不见了，问一句哪去了，说是提前走了。走的时候连个招呼都不打，更不要说依依惜别了。这按理说是很不正常的，但现在大家都习惯如此，认为这种冷淡反而是最相宜的，从来不觉得有什么不对。这在过去可能是很大的一件事，是失礼——好朋友走的时候怎么能连个招呼都不打，不吱一声就走？现代人的解释就多了，也仿佛很像个道理：为了利索，为了不耽误时间；大家都很忙，简直太忙了；朋友嘛，总有一别，反正再见也不难，于是，干脆，不打招呼就走了。

如果现代人再像汪伦那样，在水边一边高踏双腿一边啊啊大唱为好友送行，那只会被看成一个精神病。

其实不是古人病了，而真的是我们现代人病了，变得唯利是图，薄情寡义，只把时间当成金钱。其实时间是无价的，友谊是无价的。这种病状到底是怎么造成的，倒需要我们好好研究。时代风习的演变常常难以追究，它既是个人的原因，又不能全让个体去负责。每一个生命都要随上时空而变易，想不发生变化都很难。现代科技的发展显而易见影响了人的道德感——友谊和情感是属于道德伦理范畴的——这样说等于判定我们现代人的道德品质普遍地不如古人了。的确如此，我们再也没有古人那样强烈的道德义愤。

仅就诗文来说，比如在另一个时间，另一个空间，另一个道德感很强的民族里，一个人如果写出了恶劣的文字，就会付出很大的代价。可是当下不但不一定，还极有可能受到很大的推崇——越是挨近低级趣味，越是围观红火；越是尽情倾倒肚子里的坏水，就越是被誉为"接地气"。原来我们的"地气"是这样地邪气充盈。我们荒谬之极，以至于常常把无耻当成了饱满的内容、才华和艺术本身。

杜甫、李白那个年代对友谊念念不忘，对其他也是一样。

杜甫忘不了李白的样子：才华横溢，快言快语，比比画画，一会儿舞剑一会儿喝酒，出口成章。那样一个仙风道骨式的兄长，对杜甫构成了巨大的吸引和触动，是他终生都不能忘怀的，所以他一遍又一遍地写诗怀念、吟唱。

郭沫若先生说得对，李白对杜甫也未必是薄情寡义，他留下的诗少一点，或许是接受的触动不是特别大——两个人单讲怀念的程度，有一点不对等几乎是肯定的。这同时也可以看成是性格问题：虽然李白比杜甫大十一岁，可我们总感觉好像杜甫才是兄长。另外李白成名比杜甫更早，算是文学前辈，以两人资历和年龄的不同，杜甫这样做也是可以理解的。

· 同性之谊

人的思想情感是最为复杂的，正是这种复杂性决定了人与人之间友谊的复杂性。我们看古人的情谊，也只能从他们留下的一些文字中窥视一斑。我们总是说到李白和杜甫的友谊，特别津津乐道于杜甫对李白的深情厚谊。我们仅从诗章中读出的杜甫对李白的怀念和牵挂，可以说是自始至终，直到生命的最后 —— 杜甫在告别人世前不久还有怀念李白的文字。他在极端困苦的境况下念念不忘的还是李白的蒙冤与愤恨，想着他的案情以及身体状况。可以说李白晚年的厄运与不幸，给了更加不幸的杜甫以极大的打击。

杜甫太爱李白了。他对这个年长自己许多的人有着十二分的敬重，甚至是依恋之情。他曾经跟随这个兄长奔走在齐鲁大地，并一直喜对方所喜，怨对方所怨，跟上兄长访道炼丹，真心实意地爱上了道家生活。他对李白全身洋溢的逼人的热情与狂喜，感到了稍稍的惊讶和不适。所以他对兄长有过并无恶意的"飞扬跋扈"的揶揄，还稍稍讥讽其为大道家"葛洪"。李白在政界与游历等许多方面都是杜甫所不及的，这也是令他好奇的方面。李白的诸多行为杜甫是怎么也做不来的，并且也不一定苟同，但这并不妨碍他喜爱这个人，追随这个人。

李白在诗中不太提到杜甫，我们作为读者如果站在杜甫一边考虑，会有一种失落感产生出来 —— 但我们从杜甫的诗中却丝毫看不出一丝这样的情绪。因为说到底我们并不是当年友谊双方的任何一方，不是身在其中的人。在杜甫看来，可能这种独自思念才是正常的，而那个仙人一样飘游在天空的神人是不必时刻挂念地上的人的。杜甫有一种脚踏泥土的生活态度，所以必定能够理解"谪仙人"的行为。有时候我们读着杜甫的诗，竟然会产生一些奇怪的错觉，就是他们的年龄要反过来。是的，只有李白这样的小弟才如此任性和率性，丢三落四，让人很不放心，让人时刻要想一想这家伙正在干什么。杜甫越是到了老年，那些怀念李白的诗越是令人感动，有时会让人读着读着忍不住流下泪来。

这是一种诗的跟随，情感的跟随，兄弟的跟随，更是一种生命的跟随。

我们读他们的诗，发现这两个人与"小李杜"——杜牧和李商隐的区别太大了。后来的"小李杜"有过许多异性之谊，而杜甫和李白好像只有同性之谊。他们两人都很大丈夫气，好像不愿与小女子过多纠缠，心中只有社稷家国之类。这作为诗人来说难以满足当下许多人的期待，比如他们对君的思念，还不如用作对女人的思念更好一些。对君的思念一多，会被讥笑为自作多情和不自量力。这既是那个时代的风气，也是权力对人的异化。但我们以前说过，"君权神授"的思想在中国文化中是根深蒂固的，所以对君的仰视尚有一丝"神往"的成分，与今天的媚上媚权还不能完全等量齐观。今天我们不难看到这样的情形：有人一见到位置较高的领导，不知不觉眼泪就出来了。这在人世间是一种莫名的感动和依恋，十分费解，似乎多少有点类似于接近异性的情愫。

在李白和杜甫所有的男性朋友中，在这些同性情谊中，我们见不到他们与"君"的那种情感类型。这是人类的别一种类型，需要稍稍加以区别才好。这种稍微有些奇怪的类型我们在读《楚辞》时也曾感受过一些，所以并不陌生。屈原怀念"美人"的诗句太多了，那种纠缠不已的情感让许多当代人大惑不解，以至于将其看成了"同性恋"之癖。关于屈原的这方面稍稍偏僻的研究以前也出现了一些，很能伤害人们对屈原的敬爱。其实如果从中国古代君臣特有的情感类型上分析，我们也就不必大惊小怪了。这种情感类型往往超出了同性的意义，那是特别的、介于二者之间的某种古怪的东西。

仅就一些特异的生命，比如一些杰出的作家而言，他们身上生命元素的构成比一般人要复杂得多——可能是后天发掘的原因，也可能是先天的因素，比如有些女性作家阳刚之气很强，文字颇像男性；还有些男性作家很女性化，文字绵软，在情感的进入方式上颇像女性。有的女作家的文字就像男性写的，比如尤瑟纳尔的《苦炼》《阿德里安回忆录》，简直就是男性手笔。这实在是比较复杂的情形，不能一概而论，好像某些大智者皆有一个雌雄同体的大脑。

同性恋作家稍多，中国不论，只说外国就有洛尔迦、兰波、魏尔伦、奥登、王尔德、惠特曼、斯泰因、萨福、罗兰·巴特、艾伦·金斯堡、伍尔芙、三岛由纪夫、让·勒内、毛姆、纪德、戈尔·维达尔……生活中有同性恋倾向的人也并不鲜见，他们的能力和特质在传统世俗的拘束下将受到压抑和隐藏——只有在那种激情的写作之中，在进行人性的穿越、认识、夸张和想象等等复杂的过程里，这些复杂的元素才会得到激发，然后也就表现出来了。

比如说我们会突然发现一些超出一般的同性之爱，它们在文学表达中才会出现。一个男性会对另一个男性产生一种莫名的感动，这是对于力量和美、青春的自我印证等等诸多方面的吸引和想象的结果。如果我们不用弗洛伊德的学说来总结的话，就会发现这是一种相当陌生的情感，这种情感的调度和运用常常是一个真正的诗人才具备的。比如一个少女在写作中，突然表达了对一位妇人的莫名的依赖和热爱，这种不可抑制的爱好像是无法解释的。

所有真切描绘、体现、展露生命现象的情愫，都属于杰出的文学。所以在诗人和作家那里，同性恋的比例比较多，因为这种特殊的工作更有可能发掘和发现生命的复杂元素。有些人既是同性恋也是异性恋，这一点都不让人惊讶。我们现在之所以可以接受，是因为在医学上找到了染色体做依据，而过去是根本不会理解的。古人把这个叫"断袖之癖"，是一种大丑大忌。幸亏时代改变了——过去谈到一个男孩子非要变成女的不可，还特别喜欢男的，那么对待这种情形的办法非常简单，无非就是按住狠揍一顿，往死里打；现在则不同了，许多时候还变成了一种时髦。

· 干谒

有人谈到李白和杜甫时故意将他们对立起来，好像非如此而不能有大见解、不能深刻似的。其实我们倒更可以将他们作统一观。他们生活在同一个时代，都是诗坛上的高峰人物，凑到一块儿，用现在的说法就可以叫"峰会"了。闻一多研究唐诗，认为李杜相遇，就是两颗星相遇，在四千年的中国历史里，除了传说中的孔子和老子会面，再没有比这两个人的会面更重大更可纪念的了。最重要的是，他们的作品究其实都可以说是"浪漫主义"的——说到底文学与艺术没有"现实主义"的，而只有"浪漫主义"，李白与杜甫就尤其如此。他们在一些生活细节方面也很相似：李白喜好炼丹求仙，杜甫又何尝不是。李白渴望当官，一辈子因为这个弄得自己非常痛苦和狼狈——虽然也曾有过辉煌的几年，从中获取得了莫大的快感，但基本上还是让这种欲望折磨了一生。从杜甫的诗文和自荐表中可以发现，他求官的力度也很大，在官场上也并非毫无得意可言，尽管坎坷更多。

杜甫在流浪长安的那些年，许多人都认为是其一生中最坎坷最不堪的一段岁月。郭沫若先生谈到，杜甫这一辈子有两个最困难的时期，其中之一就是流落长安。那一段京城滞留当然是为了做官。人在京城机会就多，出名、交往和巴结，一切都比较方便。但是杜甫的这个时期可以说苦极了，苦到什么地步？没有饭吃，常饿肚子，有时到了和乞丐差不多的地步。"骑驴三十载，旅食京华春。朝扣富儿门，暮随肥马尘。残杯与冷炙，到处潜悲辛。"这就是杜甫自己的描述。

最多的苦恼困顿与不堪，都来自两个人的苦苦求官"干谒"。这是令他们飞蛾扑火般的灾难性的人生情结，或可以成为知识人的永久之鉴。

并不是因为今天的道德标准提高了，才反复追究李白和杜甫；恰恰相反，是因为我们这个时代面临着又一次社会道德水准的滑落，面临着中华文明的衰落之忧，在一个恐惧和战栗的状态之下，才更需要反思。对他们的探究和追询，何尝不是直接面对了我们自己。这种追究对任何人都是适宜的，因为古今中外，没有谁会拥有道德方面的豁免权。

乱世跌宕中的文化人物行迹斑驳，会引起诸多联想和比较。李杜令人想起苏东坡和陶渊明 —— 陶渊明的生活轨迹与李杜差异很大，比起苏东坡差异就更大。回到清末民初的王国维，又有了另一种揪扯之痛。王国维最终是沉湖自尽，面临时代的巨变和沉沦，他将自己仅有一次的生命殉了一种文明。回视历史，这种极端的例子竟然很多，可以列出很长的一个名单，更近的如陈天华、朱湘、老舍、傅雷 …… 我们知道的仅仅是历史上这些著名的人物，无名的或因年代久远而遗忘者，也就不得而知了。

近半个世纪以来，为一种文明、一种思想和一种精神而舍弃生命的人有过，但更多的却是被害致死而不得不死者。随着一些历史材料的披露，有些史实常常要令人发指。时代变化了，但是今天的数字时代、物质主义商业主义时代，却有着另一种冷酷性和严厉性，比如它对人可以是腐蚀和软化，这种力量也非常之大，人要在这种环境中挺住也许更难。说起来有些诡异，同一个人，或许在物质生活艰苦、沮丧窘迫的人生际遇里，在危急严峻的历史关口能够挺住；而在软绵绵的食色性面前，在物质享受面前，却终于酥软无骨了。

我们今天苛求和追究李杜，又何尝不是一种反思和自警。

· 天才和时代

文章的优劣主要凭借个人的才能，这才能包含两个方面：先天的即生命固有之能；后天的经历和修养所加之能。这两个能力合二为一便是个人的全部才能。这种综合而成的能力是独自拥有的，是其他人不可以复制和分享的。艺术创作的能力尤其不能单单依赖学识——我们以前过分强调了后天的学习，认为所谓的"天才"是不存在的；今天我们越来越不相信这种武断的判定了，知道这样的认识是偏颇的。当年讲唯物辩证法的时候普及了一些简单的思维方式，比如对艺术的产生就有许多误解，不太能从生命的特殊性和复杂性出发，也不能从生命的原初本质出发。

李白显然就是一个难以企及的天才。杜甫由于过分用功，谈到在作诗方面的苦吟功夫，人们或许认为他只是汗水辛苦所成，其实倚仗的同样是不可企及的先天之才。而且单就李白来说，正是因为他拥有那种令人目眩的天才，我们才更愿意原谅他的一切。杜甫则把自身的天才性稍稍掩盖了，所以我们总是以现实的思维去猜度和判断他，终究也有些误解。

天才是既不容否认也不容视而不见的。我们忽略了杜甫的天才，认为他是靠苦吟，靠费尽一生心血才达到了那个高度的话，而对李白"天生我材必有用"的那个"材"，则没有谁会怀疑。用胶东人的讲法，会说李白"发小就是那么个物"，人有了天生的才能，这就一切可解了，用不着再费口舌。李白的诗给人张口就来的感觉，怎么吟唱都行，不必精雕却天然周正，好像不用修改也不曾修改过。

但实际上无论是李白还是杜甫，他们肯定要用心订改自己的诗作，不同只是改动的幅度和深度而已。一首诗在开始形成的时候气息不同，质地不同，订改的工夫自然也要不同。我们今天看李白的诗和杜甫的诗，其不同是明显的——其中有许多不同就在"轻快"二字上的差异。杜甫的诗只有少量会与李白混淆，那是"轻快"的；而大多数沉郁深沉之作，怎么也不会混同于李白。杜甫那些非常"轻快"的诗，总是被后人当作名句挂到嘴上，因为只有它们离嘴巴最近。

李白的诗大多数都像是脱口而出的，看上去不假思考即语惊四座，清新如洗，过了这么久的时间读起来还是这么顺溜，那在当时又该是多么"直白"！而现代诗人除非直搬生活用语，使了另一种性子，一般来说是最怕"直白"的。他们通常总是足够晦涩，以至于谁也读不懂——这样做也许是缺乏真正的才力，自有大苦衷在心里的。

李白的性格与创作理念是一致的，他最讨厌"白发死章句"的儒生，而喜欢古风和乐府诗，并且在文学观上以"复古"自称，以对应当时的诗歌格律化。他说："将复古道，非我而谁？"他对于杜甫过于用力地写诗，写得那么辛苦，似乎也不太同意，所以《戏赠杜甫》里写道："饭颗山头逢杜甫，头戴笠子日卓午。借问别来太瘦生，总为从前作诗苦。"显然是对杜甫的"执着"而开的玩笑。杜甫在这方面的确与李白不同，倾尽全力作律诗，如他所言："晚节渐于诗律细。"

现代诗人的"直白"有好的，也有不好的。有人最怕"直白"，这往往是由于心里原本没有"诗"，这才故意选择晦涩以掩耳目，可以说是"以其昏昏，使人昭昭"。

所以面对李白这样的天才，我们许多时候不知道该怎样才好。对他的诗境顶礼膜拜，迷信般地敬仰，还是对其功名欲念表达不屑，哀其不幸怒其不争？看到他那些令人厌恶的恭维之词、稚言与豪言，那些让人看了之后极不舒服的部分，有时还是很沮丧的。关于李白的巨大矛盾与痛苦，可能一直笼罩着后来者。

分析一个天才的历史人物，有一个在其强光下不能正视的问题；还有远离当时社会状况，以及风习民俗等等，难以切近理解的问题。时过境迁之后，有些事情判断起来就难了。比如关于个人与体制的关系，有人会说那是盛唐，跟混乱不义的黑暗时代不同，李白一心要进入统治阶层可以理解——好像在那样的时代，一个人的求仕举动一定也是高尚的。这其实讲不通。这只是我们的假设。

当时究竟社会政治清明到了什么程度，还得打一个大大的问号。清明总是相对的，清明中的不堪与苦难，倒有可能是许多当世生活者所无法忍受的。有时从外部看倒是富裕了，安定了也清明了，内部却蕴藏着大危机，有大不公大苦难在。这样的清明也许正是产生大苦难的沃土，许多可怕的东西都在这个时期埋下了种子。

李白和杜甫的青壮年生活在盛唐时期，唐玄宗被认为是一个了不得的人物，他的前期国泰民安，边境安定，人民富裕，各国来朝，真是一个泱泱中央之国。王维诗云："九天阊阖开宫殿，万国衣冠拜冕旒。"在这样的一个所谓的清明的王朝里生活，一个有抱负有才华的人想办法到统治集团里去做事，施展才能，似乎无可厚非。人们会这样看问题：李白是遇到了一个天下大治的政治环境和社会环境。所以更愿意原谅他那种往上攀登的匆促和冲动。

但是回到人性的角度去判断，不管是哪个朝代，无论是政治清明的朝代还是政治昏暗的朝代，面对权势的基本反应都是一样的。作为一个有自尊的敏感文化人甚至是天才人物，李白与杜甫尽管诗风大异，性格大异，他们对"盛唐"的政治态度却几乎是相同的。而后人关于人性的内容，评判的标准，大概不应该因为朝代的不同而不同。这样讲就多少超越了社会和政治的含义，而是从孔子所说的"性相近"的那个"性"去谈的。

· 气杰旺

《古文观止》是一本好书，这几百年里不知有过多少散文选本，超过它的却不多。里面的确有许多好文章，表现了选择者的勇气和眼光。选者重文章质地，而不太在乎其他。

比方说《李陵答苏武书》，一般认为是伪作，该选本却仍旧纳入。李陵、苏武两人是好友，李陵为自己投降辩白，写给苏武一封信。这封信是千古美文，看了以后无不感动。信中写他怎样受到皇帝的信任，怎样带兵出征，最后部队在多么艰苦恶劣的自然环境里与敌军战斗。最后是寡不敌众，将士流血拼争直到最后。这些厮杀场景如在眼前，没有经历过这场战争的人永远都写不出来。

可见如果是伪作，那也绝不是一般的手笔。

海明威曾经就描写战争的问题谈过托尔斯泰，说托尔斯泰写战争是难以超越的，因为托氏本人就经历和目睹了死亡，闻过了硝烟的气味。而大量的虚构作品写战争根本就不对头。海明威经历过战场厮杀的血腥，他的评价来自深刻的心得。

这个选本诞生后不久，方苞写出了《狱中杂记》，也是一篇名文。有人认为它的价值主要是写尽了古代司法方面的阴暗，有重要的社会认识价值，等等。可是它真正的价值还是在于对人性本身的认识深度。如其中写到了狱中各种各样的犯人，一两百人挤在一个大屋子里，瘟疫很容易传播起来，犯人常常得各种疾病，蔓延起来根本没法医治，死人很多。他说这许多犯人中有许多冤枉者，严格讲是无辜者——死亡是那么不公平，同样是在牢里经受了瘟疫，那些小偷小摸或取保候审的、误判的"好人"或轻罪犯却要先死。而那些杀人重犯、大盗和土匪，他们往往都不会死，都能扛过去——有的根本就不染这种病。

难道连瘟疫也害怕恶人？方苞发现了其中的奥秘，说这些大恶之人有一个共同的特点，就是生命力特别旺盛，气粗胆大。他在这儿用了三个字："气杰旺"。

这个发现，从人性、生理等好多层面让我们思考良多，看了以后怎么会忘记？大凶大恶之徒，似乎连死神都要躲着他们，魔鬼也要绕开走。这种大恶之人连瘟病都不沾。那一般的"好人"最容易染病，而且一得病就死。"气杰旺"三个字用得真好。平常说杀一个人者是罪犯，杀十万人者可能就是英雄了。一些大土匪身价了得，他们往往让真正的理想主义者礼让三分。因为他们的大恶逼退了所谓的原则，让理想低头，让强人俯首。这不是"气杰旺"又是什么？我们再没有其他解释。

历史上的大盗大恶体面地站在舞台上，这样的例子太多了。他们的力量是超越观念和原则的，无论什么势力都得与之讲和，都拿这些"气杰旺"没办法。他们抵抗各种磨难的能力超强。看来这不仅仅是生理层面的，而又实在与生命力有关。方苞是一个了不起的记录者和发现者，他发明的这三个字会让我们想明白许多问题，可以用来理解当今社会的很多现象。

"气杰旺"揭示了生命的重要奥秘，这里似乎偏重于邪恶的力量。如果我们反问一句：善与美是否也可以有"气杰旺"之喻？这后一种力量是否也能进入这样的理解范畴？

不知道。我们只能说这是一种专门的、特殊而费解的能量。

李白和杜甫的生命表情——仅仅相对于庞大的社会来说，基本上还是属于脆弱型的，他们身上的社会性都相当孱弱；但是对于民族精神与文化的创造与传承来讲，却又是相当强悍和顽韧的。也就是说，李杜从诗的方面表现了自己的大能，有种种不可不面对的强大的生命能量在里面，让一代代人都不能不正视他们的存在，其中有没有类似于那种"气杰旺"的东西存在？特别是狂热如李白者，什么政商道仙豪饮剑侠军旅漫游无所不涉，算是一个奇异之极的生命，总让人有某种"气杰旺"的联想。这样说是忌讳的，因为我们不能将一个千古不朽的伟大诗人与方苞笔下的那些"大恶"相比较，但只讲其中不可理解的某种生命能量，似乎也没有什么不可以。

李白和杜甫一生可谓折磨不断，有一些坎坷也不是一般人能

够抵挡的 —— 即便挨过去、挣扎过去，也已经是气息奄奄遍体创伤了，不可能再有什么写诗抒情的兴致。要知道那时他们的诗歌写作并不是什么"专业"，也没有物质名声方面的诱惑。

杜甫在饱受凌辱的时候 —— 这种情形并不少见，如早期在长安为求官的苦奔和狼狈；后来衣食无着，竟然到了与猴子们一起争抢山上野果的地步；"安史之乱"中从长安城九死一生地外逃；晚年失去了居所，常年漂流在一只小船上 …… 即便如此，他却仍然写出了那么多动人的诗篇，有的算是泣血之作，有的是对美好自然的欢歌，还有的是对千古遥思的寄托。总之他没有被命运击倒，身上总有一股不可思议的顽韧让其挺住再挺住 —— 这不是另一种"气杰旺"吗？

李白别的不要说，就说晚年蒙冤和流放之期，也仍然写出了那么多令人惊叹的杰作，其中有一些还称得上千古不朽之作。如他听到大赦令从长江返回时写的那首"两岸猿声啼不住，轻舟已过万重山"，表现出多么惊人的生命激昂和爆发力。他在狱中受尽了煎熬，可以说心如死灰，竟然还写出了《万愤词投魏郎中》那样才华横溢之作 —— 要知道这时候的李白随时都面临杀头的危险，事实上与他一起的同案犯几乎没有一个活下来，而他却有心情进行这样的"大创作"！这篇作品真是声情并茂，如泣如诉，长达三十八行："恋高堂而掩泣，泪血地而成泥。狱户春而不草，独幽冤而沉迷 …… 穆陵北关愁爱子，豫章天南隔老妻。一门骨肉散百草，遇难不复相提携 ……"

李白、杜甫的生命力远超常人，所以才能够带着无数的伤痕号唱，这对绝大多数人来说是绝无可能的。这样的一种生命，就其性质来说算不算"气杰旺"呢？"大恶"者以强旺不竭而存身立世，那么一个人要成就大善大美，需不需要这种百折不挠的生命质地呢？回答只能是肯定的。对于诗人来说，人世间也许有数不清的力量要毁灭他们，但他们却无数次地站立起来，并且连血带伤地走下去，吟唱下去——这同样也是一种"气杰旺"。

就此而言，李白和杜甫绝对不是什么脆弱的书生，而是两个有着惊人耐磨损力的胆大无畏者，是给苦难的人间盗来火与光的另一类"气杰旺"的"大盗"。

也正是如此，才逼迫我们一代代人不可不正视其存在。他们具有逼迫我们走入"生命现实"，承认其"艺术现实"的那样一种奇异的力量。

· 大寂寞

谈到艺术创作如文学劳动，有个数量的问题。比如唐代诗人有的写得多，有的写得少。李杜自然是极多产的，他们留下来的可能只是一小部分而已。精神的体量与数量有关，但又不是同一个问题。现代写作者有的会不停地写，那极有可能是被一些现实利益所牵扯，是一种很值得怀疑的"勤劳"。古人则多少有些不同，因为那时写诗并不是一个"专业"，没有什么稿费制及其他。文学在古代不是商品，只是一种心情和心灵抒发，是真正的"生命放电"现象。

许多时候，一个写作者应该有勇气让自己懒下来、闲下来，给自己一点闲暇才好。衡量一个生命是否足够优秀，还有一个标准可以使用，就是看他能否耐住寂寞。寂寞是可怕的，一说到人的不快，常常说他"很寂寞"。其实正因为寂寞，才会有特别的思想在孕育和发现。

通常越是素质低下的人越是吵闹，难以安静下来。闲散，闲暇，这往往是一个写作者必备的条件。写得多不一定好，一味"勤奋"也不一定好。

读李白和杜甫的诗，还有李商隐的诗，常常会觉得他们都很寂寞。有人可能不同意李白是寂寞的，因为总觉得他既是个好热闹的豪饮之人，一生的大部分时间都会和许多人围在一起。这实在是一种错觉。豪放如李白这样一个人，如果我们把他所有的诗作集中在一起好好阅读，也就会否定原来的印象。我们会得出一个结论：李白真的很寂寞。他的那些情感一泻千里的诗行，实在是寂寞之吟。他太孤独，太寂寞，有时才不得不发出惊人的长啸。

他最有名的是"月下之吟"。这些吟咏正是独处的心得。除了这些明显的静思文字，另一些豪放的辞章也没有例外，同样是对寂寞的排遣。总之大天才总有大寂寞。

李白诗中的寂寞，常常是一个人面对浩瀚宇宙时的状态；而杜甫的寂寞，更倾向于一种人生况味。只有这种心灵的沉吟和体味，也才有人在天地间的旷邈无助感，有人之为人的苍茫无措感。这是人性的知与悟，而不是视野狭促的沮丧或窃喜。妄愚之辈一朝得势就两眼朝天，所谓的"咳唾成珠"，傲横得不得了。其实即便威赫的皇权，也只是一个极偶然和渺小的存在，如同书上所言："如同一层薄云，风一吹就散掉了。"所以真正强大的人还是那些谦卑的知悟者，是在任何状态下既不傲横也不自贱的人，是懂得天高地厚的悲悯者，是能够蓄养仁善和修持生命的朴实之人。

　　就此来说，李白和杜甫也是一样的。

第四讲

浪漫和现实

· 变得锋利

李白和杜甫是今天意义上的"作家"吗？当然是。"作家"应该是一个广义的概念。一个真正的作家应该是一个思想家，无论其采用什么文字形式表达自己。一个真正意义上的小说家当然也是一个作家。不过"小说家"和"作家"不是一个等同的概念。"作家"是一个泛指。"小说家"是"作家"当中的一种，他们拥有自己的表达方式。小说塑造人物，虚构故事，以叙事的方法完成自己。散文家一般是写实的，将讲故事和塑造人物的任务降到了次一等。诗人在文学写作中处于核心的位置，属于文学作家。

一个作家，哪怕是以小说写作为主，其作品也应该具有相应的思想含量。一个单纯的小说家是可爱的，但这必须是一个并非仅仅满足于讲故事的人。只是编织一个故事来娱乐他人，还远远不够。虽然一个故事可以包含各种各样的信息，但过分热衷于故事的讲述，就会是一个次一等的匠人。杰出的作家首先应该是一个思想家，也应该是一个道德家，是一个深刻参与所处时代的社会生活和文化生活、对这个时代怀有强烈责任感的人。这样他的故事和人物会变得锋利，会有力量，因为作家有力量。这力量当然来自综合一身的全部因素，而不可泯灭的道德激情正是其中重要的组成部分。

李白和杜甫作为两个杰出的唐代诗人，经历了盛唐时代的晚期，在他们生命的后半截，唐代社会战乱纷起，国家遭遇了大劫难，民众生活苦不堪言，他们两个人也迎来了自己最坎坷的一段岁月。这前后的变化对他们都是很大的考验，既深深地折磨了他们，也影响甚至"援助"了他们的创作，在诗章里留下了深刻的痕迹。他们是生活的参与者、挣扎者，他们需要用行动、用诗章，不断地做出自己的回答和判断。

这是两个杰出的生命，也是两个极其复杂的生命。我们任何人都不该将他们简单化，更不能概念化。说到对他们的认识，首先要回到作品的细部，其次还有生活的细部，需要对人和作品作统一的考察。他们在那个遥远的时代里想了什么、做了什么，有过怎样激动人心的表达，抵达了怎样的思想和艺术的高度，呈现出怎样的道德感，这正是我们后来人特别需要关心的。

这里说的"道德"不是指一般世俗意义上的好与坏，而是包含了一个人心灵的性质、人与社会的关系、社会责任感的强弱，尤其要看一个人对自身的反省、对私欲及种种人性弱点的警醒和拒斥，看在这些方面达到了怎样的高度与深度。

历史上习惯于将李白和杜甫称为"诗仙"和"诗圣"——通常这种称誉和概括并不错，但我们需要做的，是怎样稍稍进入更具体一点的把握。

· 顽皮和自由

有人用"顽皮"两个字来说李白，这好像是不错的，但总觉得还远远不够。其实可以找到一些更好的词，比如"自由"。"顽皮"常常跟"自由"联系在一起。而大家通常认为杜甫就不如李白"顽皮"，是比较拘谨的、认真和严肃的。其实李白也严肃，在许多方面也是极认真的，比如他学道炼丹，就比杜甫更投入。当然对杜甫来说，这里面还有一些物质条件的限制。李白竟然花了大量时间并受了大苦，如正式参加了道士高如贵主持的接受道箓的艰难仪式，如在大山中的往复奔波。"自由"与认真并不冲突，因为认真可以沿着自己的方向，去进一步强化自由。

字典上对"自由"有好多的界定——自由是最大的幸福，是生命最大的渴望。"自由"被不同阶层的人在不同的语境里引用、引申，已经谈得很多。但是对于"自由"这两个字的误解也有很多。"自由"很容易被人当成某种条件，如物质的和其他的诸类。"自由"是一个非常特殊的词汇，它本来是指来自生命本身的那种自然和流畅，但后来多被引申和移植到社会、政治、体制的空间里过分使用了，于是反"自由"的一些元素也就加了进去，从而戕害了它，使它多少有些变质了。

"自由"最初是从哪里来的？大地万物、所有生命都是平等的，这个"平等"就是从"自由"的意义上来的。生命是从"无"到"有"，从"虚空"到"实在"，这样产生的。既然生命都来自虚无，那么它们从一开始就是平等的。生命从虚无中来到了我们所熟知的这个物质世界上，本来就应该是自由的。后天产生的若干观念，包括体制、文化的束缚，其中有一些要限制和改变这个生命本初所具备的一些性质，也剥夺了其本应享有的权利，破坏了原有的状态，所以它就变得越来越不自由了。

也就是说，生命一开始被创造、产生的时候，已经被赋予了一种状态和能量，我们应该从这个意义上去理解和想象"自由"这两个字的意涵。

再回到人类的那种"顽皮"，我们会看到，小孩子和小猫小狗有好多方面是一样的。为什么？就因为后天的人的意识还没有浓重起来，生命是簇新的、自然的。这正是有了文化、被所谓的文明规定和限制之前的那种自由流畅，在这里所有生命都是一样的，都有这样的一种"顽皮"，所以任何生命全都相似。动物和人的本初，有许多方面的确是一样的。我们甚至觉得一朵小花、一棵树、一株草都是平等的，都具有那种"顽皮"的状态，自然的状态，更是自由的状态。这种"自由"无以命名，但真的是源远流长。

由于它和生命本身一样，都是从虚无中产生的、带来的，所以这种"自由"深不可测，是真正意义上的"自由"。这种"自由"随着生命在社会环境和文化环境里成长和演变，就慢慢被限制和改造了，最后或是一点一点失去，或是被虚假的"自由"所代替。比如我们人类在一种文化和制度驱使下的放肆，一种妄为，就远远离开了生命本来具有的自由。那种想怎么干就怎么干的野蛮和傲横，并不是真正的生命的自由。

任何一种文化环境都跟生命原初的"自由"有着相矛盾相抵触的部分。而那种生命诞生之初所拥有的"顽皮",延续的时间越长,人类获得的"自由"也就越大 —— 我们说到的李白的自由,其中的一部分就是这样的性质。

当杜甫沉浸到生命的"原来"之后,也会有极其自由流畅的表达和呈现。他的"白也诗无敌,飘然思不群",这里的"思不群",就是因为超越了俗世规范的结果,跳出了常规的限制,于是就获得了自由。杜甫这里夸赞的正是李白的自由。其实李白一生对杜甫构成的最大诱惑,也来自这种"自由"。

李白和杜甫是文化的精灵、艺术的精灵。特别是李白,他令人想到最多的是两个词:"不羁""豪饮"。因为在这两种情形下他是最能够挣脱的。他不停地挣脱,奔向自己原来的生命质地。我们走进他所留下的文字即生命的痕迹中,留下最深印象的就是极度渴望"自由"。他想遗忘,遗忘眼前,回到原来。他借助于酒,进入原来的浑茫自然。在没有自觉的意识下,他更是一个尽情舞蹈的生命。他醉酒后的天真吐露,他率性的仗剑浪游,那个形象都是自由的。他即便年纪很大了仍然"童言无忌",并不工于心计,这就是一个大生命身上强大的自由的力量的体现。当这种"自由"被他不自觉地表达出来的时候,他的创造力竟变得令人难以置信地强大。这种给予一代代人强烈感染的力量来自哪里?就来自我们每一个人身心内部,在不曾察觉的深处,在那里,我们都有自由的生命基因在渴望着,只不过是被李白的歌唱给唤醒了而已。

· 两种状态的衔接

"自由"或许有两种，一种是从虚无而来的万物统一的拥有，这种状态是万物自然具备的一部分，是某种神秘的巨大规定力一开始就赋予生命的。但是人来到这个世界之后，随着慢慢"懂事"，都要接受一种或数种文化，都要在某种社会体制的格局里生活，于是生命原初的那种自由质地也就染上了其他颜色，天真烂漫因而不再可能。这就是被文明所异化。人类在慢慢地被一种文化浸染的同时，也丧失了越来越多的"自由"，像小动物般的那种自然流畅的生命就会渐渐失去 —— 每个人都在循人类文化之规，蹈人类文化之矩。这个时期有没有新的"自由"？仍然有，但它可能是衍生的，用理性驾驭和寻求的另一种"自由"。

我们有时会对后来追求和寻找的这种"自由"产生异议，因为它很容易跟天然赋予的"自由"产生对立。

人类的生命具有极大的觉悟性，懵懂中被赋予了"自由"的同时，也赋予了他作为生命的一种觉悟力和探求力。被赋予的这种能力，如果能够和生命本初的自由状态衔接起来，那么后一种"自由"就不是封闭的，而是积极和开阔的。这两种"自由"合起来，就可能是最好最理想的生命状态。比如说人生境遇里要处理许多现实问题，这些问题都是对人生的挑战，其差异是：要极大地扭曲本性以适应，还是从率性自然的快乐出发？因为这不同的选择，结局当然也是大为不同的。李白和杜甫为了现实的生存的幸福，为了求官"干谒"，也只得违心地做下许多，结果是十分痛苦的，这痛苦主要来自他们的"自由"被侵犯。这使两个天赋感受力极强的天才人物疼痛到了极点。他们表现在这方面的痛苦和觉悟的诗句太多了。杜甫说："焉能作堂上燕，衔泥附炎热？""世情恶衰歇，万事随转烛"；李白说："兰生谷底人不锄，云在高山空卷舒。""一朝谢病游江海，畴昔相知几人在？""白璧竟何辜？青蝇遂成冤。"……

让我们再跟"顽皮"这个词连贯起来考察一下。如果说"顽皮"更多的是从"虚无"里带来的一种自然属性，那么人离开了"顽皮"也未必是完全离开了"自由"。因为人在进入一种文化，增加了对物质世界的认知之后，仍然能够找到使生命尽情挥舞、愉悦率性的空间 —— 在这种空间里获得的"自由"仍然是有意义的，是极好的，尽管这个时候的"自由"不再能用"顽皮"这个词去界定了。

后一种"自由"是在理性的驱使下寻求所得，是一种理性的选择。这种选择有时候会受到一个生命天生所具有的良知的牵引，是出于一个生命极为愿意的天性部分，可以是一种很自觉的行为。所以说这是两种"自由"的结合。

中国文化相对于西方文化来说，所产生的等级和不必要的繁文缛节，更能压抑人的天性自由和后天的理性寻求。我们甚至觉得"李白"和"唐朝"可以互为标签 —— 唐朝的李白，李白的唐朝；而杜甫似乎可以属于任何时代。李白更具有不会苍老的青春气质，这当然来自他的"自由"。

· 才华的来处

我们常常在阅读李杜的时候生出声声叹息，认为他们是不可企及的天生之才。也就是说，我们并不认为他们这种神奇的想象力，他们构筑诗章的能力能够从后天学来。无论那些研究李杜的学术文章从现实中找出多少根据和原因，说他们如何努力、环境如何帮助和影响了他们等等，也还是不能完全将我们说服。

比如有人会研究唐朝的政治与经济，还有文化和宗教，更有这两个人的经历、家族渊源等诸多因素。可是这些条件同样加在了众多的唐代诗人身上，也同样给他们留下了痕迹、帮助了他们，却不能将他们变成我们所看到的李白与杜甫——鬼斧神工，变幻莫测，邈远无边。这或许不是人力而是神力，不是学习所得而是天生给就的。

什么是"才华"？这大概不能等同于"能力"。"才"是才具才情，"华"是光华，是放射出来的耀眼光芒。任何事物一到了放光的地步，就不再那么有现实感和物质化了，而往往成为很神秘的、让人恍惑的东西了。所以我们总是相信"才华"和"能力"有所不同，它其中相当大的一部分大概是不可以分析论证的，也不可以从后天得到的。如此说"才"字其实就是指"天才"，"才华"也就是"天才放出的光芒"。

李白和杜甫放射出天才的光芒，这样说有什么过分吗？一点都没有。

现在我们当代人最愿意轻许"才华",随便就把这一称赞送给某些人或某些现象,比如说对时下一些胡言乱语天马行空的想象、驴唇不对马嘴的表达誉为"神奇过人的异才",统统不问青红皂白地封为"天才"。其实这非但算不上什么"天才",更不是什么"才华",反而应该看作是最无聊浅薄的嬉戏和轻浮行为。那些东西无论从文化学、诗学还是从平常的生存秩序、伦理层面上看,都是不可以通融的。这些东西只有在一个物质主义欲望主义时代才有可能被这样肯定,才有围观者和起哄者。我们从理性从传统,从任何一个健康的方向,都只能排斥和拒绝。

到底什么是"才华","才华"意味着什么,也许真的需要好好讨论一下了。我们之所以将李杜作为标本,因为这样更方便,更能够切合问题的实际,能够讲个明白。"才华"和"自由"是一样的,都是生命本身天生具备了的一种属性和能力。这种能力,它的总量,当然因人而异,有高有低,但无一不有。它由什么决定?为什么会有诸多的不同和差别? 因为任何生命形成的实在,其过程都要由无数神秘的、不同的缘由和因素规定着。比如说同样是两个人,都出生在同一天,他们的才能甚至性格却大为不同,这都是完全可能的。即便是孪生兄弟,父母遗传相同并占有相似的天时地利,他们从性格到能力也会有明显的差异。古今中外有很多人认为占星术并不完全是虚妄的,操弄者也并非昏聩无知的人,还不能简单斥一句"迷信"和"唯心主义"就可以了结的。人在哪个特定的时间出生,处于哪个特定的经纬度坐标系,这个时刻天体的交叉引力,还有潮汐地磁的变化,以及我们未知的各种因素,都在作用于这个生命的产生和孕育。

　　我们经常讲一个人是什么星座，其实真正分析起来会细密深奥得很。一个占星大师也是了不起的，因为他能进入一个极其复杂的系统里面，将极细小的东西加以辨析，进行缜密的运思。如果说他这样做完全是扯淡，我们只以人生常识和经验来判断就不会同意，不会简单地加以拒绝和否定。我们知道用星座体系去解释人的性格、嗜好和行为的时候，常有一些验证和说服力。当然绝不能一知半解地运用占星知识，因为它是一套相当复杂的学问。生命从无到有产生了，这个生命拥有的才能，被赋予的能量和性质，在原初就已经固定下来。这是人的全部能力构成的一部分，另一部分将来自学习，来自生活经验阅历，等等。人上了大学，读到博士，会增加知识，促进能力，却不会过多地改变其他一些不可学习的东西，如审美力。

　　后天得来的帮助和先天具有的才能是有区别的。这就像我们在说李白特有的"顽皮"和"自由"，那一切显而易见是天生就有的，无论后天怎样制约，也不能从根本上改变它的性质。因为这是生命的属性。后天所学到的东西，往往要受人类行为的规范、文化的制约，那是在一种规范和系统里掌握的知识——这一切既是有用的，同时又可能伤害人的先天才能，伤害其良知良能。后天增加的能力和因素不完全是良性的，有一部分跟生命原初所具有的良知良能并不能兼容——跟创造生命那一刻的给予不能衔接，也就造成了伤害。

　　比如说人的辨别力、直觉力、感性把握力、向善力、通感等等，大都是先天给予的，那么后天的学习当中，增加的某一部分却恰恰会遮蔽原初的东西。人的知识增多的过程当中，先天的才能时常要被限制和约束。从这个意义上讲，最有意义、最大最不可取代的才能，正是生命一开始就被赋予的那些元素 —— 这些元素常常是无测的，自由流畅的，最富有创造力的。

从这个意义上我们会发现，李白和杜甫的不一样就在于，李白所表现的诸种才能之中，先天的成分似乎更大一些。李白许多超绝的诗篇、一些句子和意象，如"但见悲鸟号古木，雄飞雌从绕林间。""抽刀断水水更流，举杯消愁愁更愁。""月既不解饮，影徒随我身。"……仿佛是随手抛撒的千古绝唱，却有十分奇异的思维，得来全不费工夫，不事雕琢之功。这儿给人的强烈感受就是"天成"，而不是青灯黄卷所得。这种敏感力、表达力和幻想力必是天生具备的，学是学不来的。凡是大才华真让人有一种天生如此的感觉，这样说并非虚妄和夸张。这作为才能的一部分，恰恰是最重要的部分，也最可珍贵。就艺术表现来讲，如果不任由这部分才华得到淋漓尽致的表达，那么不仅可惜，而且还一定会别扭局促令人不快。

从这个意义上进一步追认，会觉得所有的过分炫耀和看重个人才华者，都是极其浅薄的。因为说到底这才华是创造生命时的原来赋予，它并不属于个人。如果一个人连这点自觉都没有，总是无限炫耀并时不时地骄傲起来，那将是浅薄的，而且他自己也会受到伤害。因为看起来一个人只是自傲一点，其实却反映出他对生命本身的觉悟水平。

· 不能炫耀和骄傲

有天赋之才的人除了能够自安和平静，或许还应该感激和谨慎，因为对他们来说，这才华只是一种寄存关系。生命的性质本来就是如此的，这一点不一定每个人都具有理性的清晰认知，但或许隐隐有所悟知。所以当李白写出那些自荐表，大力炫耀自己如何拥有大能、如何了不起的时候，让人看了总是十分不安甚至厌烦。李白这时候对"寄存之物"的估计和认识既不充足又不清晰，说到底"才华"是不能这样去对待的。当一个人忘记了自己拥有多少"才华"，只让其自由地朴素地发挥，这时就会变得更强大、更可贵和更可爱。当他误以为"才华"仅属于自己，视为私物，并因此而表现出过分的骄傲时，也就没有了分寸，留下一些丢失颜面、让后人为其感到羞愧的拙劣文字。

这种令人不安的现象在战国时期特别多。那些"士"们为了得到权势者的重用，常常是口气特别大，态度特别激烈，行为特别冒进，有时还忘乎所以地威胁起能够决定其命运的人，仿佛对方不重用他一定会后悔，一定要在未来发生惊心动魄的大事似的。这种傲世自夸、泼辣激进的自荐，在长达两三百年甚至更长的时间里都频频发生，以至于风气大盛，形成了可怕的传统。唐代继承了战国，并且又有了新的发展。好像苏秦、张仪之流越来越多，一旦不快快重用跑到了他国，国家也就危急了，要有亡国之虞。事实上这只是夸大其词，是"干谒"的套路而已。

李白和杜甫那些让我们不安的文字，从自荐表到诗，都在无一例外地炫耀自己的才华，并为此深深地感到骄傲。他们这时没有把才华放到那个原有的位置上。才华的赋予者是虚无中的某种机缘和力量，比起它来个人是多么渺小。当一个人把这才华归还到原处时，当他能够忘记自己的时候，往往就是最强大的时刻。

李白和杜甫的创作中凡是最好的、最自然最感人的部分，无一不是忘我的歌唱。当他们把才华牢牢地记到自己账单上，忘乎所以并沾沾自喜时，其作品都是逊色一筹、令人不适的。这从他们留下的全部文字中是可以比较和验证的。

可见无论是多么有才华的人，炫耀和骄傲都是有可能发生的，也都是不当和浮浅的。在这儿才华虽然不是一个"公器"，但仍旧属于冥冥之中某种神秘的、无所不在的巨大力量——过于肯定自己的才华并以己为傲，也就等于无视那个力量，忘记了原初和根本。

· 致命的吸引

我们在感觉李白比杜甫更为顽皮有趣的同时，也会发现他更多的瑕疵。那些看起来不能忍受的缺点，乃至于让人厌烦的部分，我们宁可不去更多地谈论，甚至愿意给予原谅。这好像都是很自然的事情。

生活当中假设我们有两个朋友，一个没有明显的缺点，完全中规中矩，人也足够善良正派；另一个有很多的缺点和瑕疵，不拘小节，有很多缺点甚至是不可原谅的、品质方面的毛病，但十分率真有趣。跟这两个朋友交往的结果完全不一样。前一种让人觉得值得信赖，有事情会托付给他，跟他商量。但当冷静下来、孤独下来的时候，会发现自己更多想念的竟是有很多缺陷的那个人，因为他有更大的可观赏性、好玩和有意思。我们会追忆、想念他那些怪诞的举止，他的率性和天真烂漫。

为什么会产生这两种不同的效果？为什么那个有毛病的并且还伤害过你的人、让人难以原谅的人，有时会让你特别想念？这里面的原因是非常复杂的。原来后一种人身上那种从"虚无"中产生的万物皆有的自由流畅、自然的属性保存得更多，而我们自己已经失掉的某些东西，恰恰在对方身上显现了。这就造成了致命的吸引。在那人整个的顽皮率真状态中，会显示出一些不同于常人的特殊性，这就是许多人包括我们自己已经丧失了的那个"原来"。是的，这一切真的来自遥远的"虚无"，是生命诞生之时汇集一体的某些元素，它的名字叫"天然""流畅""浑然"，诸如此类。这就是真正的自由之母。我们仅凭个人的推导和直觉就会明白，"自由"和"顽皮"之间的确存在着这种关系。

李白就属于后一种朋友。他有时是多么可怕，多么不招人喜欢。在他写的好多自荐表里，给王公贵族的一些"干谒"文字里，只要作为一个正常的自尊的文明人，看过之后都会觉得痛惜和羞愧。这种丢失了自尊的痛苦是属于李白自己的吗？不，它属于我们大家，属于我们所领受和认可的人类文明本身。这个"文明"复杂斑驳，但一定是掺入了人类诞生之初的良知，也就是哲学家康德所说的"心中的道德律"。我们每个人都在这种文明里，所以我们看了李白的那些文字才会感到深深的不舒服。

"文化"乃至于"文明"是什么？说起来复杂之极，要定义它一定是严密和复杂的。但它一定是有一个"系统"，这个"系统"因为地域和人种的不同而有所不同，但有相当的部分还会是一样的，这就是人类共同拥有的，是所谓的"普世价值"，是人类的良知良能。普遍共有的再加上地域和人种的个性，就是我们自己存在的这个"系统"。因为任何"系统"里面，后来形成的规范是占有极大比重的，因此我们从李白身上感到的痛苦和不安，有一部分就是来自文化方面的，而不全是最本质的生命原态中的。

相反，李白流露天然率性的时候很多，这又让人极大地喜欢和怀念。很多人更多地喜欢李白而不是杜甫，是因为杜甫相对来说更中规中矩，不如李白自由。李白那些看似不假思索、读来朗朗上口的好诗，也就来自这种天性。在诗学方面，这应被看作很了不得的一种素质。对于一个从事艺术创作的人来说，维护这种"自由"，就是维护我们耳熟能详的、一直强调的那种"浪漫主义"；失去了这个"自由"，也就失去了"浪漫主义"，于是只得回到——"现实主义"。

关于"浪漫主义"，除了学院派还有庸俗社会学的染指和滥用，如"革命浪漫主义""积极浪漫主义""消极浪漫主义"之类。这儿已经明显地不再局限于文学艺术，而带有了浓烈的意识形态意味。"浪漫主义"早已被误读和俗化了。作为一种思潮，它是法国大革命催生出来的，最早从德国开始，而后传遍欧洲。代表性作家最初主要指18世纪晚期至19世纪早期的一些诗人，像华兹华斯、布莱克、柯勒律治、雪莱、济慈等，特征是形式上的反传统、强烈的情感流露、大自然与人的情感交融、作品主人公与作者本人的等同、为超越人类有限的可能而作出的勇敢努力……其实这种思潮只突出了区别于"现实主义"的概念，而"浪漫主义"本来就是所有艺术的内在品质，古今中外概莫能外，它属于一切民族和一切时代。

· 只有浪漫主义

这两个太好的标本可以用来分析很多写作学问题、文学批评和文学赏读问题。我们的教科书里反复讲的"浪漫主义"和"现实主义"，就常常将他们作为最典型的例据。"浪漫主义"的代表首先是李白，"现实主义"当然是杜甫。两人诗风差异那么大，要予以区分，从学术的角度无妨使用这样的概念，要不就没法谈起，没法量化，也没法鉴别。但是我们从写作学的角度，回到体验和经验的角度，又会怀疑这种区分的准确性。有时甚至会觉得这样的划分伤及诗性写作的本质，以至于不得不辩。

诗性写作真的会有什么"现实主义"？

也许艺术创造只能"浪漫"，只有一个主义，那就是"浪漫主义"。

李白和杜甫的个人风格肯定有许多差异，凡作家都会有差异，你有这样一种色彩，他有那样一种色彩。但这只是一种色彩而已。"现实主义"所谓的那几条原则，如写真实，写客观，除粉饰，去夸张，等等；还有什么典型人物、典型环境……这些说起来似乎条理清楚，但从诗性写作的本质意义来讲，都是极其皮毛和外在的，稍有写作经验的人都会觉得很隔，因为它并非来自内部经验的规律性总结。

任何的"现实"与"真实"到了写作者笔下都要发生变异，绝不会是依照"现实"的临摹。完全客观的描绘不会产生文学，而顶多是记者的笔录。诗性写作必须回到强大的主观性，这时候的心灵状态是激动、幻化和想象，是飞扬的才情，也只有如此才有艺术的发生。艺术的、诗化的表述冲动是不可缺乏的，一旦失去了它，也就回到了客观的摹写，回到了所谓的"冷静"和"现实"，这时心中那个艺术的精灵也就真的安息了。

现实生活的"真实"怎么可能等同于诗的"真实"？所谓的"浪漫主义"给予的感动来自哪里？当然是因为抓住了事物的神与质，把它推到认识的极致、情感的极致，所以才有那种不可思议的激动人心的力量。

从这个意义上讲，所有的艺术创造都是"浪漫主义"的，都是主观的，都是一种"化学变化"而不是"物理变化"。如果沿用"现实主义"的定义就麻烦了——什么才是它的"客观"和"真实"？按照现实发生的一切去刻板地记录？像记者一样追寻事件的细节并加以报道？冷静地传达事件的始与终？当然可以这样做，但这已经完全不是诗，而是通讯报道。

杜甫和李白的性格不同，他们两个人写出来的作品就一定会带有不同的色彩。这本来是极其自然的事情，是十分好理解的。杜甫既是标准的所谓"现实主义"，为什么他所有的好诗，激动人心拍案叫绝、轻快流畅、一般人不可企及的那种艺术表达，都是极度浪漫飞扬的？其中尽是夸张和变形的表达，充满了特异的想象，表现了激越和冲动。"无边落木萧萧下，不尽长江滚滚来""漫卷诗书喜若狂""来如雷霆收震怒，罢如江海凝青光"，数不胜数。那种意象和感受，一瞬间的激动和把握，情怀的喷泻，绝不是什么"客观的""非主观的""除夸张""简单冷静"，这些定义远远不能概括。

对于"现实主义"和"浪漫主义"，我们今天的确需要从头辨析。比如李白是个"浪漫主义"的精灵，可是李白也有许多"非常客观"的描写，比如大量的记事诗。他把事物呈现在那儿，看起来是平静地、客观地摆放的，但往往就像飞机要停在一个地方、慢慢开始滑行一样，最终还是为了起飞。它有这么一个过程，一个相对平静的过程，如果一直这样平静，这样冷静，哪里还有什么诗和艺术？所以"冷静"和"平静"，还有"客观"，都不是艺术的常态和本质，而实在只是一种局部和一个表象。

所以从深部来讲，诗性写作是没有什么"现实主义"的，而全都是"浪漫主义"的。

"现实主义"和"浪漫主义"在教科书上拟出的几个条件，实在是有些勉强和表面的。它只是在作一般意义上的区分，是为了概括和类型化，是迁就学术的方便才制定出来的。这并非完全是荒谬的工作，但实在是可以更深入地做下去的工作，比如从不同的角度把诗学问题讲透讲深，划出某种理论和学术的限度。

作为一个更深入地了解文学艺术的人，似乎不必相信"现实主义"和"浪漫主义"的区分，因为它们原本就没有那么多的不同，凡是艺术，其本质都是想象，都是冲动和夸张，都是在充分个人化的把握下改变和异变的一个世界，是重新组合呈现的一个世界。

· 再一次说酒

过去爱用一个比喻，这里再用一次，因为不如此就难以补充说明上面谈过的"浪漫主义"和"现实主义"，因为这实在是一个很重要的学术问题、写作学问题。文学和现实之间的关系，和生活的关系，当是"酒"与"粮食"的关系。如果现实生活是"粮食"、文学是"酒"的话，那么这中间一定经过了个人这个酿造器，让其发生了难以描述和猜度的"化学变化"。

写作者是怎样的一个酿酒器，也就决定了他的艺术量级。他一定要使"粮食"发生化学变化，这是肯定的。从这一端进入的是"现实生活"，从另一端出来的是"文学"。如果我们同意这样的比喻，认为"酒"才是"文学"，"粮食"就是"生活"的话，那么谁能仅仅依仗把"粮食"压得更紧、磨得更细，就让它变成了"酒"？大概没有一个人会有这样的能力。拥有这种能力的人，才会是所谓的"现实主义"。

凡"酒"一定要经过酿造，让"粮食"发生化学变异，变成芬芳的美酒。只要离开了这个变异过程，它也就不可能是真正意义上的文学。由此看哪里会有什么"现实主义"文学？那种教科书上一再强调的"现实主义"特征以及诸多规定，其道理无非就是怎样保存"粮食"，而并没有谈"酒"的生产。

文学一定是浪漫的，诗一定是浪漫的，诗没有"现实主义"的，文学没有"现实主义"的。所谓"现实主义"和"浪漫主义"的界说，不过是把不同的人所表现出来的个人风格、色彩差异，强行拉到了艺术的本质差别上加以论述了，这样的理解只会造成对艺术创造的严重误解。仅仅是外部的色彩，比如说口吻、描述方式，将这些作为类型抽离出来，当成一种文学创作的原理，实在是小题大做了。

　　但如上这种分析或许并不影响学院式的工作。做学院式的研究似乎仍可有"现实主义"和"浪漫主义"这两个概念，但还需要指出这样划分的限度在哪里，它的作用和局限在哪里。其实细读作品我们就会知道，杜甫和李白都是"浪漫主义"的，他们虽然偶尔也"现实主义"一下，但那主要是为了作品的"浪漫"飞翔、一飞冲天而做的铺垫工作。其实完全可以不再死守这两个标签，因为凡标签往往都是简单化，会影响我们深入理解诗和诗人的。

　　刚才我们举例时，特别提到了杜甫的《观公孙大娘弟子舞剑器行并序》，那真是足够浪漫："昔有佳人公孙氏，一舞剑器动四方。观者如山色沮丧，天地为之久低昂……绛唇珠袖两寂寞，晚有弟子传芬芳。"诗句刚健豪迈且又极度夸张，是不可再得的旷世绝唱。诗中溢满最奇特的想象：宝剑光芒闪烁如同羿射落了九日，舞者的骁勇之姿又如群神在驾龙飞翔。起舞好似雷霆震怒，舞终如同江海凝固，闪射清光。这种感受哪里还是什么"现实"，而完全是心灵的飞驰远翔，所以才有无可比拟的感染力和震撼力。这就是艺术的魔力，诗的魔力。

　　真正杰出的艺术都是极度浪漫和夸张的，灼灼闪光，反射出夺目的亮光，刺面的亮光，其艺术的强光使人不得不踉跄后退，这就是神来之笔。它当然是个人的、变形的、夸张的。其他一些仿佛纪实和写实的叙述、铺垫，在诗中既不可缺少，又为了抵达最终的目的，为了爆发和飞翔。到了关键时刻要裂变，要产生不可预料的巨大能量。这是最能代表诗的核心、高度和内涵的，也是与非艺术划清界限的根本依据。我们将这些特征称之为"浪漫"。

　　传统的说辞中，总是强调"现实主义"的典型人物和典型性格，客观手法，不夸张不粉饰，不歪曲现实 —— 如此一说好像"浪漫主义"一定是"歪曲现实"的。其实"浪漫主义"必须抓住真实，抓住美的本质。我们普及的那种大众诗学，关于什么是"文学"的解释，有许多是似是而非的。说到艺术来源于生活，却并没有界定什么才是"生活"。说到艺术高于生活，却并没有分析它与生活有什么不同。艺术与生活哪里是什么高和强的区别，而是"粮"和"酒"的区别。它们二者有关系，品质却极为不同。

· 发现和遮蔽

说到盛唐的诗，就不能不说到一个最大的源头，说到《诗经》和《楚辞》。如果前者是众手合成的，那么后者却主要是个人的创造。所以总要说说李白、杜甫和屈原的关系。

他们当有不同的世界，不同的境界。阅读感觉上，屈原比李白和杜甫的世界更宏阔更辽远，也更深邃。无论李白还是杜甫，都很难说超过了屈原，甚至不能说他们可以和屈原比肩。

随着时间的推移，人类社会往前发展，人对山川大地的感受、对真理的感悟和把握力，特别是对这一切的想象力、主观表达力，好像并不是一路往前的；有些方面倒有可能是逐步下降的趋势。比如说先秦文学比起秦代以后，总体看更有力量，特别是具备了更内在的强大张力。所以有人就说：秦代以后的文章他就不读了。古今都有人这样认为，并且不能简单斥之为浮浅和轻率之论。

李白和杜甫创造了那么灿烂的诗章，还有他们同时代的诗歌巨匠，无论把哪个样本抽出来，要跟屈原比较，都会发觉其中的差异，觉得缺少了什么重要的不可言喻的生命元素。把《楚辞》全部读过，再把李杜的文字全部读过，会觉得李杜的世界比屈原的要窄小。李白的想象天马行空，缤纷绮丽，但仅仅就此而论，也仍然要比屈原逊色，这看看《离骚》和《天问》就一清二楚了。当然时代不同了，生命不同了，他们之间也有了极大的不可比性，所谓的"文无第一"，个体的艺术总是有诸多差别，我们这里只不过说说大致的感受而已。

如果说浪漫主义文学越来越衰弱，越来越萎缩，我们许多人可能大致同意这样的判断。文学从《诗经》《楚辞》发展下来，创作者表现出的那种强大的生命张力，把握世界的悟性，都在一点点递减。生命对于天地间的神秘感悟在减弱。人工造物越来越多，它们遮蔽了人类的视野。有时就有这样的悖论，知道得越多反而越显狭窄：感受的范围在变小，感悟的深度在变浅。许多方面，可以说发现的同时也意味着遮蔽。

比如中医是人类了不起的把握客观世界的途径，是探求生命奥秘的大学问。可是当代的大中医却比过去少得多。原来我们越来越借助于透视、化验这些现代科学技法，反而把人天生的发现力和悟想力给伤害了。人和大自然联系的一些特殊方法，一些独有的感性渠道给破坏了，堵塞了。我们只知道借助于科学器械，已经没有能力把握那些超出器械范围之外的神秘部分。我们完全依靠量化数字这根拐棍来走路，而世界本身却比数字量化这个空间不知要大上多少倍。所以现代科技在打开我们眼界的同时，也把我们投进了更大的盲区里。

文学也是这样，那种人和天地自然的奇特关系被伤害了，所以产生不了具有大感悟、大把握力的生命个体的表达。一路下来，文学的浪漫气息必然会减弱，表现力也必然会丧失。

我们对比李杜和屈原，可以设问：屈原究竟比李杜多了什么？这等于设问：在更久远的那个时代，人类是不是比后来者更为关心宇宙的起源，以及更接近神性？人类的童年时期，是不是更具有好奇心和原始感受力？

· 全都多趣和浪漫

让我们从古人谈到今人，比如鲁迅。鲁迅给人匕首投枪的印象，他峻厉冷漠，似乎不苟言笑。按照传统讲法，人人都会说他是"批判现实主义"的，而不是"浪漫主义"的。其实不然，仅仅是一个"现实主义"的标签完全不能够概括鲁迅先生，因为他是那么丰富饱满的一个人，可以说既冷漠又热情，既严肃又幽默，既很"现实主义"，又具有高度的"浪漫主义"。他的诗、散文，特别是他的小说和杂文，真是浪漫和有趣极了。他打笔仗的那些文章都写得辛辣多趣，是一个在近身缠斗中都不忘开个玩笑的人。实在一点说，我们很难用"现实主义"或者"浪漫主义"来框定鲁迅先生，因为他超越了所有这些"主义"，是一个热爱真理、最爱美最有趣最多情的人，他的杂文是诗，他的创作实践实际上确立了杂文这种文体的最高境界——诗。

现代作家中，鲁迅的丰富厚重是难以超越的。出于逆向思维的执拗，进入1990年代以后有人总是将另一些现代作家置于鲁迅之上，极使性子。鲁迅关怀的强烈，整个生命蕴含的悲剧因素和道德感，远远不是另一些闲适趣味可以望其项背的。当然作家和作家的世界不同，风格不同，审美取向不同。尽管如此，生命性质与量级的差异，我们还是能够感受得到。

如果说艺术只有浪漫的，那么离开浪漫的距离，也就等于离开艺术的距离，离开诗的距离。一个纯粹的"现实主义者"，这怎么会是杰出的艺术家？莎士比亚不浪漫吗？雨果不浪漫吗？所谓的批判现实主义的代表作家托尔斯泰、陀思妥耶夫斯基，甚至是巴尔扎克，他们不浪漫吗？巴尔扎克多么"现实"，可是他作品中越是写得好的，也越是具有浪漫气息。他的志向是做一个"时代的秘书"，也就是要如实地记录自己所处的时代万象。可这只是他的宣言而已，他其实是相当顽皮和冲动的，远没有老老实实做个"秘书"，而是一个出色的幻想者和创造家。他写的《朱安党人》，其中一个怪人翻译过来叫"走下地"，这人穿着一双木头鞋，个子矮壮，总是拿着一杆大鞭子，随时都要把敌手一鞭子打倒在地。《沙漠里的爱情》写狮子和人的情感，一切描述都夸张到了极处。我们熟悉的老葛朗台这样的人物，也是极度夸张的。

其实谈到诗和文学总是如此：作家"浪漫"程度的不同，往往也决定了他们艺术量级的不同。

· 现代学术的标准

将一个诗人的作品放到显微镜下，仔细地进行科学分析和解剖，这既是必要的，同时也是危险的。这种方法大致是西方的，基本上不是东方的传统。传统的方法我们知道，那是《诗品》和《文心雕龙》使用的；到了近代，最有名的如王国维的《人间词话》，也是这样。文学批评和国家实行的其他方法一样，走的道路其实正是胡适自"五四"时期提出的"尽可能地世界化"。这是对进步有好处的，但就文学批评来说，带来的害处也实在不少。自上世纪50年代末，中国学术界一度掀起了批判胡适的高潮，但在批评方法上，看起来走的似乎是胡适倡导的道路，即背离原有的传统——其实这些方法既不西方也不传统。这说到底是一种潮流，潮流来了大家都不得不跟从。

首先是文学如诗这种东西，许多时候是微妙难言的，它不可能是机械的组合，也不可能是靠逻辑推论就可以完成分析的。感性难言、欲言又止的那些元素，既没法化验，又没法论证。西方的解剖学、实证学，它们一旦硬是用到了中国诗文分析当中，效果是非常可怕的。中国诗需要尽可能地使用中国的传统方法，不然就会差之毫厘失之千里。

关于李杜"浪漫主义"和"现实主义"之别，也是来自西方一些概念的使用，并且采取了现代学术的一些时髦标准。我们可以看一下几百年前，特别是当年对这两个人的评价，那时使用了极为不同的语言和角度。这在诗评家特别是历代诗人那儿，关于他们的评说汗牛充栋，举不胜举。这类评说的难度其实较之现代人的分析，不知要大上多少倍，因为必得是对诗人写作情致和处境有一个强大的还原力才行：评说者除了面对文本，还要回到人性冲动那一刻的状态，这之后才可以有话有感。这一返一回就难死人了。而现代的一些诗评文章只停留在文本本身，把文字读死了；而死去的文字是可以任人宰割的。

比如对杜甫，就可以根据其诗文的内容，所谓的主题思想题材等等，推导出什么主要的"倾向"，概括出一些主要的"手法"，并抽离出一些现代通行的论述指标，给予命名。这种命名一旦发生，误读就大面积出现了，许多人会在这种框定里解读，把一个活生生的极丰富的杜甫给读得片面了僵死了——杜甫写了那么多人间疾苦，惨不忍睹，这还不是"现实主义"？他们会将西方关于"现实主义"的全部定义搬过来，一条条去对应，而不管具体阅读中的感受是怎样的复杂难言。实话说，我们在读杜甫的时候，在许多微妙的感触和陶醉中，与西方关于"现实主义"的指标一点都对不上号。我们甚至可以问：杜甫的那部分社会性极强的文字，真的是杜甫诗歌艺术的核心吗？这让我们发生极大的疑虑，甚至可以得出完全相反的结论。

对李白也是同样的道理。李白的出奇的想象和纵情的言说，不用说是极符合西方关于"浪漫主义"的一些指标了，但他大量的记叙诗，那些像诗笔记一样留存的有韵文字，同样数量巨大，也是极其重要的。没有后者，我们甚至无法将一个游走四方的诗仙的行踪连缀起来，会断掉生活的链条。再者，也不仅是李白如此"浪漫",激越冲动想象变形,古往今来哪个优秀的诗人又不如此? 不如此又怎么会有诗?

可见他们都是"浪漫"的,也都是"现实"的。他们的"现实"是铺垫和前奏,他们的"浪漫"却是最终的完成。

当然,这里谈的中国传统与西方的差异也是十分复杂的问题,它们各有特点各有优劣。无论是东方还是西方的方法,我们都可以用来分析文学作品,但要准确而不偏执。中国的文艺批评方法其实是一种心灵化的评论,它与中国人的哲学和生存方式甚至是汉字的结构方式都有关联。东方注重直觉和情感,强调万物感应和文如其人,是一种体悟式的批评方法,是生命间的对话;而西方有着与我们完全不同的文化渊源,注重修辞和诠释,是一种观照式的精密。

在现代,批评作为一个学科独立出来,已经极其专业化了,渐渐变得与批评对象和文本没有多少关系了,或者是很浅表的一层关系。他们不必用心细读文本,更不必去还原写作那一刻的生命冲动,甚至不愿回到最基本的层面:语言。剩下的工作既复杂又简单,就是像作分析论文一样,完成"通过什么,说明了什么"的程式,按这个路子走下来 —— 这是就近的也是方便的,通常是从社会层面论起,比如我们上世纪80年代以前曾经有过的"阶级论"。现在不太有阶级论了,但文学评论的大体路径仍然和那时候是一样的。

当年别林斯基他们也常常从社会层面介入作品,但不同的是他们对于文学和诗的深度感知力,对艺术强大的爱力所带来的激越,与此连在一起的质朴的人的冲动。他们能够浑身颤抖地为艺术而争执，为真理而争执，于是就产生了巨大的说服力和感染力。这与今天评论界的某些荒诞作文有什么相同之处？非常可惜的是，专业批评学科培养了太多的机械人士，他们只会对滚烫的艺术肌体进行冰凉的触摸。他们的冰凉不是因为采取了一种超脱的、个人的学术方法，而是完全没有血脉流贯才导致的假肢般的冷却。没有温度，缺乏一个生命与另一个生命沟通所需要的脉动，结果一切都是扯淡。

诗不是那样的，不是他们谈的那样，与他们所谈的一切几乎没有关系。诗不是"通过什么说明了什么"，不是在一个思想层面简单地"突破"了什么、"论证"了什么，不是单纯的思想表达，也不是任何有弹性的论文。诗是生命的放电现象。

李白在月下吟唱，啜饮，眼神的迷离恍惚谁能感受？感受了，然后再评说。真正的批评建立在阅读的基础上，而阅读应该去把握整个文字所呈现出来的东西，甚至跟文本不能直接对应的一些因素。这里最需要的还是生命的感悟力。

现在看一些学术文字不是隔靴搔痒的问题，而是压根与作品不再发生关系的问题。

· 大自然的诗篇

李白和杜甫诗篇中最感人、最有名的句子可能就要算那些描绘大自然的部分了，这作为中国璀璨夺目的语言艺术的瑰宝，每每让人惊叹甚至费解：为什么关于山河大地的最美好的句子就让他们给写尽了？他们同时代，他们之前，他们稍晚，都有描写大自然的圣手，但他们两个确实是其中的佼佼者。这里随手可以列举出一长串，可以说是不胜枚举。"太白纯以气象胜。'西风残照，汉家陵阙'，寥寥八字，独有千古"，这是王国维盛赞李白的名言。"气象"来自哪里？是人的独特胸襟、情怀，但一定是与大自然的培育密不可分。

杜甫的"会当凌绝顶，一览众山小""国破山河在，城春草木深""随风潜入夜，润物细无声""丛菊两开他日泪，孤舟一系故园心""感时花溅泪，恨别鸟惊心""迟日江山丽，春风花草香""两个黄鹂鸣翠柳，一行白鹭上青天"……都是千古流传的佳句，无一不是描绘自然景物。

李白的"君不见黄河之水天上来，奔流到海不复回""长风几万里，吹度玉门关""上有青冥之长天，下有渌水之波澜""孤帆远影碧空尽，唯见长江天际流""飞流直下三千尺，疑是银河落九天""两岸青山相对出，孤帆一片日边来"……这些句子老少能吟，脍炙人口，都是对大自然的观悟和抒写。

翻开古代的诗章，就会发现这是诗人们的共同之处。几乎每一个古典诗人都是描写大自然的好手，他们简直就是大自然的发声器官。古人的诗文以及画作之中，都给人以强烈的大自然的冲击力。山水画家成为一个画种，至今仍存，但今天的那种自然之力的冲击感已经远远不能攀比古人了，原因即在于对大自然的情感、那种新鲜入目的感动已经丧失了大半。至于现代诗文，几乎将大自然驱之于千里之外，今人笔下除了声色犬马，再就是人争狗斗和机心变态之类，连窗外的一棵树都懒得看一眼。

古人常常记叙三五好友结伴游历自然山川 —— 如李白和杜甫的同游，李白等人于徂徕山下结成的"竹溪六逸"—— 常常有雅士花上大半年甚至几年的时间浪迹于山水之间，这在现代人看来是多么傻气的一件事。可是他们不知道，人如果离开了对大自然的依赖之情，没有了对生命大背景的悟想和感知，也必然会丧失王国维所说的那种"气象"，心胸与视野将立即变得窄小，形而上的关怀更是从此难觅了。

人们或许会将这一现象归结为现代化的进程，或者还有其他更复杂的原因。不过尽管有客观的诸多因由，作为一个诗人或艺术家，他必要存在的情怀和敏感，他的超拔的志趣，仍然还要具备。大自然是无处不在的，一棵树可以透露出大自然的消息，一座山就是永恒的存在。此处没有旷野，他处还有广漠，大自然总的看还是将人间城郭包围和簇拥起来了。人类改造和破坏大自然的疯狂处处可见，许多地方今天已经是寸草不生。

每个人都有痛苦的记忆。比如一个诗人小时候可能生活在林子里，那时的林子大树粗得不得了，还有各种动物，称得上是一片自然荒野。看过去的记录，我们置身的城郭可能就是几十年前的沼泽，是一片林荒。这里的老人会讲一些鬼怪故事，像狐狸变人、各种精灵之类。林子没有了，妖怪藏身的地方没有了，全盖成现代楼房了。社会气氛在上个世纪80年代以前是极严厉的，这样一种状态之下，妖怪当然不会再有了。天天讲阶级斗争，妖怪自然不敢出来了；连拦路抢劫者、吸毒者、同性恋者，一概都没有了。

鬼怪这些东西是客观的还是主观的？ 有人说是客观存在的，但为什么一抓阶级斗争就都没有了？ 同性恋以现代科学观点看是十足的客观存在，据说那是基因的问题；可是也有主观的成分，因为阶级斗争年代同性恋也是绝少有的。现在则不得了，电视上一个七十多岁的男人和另一个差不多年纪的男人结婚，正在举行婚礼："妻子"戴着耳环披着婚纱，袒胸露臂，涂脂抹粉……这在过去一定会被视为妖怪。

总之现代人对大自然感动的那些器官已经休眠，而另一些部分却被唤醒。现代社会只让人在某一些方面变得宽容，让社会变得宽容，并从科学上做出解释，如把沉睡的同性恋者一个个拍醒。比起中国，海外那边拍得更早，人家城市化也早，不同的是大自然却消失得很慢甚至得到了很好的保护。

这是我们思考问题的一个向度。如果从发现生命奇异的美、陡峭的情感，发现生命个性的奥秘和社会伦理道德间的鸿沟方面来讲，没有比诗人更能理解和包容的了。现在来到了意识的一个十字路口，这就是我们常说的全球化和数字化时代——这两个"化"使中国的诗人和艺术家们变得犹豫起来。我们不愿意把问题简单化，于是一会儿站在东方思考问题，一会儿站在西方思考问题，就在这条十字路口上，做着艰难的判断和抉择，踌躇不前。

可惜我们的诗章就在这种两难的现代选择和犹豫中，丧失了对大自然的敬畏。我们一天到晚纠缠于一些最时髦的现代命题，却忘记了人类最永恒的命题，对托举和承载整个人类的山川大地视而不见。就此一点，看李白和杜甫的诗，会觉得他们真的是异类——岂止李杜，所有的古代诗人都是异类，他们仿佛来自另一个星球。

· 杰作与神品

那些吟唱月亮的诗篇太能代表李白了，所以一谈到月亮就想到了李白 —— 如果要画一幅李白像，可能他的斜上方还要画上一轮明月才好。诗人微醺，边唱边舞，给人以深深的艺术陶醉。我们循着这声音的引领，去感受和感觉。在那一瞬间，我们突然走近了李白的伟大、可爱，领悟了所谓的"形而上"。诸如生命的无常、凄凉，全部当下的欣悦，包括生命的意义，以及人为什么要活着，为什么来到人间，最后又到哪里去 —— 我们理解了，所谓的"活在当下"的那个"当下"，似乎也理解了，"活在未来"的那个"未来"。

我们曾把李白这首月下醉吟与陈子昂的《登幽州台歌》做过对比：一个是那样的沉重，一个是这样的平易、简单和率直，还有飘逸和清淡。两篇的色彩是截然不同的。陈子昂全部的痛苦、忧伤和人生的悲凉，悉数放在了面前，那种思维也是直接抵达的，情感与思想的边界也相当清晰。但是到了李白这儿只是饮与舞，是醉和唱，整个看是举重若轻的一首小诗而已，其情感边界、许多意味，都是不甚清晰的。读者可以凭自己的人生经验和悟想力，无限地往内深入和往外辐射。它能把人引向一个真正的"邈云汉"，让人进入其中的无测与无边。而陈子昂的"前不见古人"——那是当然的了；"后不见来者"——人至多只有百年，也是当然的；"念天地之悠悠"——"天地"对于如此短促的生命来讲，"悠悠"也是当然的。然后诗人难过了，流泪了——这种沉重也是当然的，谁都不能说是矫揉造作，因为这是质朴的感怀。但是这些情感和道理，催发我们激动的方式和思路太过直接了。

陈子昂这首是千古绝唱，是一首杰作；但李白那首却接近于"神品"。

领略诗和艺术是非常复杂的一件事，一部作品的理解和接受，其实需要同等量级或同等敏感的人才行；至少在那一刻，作者和读者的心要能相通才好。以愚钝理解敏悟，那怎么可能？常有人认为自己虽然写不出杰作，但理解杰作辨认杰作还是做得到的，甚至还认为是绰绰有余的事情。其实这真是大误解，是过高估计了自己的能力。阅读与进入诗境是极端需要能力和才华的，大读者和大作者是完全平等的，大读者也并不像想象的那么多。知识的多少和受教育的程度都解决不了审美能力问题。有人没上多少学，却能获得杰作中的大感动和大悟想；相反一个学历极高、会数国外语者，一个学富五车的人，也有可能是个艺术欣赏方面的愚钝之人，这一点都不让人惊奇。

一般来说杰作还好理解，一遇到出神入化的"神品"，走进真正的"浪漫主义"之中，平庸的读者就找不到北了。这就是平时的书市上越是超绝的神奇之作越是少有知音的原因。有人总说"雅俗共赏""群众喜闻乐见"这样的套话，直说到老妪能解——一个艺术创造者听听倒也无妨，但如果真的认同和相信起来，那就索性离开艺术得了。

我们区分"杰作"与"神品"，提出艺术的"浪漫主义"本质，其实也是对阅读的极高要求。这是对大读者来讲的，这种悟赏能力也主要是先天形成的，后天的学习或可用来补充和开启智门。读了硕士、博士甚至是博士后就有了领悟能力？一个人叉着腰，言之凿凿，术语炫人，对业已丧失和欠缺的审美能力也毫无补益。

学历只表明所受的教育，只说明一个人在巩固和提高自己的诸多努力中花费了多少时间和汗水。而努力既有可能发掘原有的能力，也极有可能伤害了它，因为教育本来就是一把双刃剑。所以这一点说起来是可怕而残酷的，它在提醒我们：每一个人都面临着某种隐而不察的危险。

李白与杜甫的一部分作品称得上是"神品"，它们是最能考验我们阅读力的。

· 天赋

李白曾在"大雅久不作"开头的《古风》中大谈诗艺理想，其他就极少了。他还阐明过"清水出芙蓉，天然去雕饰"的美学主张。李白以"复古"来反对当朝诗歌的律化倾向，喜欢古风和乐府诗的自由，决定承继诗骚传统，有过论诗的一段话："梁陈以来，艳薄斯极，沈休文又尚以声律，将复古道，非我而谁欤？"另外就是以诗论诗，对诗歌文体的演变和发展进行了总体反思，肯定《诗经》《离骚》的传统，认为这才是正路；批判汉赋的铺排雕琢，提出以"复古"为革新，倡导"清真"之风；在以"丑女来效颦"开头的《古风》之三十五中，他批判诗歌写作中的矫揉造作，表达出对质朴之美和自然之美的赏识。但总的来说，李白纠缠于诗艺的言说毕竟不多，在这方面没有表现出多少兴奋点，杜甫则比他要多一些。

在这方面，李白和杜甫的共同点是以诗论诗。杜甫"论诗"较多，如《戏为六绝句》《解闷十二首》等。《戏为六绝句》中有"尔曹身与名俱灭，不废江河万古流""不薄今人爱古人"等名句。杜甫与李白相同之处，在于二人对《诗经》《离骚》的传统都十分肯定；不同之处在于李白大多从总体考察诗歌，而杜甫着眼于对诗人个体进行评论，强调结合时代背景，以历史眼光评判诗人，而且无论对于古人还是今人，均建议以继承借鉴和吸收为主；包括对魏晋六朝，也要采取学习的态度。他同时提及自己写作时的反复推敲与苦吟，强调诗歌对于精神的陶冶作用，并推崇诗的雄伟之境。

李白一生用力做的几件事情并没有成功，而似乎于不经意间成了一位伟大的诗人。其实我们不可以孤立地去看他一生的"务实"与"务虚"，而要将它们作统一观。李白没有"干谒"和访仙炼丹这些经历和实践，没有仗剑任侠的漫游与砥砺，就不会滋生出那一片斑斓的文字。

凡是源于心灵之业，最大的依据还是生命的质地。他认为自己在治国理政方面有经天纬地之才，最后却毫无作为；他受极大的使命感驱使全心入世，投入了巨大的热情，结果一无所获。

李白的天性中有放纵的自由感，有豪迈之气，有时时涌来的生命冲动。这在一般人那儿恰恰是最为缺乏的。人们认为性格对命运是有决定力的，而性格中的主要元素又是先天注定的——人们将这种先天的决定力称之为"天赋"。

当"天赋"在后天活跃起来，激发起来、成长起来，即可以成就人间的事业了。人在顺从这种天赋往前时，不一定十分刻意地追求，也会自然而然地结出丰硕的果实。

如此相反，当一个人受现世欲望的控制和干涉之后，就会形成一种负面的力量，它将不同程度地伤害天才的创造。使命感是各种各样的，有时哪怕是最良好的用世愿望，也会阻碍和伤害敏锐的感受力——李白诗文中那些孱弱的部分，杜甫那些诗意浅直的篇章，无不说明了这一点。

许多人言之凿凿，说写作者应该在"道德"和"审美愉悦"之间达成良好的平衡，这种平衡一旦达成就会出现好的作品。这里看上去似乎正确：一方面讲了道德，另一方面又讲了审美，讲了二者的平衡，但其实是不通的——因为人在完成道德的自我苛求中，必定会唤起强烈的审美愉悦。"审美愉悦"和作家的"道德感"既不抵触也不分离，它们本来就是一体两面。如果我们把"道德"凝固化、标签化、浅表化，也就对生命愉悦和审美愉悦造成了双重的伤害。

其实"道德"也应该是一种天赋，我们甚至不能在后天随便根据需要给它加进另一些内容。当违背这了种天赋时，那种貌似的"道德"也许成为一种假象。李白和杜甫的优美诗章，其中唤起我们巨大美感、给人以无尽的审美享受的，主要也是因为激发了我们每个人都有的、来自这种天赋的道德共鸣。

· 一片静静的树林

李杜喜欢游走，他们一生中的安静时间多不多？

如果一个人闲来独处，去一个寂静的地方，比如说一片树林，应当是十分愉悦的。这可以是一个舒展思想的好机会。比如我们在树林里想一下很久以前，有那么两个性格迥异的大诗人，他们怎样在大地上游走吟唱，留下了哪些诗篇，他们的一生或漫长或短暂，有哪些苦恼和欢乐，与我们今天生活的不同在哪里，人与大地的关系，等等。关于寂寞的独处和好处，一个叫贺拉斯的外国人说得很好，他正是谈到了一个人，谈到了一片树林，这里让我们再次引用："我一个人静静地走在一片树林里，想着那些贤人君子们能做些什么。"

这句话令人一下就平静下来，觉得非常好。它平易好懂，写出了人的一种状态。想想看，独自走在树林里，四处十分安静，这种环境更容易让人想得很远。他想了什么东西？他想到了那些"贤人君子"，当然是那些已经逝去的人物，想着他们"能做些什么"。这无非就是中国的一句老话，叫"见贤思齐"。那些人能够做到的，我为什么就做不到？今天一切都变了，今非昔比了，我还能做些什么？究竟还有多少可能性？这种设问和向往里，真的蕴藏了太多的东西。

还有一个宗教家，他说过的一段话也值得写下来，他说："我每一次到人多的地方去，回来以后，都觉得自己大不如从前了。"

这句话同样平易好懂，也同样耐人寻味。我们不妨从个人的经验中好好回忆一下，看这样说有没有道理。在我们的经历中，凡是那些大热闹的场合，往往也是各色人等努力表演的一些地方，我们参与的整个过程可能也不乏愉快，但回来之后还是若有所失，大约需要一个星期的时间才能安定下来，重新回到以前的状态——自己的安静和独处，自己的思考。原来只有安静才能"见贤"，也才能"思齐"，而人多的地方是缺乏思想的，那里不光远离了想象中的"贤人君子"，反而更多地与时尚之物搅在了一起。那些热衷于到人多的地方厮混的人，常常是不安分的人，不务实求真的人。那些人当中也会有个把有心力定力的人，他们或许是偶尔才去一下的，但有一点不容否认，即人多的地方出现有定力、有独特见解的人的概率总是比较小的。

安定下来才有思考的力量，才会找到生命的立足点，才能够发力。我们不停地到那些场合去，就像一个人被提离了地面，身心都会失衡。

有人讲，一个人要善于学习，要倾听，要阅人无数，这样对于客观世界的认识才会深刻。如果一个人总是满足于在"树林"里溜达，也就丧失了学习的机会。比如我们一直称道的李白和杜甫他们，这些唐代大诗人就不曾安分过，他们到处游走，饮宴交友，热闹得很——似乎如此，但我们仔细研究一下他们的诗章还会发现，他们为了生存或一些嗜好的缘故，虽然不可避免地要浪费一些宝贵的时间，但是比较起来，他们使用时间的方式还是比我们当代人智慧得多。

李白和杜甫两个人或结伴或独行，游历名山大川，一生走了多少地方。李白在山东遇到几个意气相投的朋友，就与他们约会徂徕山，结成了"竹溪六逸"。李白特别沉迷于道家，去大山深处访道论玄，话题又是何等深邃。当年长生不老的修炼，对瀛洲的向往与探访，都是了不起的最先锋的事业，是关乎生命源头和归宿的形而上的问题，不但不俗，而且一定会引领诗人走向更加阔大的思索。我们甚至可以说，没有李杜关于长生的探访，也就没有他们那些深邃迷茫的诗章。特别是李白，他的诗意缥缈迷离、新异奇绝，与他的修道生活一定是大有关系。

至于他们与大量文朋诗友的唱和，那虽然留下了不少文字，有的还算应酬之作，但从诗中所见，也大多只是三五好友甚至是一对一的饮谈。这并非大呼大隆的场面，算不得"人多的地方"。我们今天对李杜那些文字的揣度之间，时常会有一种跟随游走的感觉，甚至可以在午夜的安静中听到他们脚踏树叶的沙沙声。那真的是"一个人走在一片静静的树林里"。

认识总要抓住事物的根本。我们承认一个生命在形成之初被赋予的那个能力是最重要的，那是很难解释的一种力量，而这种力量在后天是会被遮蔽和破坏掉的。所以说一个人常常回到貌似虚无的空间里将是至关重要的。人在无所事事的状态下与大自然连接一起，全部潜能就会悄悄集合、堆积和聚拢。

那将是一种既专注又恍惚的状态。生命需要在专注和恍惚之间来回游荡。没有这个条件，那种巨大的创造、顿悟式的发现，还有重新面对客观世界所必需的勇气，就会大打折扣。不难发现，一些有大能的人，不管从事什么，他们面临一生最重要的行动关口、需要做出重大的决定时，往往要退守到一个寂寞的个人空间里，去好好安静自己。在这段时间里，生命的反省力、觉悟力才是强大的。

就文学写作者而言，难道写出一篇重要的文字不是面临了一个人生的行动关口吗？这时当然需要个人潜能的调度和凝聚。只有具备了相应的条件，并以此为基础发力，才会产生杰出的创造。

人的一生如果能够将所有不同凡响的发现连缀起来，接续起来，就会是相当了不起的。

或许有人认为，时代不同了，今天就是应该经常到一些热闹的地方，听取各种各样的声音，参与各种各样的讨论。其实正好相反：网络时代足不出户就可以置身于这样的环境。这种嘈杂难道还不令人畏惧吗？一个眼观六路耳听八方、不停地接受和过滤各种信息的人，顶多是个消息灵通人士，是个信息收集员。而具有原创力、发现力和思想力的人，只会是那些冷静自处的人。

看一个人和一群人，道理其实全都相同。如差不多的人口密度，有的地区整条街道放眼望去总是拥拥挤挤，那么这里的人文素质一般来说会是比较低的；而相反那些比较安静和清寂的地方，人文素质就会高一些。这是重要的差别和表征，可以说是相当发人深省的。那些拥挤之地不要说很难保持一片安静的树林，就是有，谁又会去里面享受？会有一个人走在"静静的一片树林里"？即便去了，大概也只会去捡柴火，打鸟，给野兔子下套。

"贤人君子"是了不起的人物，他们镌刻在了人类的历史上。我们跟那些永恒的思想失之交臂，于是才变得平庸、无足轻重。

但愿李白和杜甫等盛唐诗人能够更久地活在我们心中。

·模仿和瓦解

我们的文化酿造出李杜这样两个人物——全身闪耀炫目的光

彩，成为民族的骄傲。在我们的阅读经验中，他们分别代表了两种截然不同的艺术类型，这种认识却有可能是多多少少的误解。他们的确有许多不同点，但共同点更多。后来的人将他们的差异夸大了，一直拉向了两个极端，以满足我们所期待那种戏剧化的效果。

在这场历时一千多年的艺术浸染中，自然形成的模仿者无以计数，他们心中都装了一个李白或者杜甫。这种潜在影响力自有其良性作用，但因误解和概念化而形成的类型性趋同，也产生了一定的负面作用。比如从一些极端化的例子中，我们就可以看到各种狂妄无比、激情万丈，实际上却是非常低能的诗人，他们大半就是李白的推崇者。这种人渴望游手好闲的生活，胡吃海喝，有的甚至真的背上了一把宝剑，来往于大地南北。有的还嫌不够，就在头上捆一根布条，上面明明白白写了"大侠"或"诗侠"二字，墨汁淋漓。

但是他们没有皇帝给钱，也没有李白一度怀揣的手谕，于是只好到处给有钱人写东西，当然不是墓志铭了，现在不兴这一套了；不过他们写的同样是颂辞，同样可以大把地要钱。除了写歌颂文字要钱，还有四处借钱的。走这条道路的人觉得自己既是才子，就一定有豁免权和癫狂权。而最大的区别是，当年的李白尽管瑕疵极多，却远远没有那么浅薄。李白的才华与质朴俱在，而且是一个旷百世而不遇的真正的天才。狂人易得，天才难求。做狂人很容易，喝醉了也很容易，但是质朴和率真的品质却不易得，才华却不易得。

如果简单化地看待李白，或不加分析地把李白所有的荣誉、才华、作品、陋习、瑕疵一股脑地接受下来，那也会昏庸得可怕。我们不能忘记李白自己所付出的巨大代价，其中有一些责任或许也要由他自己来负。李白所谓的"兼治天下"的豪志来自儒家，却没有将急切投入唐玄宗利益集团的欲望和行为与"治"加以区别。今天这样说好像是一种政治苛求，但的确又是不能废弃的追问。因为任何时代的"治德"，都会具体地渗透和罗列在生活当中——李白和杜甫在清醒时对官场和社会做出的文字鉴定，说明他们心里并非完全糊涂的。问题是在他们"干谒"的过程中却不再顾及这些。今天的人如果不能正视和面对一个榜样，这个榜样就有可能成为囫囵吞咽的毒药。

这会产生怎样的后果？这种儒家文化的畸形化，得到默许的知识分子和庙堂的关系、知识分子和物质的关系，将会随着"浪漫主义"的灼人光色一起，演化成一个民族的人性模型，于无形中得到深远的普及和使用。

那些心中装了杜甫的人，则会记取另一种稍稍不同的模型。这除了与李白同样的社会政治取向之外，还有稍稍不同的艺术取向。也许杜甫会让我们牢记"底层"和"苦难""人民疾苦"之类的字眼，并把他等同于那些字眼，最后认为这就是艺术的全部，是走向艺术真谛的不二法门。其实杜甫的艺术结晶，让其脍炙人口的原因，并非全是罗列在表层的那些"苦"和"穷"的底层记述。我们要能够倾听一个艺术精灵内心深处的异样叹息，看到其超绝的艺术表现力和卓逸不群的个性，怎样在他身上得到了高度的统一，怎样将人性深处的洞悉与形而上的悠思合而为一。这只不过是艺术精灵、诗的精灵的一场又一场尽情狂舞，而不是一种低能刻板的简陋再现，更不是一个口不离贫穷和同情说辞的拙劣道德家、口头道德家和庸俗道德家。

正因为热爱，才要挑剔。我们怀着欣赏和崇敬的心情去看"诗仙"和"诗圣"的时候，也极有可能唤起另一些别样的痛苦和哀愁。他们像任何时代的杰出人物一样，并不能让后来人全部打包接受。

· 演变和偏移

总体来说，唐诗走向了杜甫式的严谨，在格律的范式中做完了一个时代的大文章。任何文学样式都是从形式的逐渐成熟、凝固，最后走到凋败的。因为形式再难为，说到底还是比较容易做的，在形式上的刻意坚持，可能要一点点排挤和忽略内容方面的活泼生长。后来的许多中华诗章果然看上去"现实主义"得多了，但却鲜见李杜那样的杰作，也少有类似于他们那样的不可猜度和预测的飞翔之才。

在西方，进入19世纪后，那些小说巨匠已经在形式的探索上达到了非常完美的境地。小说再发展，就产生了现代主义的变异。同样的道理，中国诗歌经过了盛唐，在格律等形式方面就走向了凝固的"完美"。这种情势下，只等那些拥有巨大创造力的人在形式上将其打破，但这种人一般来说总是为数寥寥，在任何时代都是非常罕见的异数，相反总是大量循规蹈矩的写作者一块儿拥挤在路上。

这种形势需要拖到另一个时代去解决，需要产生出革命性的人物，以发生一种体裁的巨大变革。所以到了宋代，有了词的发达；到了清代，有了小说。

中国的新诗在上世纪四五十年代是相当直白的。"五四"时期的自由诗生长在白话文运动初期，那时怎么说话都成问题，一切都在摸索，所以作新诗的探索当然困难之极 —— 今天读来那些诗句足够怪异，有的过分浅直，有的又晦涩古怪。这种形式上的准备不足直接影响了表达的从容，再加上受西方诗歌影响，有的诗人是很急切的，变得极容易激动或躁动，往往一开篇就冲动得很，豪情万丈却并没有多少铺垫。

一直有人认为自由诗比起以唐诗为代表的中国古典诗词，简直是尴尬到无路可走的地步，不成物器。但是公平而论，作为百年新诗的开端，它毕竟还是了不起的，因为我们不可能从古诗一下子跳到今天。胡适主张写新诗要有试验态度，这是对的。无论新诗的开端如何幼稚，它的大致方向还是正确的，也正如胡适所提倡的：用现代语言来写现代人的生活。

20世纪五六十年代、七八十年代的诗稍稍"刚健"，很适合朗诵，也通俗易懂。有人会认为这个时期白话文运动开始稳定下来，社会演进的方向也明晰了，所以才有一批诗人的意气风发和信心十足。这一切或许决定了一个时期的诗风和品质，但仍然是新诗的一个过渡期。从另一方面来讲，我们似乎也可以预计："五四"白话新诗传统如果自后来的九叶诗派等现代诗歌运动继续往前，一直走入20世纪七八十年代的"朦胧诗"，或许会有更加成熟的面貌。

如果看一下盛唐的诗，比如李杜的诗，真正意义上的好诗完全可以是平易流畅的，是易懂易诵的句子。他们那些诗体，纪事构成了重要部分，并且形成了后来中国诗的一个流脉。当然诗学问题相当复杂，一切或者还没有那么简单。比如说我们的现代传媒、现代印刷业特别发达之后，诗就进一步远离了叙事和记录的功用，二者分得更开了。如果说当年的李白和杜甫用诗不停地传递各种各样的消息，记录那一段生活情况，因此而构成了"诗史"的话，那么我们今天的诗已经差不多失去了这种功能，也没有必要延续这个功能了。

用今天的眼光看，无论是李白还是杜甫的诗，其中很大一部分叙事作品的诗性是比较淡弱的。当然这不能用超越时代的目光去看待，也不能把问题简单化。当年没有发达的印刷业，没有这么多的媒体，一些事件和消息很需要紧凑的韵文去传播和记录，所以一些记叙诗还是相当有价值，甚至是不可或缺的。直到今天，它的认识价值和传播价值也仍然存在，仍然非常重要 —— 没有这些记叙性的韵文，我们就很难得知当时的社会状况、发生了什么事情。问题在于我们今天从诗学的意义上如何评价它们，评价的重点是否偏移。

以杜甫为例，谈到杜甫就不能忽略他的"三吏""三别"。这可是"现实主义"的代表作。文学史写到杜甫的时候，一定要用大量篇幅写到这些诗章。杜甫作为一个"诗圣"，如果以全部的作品构成一部中国诗史的话，那么"三吏""三别"这一类诗就在其中占据了最重要的地位。但是今天看这一类诗，就会发现这些记叙和议论或许有些直白，它正在完成的大多数任务，或许现在不需要诗来承担了。比如用散文体，用《史记》的笔法，或许能写得更深入、更充分和更饱满。它在很大程度上是以有韵的散文笔法，记录了那一段生活情状、生存境遇和社会现象。

现代诗学认为诗是极特殊的一种表述，它很难用论说、散文、戏曲等任何其他形式去呈现。那种瞬间即逝、像闪电一样把人击中的某种东西，那种靠联想和意会、敏悟和冥思才能把握的对象，已经是现实事物经历了特殊发酵之后的再酿造。一些言辞和语汇要达成极其微妙的瞬间感受，才有可能接近诗意。

随着时代的发展，人类用以表达各种情绪、事件的工具和渠道大幅增多，许多事情已经不再需要诗去做了，诗就进一步地走向了自己的世界。在李白和杜甫时代，李白写了大量记叙的诗，杜甫写出了"三吏""三别"等，用以记录一些过程、一些场面、一些事件，而且使用了极为凝练生动的语言，且读来上口，有韵和工整。他们这样杰出的、超拔的诗人如果在今天，我们相信大半是不会再这样写作的，即便要写，也会是另一番面貌。

如果往前追溯一下西方的《荷马史诗》等英雄史诗，会发现许多民族都有类似的诗篇和类似的问题，这其实是比较普遍的现象。在现代社会，即便传媒高度发达，诗歌的叙事功能也仍然是需要的，只是发生了很大的变化。这种变化的加速，不仅仅是网络时代，而是早在电报、电话、晶体管、收音机、电影、电视发明之后就开始了。文学的现代性问题，其实就包含了怎样叙事。现代诗歌的叙事如果以艾略特为例，我们可以看到这个过程变得更为碎片化和非连贯性，同时又经过了诗人的绝妙整合。这是传媒时代的必然，也是现代社会支离破碎生活的一种呈现方式。

· 诗的特质

我们今天这样谈论李白和杜甫的纪事诗，是不是有些苛刻？即便从诗学的角度看，是不是落入了另一种可笑的窠臼？但是另一方面，任何一个时代，回到诗的核心问题上，所有的观念和疑虑都是可以分析和讨论的。脱离时代的特质去评价艺术，不仅是苛刻，而且还会文不对题。谈到文体的演变、诗歌的发展，不光是李白和杜甫，就是西方的史诗《伊利亚特》《贝奥武夫》等，也都是夹叙夹议，用以记录历史事件的。难道这些举世公认的大史诗全不成立吗？

不过我们还可以继续问下去：今天的西方现代诗还会做那些事情吗？

《伊利亚特》《贝奥武夫》作为那个时代的诗歌杰作，抽掉了有韵的散文因素，剩下的非诗而不能为的特质，到底还剩下多少？我们相信即便是那个时代，也正是这些特质才决定了它的价值。这个特质，就是我们现在说的"诗性"，它的强弱才从根本上决定了一首诗的优与劣，这个标准在任何时代都是一样的。所以我们今天评价李杜的诗，包括他们的记叙诗，当然不能抽掉这个永恒不变的标准。

把事件罗列一遍然后再加以议论，虽然不乏生动的抒写，也没有增加多少强烈的诗性。后世的诗评者，特别是上个世纪50年代以来，随着社会体制的变易，他们越来越重视社会内容的负载，以至于偏离了诗性的确认标准。一首诗仅仅是因为记录了劳动人民的疾苦，就会得到喝彩。这样的诗尽管有益和可贵，却未必需要一个伟大的民族诗人去做。李杜他们之所以成为超拔卓绝的艺术天才，一定还因为其他，或主要因为其他，这就是难以超越的诗性。

单讲记录和传播，今天的一个小报就可以做得更好，一个记者就可以做得更好，何必需要李白、杜甫？时代和历史最需要他们的是什么？当然是非同凡响的艺术幻想力、把握力和表达力，是极其卓越的、无与伦比的浪漫气质。一般的记者当然无法做到这些。比如我们谈过的《丽人行》和《兵车行》一类所谓的"现实主义"代表作，它们开头似乎是平易简单的，但这只是开始 —— 起飞前经过了滑翔，马上到来的就是惊人的一飞冲天。诗意激扬起来，一切也就不再能够安于"现实"了，那时只有诗人在自己独特的世界里驰骋。什么人才会有这样的观察和表达？这当然不是一般的记者的视角，也不是一个记者的想象，而是非同常人的诗人所为了。他的高度和能量、爆发力和探究心，简直没法用语言去形容。我们沉入这样微妙的诗意，大概唯有陶醉和景仰了。

· 诗的悲剧性格

诗性进一步走向了纯粹和强烈，并不意味着从人间烟火中全部脱身而出。但这是它不可否认的一个现代向度。从这个角度讲，我们的现代诗好像走向了一个奇怪的、难以言喻的、带有悲剧意味的结局。因为一方面提炼得越来越纯粹，越来越浓缩，越来越不能被其他文体所取代，另一方面也变得越来越孤傲，越来越深邃，离民众也越来越远。它走向的是自己的隐晦、微妙、不可言说、曼妙和幽深。在这种境界面前，一般人将叹为观止，无可奈何。丧失读者是没有任何办法的事情，除非现代诗能够妥协。

中国诗走到这个地步，外国诗更是如此。如果说中国现代诗在接受上已经变得十分困难，令人望而却步，那么西方更甚。什么荒诞不稽、支离破碎、玄思和臆想、呓语和醉话，简直无所不包。这不是用来阅读的，这不是文字，这是声音或颜色，或气味，或其他任何一种莫名其妙的东西。再加上真假诗人搅在一块儿死打烂缠，现代诗许多时候就是极端芜杂、无理和无解的一团。

对于阅读者来说，诗人们那些莫名其妙的词语的调动，让人眼花缭乱的意象，已经比迷宫更加纠缠。一个读者凭自己的人生经验、艺术阅历去感悟似乎已经完全不可能了，阅读和欣赏真的成为一项不可能完成的任务。我们有时候能够感到一首诗的成立，捕捉到一种信息，但就是难以复述和表达。

诗越来越从其他的文体分离和隔离出来，这既成为诗最了不起的一个方面，也造成了它的悲剧性格。一种文体就像一个人一样，也有它的性格和命运，对于诗来说，它好像注定了有一个悲剧的结局。

不知道诗的未来向哪里走去。任何事物都是物极必反。许多人对诗的忧虑是很重的，认为它会走向另一个极端。另一个极端是什么？我们过去的诗是通俗易懂的，连李白和杜甫都那么好懂，那么伟大的诗人我们都能懂，现在这些诗凭什么就不能懂？一味滑向晦涩的深渊不是办法。诗失去大多数读者是一个必然，抽掉了受众这个基础，整个文体就会变得紧张不安、惶恐和孤独，走向悲愤的状态。

被大量读者所冷落的后果，换取的是孤独的芬芳。不过这种花朵最后一定是凋零在风尘中，这是无可避免的，在哪个民族哪个时代都不可避免。庄子所讲的"举世而誉之而不加劝"，话是那样讲，但做一个人可以，作为一种文体则不行。它长期丧失了读者，丧失了期许和刺激、交流和众手合成的某种助力，最后会怎么样，也是可想而知的。

所以它能不能稍稍地复古？比如它的音乐性，比如它的平易轻快，再比如它的合辙上口。我们不需要那么严苛的格律，这一点我们会赞赏李白。但是形式的魅力是存在的，这里没有无边的自由。说到"复古"，这正是当年李白的提议啊。

诗在当下社会的真实境遇就是如此，但这里也许还会让人联想到其他：诗的这种悲剧性格也正是它的魅力之所在。它存在的意义原本不是大众化的，它的晦涩也有它的理由，除却诗歌和诗人本身可能存在的一些负面问题之外，这里也还有一个受众素质的问题。随手可以举的例子可以是艾略特的《荒原》，它是足够晦涩的，晦涩到连它的注解都几乎让人读不懂的地步，但却使得西方青年追随，人人读之，一时大有"伦敦纸贵"之势。当年也许不是评论家把它推崇成了名作，而是大学生和青年作者们狂热崇拜和模仿的结果——甚至连议员在国会朗诵《荒原》也成了时尚。比较起来，西方发达地区的诗歌读者虽然也在减少，但对诗和诗人的尊重却要更高。

· 矛盾和悖论

现代诗继承古诗的叙事部分，走下去会是尴尬的。这将使我们走向另一条道路。因为古叙事诗的一部分，用现代的眼光看，苛刻地看，已经不能算真正的好诗。那是一个特殊时期的特殊产物，我们前边讲过，它的产生自有其必要性和必然性。时代变了，这种必然性和必要性也就不复存在了。

不妨再来回忆一下上世纪五六十年代。那时有一些叙事诗只是用有韵的语言转述故事，其实与诗已经没有多少关系。可见诗性并不取决于韵脚，而要看它的内质到底如何。没有独特的体味和呈现，再顺溜奇巧的语言都无济于事。现在一些诗平易倒是平易得很，但根本就不是诗。也有搞得极端晦涩的，这又是另一种无诗的虚掩。现代诗尤其不意味着随随便便地写上一通，把所谓的短句胡乱拼接起来。

我们说到的那些对民间疾苦表达深刻忧愤的诗，那些人皆可赞的"现实主义"，突出的是另一种遗憾：仅仅如此仍然不能确保成为一首好诗。对人间痛苦的深刻牵挂和悲悯，这方面的浓烈情感至关重要，但有时又会遏制和遮蔽其他。一味地忧愤也是一种简单和浅直，它还需要有更复杂的心情、情致的参与，有多维的观照和表达。可见文学和艺术创作是多么困难的一项工作，当作者没有了情感力量的时候，作品不动人不真挚，会滑向浮浅；当有了深厚的情感力量时，却又可能走入另一种浅直，未必就能写出杰作。这种状况真的会发生在同一个天才的诗人身上，可见其中有多少悖论、多少矛盾。

从诗史上看，一个人无限地牵挂人民大众，表达人民的疾苦，这样的好诗人太多了；但也有一部分人高高在上，对人民的疾苦漠不关心，同样写出了绝妙的诗章，在文学史上也占有不可动摇的地位。诗的复杂，艺术的微妙，可见是永远也说不尽的。这里还有第三种情况，比如历史上曾有过的所谓"悯农诗"，诗人本来不懂稼穑也不关心民众疾苦，却偏偏居高临下地对劳动人民表示了同情与关怀，以至于成为一种流行诗体。这当是一种伪善，是欣赏别人的辛苦，标榜"良知"。这种情形直到今天也没有绝迹。其实无论是他人的苦难还是个人的苦难，只要拿来展示或者消费，都是足够恶劣的。

像"三吏""三别"这类诗，除却新闻和记录价值，还有一些叙事艺术可赏，它甚至可以看成是诗体的"上访信"。杜甫所写的苦难来自真诚，是一份心灵的感动。他能够感同身受，所以才打动一代代人。但杜甫对他所写的苦难还缺乏一点超越，没有发出屈原那样的"问天"。于是这苦难只让人觉得悲切，并没有赋予我们特别的力量，也并不通向荣耀的高处。

讲到艺术和民众的关系，杜甫和李白也同样可以视为两个绝好的标本。我们会发现李白大量的诗，比如说那首写饮酒的《月下独酌》，还有一些怀念朋友的诗，都是他的上品。杜甫回到草堂写的那些闲适的诗，都有动人的艺术力量。文学史老师津津乐道的《秋兴八首》，既不是写人民疾苦的，也不是闲适的，而是写一个人在晚境中借眼前秋之萧瑟，对比遥想长安庙堂，写出了离乱之苦和故园之思，还有空怀报国之志的无奈。这首诗虽然稍有雕琢，但仍不失为杜甫的代表作之一。而另一些强烈抒写人间疾苦之作，却不能代表杜诗的最高成就。

杜甫相对闲适的诗篇写了不少，尤其是他流寓成都时期，投靠友人，物质生活相对有了保障，暂别不能建功立业的苦闷，有了一些平民心态的时期。这一阶段的诗人怡然自得，关注自然之美，热爱世俗生活，富有情趣，甚至写吃写喝，自足恬淡，很有审美价值。至今人们熟悉并传诵的"好雨知时节，当春乃发生""两个黄鹂鸣翠柳，一行白鹭上青天""黄四娘家花满蹊，千朵万朵压枝低""桃花一簇开无主，可爱深红爱浅红""自去自来梁上燕，相亲相近水中鸥""草堂少花今欲栽，不问绿李与黄梅""圆荷浮小叶，细麦落轻花"……写出这些句子的杜甫并没有哭丧着脸，不是也十分可爱？

第五讲

遭遇网络时代

· 李杜遭遇网络时代

历史上的经典作品和作家在当时的情形是怎样的，这是我们在阅读中最感兴趣的问题之一。李白在当时虽然不算少年成名，但在青年时期就已经是地区名人了。有才华再加上名气，这虽然不能确保一个人在现实生活中必然大富大贵，但对其进一步展现才华肯定是大为方便的。在前期，李白的名气一多半来自诗文，还有一小部分来自他的行为。他仗剑远行，交游访道，干谒，不守常规的言行，都助推了名声的传播。但这一切有个基础和前提，即仍然是非同凡俗的能力和潜质决定了一切。诗文使人讶异，气质非同常人——比如大诗人贺知章在长安第一眼见他，就送上"谪仙人"的雅号，大概不仅仅是看了那首《蜀道难》的缘故，而且一定还有当面端详的结果。言行、仪表、诗文几个方面相加，才有了那个妙喻。李白从各个方面看，的确都是让人精神一振的异数。

杜甫与李白相反，几乎一直是籍籍无名的。他除了在脾气相投的诗友之间获得一些承认之外，在稍远一点的地方可能没什么影响。再加上仕途的坎坷，生活的窘迫，肯定会大大折损他的诗兴。但是杜甫的精神并没有因此而变得苍白，更没有文笔干涩到少写或不写的地步，他一生甚至比李白写得还多。有人判断李白的诗作比杜甫更多，只是在"安史之乱"中散失了，这只是推断和估计而已，并没有实证。实际上杜甫整个诗作中给人的感觉就是勤奋辛劳的，这样的一个人必然会留下大量的文字。

比起他的好朋友李白，杜甫的行迹经历就平淡得多了。这样说只是比较而言，因为杜甫还是比一般人"传奇"得多。首先他是一个官宦子弟，而且属于皇亲国戚，这样的人单讲人脉关系就比一般人广大许多。他的爷爷是高官和著名诗人，名重朝野，这让杜甫一生自豪。他在三十五岁之前还经历了"壮游"时期，足迹范围远阔，就此结识了许多知名的文朋诗友，甚至像李邕这样的大名士和高官都与之长饮论诗，同游济南历下。在十分讲究门阀观念的官场，杜甫在前期是比李白更有资本的，他可以接近一些显达人物。尽管如此，杜甫后来到了长安却远不如李白的际遇，可以说四处碰壁，最终成为一生中最不堪回首的一场噩梦。

杜甫的诗名盛大起来远不是生前的事情。一个艺术家的名声发生突变，直至受到了民众的欢迎，这种情况其实并不多见。这需要诸多条件甚至是特殊的机缘才行，一般都要等待相当长的时间的孕化。像人们屡屡作为例子来谈的西方大画家梵高，当时默默无闻，更谈不到受人欢迎，后来却拥有那么大的影响力和那么高的地位——其实这一切仍然可以找到深刻的原因，寻觅艺术的传布理由。当一种艺术风气转向时，作品中一些固有的个性特征就会裸露出来，它所表现出的微妙神秘和高不可及的才华也渐渐进入人们的视野。但这个过程仍然需要业内慧眼的先一步指认，然后再得到广泛的响应。这时候已是"后来"，早就离开了艺术家奋力挣挤的那个"当下"，所以通常来说偏见和眼障也就少得多了。

但是作者在世时，及时而来的名声有一个最大的好处，就是他的才华不至于埋没，虽然这并不能使其艺术最终变得更好。名声让人自信，也让人盲目，是利弊兼有的。对于那些强大的生命而言，并不需要太多地借助外力，因为其自身固有的才华燃烧起来，这种激励和能量就足以使他走下去，走得很远，一直走到最终的目标。还说西方的案例：当年的《尤利西斯》和《没有个性的人》这两部公认的文学巨著连出版都困难重重，可是作为作家、作品，其最后的地位和分量大家都是知道的。如果作家当时就失去了信心，终止了自己的劳动，一切也就无从谈起了。我们其实并不知道有多少伟大的艺术是在初期就夭折了的，也不知道有多少是在后来被默默掩埋的。

有人会问，在今天的网络时代，是否更有利于李白杜甫们的发现和产生？回答将是各种各样的。这是一个技术至上的时代，外加一个物质、商业时代，做一个艺术的守护者和发现者就更难了。就艺术而言，过度的传播力还不如没有，因为在媒体极为落后、原始的时代，既有时空的隔绝，又会有独立安然的成长。而现在是相互扰乱，是交织和覆盖——不是一般的覆盖，而是千万重的覆盖，最后动用千军万马都无法挖掘和寻找那点艺术和精神的真金。商业利益一旦介入了艺术操作，就会造成更可怕的后果，艺术受众将面临铺天盖地的广告轰炸和舆论引导，以及无所不用其极的——欺骗。哪怕是一个像牛犊一样的猛人、一个拔地而起的天才，只要遇到了这样的时代，相信也要紧锁双眉，无计可施。

一般人会说：这样的网络时代也许对色彩显著的李白稍好一些，对杜甫就大不一定了。但更大的可能是他们一块儿被垃圾覆盖；或者说，一切正好相反。

网络时代的坏处是覆盖，好处是提供更民主更公平的平台。网络时代更是文化平均主义的时代，这样一个时代如果恰好被一个原本就缺乏独立思考能力的民族遭逢，就会加倍放大其坏处。就文学来说，参与者没有理性，人云亦云，群起效仿，很有可能发展成为另一种专制和褊狭。如此一来，被淹没的倒有可能是李白而不是杜甫 —— 杜甫写底层和苦难，在当下的文学环境和意识形态中倒也很容易被利用和抬举；而李白的写作对于时下的"现实意义"并不大，因为本来就没有多少人关心宇宙和永恒，只关心眼前，这种时代功利主义必然要忽略李白卓尔不群的创作。

· 诗媒体

李白到处饮酒题诗，这等于是以诗做了媒体。那时候比李白手中的这种"诗媒体"更有效的工具是什么我们还不知道，因为当时并没有广泛发行的报刊之类，没有一个全国流通的发行渠道。在这种状态下，李白和杜甫等诗人的作品传播反而有了一般人所不及的优势。他们的名声，特别是李白的名声，尽管大致只局限在上层人士那里，但还是相当显豁的。到了李白从翰林院归来之后的一段时间，他的声望可能达到了顶点。这依靠口耳相传，也依靠诗文抄诵，二者互为依傍。眼下大量泛滥的娱乐广告中，商业主义和欲望诉求占了主导。许多人从时代的发展进步中解释它的必然性与合理性，可是我们实在看不出高妙。就人类原本就有的弱点和恶习来说，这种发展倒也"合理"。但是从人性中最初被赋予的良知和力量来看，恰恰又是最不合理的。这种可怕的欲望风潮具有来源于人性的必然，但就是不具有合理性。人类怂恿和鼓励这种方向，肯定是没有未来的。

我们也许不难理解这些道理，只是苦于没有办法。人们大多知道孔子所倡导的"仁政"及伦理原则是极好的，却就是难以实践。从古到今绝大多数理性的知识分子都赞赏孔子，比如李杜，都是相当尊孔的，结果又能怎样？如果找出李白酒后一二狂言戏言就判定他反孔，那是极轻率、极牵强的结论。不要说他，就连大多数皇帝表面上也要尊孔，因为孔子讲仁，讲规范，讲精神对物质的制约，这是稍有理性的人都要认同的。但在统治者来说，真正用儒家思想来治国是不可能的，那需要大胸襟、大心志。儒家思想只能是搞专制统治的死敌，二者不可能兼容。至于儒家怎样与传统的专制有了"血缘关系"，这里还要去问专制体制本身。皇帝们差不多都在搞"外儒内法"，就是将尊孔挂在嘴上，内里施用的却是严刑峻法、愚民祸民的"商鞅主义"，再加一点黄老之术。如果一旦朝野推翻禁锢主义的呼声高涨起来，专制主义者就会转而施行"管仲主义"，那就是物质主义和欲望主义。说到底，"商鞅主义"和"管仲主义"只是两极，而两极总是相通，它们对社会的破坏力很难说哪个更大或更小。所以专制皇权讲什么是一回事，实际上如何去做又是一回事。即便像李白那样的狂放不羁者，天马行空的大幻想者，看其表露治国理念的荐表和诗章，其中心思想也还是儒家的，可以说是一个比较坚定的儒生。杜甫当然更是如此。在中国，从古至今，"儒家"的影响无孔不入，尤其是在与西方缺乏交流的时代，可以说没有一个人不受其影响，即使反儒者也是儒。但这里仍然有主观选择与否的问题，有时可以是被动选择或别无选择，比如李白，儒家思想贯穿了他的一生，但他又是一个在思想上非常庞杂的人物。他嘲笑过儒生中那些埋头四书五经而不通时变的腐儒："鲁叟谈五经，白发死章句"，可见他嘲笑的不是儒生，而只是其中的某一类。

网络时代实际上发生了一场人类欲望的大释放。这种释放如果说有一种必然性，那就是人类文明一路延续的大背景决定了如此。我们所谓的从文艺复兴到现在，实际上只不过向着一个大方向解构，这就是解放人的欲望——解放再解放，一步步走来，变成了今天的灾难。这就是所谓"人本主义"指导下的结局。"以人为本"必有灾难，因为人是不完全的，人的需求和欲念不可以作为全部的依据。它们当然需要服从于理性和良知。现在人类的物欲已经熊熊燃烧，登峰造极，无可控制。对于理性和良知而言，巨大的不可限量的传播力只会扩大被解构的方向，而不会是收敛和建构的方向。但李杜时期，类似于他们的"诗媒体"，却是在相对自由健康的个人生命背景下展开的，就传播力而言，能够抗衡并覆盖它们的反而很少。

我们常常议论，认为网络等等只是个载体，任何好的坏的东西都可以同时得到大面积高效率的传播——这个"同时"的概念是很有问题的，因为人性是有弱点的，它在今天已经被诱惑滋长为空前的强大，其他的良性因素或隐退，或避让，或压抑，或远遣，或绝迹，总之是不可能被"同时"的。我们宁可相信李杜如果活在今天也只有望洋兴叹的份儿，他们的抗争力基本没用，他们的人生坎坷，甚至会比我们知道的还要多上十倍。

比起李杜的诗媒体时代，今天不仅是诗在强大的现代传媒面前空前无力，就连通俗叙事文本也变得同样屡弱。所以李白和杜甫是他们那个时代的产儿，离开了他们自己的时代，一切都将无从谈起。那时他们本人的声名以及其他，都靠诗歌来传播。他们到处题诗，诗歌不仅作为媒体传播了本人，同时也作为媒体传播了他们所游历的地点与风景。想想看，对于扬州来说，还有什么比"烟花三月下扬州"更好的广告？ 对于泰山，还有什么比"齐鲁青未了"更好的广告？ 这样的例子实在太多了，凡当年著名诗篇里提及的地点，都跟诗句一起流芳千古了。这也是"诗媒体"的另一层意义。

· 卓异的个体

李白和杜甫作为人们最熟悉的古典诗人，识字不识字的人都知道这两个名字，可见普及程度之高。可是从另一方面来讲，真正理解他们甚至有过深入阅读的人却是少而又少的，将来也许越来越少了。因为这是一个网络时代，人们往往会更加不求甚解，更加忽略卓异的个体 —— 那些有大性格、大才华的人物，只有极其深入的思悟才能领会，而任何这样的思悟都需要一个基本的条件：

安静独处。

当代作家、知识分子和文化人早已失去了最基本的条件，所以没有谁能够"孤独"。去大学里，最深的感受是现在的大学变得过于热闹，实在让人担心和失望。在大学里都难以清静，可见我们的社会环境对于文化而言，已经走入了多么严重的困境。大学里通常有大量的"例行授课"，一个授课人每个星期要赶十几节课。这样忙碌，还寄希望于他们产生特别的见解、有点个人的发现，当然是不可能的。学者、知识人失去了闲暇，于是也就失去了一切。

大学需要清寂，大部分作家、文化人和知识分子都需要清寂。孤独和闲暇对他们这个群体来说并非可有可无的，而是创造和发现的某种先决条件。而在这个剧烈竞争的时代，物质和欲望的时代，已经完全没有这样的可能了。这就是当代文化与精神的一大悲剧性因由。

没有闲暇，没有个人的寂寞和徘徊，就难得再有那种思悟和发现，也没有真正杰出的非凡创造。无论一个人有多高的才具，只要他常常置身于肤浅的文化泡沫和水流之中，就一定被冲散——刚刚凝固起来的心灵之核、一些坚实的硬结，就会溶解和溃败。一个人的五官所接触吸纳的，除了惯常的概念、浅表和泛化，再也没有其他，这是多么可怕的磨损和浸泡。这种环境绝不适合于个人思想的沉淀和塑造，不适合于知识人的生存。

一个人或者在时代纵横交织的水流里沉到底层，或者随流而下。

人们现在经常说到"文化责任"——什么是"文化"？要定义它也许很难，但它一定包含了一整套的符号系统，观念和传统，地域和经验，当然还有知识，是这些的综合体。文化一定要借助于一套符号系统去表达和记录，比如说文字、概念、语言，通过这些去固定和转述，传递和积累。比如汉文化离不开汉语，一个人只有利用这一套符号系统才有可能把一些思想、立场和观念表达并传承下来。运用这种符号，不停地记录和传递，成为一个不能间断的过程，于是它的内容将在更广阔的空间扩大下去，这就构成了"文化"。

如果"文化"完全变成了"大众化"，成为大家都在谈论、都可以谈论的东西，就削成了一个平面。这个"平面"无论如何也还是浅薄的，没有厚度，没有纵向的连接。而文化的主要特征就是通过一套符号系统的延续和积累，其中特别需要一些优异的个人去承载。个人对于文化的重要性无论怎么说都不过分。这简直是一个族群的文化生命强化还是萎缩的生死攸关的问题。

李白和杜甫仿佛早就被普及化了，也就是说被充分地大众化了，可是我们都知道这是多么令人怀疑的情形：只闻其声而未读其文，或者只能三三两两地哼上几句。谈到李白就是"月亮"，就是"喝酒"；谈到杜甫就是"底层"，就是"人民"和"疾苦"。可见他们无比的丰富性和具体性被压成了一种薄片。这种所谓的"知"反而影响了起码的理解，反而是极其有害的。

卓异的个体运用一整套符号系统，深入记录一种文化并使之得到有效的传承，其过程有可能是稍稍晦涩的、并不通俗的。这不可能是大众直接和随时都能参与的事情，也不会在短时间内与大众达成一致。这样的个体是否在一个时期里顽强地存在、相当多地存在着，也就决定了一个时期的文化状况和文化品质到底如何。

可见理解和继承历史上的卓异的个体，这是一件多么重要和多么艰难的任务。在唐朝，在中国文学史上，李白只有一个，杜甫也只有一个，而且无论是过去和未来，都将无人可以替代。

· 不能讳言精神的高贵

我们为什么一直强调个人的"孤独"和"隔离"，强调另一个时代留下来的遗老的价值？因为这种人才有可能是个"孤陋寡闻"者，才能更多地待在自己的地方，那将是另一个精神之域，是我们大多数人早已告别了的世界。他秉持的是过去的一个系统、一套内容、一些观点，并且不停地咀嚼、反思和玩味。只有他才能将过去传递到今天，使文化饱满和完整地延续下来。

就在这种传递、探讨和交流的过程中，原来系统里面的内容必然作出进一步的扩展，文化的容积因此也就改变了。社会变革引起的文化更新当然是重要的，但是却往往会失去纵深，新的内容是相对孤立和游离的，呈现出一个无根的、浮浅的平面。所谓的"大众"通常就生活在这个平面里。与大众达成共识的认知，一定是以遮蔽最精深的文化内涵为代价的。"大众"是普及化和简单化的代名词，他们无法理解个人的、偏僻的、深入的、独立的学问和艺术，稍微深邃一点就难以传递，就必须给肢解或融化，以至于变成表面的泡沫。

这些泡沫再通过发达的媒体不停地传播，纵横交织，结果就把真正深邃的知识变成极简单和极通俗的皮毛，有时还会变成片面可笑和似是而非的东西。文化延续的系统中有一些核心的部分，它们在这个过程中会首先被省略和删除掉。精华不仅得不到记录，反而被一步步一层层地遮盖起来，一个民族的文化就是这样一点点流逝，最后走向了崩溃的。

所以媒体时代，网络数字传播特别发达的时代，并不是一个文化传承的好时代，而恰恰是文化流逝和快速崩溃的时代。这期间因为丧失了卓越个体的精神和思想的导引，文化迅速走入了庸俗化和浅薄化，变成了泡沫。

这里不得不再次说到大学。众所周知，这里是汇聚学者之地，应该是全社会寄予厚望的，可是大学里的教师们今天却不得不整天置身于网络时代的喧哗和吵闹中，已经失去了个人思悟的条件。

有人可能反诘，说难道文化的诠释和传承必须依赖那些闲暇的、富裕的精神贵族，属于一小部分精英？是的，在许多时候这个回答并没有太大的谬误。历史的确是这样划分和界定的。因为文化是分层次的，我们一旦改变了层次，搅乱了层次，文化的纵深性质也就改变了、不复存在了，它势必要变成一个薄薄的平面，这就意味着传承的停止——文化开始丧失。最高一级的文化精髓一定是保存在卓异的个人那里，这些人就是所谓的"精英"——他们也可以称为"贵族"，但准确点说应该是"精神贵族"。

这部分人相比其他人更有闲暇，常常因为其思想的高端性质，变得无法对话，也就有了一种简单的寂寞。这些人有追思和研究的徘徊空间，于是能够抵达学问的深处，因而他们更有资格去传递、讨论和延续深奥的知识和传统。可见这是一个民族文化得以保留和扩大的最重要的条件之一。

　　网络时代严重破坏了精英的身份，扫荡和搅除了文化的层次，以最快的速度将知识平面化、共识化和浅薄化。这种滑落的结果是极其不幸的。

　　问题是今天的部分文化人非常满足于这种状态，极力把自己降到更低的层次上。即便在姿态上，他们也尽可能把自己装饰得更低，甚至从道德伦理层面公开否定自己，强调自己"什么都不是""就是一个流氓""就是一个下流的人"。这样不断压低自己，并以此为荣。这是多么危险的一个媚俗举动，背后自然有当下利益的精明算计，是非常鄙俗的。这与一个人的底层化、怜悯心不仅不是一回事，而且恰好相反，散发出浓烈的糜烂和贪婪气息。

　　知识人不能讳言精神的高贵，不能放弃个人性和闲暇的生活状态，并且要明白那样一种条件对于思想的不可或缺。所以我们现在必须反思，怎样从这样一个众声喧哗、混乱不堪的格局里稍稍地脱身？ 如果我们没有那样一种超拔的能力，没有那样一种生活的决心和魄力，也就不可能再指望其他了。我们将被时潮所淹没，丧失最基本的知识人的能力。

　　每个人都在匆忙地做自己的专业，完成所谓的课题，从事教学或写作，其实极有可能是白忙活一场，留不下任何有价值的东西。因为所有的价值都是独立的、个人的、偏僻的，是需要花费生命的内在能量，需要强大的理性渗透和感性把握力的。只有那些纵横交织的"大众见识"才不需要动脑，那是一些永远不错的套话，但实际上却几乎没有什么是真正对的。我们每天看到的文学问题、哲学问题、教育问题、社会问题，都有一套现成的词语去解释。这些解释是众所周知的、耳熟能详的，但却是浮浅的、折中的、错误的、掩盖和遮蔽的。随便打开一部文学史、教科书，有时就会发现好多问题，发现类似的倾向。

在李白和杜甫的时代，人们会觉得那时候没有现代传媒，知识人生活起来多么别扭和不便，却没有想到这种闭塞环境的另一些好处，没有想到这种环境给人的恩惠。那时的诗人们没有今天这么多打扰，平时只能是孤独和被隔离的，即使是一对文坛好友，也不可能像今天这样动不动就厮混一起，只可能因为某种机缘才能相聚几日，但一别就成天涯。可也就是这种清寂和独立，才使他们的写作更加具有了原创性，有了个人的思悟品质。

从写作的环境谈到一个时期的艺术，再到对艺术的理解和感悟，让人不由得去想：在一个嘈杂到不能再嘈杂的网络时代，我们还能够理解那样一些特异的心境，稍稍地进入他们的个人世界吗？对李白和杜甫，我们除了说一些被千百人无数次重复过的话语，还会拥有自己稍稍不同的个人感受吗？

· 对话的能力

我们谈论文化传播，常常要问一份报刊或一本书籍的印数是多少，网站的点击量是多少，这其实真是没有多少意义。真正意义上的思想传承和接受，许多时候只是对少数人讲话的。孔子当年讲学，他的学生是很少的。过去一直讲孔子有多少贤人弟子，那是很夸张的说法。总是跟在他身边交谈和讨论的人绝不会成群结队，那样就乱了套。无论是他还是苏格拉底，身边也就是那么五六个、十来个人。因为少数人才能构成谈话的气氛、探讨的气氛。如果在一个很大的屋子里，有好几百人，还怎么能进行这种深入的对谈？

言说与倾听是非常复杂的事，人一多，讲话就不自觉地要照顾各种各样的耳朵。如果人少一点，就可以把话题深入讨论下去。媒体和读物也是这样，它如果有深刻的文化使命和目的，而不是一般的商业运作策略，就不可能拥有很多读者——读者越多，需要达成的妥协也就越多。所以有时我们倒希望出现那样的一种报刊和书籍：读者很少，但质量很高。它的读者都具备相应的对话能力。

文化的堕落是怎么发生的？就是要不停地满足那些没有对话能力的人，当然这种迁就的结果和用心都很明显。追求发行量、点击量，最后不过是攀比谁更能妥协，谁更能媚俗，最后就是比谁更庸俗。文学写作包括学术研究，道理都是一样的，要足够通俗以至于庸俗才能赢得更多的读者。所以现在我们看一个作品、一个作家，不是比谁的思想和艺术更高，不是比其卓异和绝妙的方面，而是比谁肚子里的坏水更多。哪一个媒体更能满足小市民的情趣，满足人性里卑劣的部分，就会引起围观，就会获得更大的发行量。

李杜的诗当年是靠什么流传的？他们的作品没有发行量、点击量，更没有稿费，却能够一生保持巨大的写作动力和创造热情，这些究竟来自哪里？回答只能是：他们的心灵实在需要这种吟唱，他们对那个世界有太多的话要说。他们来到了，他们记下了，他们离开了。

诗人已逝，然后就是后人的倾听，另一个时空里的倾听。李白和杜甫当时想过未来的读者吗？李白当年有这样一句诗："相期邈云汉。"这是多么浩大而又模糊的期待，一切都化在无比遥邈的那个未知之中了。对于这样的胸襟与气度、期待和迟疑，我们生活在狭促而急切的网络时代，还能够与之稍稍匹配，进而接近他们吗？

· 对文化的敌意

今天谈李白和杜甫的个人命运，就不能把他们的创造物，即那些令人着迷的诗章忘掉，因为人和诗是这样不可分割地连在一起。他们的一生就是一行行有韵的文字，那一首首脍炙人口的诗就是他们。可是他们在实际生活中充满磨难，痛不欲生，那时的整个世界好像都与他们过不去，都与我们的伟大诗人作对。可是当年却有不少人喜欢他们的诗——杜甫在当年得到的承认少一些，诗名小一些，但后来也得到了盛名；而李白在生前就被称为"谪仙人"，是上到宫廷下到平民都视为奇异的天才人物。

当时的人和社会将他们与作品在很大程度上分离了。这是最大的不公平。他们最了不起的创造物得不到价值上的充分承认，于是才有人生的坎坷颠簸。在这里我们能够感受到自古至今的一种力量，即对文化的敌意。

这个词用在这里是很重的：敌意。这种敌意可见不仅是在一种野蛮社会里，也不仅是在一种物质欲望社会里，而是在一切时期

里都有可能存在 —— 它极有可能存在于人性的深处。我们得出这样的结论是痛苦的，却又很可能是真实的。人性里有生命诞生之初所赋予的最美好的东西，如大哲学家康德所说，让他敬畏的两种东西，一是天上的星空，二是心中的道德律。但是人性里也有深不见底的黑暗，这正是一切罪恶之源，是毁灭一切美好的莫名的力量。这种力量有时是隐蔽的，有时是显露的。

数字社会里面，对于文化和思想的敌意显然变得更为显豁，它简直随处可见。我们常常不得不面对这种敌意。冷酷的文化时期开始了，在世界范围内，放纵物质欲望已经成为一种潮流，并且常常以最堂皇的名义甚至是庄严的形式来推广无耻 —— 这对于生存环境而言，其伤害人类几千年来积累的文明、破坏人们信仰力的作用几乎是空前的。所有文明的、思想的、文化的敌人，它可以潜在个人心里，同时又浮上生活的表层。我们人类的历史上也许很少遭遇这样的剧变，如同李鸿章所说：我们正遭逢三千年未有之变局。这种剧变不是一个东方一个中国，而是全世界的遭遇。

我们来到了一个被麻醉、被同化和被感染的时期。

这很容易使人不同程度地失去自己的警觉性。当我们翻开经典的时候，稍微冷静一下，就会发现我们离他们 —— 比如李白、杜甫的时代是那么遥远又那么切近。人性的黑暗，世道的多艰，战争和动乱，生老病死，这些竟然一点都没有改变。

我们当代人与经典隔膜得十分彻底，开始越来越多地对文字颠倒黑白、指鹿为马，可以说生活在一个非常拙劣、可怕、恐怖的文化环境中。这已经不是十年、二十年来的问题，而是更长时间的问题，在这段时间里我们对事物的判断，对文学、艺术、思想，对社会现象的看法，已经发生了慢慢的演变。在世界范围内，再大再恐怖的灾难性的文化事件，我们竟然都安然地接受下来了——在文化、意识形态、艺术领域里就尤其如此。

每个人都面临着考验、抉择和判断。这个异常沉重的任务是一点点堆积起来的，以至于变得空前艰巨，需要无数的人冷静下来应对，严肃地讨论并且行动起来——最终成为一个不可能完成的任务。我们要千里迢迢去寻找理想中的对话者，蹚过覆盖我们的乱七八糟的污泥浊水，这条路太漫长也太坎坷了。

这让人再次想起了"蜀道难，难于上青天"这句诗，想起了吟唱者李白和他的朋友杜甫。只有在一个特殊的时期，人性中的文化敌意被全部释放出来的时候，整个社会才有淹没过顶的危机感和恐惧感。

· 喧哗的传媒

对文化的敌意是自觉不自觉就要发生的。一个物质主义时代，一个所谓的数字网络时代，当二者结成一体之后，对文化的敌意也只能越来越浓。

先说这种敌意的自觉——有人就是要解构某一种文化传统，这种敌意是不加掩饰的。说到不自觉，那是指一般人在生活中所表现出的欲望和惯性。比如既要追求娱乐和享乐，就要在无形中为这种生活方式寻找文化上的根据和解释，所以就会不自觉地对严整的文化产生出排斥感。我们都知道向下堕落的快感，而且难以抵抗这种快感。

作家诗人，知识分子，教授学者，如果足够敏感的话，会发现这个时代正需要严苛地为自己提出另一种生活方式 —— 究竟有多严苛，他们心里一定会知道。

在这个时期，要坚持一种信念是非常困难的，但是总要有一部分人去做。不能忍受，结果也只能抗拒和坚持 —— 文化的崩溃或许可以延缓。人虽然天生有一份责任心，有智性和理性，但它在许多时候是需要唤醒的。

人是不同的，比如有的人基本上不看网络和电视，不太看报纸，书刊也看得越来越少，就因为失望。他们这样做也许不是要立志跟一个时代隔离，不是想做一个"独孤明"，那样太难了 —— 或许他们真有那样的理想，但大多数人仍然还不是。他们只是出于很朴素的自然反应，比如仅仅是厌恶；厌恶的时候越来越多，于是也就拒绝了。

如果整天跟网络搅在一起，稍稍高深一点的对话能力也就丧失了。如果一个人还需要保有一点对问题的清晰判断力、一种发言和对话的权利和资格，那也只好规避一下喧哗的传媒。我们可以问一句：究竟是哪一部分人支持了巨大的发行量和点击量？当然是某一类人。这类人数量众多。

可以跟上去，也可以背过身去。

比较起现代人，李白和杜甫他们当然是孤独多了也安宁多了。那时人与人之间的彼此来往，其人性的温度是很高的。想想看，相互间许久没有消息了，路途遥远，要见一面就要跋山涉水走上许久，所以人们对于会面这种机会当是十分珍惜和看重的，交谈自然也就更有内容和意义。事后他们还会怀念不已，细细过滤在一起时的诸多细节，并且让这种回忆变成一种享受。杜甫与李白结伴同游的日子结束了，可他多么想念这位有趣的朋友。他不断地写着朋友，《天末怀李白》《春日忆李白》《赠李白》《梦李白二首》……那时没有现代传媒也没有现代交通工具，人的物理距离远，而心灵距离却是极近的。现在一切则正好相反：人离得近，心离得远。

· 网络不能兼容

知识不等于思想，但思想和知识一定有密切的关联。为什么我们提到李白时，要一再地说到"独孤明"这个名字？除了与李白的命运有关，就是欣赏"独孤"这两个字。"独"和"孤"绝不是可有可无的，个体生命对于天地万物的觉悟和发现，特别是创造力，许多时候十分依赖它。网络环境下人们每天都被无数的"知识"包围，却不见得拥有更多的创见。知识跟创造力有关，但还不是一回事。

当年李白和杜甫这些诗人可能更容易感受到有形和无形的孤独，这使他们在交通不便的自然隔绝中，在贫病无告的自我顾怜中，产生了一些特别的思悟，并且写进了诗章中。这样的吟哦是最难以替代的。对方的生活状态是怎样的，这在当时需要费力打听才能知道——杜甫晚年一度认为他的好友李白已经死去了，还写下了悲哀的诗句来纪念。这种隔离的状态在进入现代之后也就被大面积打破了，到了网络时代则全部荡然无存了。

至于说到传授知识的不同方式，比如"设坛讲学"的方法，这在今天是绝对不可能了，我们再也找不到一个能够稳稳地坐在坛上的人。这种人有知识，更有"独"和"孤"。比如我们现在缺少大经学家，主要是这种人失去了相应的生存条件。一个一流的经学家怎么可能罩在一张无边无际的现代网络里？这张网是特殊材料制成的，具有极大的黏性和弹性，谁都撕不开也撑不破，任他挣扎。能够安坐坛上的人，不仅在知识占有量上是一个罕见的广博人物，更主要的是有一颗超人的专注心。那张无所不在的巨型网络到了他这里，几乎形同虚设。

而他与另一个网络系统一直是接通的，那个系统却在现代世界的外部，是另一个"局域网"。

他不容于当代，生活在过去的那个时代，似乎连通着另一个时代的整张网络。这个系统只有在他那里才是流动不息的，而与我们的当世数字网络不能兼容。所以他完全不存在一个被大众化的问题，也不必担心被众口遮蔽。他的不可交流性也正是他的伟大价值之所在。由他来记录、传导、讨论和扩大一种文化，将缓慢而有效。这两个世界的衔接由于不再依靠我们熟知的现代数字方式，所以既是极艰难、极原始的，也是最不可替代的。我们眼下这个世界会因此而产生一种找到母体的打通感，从一场昏妄的呓语中突然睁开眼睛，然后一点点复活——这是民族文化的复活。

此种情形已经久违了。知识如此，艺术也是如此。我们一直在说的李白与杜甫他们，其不可估量的创造力、伟大的独创性，实在与他们那个时代的生活方式有关，与他们生命的特异性有关。

拥有大才华和大个性的诗人，不可能是一个四处寻求理解和对话、忙着与众人达成谅解的人 —— 那可能是外交家，而不会是艺术家。

· 阅读和反思

李白和杜甫他们如果能够更早地成为我们艺术和精神的邻居，被我们如此熟知，那该是多么好。可惜在一个"天网恢恢，疏而不漏"的时代，我们竟然成为盲瞽，几乎没有多少资格去谈论他们，更不要说研究了。在上世纪80年代中期以前，许多人就像一架吞书的机器，不知把多少来到手边的书籍吞下肚去。举例说，当年的翻译作品比现在少得多，而大多数文学青年的阅读力却非常强，市面上所有的翻译作品都要买回来，然后不分青红皂白地吞下。

相比较中国古典文学这一块就弱得多了，因为课本里收入很少，从小就没有"背功"。背功很重要，古典文学要大声朗读出来，一些好的诗和散文还需要背下来。比如年纪大的学者谈到中国的古典，说到一些著名的人物和作品，常常是如数家珍，因为他们有童子功。

今天常常有人说他需要一个书单，这就难坏了开单的人。因为说到读书，有人与大多数人不同，19世纪前后的经典读得很多，刚翻译过来的东西读得比较少，当代文字读得尤其少。文论方面只读过一些经典人物的著作，流行读物读得很少。比如有人曾经很激动地推荐了当代上中下三卷学术著作，让我们费了好大力气才把第一卷读完，结果发现是大量庸俗社会学的堆积。当代著作的选择可见有多么困难。

现在到了一个很特殊的时期，这个时期不是没有好的著作和作品，而是坏的平庸的太多，反而把好的覆盖了。要找到一点极好的东西，不知要拂开多少泡沫和芜杂，整个的过程已经让人精疲力尽。如果有谁告诉我们一本好书的消息，那将是特别应该感谢的事情。看影片也是如此，这么多影片，中国的外国的，要看多少坏片子才能遇到一个像样的片子？ 就为了找这一个，先要把胃口彻底败坏一番，这个代价真的太大了 —— 最后也就望而生畏，索性不再看了。

传达艺术和思想方面的好消息是功德无量的事情，应该深深地感谢他们，就因为他们的无私。当然人和人的标准是不同的，有时候彼此见解正好相反，这也没有办法。

这样说并不是要废弃当代。如果遇到一个足够感动你、吸引你的人物，不让你失望，让你信任，就尽可能把他所有的东西都找来读。如果他能在长达十年、二十年里不停地感动你吸引你，那么这个人就是相当了不起的 —— 这种人虽然很少，但肯定有。

赫尔岑的《往事与随想》，现在出了一个全本。有人认为这本书是当代知识分子的必读书。看这个俄国人是怎么处理当年的诸多问题，实在令人感动。当年俄国出现了那么多知识分子，思想激流冲撞不一，正是一个酝酿着巨大社会变动的时期。俄国出现了许多代表性人物，比如别林斯基、巴枯宁，作家屠格涅夫、陀思妥耶夫斯基、托尔斯泰等，都属于这个时期。正因为有了他们，才成就了一个了不起的大时代。

看赫尔岑在这个时代怎么处理这些复杂的问题，怎么评价各种人物、不同的政治角色和思想角色，这本书大概不可以忽略。

还有一本小说实在难读，就是穆齐尔的《没有个性的人》。这本书没有完成，写得似乎芜杂，不太像小说。但阅读中的忍耐是值得的，读下去将有出乎意料的收获。一个写作者怎么会用毕生精力写出这样的一本书，如此枯燥和纠缠，又如此有魅力。我们在阅读中会疑惑自己的文学品质：简单化、现世化、娱乐化，草率而轻浮。

穆齐尔作为一个写作者和思想者，在他所处的时代里是那样笃定，给自己寻找了一个相对独立的空间。这差不多算是另一个"独孤明"。如果再看一些有关作者的生活记录，会发现当年他的寂寞和痛苦其实是很大的。他流亡到了瑞士，申请了另一个国家的国籍，尽管被批准了，却生活得非常不愉快。他的失落和痛苦随时伴随，但为什么就是没有被这痛苦和失落击溃，能够继续个人的思想和艺术？相反，为什么大多数人不能？这会深深地启发我们去思考。

如果是一个专业写作者，那么他们从《没有个性的人》中汲取的还远远不止这些。写作技法，如作品的空间、人物塑造等，也会给人诸多启发。它的反专业性，恰恰让专业人士大开眼界。

更重要的，当然是人与时代和思想的关系：有一些人为何没有被寂寞和失落彻底击溃？要知道他们当年面对的诱惑一点也不比我们少，比如李白、杜甫在长安的情形。痛苦不可规避，但它怎样改变人的生活，又以怎样的方式留在了文字中，却是一个大问题。

我们当代人很能迁就自己的行为，会说在这个网络的、物质的时代，面临的诱惑已经空前之大，简直是不可抵挡的，所以怎样做都可以原谅。但是我们忘记了那些历史人物在他们的社会环境里，生活得并不比我们容易，他们的痛苦一点都不比今天更少。他们没有那么多蜂拥而至的信息包围，没有巨大的嘈杂包围，遇到的却是另一些东西，那也是足以打败和征服任何一个人的。但他们没有倒下。

李白和杜甫作为诗人，今天的地位如此显赫，当年却是两个匆忙辛苦的奔波者，有许多时候甚至难以为继。杜甫曾这样谈到他的一段度日实情："有客有客字子美，白头乱发垂过耳。岁拾橡栗随狙公，天寒日暮山谷里。"他沦落到跟猴子一道在山谷里捡橡实，像野人一样狼狈不堪。还写道："男儿生不成名身已老，三年饥走荒山道。"

作为一个严谨的写实者，这些自述文字当是没有多少夸张的。这让我们清楚地窥见伟大诗人的窘境和苦境，并让我们反思诸多，比如物质与艺术的关系、与思想的关系。

· 如何消受这一切

有人担心我们以今天的标准、从今天的现实出发去评价复杂的古代人物，或许会走入一种偏颇。因为千年之后，人的道德状况、评价标准、伦理尺度等等都发生了许多改变；特别是眼下，我们打量事物的眼光已经不同 —— 但是另一方面，人类生存的普遍法则总是存在的，这些并不会随着时代的变化而变化。一些具体的评判标准或有不同，但其中的某些恒定值还是不会变的，就像函数里的那个"常数"，它是个不变量。

而且社会的发展绝不是线性的，不能把达尔文进化论的思想简单地移植到社会学、文学、人性诸方面，那将是非常荒谬的。比如说进化论是指生物为适应生存环境由低级向高级进化，这种进化呈现出一个线性的轨迹，而人类社会却不是这样。原以为社会与人都会随着时间的推移向更高级的形态进化，其实未必如此。鲁迅就曾经很失望地讲过：我原以为年轻人一定会好于老一代，实则不然，有的年轻人更坏。

鲁迅这里虽是激愤之言，但其中仍然蕴含了深刻的道理。他揭示了一个问题，即人性、文化、社会诸方面还不能简单地沿用达尔文的进化论。这些道理讲讲容易，实际生活中却会自觉不自觉地用线性的眼光来看待复杂的问题，总以为社会将在时间里进步，一年年一代代地向前迈进 —— 我们稍微回顾一下历史，就会发现人类不是一点点向着进步演化的，而是相当繁复交错、循环不已的一个状态和过程。

提到达尔文的进化论，它不仅不能简单地运用于人类社会，即便是在自然科学界，如今也受到了来自实证方面的有力挑战。

显而易见，人类在伦理道德方面，甚至在知识方面，绝不能说是一直往前发展的。现在好多人为了表达自己的宽容和豁达，一谈到未来就会表现出极大的乐观。这作为一种说话的礼节是可以的，以科学和理性而论又是另一个问题了。一味地"客气""大度"也是有害的，因为这不能触及人性的真实层面。人类的道德进步来自对生命本身所固有的缺憾和弱点的认识，来自这种批判力和反省力，这种能力也应该是人类所固有的。

现在网络上那些污浊与下流、不负责任的言辞堆砌，常常达到了怵目惊心的地步。其中的炮制者有许多年纪并不大。有时参加一些文化集会，发现有些十分稚嫩无知的人泼辣起来，竟然荒谬昏妄以至于无耻到惊人的地步。有人甚至直接搬来网络上流行的大量脏话来交流。还有的油腔滑调，故意冲决道德底线……这个世界进步了吗？ 或套用梁漱溟先生引用其父梁济先生的一句话追问：这个世界会好吗？

不要轻视这样的现象，因为这绝对不是个别的。可以设想，一个生命要摄入多少精神方面的垃圾和毒素，才能在十几年的时间里长成这样；而我们的社会，又将如何消受这一切。

现在某些人唯恐自己的言行不能惊世骇俗，凡事都以冲撞和叛逆为能事。他们认为任何社会的道德或伦理标准，更包括所谓的"普世价值"都是不存在的，都是虚拟的或虚妄的，是一部分人的无聊说辞。所以投机和苟且、黑暗和丑陋，大逆不道，这一切与正直、诚实、纯粹等千百年来一直被称颂的品质都可以混淆。在网络时代某些人的词典里，黑白美丑统统可以颠倒。

时代的表情，说到底还是由这个时代的内容所规定的。这就像人的修养、气概和气度、气质和仪表，都是密不可分的整体一样。有人讲过了四十岁之后，作为一个生命的内容和形式的关系就大大凸显出来了。用苏东坡的话说，就是"腹有诗书气自华"。这个时代的表情之诡谲可疑，是因为时代之"腹"装了太多芜杂肮脏的东西。前几天与一位朋友去看望一位老人，这人在中学时候就熟悉。老人已经八十多岁了，写书法写诗，偶尔演奏一下乐器，喝一点茶，安静地读书。他似乎很孤独，也不是大富大贵之人，但居所清洁，布置素雅。老人头发留得很短，脸修得干净，牙齿洁白。跟他讨论问题，让人觉得那样地爽利愉快。

这比起一些急躁冲撞、欲望满怀的人，真是天壤之别。一个人的仪表气质，洁净、清新和高贵，或者正好相反，种种差别都跟学问和情怀有关。就观念来说，也不一定要受年龄局限，比如说保守陈腐的见解不一定出自老人。我们对未来，对青年，就像对待社会发展一样，不能只是阿谀。为了博个口彩而施行语言贿赂，对任何人，对任何社会和时代，都是大可不必的。

· 近在咫尺

李白和杜甫的手迹或没有看到，或没有留下。据说有一篇小小的墨迹是李白的手书真迹，如果真是如此该很宝贵。毛笔字既是一门艺术，它和诗、文学、绘画、音乐是共通的，但又是那个时代的基本书写方式。他们如果留下了手迹，如作品底稿、信札等，在今天这个商品时代该成为价值连城的东西。但是王羲之、颜真卿、张旭等好多人都有字迹留下来了。可能李白和杜甫不是以书法见长。像后来的几大书法家，"苏黄米蔡"也都有字迹传世。书法艺术，只要有价值就会留下来，不管是诗人还是其他，哪怕是一个所谓的"奸臣"，像秦桧、蔡京那种人的也都留下来了。

艺术的本质部分是一样的，李白和杜甫肯定能够欣赏书法。

他们的诗里都提到了张旭这个人，对他推崇不已。杜甫说张旭是因为看了公孙大娘舞剑之后，书法技艺才大长。而李白却说未必，传神的书法何必观剑而得。有人会说书法艺术的本质也是诗，是生命内在性质和力量的外化；但也有人认为书法似乎不必提拔到诗的高度 —— 它们仍旧不可同日而语。书法虽然与内在生命律动有关，但属于"创造力"的成分是非常有限的，尤其是古代，只是那个时代再平常不过的书写方式。今天我们把书法作为所谓的"艺术"单列出来，刻意追求所谓的"创造"，只能使之越来越商品化，其实是将书写给异化了。如果有人将书写当成专业，写出百般花样和洋相来，倒也真的会成为问题。即便书写真的能够成为艺术，那也一定不是刻意追求的，而是生命内容的本来呈现。从这个意义上讲，我们会认为李杜可能是不可替代的书法大家，虽然他们只以诗文名世。

如今书法和传统文化或许跌到了同一个边缘、同一个境地。它和诗一样，只是生命的不同痕迹。现在各种痕迹都有，多么出奇夸张的表演都有。有许多很怪的"书法"，它们个性刺目 —— 人不怪，字却写得那么怪。有人故意把字写得像小孩子一样，或像手无缚鸡之力、行将就木的人一样。这可怕且又可笑。一个人没有那份率真和本真，没有那种异禀，只装样子还是行不通的。都知道古往今来只有一个李白，如果某天突然来了一群，那就是赝品了。书法艺术和诗文，如今都走进了同一个时代，即无所不用其极的广告和表演。

在广告娱乐、到处表演和模仿的风气之中，要做一个朴素求真的艺术家是难以生存的。或许这样的人只能待在角落里了此一生。

所有利益特别是"暴利",往往要被那些表演者、尖叫者们垄断和分割了,在欲望涨满的街市,常常是那些下了狠心、有弑父之心的狠人才能暴得大名。没有这样的狠毒和付出,在这个广告和娱乐的时代已经难以声名远播,难以功成名就了。无耻还不行,必须足够无耻;足够无耻还不行,还要进一步登峰造极。

在这个喧嚣滔天的物欲世界上,一般的无耻已经没有多少人瞩目,因为人们已经见怪不怪了;要特别无耻,无耻到仇恨人类,咬牙切齿,要有这样的凶残和狠劲才会"成功"。而且这种"成功"可以不必付出代价,甚至也惹不来什么麻烦 —— 在一个没有信仰的世界上,人已经丧失了起码的道德冲动。

临近世纪末,人们发现某些典籍里的字里行间常常隐喻"世界末日",记下了很多天象与征兆 —— 这是遥远的话题,也是切近的话题 —— 作为人类忧患意识之一种,似乎并非全是无聊的。我们不从天体物理的角度谈,只谈社会和人。前者是做自然环境研究的,他们从海平面上升、极地冰雪融化、臭氧层被破坏和地磁大调换等方面去考察。其实从人的精神层面来考察也许同样有意义。有的天体物理学家谈到地球的寿命,说到了"千年"如何。千年就是十个百年,人们会觉得遥远。但是我们不要忘记,天体物理学家谈论空间是以"光年"作为基本计算单位的,"千年"的距离在光年的刻度中简直连一瞬都算不上。也就是说在天体物理学家眼里,地球的最大危机已经近在咫尺了。

我们从精神指标、从人性的巨大改变上看,同样会觉得触目惊心。

李白和杜甫看起来离我们非常遥远,但如果换一个稍大些的时空坐标，用天体物理学家的眼光来观照，又会觉得这些人物离我们非常之近。他们的言与行，他们的艺术，真的就在左右。

· 艺术：流脉和归属

有人觉得做一个勤奋的当代阅读者大大不值，所以将大量时间用在古典作品上。他们认为当代的东西没有多少价值，这主要是因为时间沉积不够。因为事物的规律就是这样：文明和艺术的积累需要一个缓慢的过程，有时候拿十年、二十年做一个时间的坐标还是不行的，起码要用五十年或一百年。有时候我们评说上世纪二三十年代的"现代文学"，说那时出现了几个大作家如何如何，其实这种议论也往往靠不住，或许时间仍然还不够。我们且不论不同时期的作家实际成就如何，而只要求全部放在时间的大坐标里、采取相同的时间标准，因为一切都要在时间里积累，人的判断力也是一样。

说到唐诗，这是三百年的积累。三百年里才出了李杜，而不是几十年。李杜生活在他们自己的几十年里，可是我们却不能忽视造就他们的整个时代，尤其是从魏晋以来的这么长的一个时段。漫长的时间里有无数的诗人做出了贡献，前人，还有同时代的人，都被他们综合到自己的创作生命之中。按照这个说法，任何人都可以综合前人，当代写作者也可以，当然如此；但不同的是文化和艺术流脉有个如何归属的问题。比如魏晋诗歌成就之大，对唐代的影响之大，就不是近代能够比拟的。民国的诗对当代的诗有过那种强大的传承和影响力吗？

单讲民国诗的意义，似乎并不在于对当代的影响有多大，而在于它是汉语白话诗的开端和源头，没有它就不可能有今天的当代诗歌。但这里讲的是流脉和归属，时空上离得近，语言方式上离得近，这必然关系到影响和接受的程度。我们可以将魏晋的文学与唐代的文学拉得更近，可是我们就不能将魏晋的文学与当代文学拉得这么近，二者不可以同日而语。民国的诗虽然离当代诗极近，但影响却是极微的。

所以在阅读方面，读书人应该在心里装有一个大的坐标系，而不能把眼睛局限在当代，甚至是就近的几十年，那样对作品的认识会一点点变得模糊。因为读同一种气息的文字多了，就会认同这样的语言和视角，就会从一个局部硬性寻找出某种东西来认可和推崇，并且顺从于它的水准和趣味。这就好比一种流行病毒慢慢会把人感染一样。

为什么一些当代论者的判断常常大失水准？原因就在于被这个时代的流行病毒所感染，视听和思想系统已经不够正常了。这种情形下的判断当然会有问题的。而思维处在一个大的坐标里，就会接受漫长的传统制约和补充校正，不得不着眼于一些永恒的标准，也就不再会被流行时尚所左右和局限了。

永恒的美在经典里凝固，其标准是变化很少的。有人将网络时代说得眼花缭乱，好像这样的时代既然是全新的，所以也就可以非牛非马完全胡扯——其实即便搬出一万条网络时代"与时俱进"的理由也难以成立。人类在审美上有总的方向感，只要能够穿行历史、反思文化，那么在思想与艺术两个方面就会得出结论：当代文学不是前进而是后退了。我们从上世纪80年代大大后退，甚至从90年代后退。八九十年代的那种追溯气势，饱满有力的反思与创造，刚健清新的风格，特别是对于中国传统艺术的再认识，都远远超过现在。

今天看那个时期的作品，还是激动人心。尽管他们艺术视野还嫌狭窄，思想也相对贫瘠和简单，但却是纯洁质朴的，因而也是别有力量的。今天的写作者和批评者唯恐使用了简陋和原始的武器，恨不得一下就站到"现代主义"身侧，站到弗洛伊德和垮掉派那儿，站到西方符号学的手术台边，其实仍然于事无补。因为文学不是直接表达思想，也不是比试谁更能传递一种现成的哲学体系，而是要看作者的价值观究竟如何，要看所倾注的激情和心血，看纯洁的情感，真切的悲愤，深幽的人性。哪怕其思想停留在唐代——思想伦理的高度和水准绝不是线性发展的——也仍然会感人至深。

艺术的深度不只是表达的所谓"思想"，还有神秘的情感。如果说一个作家的理性传达是清晰而简单的，那么他饱满的思绪和纠缠的情感，却有可能让作品避免浅薄。一个杰出的作家完全有可能秉持一种"错误"的、并不时髦的思想体系；而一个蹩脚的写作者也可以是一个学贯中西的学者，并且拥有"崇高"的信念和信仰。当然我们希望一切正好相反，希望不是走进这样的悖论。

今天的作家好像营养充分了，武器现代了，可以运用的手段五花八门，从魔幻现实到自动写作、意识流，到语言的电报式，再到黑色幽默、结构主义，无数的主义和方法，什么都会，什么都懂，只是缺少了一份纯洁的情感，缺乏了脚踏实地的生活态度，缺乏了朴实的愤怒和基本的是非 —— 这些似乎没有一样是"现代"的，但没有一样不是最为重要的。李白和杜甫他们对那些手法与主义一无所闻，却写出了直到今天仍然是最为激动人心的文字。

· 一步一步抵达

李杜以及整个唐诗的经典部分，标志着一种至高的文字艺术享受，也是我们代代相传的文明之果，一种超越艺术的精神和情操。不幸的是这种至美的语言艺术遭遇了数字时代，从此与这个世界也就有了大隔膜。我们不知道其他民族的经典与这个时代相逢的具体情形，不知道发生了什么。我们现在身心的痛感并且深刻体味的，只是来自周边发生的这一切：自《诗经》、《唐诗》宋词一路建立的语言规范受到了破坏和瓦解，有时连最起码的语文法度也荡然无存。

这个时期拒绝经典的理由极为简单，就是"晦涩"和"无法卒读"。一种提倡反经典阅读的理论依据是：既然有好读的通俗读物，为什么不让我们的读者去饱餐一顿，反而一定要去啃那些拗口的古代诗文？那些通俗读物好读而不下流，它们的主题思想和经典作品都是一样的，也教人学好向上，也倡导崇高善良。他们的结论是，这种阅读愉快而且绝无害处。

这种朴素真实的见解看上去好像无懈可击：读者既然选择了"主题思想"良好的通俗读物，放弃经典也就无可厚非了。这就是他们的全部理由。他们并未意识到这样的选择和认知走入了怎样的谬误。

据说这些读物很通俗，但绝未公然号召人们作恶，它与经典名著所倡导和宣扬的基本精神都是一样的。所以网络和小报上流传的那些文字，只要不下流，也就可以选择。这里已经排除了网络里大量的、公然宣传的卑劣粗俗和诲淫诲盗，也排除了庸俗社会学——我们像筑防火墙一样把它隔离就可以了，剩下的这一部分就是"通俗的良性读物"，孩子们愿意读，社会上喜欢看，难道还需要犹豫吗？这就叫"喜闻乐见"。于是这类通俗流行作品堂而皇之地成为经典名著的强大对立面。

这样的判断太粗陋了，这样的要求也太低廉了。其实许多通俗读物并没有追寻真理的热情，没有传播"普世价值"，更多是做出了平庸的道德姿态，是伪善。退一步说，如果这些作品真的有一个"崇高的精神目标"，那么它阐述和实现这一切的手段仍然需要辨析。它的表述是粗糙甚至粗鲁的，而且极其简单，尚未进入语言艺术的层面。其中的大量文字连遵守基本的语言规范都做不到——先不说它通过这种途径能否抵达经典作品的深度和高度，单讲这种实现的过程就已经构成了极大的损害。

"目的"和"手段"是不能分开的。语言艺术的实现，是通过词汇和文字，一步一步抵达的，每一个环节都不可缺失，每一个词汇每一个标点都是出发，同时又是抵达。那种精致的艺术，崇高的精神，洁净的思想，克制与道德感，全部的伦理关系，都溶解在这一个个标点符号里，口吻，节奏，工整的书写，严整的姿态，幽默感，爱与温情暖意，所有这一切都包含在字句中了，谁也无法将其剥离出来。我们如果在局部，在细节，在这个过程中随便妥协和苟且，那么最终抵达的又会是什么目标？其实没有一部粗糙的、流行的所谓通俗作品，在最终的目标方面，能够抵达经典作品所给予的那种深刻的激励与灵魂的震撼。

那类粗俗的流行作品在一种招牌、广告的掩饰之下，兜售的仍然还是拙劣和廉价之物。人在精神上向下是容易的，向上是困难的。人的情怀与知识达到了相当的高度，才能在不断向上的过程中获得快感。以晦涩为由拒绝经典不过是一个借口，比如以李杜为代表的唐诗为例，这些诗篇除了时间留下的某些文字障碍，特别是一些古代人名地名的生僻之外，还会剩下多少晦涩？它们好就好在流畅自如，明白如话。那些被千古传唱的诗句正因为有脱口而出之美，才更加令人称奇叫绝。

在正常的情形之下，社会经典阅读的意义完全不必过分地强调和夸大，因为在稍稍健康的社会族群中，这只是一种再自然不过的常态而已。

· 从一个词汇开始

进入中国诗歌经典的方法有许多，我们过去一直习惯的就是背诵，这是不错的。比如李杜的诗就最适合诵与背，记住了，才能时常拿出一些句子欣赏，这个很重要。不过我们背诵的目的不光是为了记忆，而主要还是为了听它的音韵之美。诗不同于一般的文章，它更富于音乐性。写诗的人也要听自己写下的声韵，比如杜甫每次写出一些句子以后，总要反复诵听，先过自己耳朵这一关。

当代的大部分作品其实是不必背也不必诵的，为什么？就因为它们不具有音韵之美。有人说难道除了诗，一般的散文也需要这个吗？当然，任何称得上语言艺术的都需要这个，都要有好的节奏好的声音。古代的骈体文十分讲究这一点，这和诗简直是一样的。古代的好文章都有类似的讲究，也都是一唱三叹的。"五四"以后的白话文写作也并没有让好的著作家忘记这个至关重要的问题，他们的文章总是有极强的节奏感，有声韵之美。读起来节奏上有问题的，坷坷磕磕的，一定不是好文章。杰出的自由诗当然更是如此了，那简直像歌。只有平庸的写作才是粗糙不堪的，它们不值得诵读，因为压根就没有考虑音韵，没有独特的节奏感，连使用词汇都是马马虎虎随随便便的，基本上是泥沙俱下。

李杜的诗是精心打磨的典范，他们的代表作在词汇运用方面达到了汉语的极致，从声韵、气息、色泽诸方面都达到了极难企及的高度。"出师未捷身先死，长使英雄泪满襟""车辚辚，马萧萧，行人弓箭各在腰""抽刀断水水更流，举杯消愁愁更愁""人生得意须尽欢，莫使金樽空对月""飞流直下三千尺，疑是银河落九天"……这些文字简直就像铁打金铸的一般，闪闪发光，不可更易，对文辞的遣使调度出神入化，鬼斧神工。我们进入这样的经典，就必须从最小的单位——一个词汇入手去丈量。这是品咂咀嚼、享受和消化的过程。

一种文明走到了辉煌阶段，一种文体达到了灿烂时期，其结晶将是无与伦比的。而这其中的代表人物又会光华四射，散发出灼人的热量。当一种文明走入了颓丧和败落期，一切也就正好相反，不仅绝少出现语言艺术的集大成者，而且整个文体都会暗淡无光，变得粗疏庸常，浑浊芜杂。这时候的阅读常常是对生命的浪费，对自己的轻慢和亵渎，一句话，极不值得。这会儿如果再强调从一个词汇开始，那就是犯傻了。

唐代的诗篇中有极大的篇幅可以说是老少咸宜，所以稍加引导，儿童们就能诵能解。"随风潜入夜，润物细无声""夜来风雨声，花落知多少""借问酒家何处有，牧童遥指杏花村""海上生明月，天涯共此时""举头望明月，低头思故乡"，有什么费解的？可也就是这些看似平易的诗句，成年人喜爱有加，丝毫也不觉得浮浅；不仅不感到浮浅，而且还供我们一代一代赏读，绝不会觉得苍白贫瘠，更不会觉得单薄。所以胡适在《白话文学史》中就认为，白话文运动不是从"五四"开始的，只不过由"五四"提出来了——凡是不需要翻译就懂的口语化的古诗之类，统应算作白话文写作。

对比今天某些专门写给小孩子的所谓"儿童文学"，可以说既不是文学，也不是好的儿童读物，有的还散布出拙劣甚至令人反感的思想倾向，即不教孩子学好。这样的所谓作品需要承担责任。有一类读物总要写各种"顽童"，这本来是很可爱很好玩的——调皮孩子往往意味着智商高、聪明，但闹过了头也不好。很多儿童读物没有其他途径可走，一味地、过分地渲染顽皮和反智，破坏和造反，一句话，让他们以学坏为能事。

好的"儿童文学"一定是文学，而不是廉价的文字。它们一定是成人看起来也会兴致勃勃才可以。一个人生经验丰富的成年人，是不是像孩子一样愿意读这些文字？答案是肯定的。所有儿童文学的经典，像一代一代流传不止的《安徒生童话》，像马克·吐温的作品，一直都是成年人的读物。至于安徒生和马克·吐温本人，并不认为自己是专门的"儿童文学作家"，更没有觉得是在专为孩子们写作。

所有的文字艺术品，从文学的层面看必须是不拙劣、不简陋、不粗鲁的。否则不论它标榜的思想有多么崇高，已经从局部开始犯下了大错：倡导粗疏和放纵，背弃严谨和缜密，伤害文明。文明的表述就从一个个词汇开始，从语言开始。缓慢的、无时不在的来自语言和词汇本身的损害，有时候是最见效也最有害的。而我们消除这种危害的有力方法，就是阅读经典：仍然从一个个词汇开始。

现在我们面临的大量文字垃圾来自无所不在的网络传播，还有报章杂志等许多媒体。这些泛滥的读物，其道德操守的低下与混乱，也是从一个个词汇开始的，是渗透在语言细胞里的。如此一来许多方面更加没有了底线——这种开敞和松弛，给人性的向下滑脱提供了语言依据，进而还会有理论依据和文化依据。人在堕落的过程中是好奇的、刺激的，甚至是快乐的。

整个族群的文明就是在不懈的、时刻警觉的奋斗中建立的。我们谈到的这一堆网络"文学"和"通俗文学"，严格讲只是在拆毁一种文明，并且从基础做起，从语言开始，从一个个词汇开始。于是一切也就清楚了，要维护和建设也只能如此：从一个个词汇开始。文明从一个个词汇开始放纵和流失，那就从一个个词汇开始固守和收敛。关于文明的全部工作，都需要从这里来做起。也只有这样，才能热爱经典，比如热爱以李杜为代表的绚丽的唐诗。

其实正常来说，唐诗和李杜千百年来想不爱都不行——即使有人明令禁读都做不到。退一万步说，即使当代人全都不读唐诗和李杜，到了下一个时代仍然还会有人去读。

事已至此，可以想象今天的文化境况到了怎样糟糕的地步。

· 古人的心情和故事

我们今天时常引用的一些比喻、成语、名句，许多就来自古代经典。只是用得多了反而不再留意它的出处，也不关心其中蕴含的典故了。可是文化的传承就是依靠这一类基因密码的，它深刻在一个民族的文化年轮之中，时隐时显，永不断绝。我们吟哦"天涯共此时"，会想到唐代大诗人张九龄；念"千里共婵娟"，会想到宋代大文豪苏东坡。"举杯邀明月""轻舟已过万重山""国破山河在""家书抵万金"等句子，能一下想起李白和杜甫。可是更多的妙词与绝句却是需要查一下典籍才知道出处的，原来他们写下这些千古名句的那些时代，他们自身的心境与情境，是永远封存在那儿的。

可见这就是我们的语言，正隐隐连带着古人的心情和故事一起往前。传统文化使我们不至于遗忘自己民族最重要、最不可忽略的东西，它们就隐藏在日常的使用之中，连带着根底。这就是文化的伟大、语言的伟大。由此来看网络时代的阅读与写作，它表现出的一些问题，让每个人都不能回避，以至于引起痛苦和不安：对一些通俗流行文字，包括一些受到指责的所谓垃圾文字，我们是否已经过分地宽容和忍受了？

大家都抱着睁一只眼闭一只眼的态度，认为这不过是写写画画而已，无涉于大的实利生计；或者也是人们用文字排遣心情、做做营生之类，也算一种人生选择，不必埋怨和干涉——那只是他们自己的事情。有外国人甚至用现代技术对其做过研究，结果发现这些文字所强调和宣扬的主题，仍然与19世纪以来人类推崇的经典大致相似——区别只是经典作品当代人读得越来越少了。既然如此，大家流连于这类网上文字也不会有什么害处——有人一再强调阅读经典，实在是杞人忧天多此一举。

在迷信技术，尤其是推崇西方科技的现代，外国人用现代科技做出了这样的研究和结论，好像就颇有说服力了。这是让我们大家认同网络垃圾，接受"与时俱进"的说辞，听任和放弃。什么经典，什么李白、杜甫，读不读无所谓。那些诗句除了耳熟能详的一小部分之外，绝大多数需要劳神费力才能领会一点点，需要具备古文知识、翻阅注释资料，实在太麻烦了。比如我们今天看杜甫被人反复提起的《三大礼赋》，会觉得真是难读极了。读李白的《与韩荆州书》《为宋中丞自荐表》，虽然不会觉得过于困难，也还是有点拗口。同样是李白写的文字，那几篇赋就相当晦涩了。因为赋是讲对仗的，十分讲究文采，不啻一次文才大展示；而那些自荐表急于推销自己，要把问题讲得更明白一些，也就不能那样深奥高古了。

可是这些经典以及经典作家本身就是汉语言的根底，我们舍弃它们又能走向哪里？只能走向文化畸形和文化蛮荒，大概不会有第二种可能。我们不能想象一个时代会出现一种截然独断的古怪创造力，会有文化上的无中生有。前无古人后无来者的"现代文明"其实只是痴人说梦。

　　要回答这个问题仍然需要先讨论一下什么才是"文化"。时下这个到处可见的词汇，作为一个概念已经被极大地庸俗化和扭曲化了。许多人谈论的这种"文化"那种"文化"，其实已经与文化本身没有什么关系，甚至是风马牛不相及的事物。

　　"文化"这个概念也许很难用一段文字规整严密地表达出来，但其中一定包含了几个不可逾越的要素。一是要有一套符号系统，因为任何一种事物要记录和传播，离开了这个系统是绝对不行的——比如说我们日常生活离不开汉字，离不开汉语；还有一个元素，就是一个民族形成的自身传统。"文化"是流动和发展的，不是凝固的、一成不变的，因为只有运动和发展才有传承。"文化"就是运用一套符号系统去记录和传播的传统内容，这里面有记忆、分析和鉴别，并在这个过程中不断深入和扩大，得到延续。

　　古今中外的文学写作是文化延续的一个重要手段，也是文化构成和文化积累中最重要的部分。这个"符号系统"有自己的规范，只有依赖和遵守这个规范才能起到有效的承载作用，也才会传导下去。由于人类的繁衍和接续，文化的内容也在不停地增加和扩展。可见文化的前进还是后退、萎缩还是发展，都离不开语言本身。

　　中华文化的符号系统从造字开始，经过了龟板文字、钟鼎文字等等，一点点演化为古汉语，再经过半文半白，直到"五四"的白话文，演变到今天。在这个演变过程中无数人做出了贡献，而杰出的经典作家付出的劳动最多。怎样让文字洁净、生动、准确、健康，使这一整套符号系统变得更杰出更卓越，成为一个不曾间断的全民族参与的工程。我们今天阅读李白、杜甫的诗篇，读盛唐的诗章，常常会产生一种文化上的惊叹和感激之情。这个漫长的过程中当然包含了我们大家，于是这里也就无法回避自己对语言的态度。

从甲骨文到今天，这套符号系统尽管演变得很巨大，但却不是革命式的，更不是嬉戏和任意放纵的破坏，不是痞子气的践踏；它只能是严谨的、严肃的，也是在充满曲折的道路上慢慢完成和接续的。现在看"五四"前后的白话文、白话诗，有时也会觉得有点别扭和稚嫩——但它是在积累和探索的过程中，是一个了不起的成长点。中国白话文作为现在的形态进一步走向成熟，鲁迅那一批作家的贡献最大，当然还有其他各个领域的人物的辛勤劳动。

从这个意义上讲，不负责任的数字化文字堆积、对语言有意无意的颠倒戕害，可能就是文化上的至大罪过。

· 文字面前的呆子

"感时花溅泪，恨别鸟惊心"，这是杜甫的名句，写战乱时期颠沛流离的心境。现在似乎没有那样一种挣扎之苦了，可是簇拥在无数语言的芜乱和嘈杂之中，在各种纸质与电子文字的纵横交织之下，却常常有一种文化上的挣扎和痛苦，甚至是一种惊惧感——在文化上的挫折和溃败感，一种恐惧，让人悲哀颓丧以至于无言。

广告，时闻报道，文学写作，对文字和语言的肆意践踏触目皆是。一种被捉弄和被侮辱的感觉会时常袭来——随便在行文中置一个外语单词，一个音译，或把几个缩略词塞进去；以最瘠最俗的字词堆积为能事；不通和故意错置；自为得意的同音假借；成语和成词的颠覆——不一而足。这种文字和语言的坏疽正在借助网络数字繁衍和膨胀，已经难以逆转。

那些更为"达观"和"宽容"的观点，则认为语言或语言艺术迎合大众才是最重要的，这本来就无可厚非——无条件地适应并顺从这个趋势的行为，其实说白了不过是一种不负责任的机会主义。对语言艺术的评价和选择，不能仅仅看表面上标榜什么，而要看用什么方法去实现这个"标榜"。这种实现是一步一步抵达的，从标点符号乃至于换段和空行，都参与了经营和创造，更不要说句子和词汇，不要说整个行文的风格与气质了。

本世纪奔涌的数字之潮泛滥的大量庸俗文字、垃圾文字，无论怎么标榜其健康的主题与思想，对一个民族的文化传承来说都是极其有害的——汉语是一个复杂而精密的符号系统，它需要起码的严密和准确，需要认真地调度每一个字符、每一个音节。操弄者持守严整的心情和态度，不断推敲和安放字词——古人这方面的故事，在网络时代的人听来会觉得是痴人说梦。

其实这不过是真实的写作情状，从古到今都应该一样。诗人贾岛月下僧人"推门"还是"敲门"的苦吟，杜甫的"语不惊人死不休"的苛求，并没有什么夸张。

中国有句古话叫"敬惜字纸"，连有字的纸都要敬惜，这才是我们的传统。后来有人批判腐朽的中华文化，经常把这句话拎出来嘲笑。可是究竟谁更可笑？"纸"和"字"在一起意味着伟大的文明，有庄严的属性。所以说它一点也不可笑，那是在讲民族文化赖以传承的基本载体，它本身就是人文精神的伟大丰碑。我们现在的"纸"多极了，网络写作还可以不废一张"纸"，但我们却不能因此而忘记源头。这应该是文明人的固有心情。

真正的阅读必得将自己的一颗心从浮躁的网络时代收回来。我们对待文字的轻率——使用的轻率和阅读时一目十行的扫描，早已将文字本来的色泽与质地给淡化和忽略掉，生命走进了"不可承受之轻"。可想而知，一个人在一两个小时甚至更短的时间里将成吨的文字从眼前滤过，这不是一种灾难性的阅读经历又是什么？文字的河流一掠而过，除了无关痛痒，还会产生可怕的喧哗——流泻的碎片呼啸撞击人的感官，留下的是噩梦般的印象。

文字的固有力量已经在这个可怕的网络数字时代里消失了。由此我们可以设问，我们将使用什么来巩固和传承我们的文明？文化已经从局部，从最初的元素和细胞开始破损。比如我们在纸上或荧屏上写下"仇恨"两个字，心中会出现它预示和表达的情状吗？出现"爱"又会怎样？心中会有灼烫感？会有一阵热流涌过？"铁""石头""冷""黑"，这些字，还有所有的字，还会有它们本来的颜色和温度？它们出现在视觉里，心中会感受相应的质地和其他——色泽、气味和重量，一切还会像原来一样？我们的脑海里还能联想起与这些字符相匹配的故事和经验吗？

词和字的环境、人的环境，它们都是连在一起的。字和词的心情、人的心情，总是结合在一起的。只要心情和环境变了，字和词一定会变味变质。使用字词的人通常要自觉不自觉地调动个人的生命经验来掂量一下，确认正在创造的环境——语言的环境和相应的物质环境、它们之间的关系。数字时代的到来，大量轻率的写作和发表，媒体的蜂拥而至，让一切变得始料不及。一个县里也有了小报和电台电视台，有了许多网站，可见我们每天需要遣派多少文字，这根本来不及推敲。媒体的泛滥逼得人手忙脚乱，无暇多想，只好不断地堆积，为任务，为糊口，然后就是——放肆地破坏。

这就是我们所面临的现状。走进一个广告的、游戏的、娱乐的时代，也就来到了一个文化崩溃的时代。

没有比这个时代更需要民族的经典了，也没有比这个时代更为疏远这些经典了——这里从"语言"的角度讲经典的意义，其实也谈了内容。哈罗德·布鲁姆在《西方正典》里有过类似的表述：深入研读经典不会使人变好或者变坏，也不会使公民变得更有用或更有害，因为心灵的自我对话本质上不是一种社会现实。经典具有强有力的原创性，建立起一个既非政治又非道德的衡量标准，是真正的记忆艺术，是文化思考的真正基础——生命短促，人生有涯，我们必须选择，阅读经典作品即可赋予我们自我认知的表现和自我认知的能力。阅读经典的真正作用是增进内在自我的成长，它的全部意义在于使人善用自己的孤独，这一孤独的最终形式是一个人和自己生命的结局相遇。

可是我们已经没法阅读，没法在李杜他们超绝的诗章面前稍稍动容——我们成了文字面前的呆子。

· 危险的迁就

现在新出版的字典词典上出现了革新的事物：一些经常被人读

错的字和词改了读法，"原则上"依错就错，顺从错误的意思。我们有些担心：这样的迁就到什么时候才是个尽头。有人可能赞同这样的做法，认为文字和词汇反正就是一个约定俗成的符号而已，怎么读都可以。可是这样一来原来读对的那些人就得迁就错的，不然就不合词典字典的新规定了。这是一个很荒诞也很麻烦的事。比如"荨麻"的"荨"、"呆板"的"呆"，还有许多。这个趋势看起来才刚刚开始，这就是网络时代的加速从众从俗，或者直接说就是尽可能地媚俗。

问题是，一种读法和用法必要连带着一种传统，牵连着源头的知识，比如经典或民俗的地方的知识，是与出处不可分离的。字词就是文化渊源，就是传统，就是一个民族的根性。因为不学习和知识的不够反而获得了优势，这当然是不太好的鼓励。

我们知道，即便是一个学问极大的专门家，他阅读唐诗，哪怕是绝不算陌生的李白、杜甫，比如他们的诗和赋，也要遇到大量的生僻字词。诸如此类的问题一定会很多，难道这一切在不久的未来都可以服从误读和误解？这样一来哪里还会有什么经典阅读？有人可能说这是一种极而言之，那种情况大约是不会发生的，字典词典上变通的只是一些个别的字词——可是这些"个别"却标明了一种态度和方向。我们的经典中、知识中，这样的"个别"其实是无穷无尽的，一旦可以随意迁就或更动，后果是不堪设想的，那将会发生最荒谬的文化事件。

相反，字典中有一些字和词本来是简单的，却要小题大做地一会儿改过去一会儿变回来，频率之快，让人摸不着头脑。比如"像"字，一会儿加个偏旁，一会儿又去掉；"枝"字也是一样，连专门做语言工作的人都给弄糊涂了。这显然又是头脑一热或听从迁就了某一些意见。还有一段时间颁布了大规模的简化字，用了许久又突然不算数了，很长时间里让许多人无所适从。这都是最基本的文字符号，是几亿人使用的符号，竟然可以这样变来变去，未免太轻率、太荒诞了。

更让人不解的是新版词典上还出现了大量网络用语。其中的一些语汇不仅没有根底，而直接就是破坏汉语言严整性的反面例子，是极不规范的低俗滥制。就因为它们在一个群落里得到了较多使用，于是我们堪称文字法规的"典"也就采用了，让其大行其道和堂而皇之。汉语字词的组合、语言的演进不仅有自己的规律，而且还是一个缓慢的过程，它尤其不能采取革命性的群众运动的方式。任何语言包括汉语都需要在使用过程中不断得到补充，语言是生长的，但需要检验、证明和积淀。一些仅流行于某个时期某个阶层却不会传递下去的"暂存"词语，是不能随便入典的。这关系到文化的自尊，必须具备应有的保守和矜持。高的迁就低的，雅的迁就俗的，这是网络时代才会出现的乱象。一些通俗言情读物或演艺工作需要从众跟俗，以追求收视率点击率，追求票房收入，字典词典为什么也要这样做？真是使人不解。

文化要传承，就要固守文化的层次感，一旦打乱了它的层次，也就破坏了传承，最后走向了文明和文化的反面。没有文化的层次，没有文化精英的坚守和坚持，也就没有了文化的传递。文化的普泛化、大众化，只能是一种平面化和庸俗化，最后必然会引来文明和文化的消失和崩溃。那些不停地谈论和乱用"群众是真正的英雄"的人，其实在说一种永远不错、说了白说的无聊大话。"群众"是谁、到底指了哪一些人，他们从来没有界定。多少人才是"群众"？一百个人还是一千个人？他们在什么样的场合出现，占有怎样的范围和比重才算得上"群众"？他们也没有回答。这种庸俗社会学的说辞一旦推广和应用到文化事业、文化传承中，真是害莫大焉。

文化中轻率行为的后果，就是最后站到了文明的对立面。那些乐于满足和迁就"群众"的人，会自觉不自觉地做了盲目跟从，做了势利眼，做了媚俗的事情。在最需要坚持的时候，他们反而逃离了。有一段时期我们"革命"成癖又成瘾，任何事情只要"革命"了，就一定是好的，"反革命"就一定是坏的，甚至是要枪毙的。其实唯独文化是不能革命的，轰轰烈烈搞文化，万众奋起搞文化，哪里还会有什么文化？这只会践踏文化。文化的核心内容、某些内容，总是由少数精英在研究，他们只能处于核心的位置，并在相当长的时间中显现其价值。这价值会一层一层递进下去。无限的时间和人构成了文化发展的可能性，但这种发展仍然是有序的，是以精英为核心的。

我们一直在讲的李杜，就是文化的核心，就是许多时代里的精英。如果当年李白和杜甫写诗的时候，一定要让群众叫好，要让他们全都明白，那怎么得了。传说唐代的另一个大诗人白居易是不同的，他就有一个让不识字的人听吟的习惯，如果对方听不懂，他就认为是坏句子，就要扔掉。这种事作为故事听听倒也无妨，可是稍有写作常识的人听了，就会觉得那是夸张了，是一种讲来好玩的趣事而已。这位大诗人的作品中确有一些是明白如话的，而且还算得上珍品，但他大量的文字还是深奥难测的，是玄思，是冥想，是微妙的偶得。这方面李白和杜甫也是一样，他们最好的诗多么通俗易读，但也就是这种看上去的直白，却蕴藏了真正的幽深莫测。

文化需要在保守中发展，甚至需要采取极其保守的态度。"保守"不完全是个坏词，"保护"和"守住"，守护经典，守护我们的文明，让文明和文化呈现出应有的层次，这没有什么不好。不停地把低处引到高处，就是发展和提高了文化。有了这种守护，我们的文明就不会流失。

第六讲

批评的左右眼

· 有一部书

我们常常提到的一部书，就是郭沫若先生的《李白与杜甫》。这本书当年影响很大，特别在学界、文化界的影响很充分。这有两个原因，首先是作者的身份特殊；再就是那时候出书难，上世纪七八十年代小说就那么几本，各种理论著作也很少。所以这本书一面世就引人注目，可谓语惊四座。

年近八旬的郭沫若先生出版了这部著作，虽然引起了诸多争执，但直到今天来看也是别有价值的。因为它里面没有堆积永远不错的套话，而是多有创见和发现。我们现在应该仔细看一下，这部书出现在那样一个时代，对传统的李杜研究提出了多少挑战，有多少真知灼见，又有多少难以苟同之处。

围绕这部书有很多非议，比如常说的就有"抬李白贬杜甫"，认为作者的这种倾向表现出其学术目的不够纯粹。今天回头再看这部书会有一些感慨，会觉得瑕瑜不能互掩，书中仍然有许多开拓性的工作，有天才的独特发现。总之这是一部才华满溢的书，其中的确有大量的假设、推理、判断，为一般人所不能也不敢做出。作者在考古方面、古文字学方面都有很深的造诣，所以对李白、杜甫作品及一生行迹的考据做出了大胆的新论和想象，出语惊人。只有具备诗人和学者的双重身份，才有这样的气魄和行动能力。

今天再看，会不时地发现这部书有一些可爱的地方，也非常有趣。他在1971年出版了它，此前他接连失去了两个儿子，两个儿子都死于非命。作者带着无法言说的痛苦沉浸在书斋里，进行着这样的思想，写出了关于两个大诗人的书。当然他有足够的知识积累，可以信手拈来；他同时又是一个诗人，对于诗的理解比一般学人更容易。但即便这样，他要做一个翻案文章，要拨乱反正，也是很困难的。

他谈李白谈得非常好，高度地肯定了李白的才华，但又为李白对统治者、对庙堂的摇尾乞怜表示了痛惜。但痛惜得似乎还不够。写到这种巨大的疼痛，他花费的笔墨还不够多。对杜甫，作者的态度在当年就引起了很多不同的声音，今天看其中存在的某些问题就尤其清晰，或许已经无须过多地讨论了。人不能脱离自己的时代，当年的写作要紧密扣住中国的政治、社会和文化生活之弦。另一个原因，就是以作者的身份，已经绝难保持"生活在个人的世界里"，又怎么可能是一个"独孤明"？所以这部书被打上了深刻的时代烙印也是必然的。

书中从杜甫的诗里分析诗人当年的经济状况，重点作品如《茅屋为秋风所破歌》。诗中有"八月秋高风怒号，卷我屋上三重茅"的句子，他即认为风吹走了一层又一层草，说明这个房子就不是一般的穷人所能拥有的了：那么厚的草，冬暖夏凉，住起来比瓦房还舒服，房主显然就是一个有钱的人。然后又从诗中看杜甫栽了多少棵树、有多少亩地，据此推算需要多少人管理，因而最后得出一个结论：杜甫是个地主。在作者看来，把杜甫的成分搞明白是一件至关重要的大事。

当年讲阶级斗争，定"成分"就是十分致命的。其实就写作而言，是否"地主"并不重要，皇帝也仍然可以写出千古绝唱。至于写作者的身份会给作品带来什么韵致和倾向，那又是另一个问题了。作者在书中一方面是那么清晰、深刻，另一方面又是那么糊涂、偏执。我们知道，就作品艺术与思想的综合呈现而言，作者的"阶级成分"并不能说明太多，因为它远比这个要复杂出许多。但是郭沫若先生却一定要把杜甫铁板钉钉地考证为"地主"。

这种阶级定性反映了作者在特定时期的意识和局限。

书中却为李白做了许多辩白，因为作者本人就是所谓的"浪漫主义"诗人，喜欢李白。李白的文章中有一篇需要注意，即《为宋中丞自荐表》。书中说这个《表》是假的，是后来人或当时的人伪造的。作者推翻成说的依据是什么，是否充足，在这里不可不认真对待。

参加平定"安史之乱"的有两个王子，就是唐玄宗的儿子李亨和李璘。后来李亨成了唐肃宗，早在掌握全面权力之前就派兵追剿弟弟李璘，将其杀掉了。李璘即"永王"。李白跟随永王之前比较落魄，和夫人宗氏隐在庐山过日子。永王觉得李白是一个有名的人，很有利用价值。当年没有这么多的媒体，而李白算是一个"闻人"，与他交往是很有面子的事情。从这里也可以对他的交游以及婚姻状况有更合理的解释。比如婚姻，李白是这样一个潦倒、四处"流窜"的闲汉，一辈子娶了四个老婆，第一个和最后一个都是前宰相的孙女。虽然前宰相已经从服侍前一个皇帝的位置上退下，或已离世，但其家望在当时也远非一般世族可比。这种姻缘令人注目，有人会觉得李白这个人不得了，一再娶得前宰相的孙女，可见当年地位之高。仅仅依据这个，甚至也可以否定他生活的困窘和坎坷了。我们或许还应该想到当年李白的名声，作为一个名人的婚姻，或许那也并没有多么突兀。当时诗人的社会地位与今天大为不同，可以想见在一个没有报刊和大量印刷品，更没有电视和网络的时代，许多信息的获得包括欣赏与娱乐，都要来自那些诗人。

李白在庐山和前宰相的孙女宗夫人生活，处于精神痛苦、生活寂寞之时，永王派人来请他去做官。因为永王率领一支平定"安史之乱"的劲旅，这让李白觉得正是建功立业的机会，自然心动。这期间他写了很多诗，表达了自己兴奋的心情，有一些就是直接歌颂永王李璘的。皇帝的两个儿子内斗趋于激烈，李亨最后把李璘打败。这期间李白见势不妙赶紧逃走，逃亡路上就被抓到监狱里去了。幸好后来遇到了一个对他很是推崇的中丞宋思明，这位恩人不仅把李白从监狱里放出来，还把他招到了自己的秘书班子里。

也就在这段时间，宋思明给皇帝写信推荐李白做官。这封举荐信就出自李白之手，这一点一直没有异议，所以文章收在了《李白全集》里。李白在这篇文章里把自己夸得很厉害，其中说到近在眼前的重要政治事件，就是跟从永王犯了谋叛罪的问题时，却完全罔顾事实。他说跟随永王不是本意，而是受人胁迫，是强迫的结果，甚至说一有机会就主动逃离了永王。文中除了大量让人目不忍视的自吹，还歪曲了事实本相，实在有些过分。当年他跟随李璘的兴奋，一首首颂诗表达得十分清楚，墨迹未干就要翻案，让人十分惊愕。郭沫若先生说这篇文章肯定不是李白所写，因为与事实完全不符。他认为李白不会这么混账，这么不像话 —— 李白这样放肆地抬高自己，狂妄昏聩，绝无可能。

但郭沫若先生拿不出更有力的证据去反驳，只是觉得这篇东西如果出自李白之手，那将是极其不堪的，所以他说"不可能"。

但我们不可忽视的是，李白类似的文章可不止一篇两篇。比如《与韩荆州书》，比如许多的赋与诗，都是同一种气味、角度和口吻。如果否定这篇文章为李白所作，那么其他文章和诗词也就全部可以推倒了。

可能没有多少人比郭沫若先生更熟悉李白的文字了，他对于李白的事业、李白跟庙堂的关系，李白作为文人缺乏独立精神、毫无自尊的尾随巴结完全能够作出深刻的理解。那是一个剧痛，一个伤疤，作者稍微地揭开一点，即被难忍的剧痛所笼罩，他不得不将其重新合上。这一举动实际上并不能仅仅看成是个人的行为，而是一个民族的集体意识。所以我们对于李白和杜甫这两个人物形象的全面认知，或许是非常重要的 —— 对于现在和未来，对于文学史和文化史，都并非可有可无的。

书中这样开脱李白，但是对于杜甫却十分苛责，这里面当有多方面的原因。

· 书的内外

读书时，能够在书的内外跳荡很有意思。如果看郭沫若先生的《李白与杜甫》，或许要注意他怎样谈论李白晚年的一首长诗，即《下途归石门旧居》。

在这首长诗里，李白全面总结了个人的仕途、学术和炼丹生活，里面流露的愧疚、失意和惆怅，引起了郭沫若先生的特别关注。他开始抓住问题的关节 —— 作为一个文化人物，生命的轨迹是有关节的，这个关节被作为后来者的郭先生抓住了。许多诗的选本不选这首诗，其中或有误识。

当年的郭沫若先生连续失去了自己的儿子，正经历难言之痛。在政治上，他跟国共领导，跟1949年之后的权力都发生了深刻的关系，这样一路下来，正步入晚年。他活了将近九十岁，在近八十岁的时候谈起李白的这首长诗，大概不会忽略对自己一生的总结。这变成了一场有关自己辉煌和凄凉人生的潜对话。

在这部书中，作者与李白的对话明显要多于和杜甫的对话。他在不无激愤地把杜甫打成"地主"的同时，正把李白作为一个天才不停地惋惜和痛苦。我们会听到另一个天才人物即郭沫若的声音，这个声音始终环绕在李白身边。读出一场潜对话，这十分重要。

这就跳到了书的外边。

我们或可充分注意《李白与杜甫》中这样的一段话："唐玄宗眼里的李白，实际上和音乐师李龟年、歌舞团的梨园弟子，是同等的材料。两千多年前司马迁曾经说过：'文史星历，近乎卜祝之间，固主上所戏弄，倡优蓄之，流俗之所轻也。'"

我们可以想象郭沫若先生当年一个字一个字写下这段话时，其心境如何。他在想什么？想到了自己为诗的一生还是为政的一生？想到了自日本归来的文坛争执与诗情激荡？想到了在国民政府中任第三厅厅长的经历？想到自己贵为副总理、文联主席和科学院院长？想到晚年那些随声稚唱和连发讴歌？想到自己两个儿子的接连惨死？

他会将自己定位为一个李白杜甫式的文人吗？他眼里心里会有泪水涌流吗？

我们自可想象和设问，因为就阅读来讲，这并非牵强和多余的。这让我们不断地跳到书的外边。

· 苛责

郭沫若先生对杜甫所作的"阶级分析"，被许多人议为"苛责"。"苛"是追究的程度，而不是根本性质的错误。可是今天仔细来看，就不仅仅是苛刻了，而是其他。杜甫的阶级成分能否划为"地主"是一回事，能否依此判定其诗章的低劣是另一回事。更有关于这位伟大诗人的"立场"鉴别，此书的立论是大可商榷的。

"安得鞭雷公，滂沱洗吴越"，杜甫的这两句诗被郭沫若先生作为重点加以引用。这里是杜甫忧愤吴越一带盗贼蜂起，恨不得像大雨清洗大地那样清除匪患。郭先生依此断定杜甫坚定地站在反动的、地主阶级的立场上。即便是"三吏""三别"这样有名的忧愤伤痛之作，也被从中找出一些句子，看作是存在极大的立场问题的标本。《新婚别》中有"父母养我时，日夜将我藏"的句子，于是郭先生就说："真正的贫家女是不能脱离生产劳动的"，进而对新娘子的身份产生了怀疑。对"三吏"全诗分析下来，杜甫的立场竟然也被判定为"站在吏的立场上"。

这显然脱离了全诗意旨也脱离了时代背景，是相当牵强的推理，结论令人难以苟同。首先是诗人对于此起彼伏的农民造反、遍地匪患的态度——如果要求杜甫这样一个忠诚的官吏、一个强烈的人道主义者与当时的造反者、土匪们站在一起，对反叛行为给予热情欢呼，当然是极不现实的。官府不义，对民众压迫勒索，可是当时的造反者和土匪们又好到哪里去？一般来说，如果我们能够真实地看取历史的话，情况大概就是：这些反民可能更加残忍和可怕，他们制造的痛苦在局部、在单位时间里是远远超过官府的。这些造反者并没有任何高过官府的理想和目标，他们中的最后胜利者照旧要做皇帝。更远的不说，只说晚清时的太平天国，其愚昧与残暴荒唐就令人发指，对一个民族的文明造成了巨大破坏。所以如果对造反者的行为不给予具体分析，只要揭竿而起就是大英雄，只要对其谴责就一定是反动的、逆历史潮流而动的，这大概也太过荒谬了。

杜甫对"浙右盗贼"的蔓延所表现出的忧与急是合乎常理与民心的，因为很少有所谓的造反、匪乱不是毁坏老百姓的大祸。历史上几乎每一次造反和匪乱，都使当地生灵涂炭、民不聊生。如果说这些"农民造反"在一定程度上打击了执政者的统治，那么他们首先祸害的还是农民本身。某些教科书常常因为特别的原因而采取特别的视角，对起源于底层的极具破坏性的农民运动一概给予肯定，甚至连惨不忍睹的奸淫掳掠都视而不见。也就是同样的原因，才使郭沫若先生对杜甫的"洗吴越"三个字大加痛斥。

官逼民反，恶吏夺命，这时候手无寸铁的民众常常会走向最危险的选择。但是具体分析和证明造反者的性质，却需要真正的理性。郭沫若先生没有对"代宗宝应元年八月"的袁晁起义做出具体辨析，只怒斥诗人杜甫，当然还同时讨伐这场起义的"刽子手"。事实上那个袁晁招数如旧，"攻陷浙东诸州，改元宝胜"，刚起手就已经想做皇帝了。假如这个皇帝真的即位，华夏大地会更好吗？我们宁可相信这只会是再次上演的一场残酷的闹剧而已。因此两害相权择其轻，我们还是更相信诗人杜甫的判断 —— 应该早些剿灭他们。

至于诗中那位哭诉的新婚女子，其言行也完全没有什么可以佐证和列举的。她说父母"日夜将我藏"，含有珍惜溺爱之意，并不能视为白天晚上锁在深闺中、关在什么地方的。这是她遭遇不幸时的夸张追怀，其实一点都不难理解。进一步讲，她是不是一位贫家女，丝毫都不能减轻或加重她的离别之苦，既不妨碍也不影响她悲哀的程度。

关于杜甫的一些政治判断，不是不需要，而是要有说服力；这儿既不能牵强，又要服从于更高的道德判断。

当然我们还要看到，对一本初版于1971年，写于上世纪60年代中国的书，对一位八十岁的老人，同样不应苛责。这本书毕竟文笔充满活力，生机勃勃，且有着人性的温度。它除了在文史考证方面的贡献之外，还与国人在文学上的僵化思维对立，打破了人们将杜甫搞成"图腾"的浅浮倾向。

· 门槛与牺牲

谈到对诗意的把握，这里可以说李杜，也可以说其他，因为古今中外的道理都是一样的。读一首诗一部作品，如果仅仅是寻找它通过什么表达了什么、有没有突破、社会意义之类，那么再绝妙的文字也算白写了。

我们可以发现很多研究李白和杜甫的书，常常过于偏重阶级和社会的分析，而忽略了其他同样重要或更为重要的东西。比如《月下独酌》这样的绝唱尽管人人能诵，关于它的学术论说却是不多的。有的选本甚至都没有选入。那首《下途归石门旧居》也是非常重要的长诗，它总结了诗人漫长的生活道路：求官、访仙、游侠，却也常常为选家所轻视。杜甫那些关于民间疾苦的诗篇固然重要，总是被研究者作为首选，但平心而论，却难以成为诗人最杰出的艺术代表。

"念念不忘阶级斗争"，说白了仍然是这样一种倾向罢了。两眼只盯住"社会意义"，而没有一颗诗心；既然只有一颗社会心阶级心，为什么还要进行艺术评论、诗学研究？ 只改做社会阶级阶层的研究不就可以了吗？ 翻开大量的现当代李杜批评，劈头全是这种"思想"和"意义"的追问，而较少关于微妙诗意的分析和把

握 —— 或许这同时也反映了研究者的无力和无能 —— 这不能不说是奇怪和荒谬到了极点。

有人会辩解说：文学评论关涉方方面面，有社会层面的，有道德层面的，有艺术层面的。对不起，这里首先还是要面对艺术，要跨入艺术之门之后才有其他的感受。将一部作品的社会意义独立分剥出来，以此来取代全部的价值，而且是在谈"诗"，这是多么荒唐的事情。

只专心于找出其阶级的社会的意义，结论出社会性，只是无能的借口，同时也是畸形时代里养成的恶习。不要忘了这是进行文学评论，而主要不是通过文学作品研究社会思潮，取向不能反过来。这种工作既属于诗学的范畴，那就首先要跨入诗的门槛。作品与社会思潮的关系，反映出时代的思想的阶级的意义，一切都是不言而喻的，却不能成为专门的或唯一的提炼物，并因此而废除了全部诗意。这样做的结果只能是让人干脆舍弃这些评论，因为它与诗已经没有了什么关系。评论者对诗意一无所感，根本体察不到一个大悲伤或大喜悦的生命，感觉不到任何人性的温度，这还怎么进入诗境？ 一个人专注于一个作家的作品，应该或多或少地发生一点生命的联系，产生不同程度的生命共振，并由此找到一个入口。

读李杜的诗篇，还原他们的悲喜人生，会觉得他们这样的天才人物竟生活得如此艰难，最后走进了那样一个结局，不由得要产生战栗感。社会生活与诗人和诗的关系竟至于此，让我们对往昔陷入了一种特别的悲观，觉得所谓的"盛唐"其实从另一方面看又是一个"荒唐"。其实真正的艺术和思想在任何时代都需要极其顽强才能生存下来。在今天这个物欲化的社会里，感知其残酷与艰难也是同样的道理，一个写作者能够坚持艺术与真理的探索，那将需要极大的勇气并随时做好牺牲的准备。在残酷的竞争面前有的崩溃了，再也听不到他的声音；有的转向了，走向了媚俗和尾随。仍然怀着一份原初的热情和真挚执拗往前者，大概是寥寥无几了。最后的几个人将会陷入"无物之阵"，接受自己的生存苦境。

理解李杜，需要一些真正的感同身受者，需要默默注视和午夜遥望。

任何时代的文学，都要经过最颓丧、最荒谬、最无望的时期——先接受一切混乱、无序和沮丧，然后再痛苦而缓慢地生长出来。这里需要大面积的牺牲，包括自我牺牲。李杜时期是这样，未来也会是这样。古代的忧伤和痛苦，百年里的鉴别和存留或许容易——面对那些逝去的时代，我们可以自信地依靠时间的鉴定；可是当下则不同——巨量的垃圾，过分的喧哗，网络的覆盖，将让人更加彻底地悲观。

这里不由得令人想起屠格涅夫晚年的一篇散文诗《门槛》，老人问即将跨过门槛的年轻姑娘：跨过去就是寒冷、饥饿、仇恨、讥笑、蔑视、屈辱、监狱、疾病，还有死亡，你知道吗？姑娘说知道；老人又问：完全彻底地远离人群的孤独，来自敌人和亲人朋友的打击，特别是——没有任何人知道你的牺牲，无声无息，你敢吗？接下去还有一些更残酷的提问，姑娘都说"知道"，于是她跨入了这道门槛。当代的杰出诗人面临的就是这样一道"门槛"。在网络时代，牺牲也不会换得回应，更不要说悲壮的荣誉，就连一声叹息都没有，没有任何声音——只无声无息地消失了，像什么都没有发生一样。

那位历史的老人会再次询问：有没有跨过门槛的勇气？

网络时代真的有这样一道门槛横在面前。现在如果做一个牺牲者，身后的悲哀和怀念已经没有了，人们全然不知道还有这回事，压根就没有一丝回声。没有人听见那轻轻的、像鸿毛一样的飘落。残酷就在这里。当年看屠格涅夫的《门槛》有点不理解，觉得有点耸人听闻——怎么会那样？牺牲的毕竟是一个青春的生命，就没有痛惜悲悯甚至是一声惊呼？但是随着年龄的增长，时代的变化，直至走到今天，我们终于能够理解这种无以复加的悲观和绝望了。

· 万夫莫当之势

对诗与真的见识，靠经验和才华，更靠人格的力量。中国的现代诗论深受苏俄影响，直到今天仍有深刻的痕迹。于是涉及这些问题，就有必要谈一下"别车杜"的批评传统了，特别是别林斯基这个人。

对于批评界而言，别林斯基在以前是一个被反复提起的人物，这个现象持续了至少有四五十年。后来到了上个世纪八九十年代，学院里列举北美和欧洲的批评家开始多起来，似乎不再谈苏俄了。但是批评者潜在的意识中，知识结构中，苏俄的巨大影响还仍然存在，这在几代人那儿都几乎是难以消除的。中国的文学批评自上世纪40年代起就有了一个传统，首先操练的就是"别车杜"，这种深远的影响像基因和胎记一样，不可能轻易消失。

现在的学院派人士宁可转向西方的符号学，去涉猎更玄妙更时髦的东西，而不再把"别车杜"当成必修课。但由于历史的原因，还因为长期以来的潜在影响，中国的批评格局并不会在一朝全部改变。时下的批评，眼下的诗学，需要多少"别车杜"，其有益还是有损，都值得好好思忖。这首先需要读懂真正的"别车杜"——尤其是别林斯基，应该先弄清他到底是怎样一个人。

我们读一下以赛亚·柏林的《俄国思想家》，看看这个英籍俄裔犹太人、一个诚实的学者是怎样描述和记录的。书里边有关别林斯基的内容是这样记述的："中等身材，瘦骨嶙峋，微佝；脸色苍白，麻斑略多，兴奋时容易通红。他患哮喘，容易疲倦，通常一副恹恹之相，形神憔悴，而略嫌冷峻，举止稚拙如农夫，紧张又突兀，生人在前，羞涩、局促、沉闷自闭"，然而如果一旦有知交朋友在场，"则生龙活虎、意气风发。文学或哲学讨论的热烈气氛里，他目光精闪、瞳孔放大、绕室剧谈，声高语疾而意切，咳嗽连连，双臂挥舞"，"他可怕的道德愤怒，有万夫莫当之势"。

赫尔岑经常与别林斯基在一起，他这样描述对方："若无争论之事，除非动怒，否则他木讷寡言；但一旦他觉得受伤、一旦他最珍惜的信念受到碰触而双颊肌肉开始抽搐、开始厉声发言——你真该看到他这时候的样子：他会像一只豹，扑向他的牺牲品，将他片片撕碎，使他狼狈可笑、凄惨可怜，同时，他以惊人的力量与诗意，展开他自己的思想。辩论往往是鲜血由这位病人喉咙喷涌出来而结束；他脸色死白，声气哽噎，双目盯紧他说话的对象，颤抖的手举起手帕捂嘴，打住——形容委顿，体力不继而崩溃。"

就是这样一个人，没有活到四十岁就去世了。这么一位来自俄国偏僻乡村的年轻人，接受了大学教育，走上文坛，从事文学批评，使用非常朴素的视角，极为求真求实。他有很高的文学理想，既愿意侧重社会学意义去分析文学作品，同时又反对概念化简单化的表述。我们最需要注意的是这样一句："他以惊人的力量与诗意，展开他自己的思想。"他这头"豹子"表现的不仅是"可怕的道德愤怒"，还有对心中诗学原则的坚守。

这是一个百折不挠的诗与思的斗士，永远说真话，永远热爱艺术，热爱诗。别林斯基改变了俄国的学术界，深刻影响了俄国社会。他是一个非常了不起的人，是东西方知识分子中最具光彩的伟大人物之一，会在很长的时段里感动我们。而今天的学术界最缺少的就是别林斯基这样的人，而不是什么"符号学"之类。像他那么热爱文学，不计个人得失，勇敢挚爱和热情，像火焰一样燃烧的人，今天已经无处可寻。无论他身体多么孱弱，只要谈到诗学问题，牵涉到原则，他就变成了"一头豹子"。

世界范围内我们还不了解，只说当下和周围，这类人物是绝难产生的。为真理而勇敢不倦，哪怕只有一个 —— 仅仅是道德勇气还远远不够，还有对诗的高度把握力，有"惊人的力量和诗意" —— "诗意"，这才是关键之所在。如果我们当代有这样一位天才人物，那么整个的精神和思想的版图就会重组，就会一改平庸与沮丧。

· 完全不着边际

别林斯基不但改变了俄国思想界、文学批评界，对中国上个世纪四五十年代甚至是七八十年代，都产生了巨大的、决定性的影响。"别车杜"的文学方法论，极大地塑造了中国的文学批评。我们习惯于更多地从社会学的角度进入诗学问题，任何时候都强调民众、社会和底层。这种批评试图贯彻一种强烈的道德力量，似乎并无大谬；问题是后来，是中国式的变异导致了多么可怕的偏移。

如果一个人没有别林斯基对于文学、对于诗的极度热爱和深入的洞悉——这当然不是容易具备的，而仅仅是"道德"与"社会"批评，就变成极其有害之物了，这势必对文学做出简单的、工具式的要求，比如我们耳熟能详的"服务论"。艺术是各种各样的、千姿百态的，是自我生长的强悍生命，而绝不会是一部社会机器上的某种零部件。别林斯基的批评传统一旦被片面化和庸俗化，其影响就一定不是良性的。

俄国的方法在苏联时代被片面使用，"别车杜"给逐渐扭曲。而在中国则被转化成更为简单的模式，即抽掉了诗学的本质属性，成为机械和浅薄的工具论。具体到对待李白和杜甫，我们就更多地从社会的、阶级的层面给予诠释，对那种微妙的、最能代表个人生命特质的诗意的核心，几乎完全无视和忽略掉。经过这样一番可怕的洗刷与省略，哪里还有诗的理解？

这个畸形的传统波及写作，特别是文学欣赏，使这一切深受其害。诗人丧失了丰富的艺术感受和艺术良知，只擅长写铿锵有力的阶级斗争——或者尾随着时代风气，转向另一些内容，表达另一种思想，如商品经济和纵欲，其原理都是一样的。这里只有批判或歌颂，只有慷慨激昂，诗性是完全匮乏的：一旦回到个人，回到无可言传的独特的事物，就立刻变得那么无能、无力和孱弱。

到了上世纪80年代初期虽然好一点，但就诗的品质方面也许并没有根本的改变。无论诗歌还是小说，虽然读者多有共鸣，但却不能说走进了深刻的诗性。这里的原因非常复杂，但还并不能说成是诗意的胜利。那个时候电视不够普及，也没有网络，文学是最重要的读物。更主要的原因是那时的文学有了一个"抓手"，这就是表达"胜利"的喜悦，表达心里的愤怒和批判，情感是单向的，审美是单向的，表达也是单向的，恰恰就是这些让大众接受和理解起来变得容易。但深入曲折的、个人化的诗意却是相当复杂和难以把握的，有时甚至是相当恍惚的。真正深刻的艺术并不能令大众一哄而上，它们往往没有这样的世俗效果。

我们的苏俄文学批评传统似乎深入人心，批评家们深得"别车杜"的真传，长期引导和普及了一种"大众诗学"——其实是十分片面，甚至是完全不着边际的。

这里难以回避评论家的人格和审美力，它们应当是统一的和并重的。时至今日，"别车杜"对当下的影响不是显性的，而是隐性的。我们不仅对丰厚的唐诗遗产如李白、杜甫常常使用"左眼"，就是对当下的诗性写作，也仍然采用了简单的社会式批评，对真正的诗意基本上失去了感知力，丧失了激动。

· 关于"诗史"

无数的文学史中都写到了杜甫作为"诗史"的伟大价值，这并没有错，只是需要更多的辨析。艺术与真实的关系，与现实生活的关系，并非那么机械条理地罗列一番即可，而需要有多维的观照、更烦琐更细致的感知和把握，任何轻松明晰的结论都必须重新打量才好。

杜甫给我们的既是"诗史"，就一定不是《史记》那样的"信史"。这两种史肯定是不同的，甚至有本质的不同。但我们却注意到，那些判定为"诗史"者，这里强调的却是杜甫的诗中写出了多少真实的历史，写出了多少当时的社会现状，即如何反映了那段"历史的真实"。这里的"真实"，就是尽可能地排除想象和夸张，更要排除变形和幻想，即所谓的"现实主义"。既然是这样的质地，那么还会剩下多少"诗"？ 如果"诗"的含量降低了，"诗史"又怎么会成立？

"史"就是"史"，它一旦与"诗"结合起来，就不伦不类了。这实在是太晦涩的一个命名，将多少含混不清以及相互矛盾的东西搅在了艺术论中，也搅在了诗学原则之中了。我们知道，是"诗"就不能作"史"，成"史"则不是"诗"，因为二者是极为不同的。"史"强调信与真，就要尽可能地去掉夸张和修饰，无论笔法多么生动，都要贴近事物发生的真情实况，这种生动只不过为了更好地传达现实。比如《史记》就是这样的典范。"诗"则是写生活的倒影、幻觉、意象、恍惚、通感、色彩、瞬间，诸如此类难以言传之物，它怎么和"史"合而为一？

有人说这里的"诗史"是指比生活本身更深刻更强烈的那部分表达，是更进一步的效果，是更深入地表现和揭示了那一段历史。是的，"诗"确有这样的功能，所有艺术都有这样的认识功能；但问题是我们的学术研究在界定杜甫"诗史"的时候，却并不是这个意思。他们是指杜甫的诗尽可能真实地、现实地记录了那段历史，并以此种界定来区别于其他诗人，比如与同时代的李白的不同。他们几乎是不约而同地重点分析了"三吏""三别"等作品。

他们认为这些作品才是"诗史"最重要的组成部分，是真实地反映了那个时期尖锐的社会矛盾和现实状况的杰出代表，还有诸如"反映人民疾苦""揭露封建统治者"等等，罗列的全是诗中的事件和内容，是诗的阶级的政治的属性，而没有进入或涉及诗学研究。这种将所谓的"史"独立于"诗"之外的做法，与"诗"有什么关系？

由此看，他们关于"诗史"的界定是有问题的，是不能令人同意的。他们的界定，仔细分析起来不过是对诗的严重剥离和误解。这种误解对于诗学来讲，几乎是致命的缺憾。如上所说，他们的误解在于将"诗"与"史"分开了，将二者当成了几乎是两不相干的东西，只不过是由于它们二者合到了一起，才成为"诗史"。这怎么可能？如果真的算是"诗史"的话，那么只要不是"诗"的，就一定不会是"史"的，因为我们谈的不是"历史"加"诗"，而是写成了"诗"的"史"。"诗"才是定语。

我们既然要在诗学的范畴内谈论杜甫诗作，那就不能将杜甫作品中诗性较弱的记叙部分，即以"三吏""三别"为代表的那些作品作为"诗史"的主要论据，因为这样做会走向诗学的反面。

我们承认杜甫的全部作品具有"诗史"的性质，但这里不是"诗"加"史"的组合物，而是有着不同的内涵。从这个意义上说，李白及同时代的不止一位诗人都具有这样的性质，重要的艺术家也都有如此的性质。这种性质不是因为"史"和"诗"的剥离，而恰恰是因为二者紧密地、水乳交融地合在一起才完成的。

杜甫首先是写出"诗"，其次才有"史"，二者并没有分开或对立——"史"并没有而且也不应该掩盖"诗"的审美价值，"史"是指诗中对那个时期的重大事件均有涉及，而且成为正史的某种补充，同时还提供了更细致、更生动的活泼场景——他甚至吸取了春秋笔法，常有讽喻。如果杜甫因为记录历史而失去或减少"诗"的审美价值，他的记录也绝不会留下来。

现实生活无论给诗人多么深刻的感触，他都不可能完全"客观"地把它再现出来，而是要在心灵里充分溶解，重新表现。"再现"和"表现"在这里是两个不同的概念。"再现"是指原封不动地、照相般地转达现实，是丝丝求真，唯恐失去了原来的生活态样。"表现"是心灵酿造之后的一种呈现，一种结果，这种强烈的主观性的表达也许是不自觉的，但一定是深刻地改变了"现实"和"原来"的一种表达。

艺术是"现实"融入个人的灵魂和血脉，经过浸泡之后重新打捞出来的一份生活和情感样态，它必然会有变形，会呈现出不可复制的独特色彩。这一切在表现者那里往往是自然而然的，而不是故意和刻意的。比如诗人写一只猫，他自己并不是猫，可是他呈现出的这只猫已经是个人阅历、经验包括全部性情的一种综合体现，而绝不会是"原来"的那只猫。"现实"一旦进入了创作的过程，马上就会面临着不可预测的复杂演化。

写作学、诗学是一门相当特别的"学问"，它的实践性很强，是活性的，具有相当的不确定性；但民众更容易接受某些教科书里的概念化和简单化，将似是而非的说辞奉为真理。教科书似乎抽出了一些普遍的规律，提炼出了所谓的几大要素，看起来也近似"合理"，实际上却是对真实的一次遮蔽，造成了似是而非和不求甚解。有人认为只要将复杂的写作学、诗学问题作为一种专门的知识去传递和普及的时候，必然会这样，也需要这样。其实这里混淆的是一种原则问题。我们在任何时候，为了任何目的，都不能将谬误当成真理，不能跟写作活动的原发性质，跟写作发生的根本动因发生矛盾和抵触。艺术创作不是对现实的再现，也不是"艺术"加"再现"，不是那样的机械组合，而是对现实的一次酿造。

说到底某些写作教科书在做的事情，等于把空气装到了瓶子里：最终窒息了呼吸，将活泼的艺术生命扼杀在瓶子中。

创作者个人尽可以顽皮、大胆、想象和痛苦，这一切固有的元素是生命原本就有的，在处理现实生活的时候，所有这些元素都会自然地掺入，会正常地发酵、摩擦和改变。这就如同蚕食桑叶，最后吐丝一样。如果"丝"等于"诗"，"桑叶"等于"现实"，那么将二者加起来会是"诗史"吗？显然不是。

没有一个杰出的作家在写人所共知的事物时，会不带有强烈的个人化。哪怕是一个忠实于现实和现场的记者，当他尽力做着如实客观的报道时，也仍然会有强烈的个人气息——想没有都很难。问题是做到了怎样的程度，最后是不是杰出的艺术品，是"表现"还是"再现"。

有人说写诗和写小说不一样，如果写爱情，就很难大胆地直接地去写。这个问题很有趣。这儿的爱情不可能是真实的个人生活汇报，既然是文学创作，就不会完全写出一段真实无误的个人爱恋，不可能将各个细节各个关节直接呈现出来，而只能是个人情感生活的一种"酿造物"。小说和诗有什么区别？没有更大的区别，它们在本质上都是一样的。诗和小说的分野绝不像想象的那么大。

杜甫和李白的全部作品都有"诗史"的性质。而他们"再现"性的一些记叙作品，恰恰是"诗史"中较弱的部分。

· 无限的深邃

音乐、绘画、诗，它们之本质都差不多，仅是外在的形式有所不同罢了。有的是运用色彩，有的是运用声音，有的是运用文字。但凡属杰作，它们达到的意境和表达的思想、要求的艺术高度和浓度，都应该是一样的。

李白和杜甫兴趣非常广泛，他们对其他艺术门类肯定是心向往之，而且体验多多。他们也写了很多这样题材的诗文。杜甫不止一首诗写到了画家画马：马是如何地好，大宛马，就是书上讲的

"汗血宝马"；也有写剑艺和书法的。李白也同样如此。就诗中看，李白是一个爱唱的人，他喝过酒高兴起来就要边舞边唱。

其实音乐和诗有一些很相像的东西，无论是现代诗还是古诗。古诗从声韵上看更接近于歌，但这里说的音乐性是更为内在的气质和韵律。李白与杜甫一些好的诗篇，给我们阅读者留下的想象、主题、意味等等，已经远远超出了直观的字面呈现。我们可以沿着诗人所营造的那个境界无限地想象下去——诗意绝不是依照一个个汉字对号入座的，而像倾听音乐，要根据音响的描绘和指引，蹚向无限的遥远。我们在心中合成和完成的那种境界和思想，会通向一个深邃的远方。好诗应该有这样的功能，我们单纯从它的节奏美、音乐美，甚至是它的汉字组合中，也能走得相当遥远。

那些没有想象力、感悟力的读者，往往是按照具体的文字去对号入座的，一旦离开具体的"座"，他们就茫然失措了。诗意和音乐之声一样，最终是要飘到高空和宇宙间的，要让人在冥想悠思中去"相期邈云汉"的。

艺术是极其神秘的。它的神秘在于不能直观地和文字，和它的表达系统、符号系统达成直接的谅解。我们不能够仅仅满足于找到它的直接对应关系，而应该通过这些符号的组合去感受更多，找到它们与意象之间的间接关系，找到那些不可言喻的部分——从实在之境到虚无之境。我们这时候也许会失去准确表达的词汇，但心里的感受是充盈饱满的，这就是所谓的"陶醉"。

音乐、绘画和文学都是这样的。那种虚无是洋溢在有限的篇章、有形的物质之外的，在这个境域之外、境象之外，还有更多的东西在那里弥漫和飞扬。这些东西就是艺术最了不起的部分。这完全不是一个理性的论述文章所能够诠释的。艺术的这种弥漫，这种引导，这种力量，真的是非常神秘的。

· 属于所有人

很长一段时间以来，动不动就讲"苦难"的作品是很占便宜的，起码可以留下关心"人民疾苦"的芳名。有的是揪心泣血，比如杜甫；但有的只是一个方向和色彩，是作者选做了一个"品种"而已。文学发展到今天，已经在分类上极大地细化了，所以所谓的"底层文学"竟然也成了一个门类。人性里对底层的怜悯是自然而然的，那种感触和表达也只能是自然而然的 —— 专门写"底层"写"苦难"，以此为业，这就有点可怕。

做文学研究的人往往要把文学分得很细，什么"女性文学""硬汉文学"，甚至一度还出现了"冻土文学"，就是写寒冷地带的；还有什么"森林文学""煤炭文学""军旅文学""打工文学"，这样一直分下去，难以有个终了。"文学"给分成这样，然后再分而治之，最后怎么办？写作者和阅读者眼里还有完整的文学观、文学标准的存在吗？

其实，即便是很传统的"儿童文学"的界说也是值得怀疑的。文学阅读中有许多的"儿童不宜"，这是能够让人理解的，但我们认为那些拙劣的、专门为儿童写出来的"文学"，有可能是更为不宜的。因为它的无聊和浅薄，更有苍白和低俗，文字的粗陋，都不利于儿童的精神成长。许多杰出的文学作品属于成人，更属于儿童和少年，属于所有的人。比如李杜诗篇中的绝大部分，不是少年儿童最好的读物吗？其中有一些少年们读不懂，成人就读得懂？有一些句子直白到了妇孺皆吟的地步，同时也是最好的诗句，这是否可以交给少年儿童？一些最有名的古代佳句甚至直接出自少年儿童之手，如骆宾王七岁作的《咏鹅》……

其实无论怎么划分，首先还要是文学，然后再说其他。"儿童文学"这个定义好像是天经地义的，从国外到国内，很少有人对这样的划分提出异议，就因为儿童阅读的确需要规避一些领域，比如儿童不宜看暴力和性，不宜看龌龊的词汇，这都会影响他们的成长，所以他们读的东西跟成人应该有所区别。但这种区别一旦被过分地清晰化、机械化，就会产生另一些问题。一部真正的"儿童文学"应该是成人看了不觉得浅薄，儿童也很喜欢。如果成人觉得过于浅薄无趣，极可能根本就算不上什么"文学"。文学有其固有的、诗性的深邃，儿童无论感受多少，它都应该是存在于其中的。

李杜的一些诗今天看也是明白如话的，但内在的涵蕴，即便是成年人也需要细细品味，需要较强的悟性才能领会。但这些作品显然应该同时交给儿童和少年。另一些有阅读上的较大障碍，对于成年人也会同样存在，也需要工具书的帮助，那么对于少年儿童来说，也应该给他们相应的工具书。李杜的有些诗句真的不晦涩，它们简直最通俗，最上口，最平易，但同时也最需要好好品味，需要读者调动自己全部的人生阅历、生活经验，让想象力全面焕发出来才行。比如李白咏叹月亮的那些诗句就是最好的例子，这些诗句少年儿童易背诵，从字面上看似乎也不难懂，但深入领受和玩味就觉得它们深不见底了。一个人可能在十几岁的时候就认为自己读懂了它，在七十岁的时候却又有了新的理解。但我们总不能到了七十岁以后才读李白的咏月诗吧？

再说阅读杜甫，一个人不到四五十岁，大概较难理解人生的这种凄凉和沉重，当然个别的例外也有；一个人到了四五十岁，才会理解时间的飞快"流驶"。"驶"字鲁迅愿用，他不说"流逝"。时间像车轮一样眼看着往前滚动而不是消逝，这更逼人。关于时间的体验必须在生命里沉淀和经历，才能感觉到它的急迫和短促，知道什么才是"白驹过隙"。杜甫写出了这些沉重和深邃，却常常让儿童读到平易的字面——待未来的一天他们长大了，必会越来越走入杜甫诗章的深处。那时候它全部的晦涩，以及无法言表的神秘感，都将让其渐渐把握。所以说最好的文学往往才是真正的"儿童文学"，它里面该有的都有。诗性含量越高越是好的文学，也越是好的"儿童文学"。

我们有时最害怕作品中出现"儿童不宜"，把它剔得干净又干净，只是不怕浅薄和拙劣，殊不知这对儿童的伤害会更大。无比幼稚、可笑、荒唐，反而成为"儿童文学"的强项，这怎么可以？况且有时候某些"儿童文学"还不怀好意，把成人所能想象出来的一肚子坏水，都一并倾倒出来，并且还被当成了不起的才华和趣味。

如果我们不以偏执的眼光来看李白和杜甫的诗章，会觉得它们属于所有人，当然也属于儿童。

· 李杜和屈原的世界

李杜同是大诗人，同是历史上的著名人物，在许多方面都可以进行类比、对照，而且这是在阅读中不由得就要发生的。因为他们所处的环境、喜悦和怨愤、心障，还有所犯的错误、取得的成就，以及坎坷与结局，都有一些接近处和相似性，常常引起多方面的联想。虽然严格来讲他们的故事是在不同的社会和文化环境里发生的，人生细节也大为不同，但从诗章的内外总会找出许多类似去加以对比。对李白和杜甫是这样，对屈原也是这样。

即便在近代，屈原也是一个广受猜疑和指责的人。过去人们一直把他当作中国诗歌的第一人，但后来有些杂音就出现了。那些远离诗章本身，或与传统诠释相去较远的议论，或多或少地影响了对屈原的评价。上世纪三四十年代有人写文章，考察了屈原的所谓"同性恋倾向"，指出他与楚王非同一般的个人关系。这种观点认为：屈原只是宫中蓄养的许多美男子中的一个，是属于倡优一类的人物，伴楚王闲下来一起玩耍、弄文赋诗之类。这样的猜测并没有多少史料的佐证，更多的只是以宋玉作类推，并从屈原的诗行气质中得出的结论。比如上个世纪初的学者孙次舟就说屈原是个"文学弄臣"，认为战国末年纯文艺家还没有取得独立的地位，而政论家才有这样的地位。他认为这种情形直到西汉时都没有改变多少，比如连司马迁这样的大史学家都感叹，说自己的地位为"主上所戏弄，倡优蓄之"。

这样的倾向历史上固然存在，专制者一般来说对自然科学工作者比较宽容，那是因为"实用"之需；而对真正的思想者、文学艺术工作者则一定会怀着天生的敌意，因为说到底他们是大脑之功而不是工具之能。于是专制者很乐于将艺术人物分离和抽离出来，将其中的一部分做闲玩排遣之用。比如东方朔等人，记录中就有这样的文字："见视如倡"。我们从唐玄宗与李白的关系的记录中，也看不出统治者对这位大诗人有什么特别的敬重，所谓的喜欢和使用不过是从情趣出发，或者是从实用的角度而已。传说中的李白当着皇帝的面让杨贵妃研墨、让高力士脱靴，这个情节即便是真的，也只说明皇帝的容忍和观赏，并说明不了李白有多么尊贵。所以同是这传说，记载中还有后面的一句，说唐玄宗从头至尾将李白言行观察下来之后，对身边的人小声说了一句："此人固穷相。"大诗人在翰林院待诏，其实又何尝不是当"倡优蓄之"。

有人认为屈原的《离骚》恰恰就是"同性恋"之佐证。诗中每以"美人"自拟，以芳草相比，说"孰求美而释女"，都代表着那个时期的风气。他们认为简单点讲屈原就是使气出走，随着时间的推延而不见召回，于是绝望自杀。这首千古名作等于是一封绝命书。持这种论者的人引用《荀子·非相》篇："今世之乱君，乡曲之儇子，莫不美丽姚冶，奇衣妇饰，血气态度，拟于女子。"这样一说，屈原的《离骚》和诸多诗篇也就沾上了另一种颜色和情调。

闻一多先生论说了孙次舟的观点，认为对方正确地指出了屈原为"弄臣"，是说出了一个历史事实，但不幸的是却没有将这事实在历史发展过程中所代表的意义充分地予以说明。闻一多先生说："屈原在历史上的地位，不惟不能被剥削，说不定更要稳固。"

闻先生认为屈原恰恰是"倡优蓄之"的顽强反抗者，其伟大的人格就从《离骚》与《九歌》中反映出来。闻先生认为屈原是"一个孤高激烈的奴隶"——这不是一般的"弄臣"，而是一个出身贵族参与国政的人，"出则接遇宾客，应对诸侯"。屈原的忧愤，绝非一点个人恩怨所能概括，而是无比深邃广大和复杂的。

把屈原和李白、杜甫比较起来看，会觉得他们虽然同样心怀君王，同样怨忧满怀，但区别仍然是很大的。即使李白和杜甫在诗歌和文章里对屈原都非常向往，而且深受他的影响，特别是李白——也仍然有时代和社会环境、个人气质、君臣关系等诸多方面的大不同。

屈原是"三闾大夫"，毕竟处于很高的地位，而且和最高统治者的私谊很深。屈原更深入地参与了国事，比如传记里写到的外交诸事都参与了，很可能是一个重要的外交家。就他对国政的参与程度来看，是和李白、杜甫完全不一样的。所以屈原在诗里发出的那种哀怨，既现实又高远，并与复杂的个人感情纠缠在一起；还有一些政见上的不合，这许多东西掺杂一体，就显出异常的繁复和浑然。

而李白和杜甫对权势更多的只是一种仰望，尽管有一小段时间距离很近。那种远距离所产生的不可克服的神秘感，那种巨大的渴望之中，也常有一些卑微的流露。他们和屈原那种哀怨大致还不是同一种质地。这是由他们的生活情状之不同所决定的。这一点我们还须更多地进行对比，不能因为诗人一旦远离了权力、远离了政治中心，有过一些共同的牢骚和抱怨，就认为是差不多的。这里绝非那么简单。

阅读屈原，感受他的世界，觉得更加浩瀚、深邃，简直是阔大无边。从质地上讲，屈原更了不起，也更有震撼力，有不可企及的神秘境界。比较起来，李白和杜甫的世界好像比屈原稍稍明晰了一些，边界也更为清楚。所以从个人精神世界之大、艺术之浑茫辽远来看，他们似乎都不能够和屈原相比。

屈原也许是中国有史以来最了不起的诗人。李杜屈这三个人有一个共同点，就是与权力中心的关系：都在这关系中发生了他们的艺术，画出了一段独特的人生轨迹。

其实知识分子就是独立思考的代名词，所有不够独立者，都难免在某种程度上可被视为以"倡优蓄之"的。这方面写出《李白与杜甫》的郭沫若先生当有深切感受。我们透过他晚年的这本书，会时时读出别样的辛酸和不忍。屈原即使是弄臣，他还知道激烈反抗，以至于去死，并因此写出千古诗篇；而后来人做了弄臣不但不会反抗，反而以"倡优蓄之"为荣，或因做不成"倡优"而恼。一般来说当今会有这样两种人：做稳了"倡优"和想做"倡优"而不得者。

不得者动辄大举标榜"民间"，那也是扭曲的"倡优"心态。

· 凡尖音必疑之

我们对艺术与艺术家的评论，不能不受距离即时空的影响。唐诗宋词固然伟大，但现代诗歌也并非全无价值。知当世之难，总是远远超过对以往历史的判定，因为成为历史的必定是由许多人参与，并且受到了时间帮助的。我们对哪个当代诗人能像打量李白和杜甫一样，对其作品如此周备地、反复地论证和推敲？前一段时间有人评论中国当代文学，脱口而出"全是垃圾"。这虽然是显而易见的意气之言，是不必讨论的伪问题，但还是能够启发人们多想一下。

说到当代艺术，这是关乎感觉和悟想的晦涩问题——人世间比当代艺术评价再复杂的事物大概也不多了，因为当代读者就是"当事人"，他们是很难做到理性、严谨和冷静的，说话特别容易感情冲动。在时下说话，尤其是在这样一个芜杂的百声交织的状态下，不发出刺耳的尖声，不发出偏激的言论是没人注意的。比如过去一个学者写了很多好书，大家都不注意甚至不知道，但是当他后来说了几句冲动之言，发出几声喧哗，效果就完全不同了。许多人就此议论起来，还要与之讨论商榷，更有羡慕向往者。其实稍稍冷静一点的人，并不会因为这尖音而增加一丝的敬重，他们只会去看认真严肃的著述，因为这才是花费了心血的文字。所有的尖音几乎全都不必看重，尤其在这样的喧嚣之期，我们或许应该更加关心寂寞的角落，凡尖音必疑之，凡喧哗必避之。当然这样说说容易，没有大定力大修养的人要做到也难。

不过，对这些偏激之言生出过分的愤慨也没有必要——如果换一个视角又会从中察觉另一些道理，接受新的启迪。围绕一些交口称誉的历史人物尚且不能平静和公允，更何况是对近在咫尺的当代人物。凡是笼统之言一概否定或一概肯定，总要令人心生疑惑。不仅是对当代艺术，就是对李白、杜甫，甚至是屈原这样的伟大诗人，也总会不断听到奇怪的发现与反拨。评论的倾向要随社会风气而转动，这倒一点都不必奇怪。比如我们这几十年里对李杜的评价就经历了一些转向和变化——开始特别热衷于社会学的分析，随着政治风气的转换，这种分析很快又消失了，转向了新奇琐碎的寻觅，或者是另一些惊人的大言。

对某个朝代的文学思想状况，要深入评价是一件多么复杂的事情，对当代就更是如此。为什么说"垃圾说"是一个伪问题？因为不要说一个精力不济的中老年人，一个有相当阅读障碍的人，就算集合一群思维快捷的语言艺术领域的青壮年来通读当代，对他们来说也是一项不可思议的浩大工程。没有起码的阅读广度和深度，怎么会有评价的根据？像汉语这样的大语种，使用者多达十几亿，再加上海外华语圈，这么大范围的语言艺术创造谁能够了解？多少角落，多少沉默者，那可能是最大的未知数。真正有大能的人常常不是浮在表面上的，俗话说大鱼总在水底。历史上长时间不为人知的杰出人物，到很久以后才被发掘出来的艺术巨擘，从来不是什么稀罕事。我们相信汉语当代文学中就掩藏了无数的可能性。所以任何一个人，不管踏在多高的世俗位置上，身居多高的庙堂，或者是所谓的"民间"代表，似乎都不足以做出一言以蔽之的统括大判。

个人偏激，冲动和兴奋，说说而已，不必在意。

这个道理从古至今全都相似，比如我们一直讨论的盛唐诗歌，具体到李白和杜甫两个人，也完全不是在他们自己的时代受到全面肯定的。李白在当时幸运一些，但从唐人诗选来看仍然不是诗坛的佼佼者，许多有代表性的集子中并没有他的作品入选。杜甫还不如李白。对他们的评价是渐渐高起来的，是以后，是时间这个智慧老人施予与援手，这才使人们能够伸手指点这两颗文学的恒星。

一些偏激和冲动也并非一无可取，他人或许可以从中吸取反面的理性。有一点是肯定的，就是对任何一个时期的文学艺术有了重大误解，都可能在时间里得到纠正，这纠正将或早或晚地来临。有人惯于使用一种偏激的言论，冲撞所谓"主流意见"，但要真正有效，就必须是正直的、中气十足的、以最充分的案头研究为基础的。

· 关于底层和苦难

生命的自由是才华流淌的基础和可能。这种自由我们说过，是生命产生过程中被赋予的一种自然状态。这种自由在许多时候是会被破坏的，比如服从权力的束缚，比如为一种意念或观念强烈左右，都可以使自由丧失。哪怕是某种正义感和使命感，一旦过于强烈和明朗，开始压迫生命本身，那么这个生命也就做不到自然流畅了。看杜甫所有的诗，也许可以说明这些问题。当他处于相对自由的时刻，就有脍炙人口的诗句产生。我们这里不必更多地列举，可以说他的那些脱口而出的绝佳妙句、奇异的诗意，都是在那样的状态之下出现的；而另一些时刻就变得相对艰涩，少了许多飞扬的才情。

杜甫的社会使命感是一直被人称颂的，这种称颂绝无大谬，只是没有更全面地揣悟，没有进入更高意义上的诗学深度而已。像以"三吏""三别"为代表的关于底层劳民艰辛的诗作，给人诸多郁愤和忧思，见识和印证，却少了一些超绝的句子和悠远的意象，常常流于较为一般的记叙和议论。这些文字内容本来不是诗的专有特质，比如散文等形式或可以完成得更好——这样说不是否定其基本的艺术力量和社会作用，而是从诗性和思想多个层面，尝试走入更深入的分析。有人可能说，杜甫那些轻快明朗众口流传的名作，并不能取代"三吏""三别"的分量和价值。这样讲只是一种模糊而笼统的印象，并没有细致可信的具体分析，因为作品的价值仍在于艺术和思想的含量和水准，是这方面的多寡与高下之别。

比如"三吏""三别"中写到的一幕：官兵跳进来要抓当兵的，老太太说男人没有了，儿子也没有了，我代他们出伕吧，接下来是诗人的一番议论。这里苦难有了，激愤有了，但诗意毕竟淡薄了，诗与思的含量是比较低的。再看一下《兵车行》和《丽人行》。前者写了新兵的苦难，民众的负担，民不聊生的情状；后者写了宫女宰相的美艳与排场，写了漂亮女人和享受奢侈——后人谈这首诗，更多地从社会学的意义上去分析，比如强调杜甫对统治阶级发出的讥讽和谴责揭露等等。可是我们除了读到诗人以铺张的笔法写春光之中的美貌服饰、宴乐奢华，讽刺针砭了杨贵妃姐妹兄弟的骄奢淫逸和专横跋扈之外，还有更多：诗人的好奇与羡慕，对水边丽人的向往——美会引起视觉的恍惚，会产生巨大的吸引力，带来心性的放松和自由。

杜甫常常被底层的极端辛苦所震栗，被巨大的忧思所纠缠，所以这种痛与恨，还有无边的焦苦，将一个生命紧紧地攫住了。

这时候生命不会是自由的，那种自然流畅也就打了不小的折扣。人生的使命感是不同的，它会来自各个方向，有一部分是与生命原初的自由能够接通的，而有的则是偏离的、隔绝的。如果离开了那种自由，使命感就会阻碍才华的灿烂发挥。强烈的责任感、使命感是一把双刃剑，它既会强化我们的力量，也会覆盖我们的心灵，抽掉我们的自由，使我们做出概念的、简单和笨拙的表达。

比较杜甫，今天的所谓"写底层""写苦难"，有一些却是变质变味的。今天的"杜甫传统"，其实与杜甫当年的生命质地和情怀追求已经相差甚远，许多时候还可以说走向了反面。有时这甚至会成为一个奇怪的归宿和逃避之地：一切不求甚解、表演与虚荣，都可以在这里轻易地汇集。无能，冷漠，缺乏更大的善意，没有更高的思维力，似乎都可以用"写底层""写苦难"来代替。过去说"阶级斗争是个筐，什么都能往里装"，现在是"苦难和底层是个筐，什么都能往里装"。所以这种打引号的"使命感"不仅会从艺术上毁掉一个诗人，还会从道德上使其堕落。

曾有个专业写作者，其拿手好戏就是谈"苦难"，一讲自己过去受的苦马上泪水横流，以至于形成了习惯——谈文学必谈苦难，必大泪滂沱。如果讲给女子听，也就更加起劲，语调颤抖，掩涕压声，一会儿还把裤脚撸起来，让对方看小时候干活留下的一个大疤，实在有点吓人。当女子凑近了蹲下看，他就趁势把人家的头按住了。由于这样的事屡屡发生，人们也就知道了这种"三部曲"：第一部"苦难"，第二部"看疤"，第三部"按头"。

这不仅是个笑话，实际上许多写作都可以看成是这种变形的

"三部曲"。表演的"苦难"并不崇高,一味地写"底层"与"苦难"也是误人的。不要以为"写苦难"就获得了道德上的豁免权,也不要以为"写苦难""写底层"就一定是高人一等。苦难既不可消费,又不能当成文学捷径。

"三吏""三别"总被专心于某种批评传统的人,一些注重阶级分析的专家所盛赞,就因为它们是苦难诗、底层诗。但是我们今天平心而论,会发现杜甫最好的诗不是"三吏""三别"这一类,倒极有可能是不那么"苦难"和"底层"的其他作品。

诸如"三顾频烦天下计,两朝开济老臣心""却看妻子愁何在,漫卷诗书喜欲狂""丹青不知老将至,富贵于我如浮云""梨园弟子散如烟,女乐余姿映寒日"——如上的一些句子,就远比"老翁逾墙走,老妇出门看"等句子更入诗心。

当然诗和诗意是复杂的,会有许多角度的判断。杜甫的写作似乎有三个阶段——或者说这样区分也并不科学,因为时间和风格之间不是那样清晰递进和演变的,也许说成"三个杜甫"更为合适:一个是雄阔昂扬的杜甫,就是写"会当凌绝顶,一览众山小""何当击凡鸟,毛血洒平芜""所向无空阔,真堪托死生。骁腾有如此,万里可横行"的那一位;另一个是沉郁顿挫的,即写"三吏""三别"的那位苦杜甫;再有一个是闲适而明丽的杜甫,写了成都草堂时期的大量作品。这三个杜甫是并存一体的,我们往往只认识了一个"苦杜甫",并用这一个遮盖了其他两个。

而李白,却好像自始至终只有一个——无拘无束轻狂烂漫的李白。

· "三吏""三别"的分与合

诗史的演化与发展，使我们在怎样对待杜甫的代表作"三吏""三别"方面，产生了一些矛盾和犹豫的心情。我们一时不知该从哪里说起：既不愿顺从长时间以来的定论，将其视为"伟大现实主义诗人"的基石巨作，又不愿纵情使性地把它们判为劣诗和下品。

我们常常听到如下的说法：随着传媒的极度繁荣，各种读物品类的增多，传统上的叙事诗已经走向了衰败，它包含的诸多元素更多地被分类和归属了。比如叙事交给故事和小说通讯之类，而玄妙的诗意则单独留下，成为我们今天人人熟悉的现代诗。这种说法有一定的道理，但总的来说还是简单了一些。事实上直到今天，叙事诗也并没有完全衰败或消亡，只是改变了形貌和性质而已。比如它的情节变得更加闪烁迷离，不再像传统叙事诗那样包含一个有头有尾的故事，而是锤炼为一些碎片散在其中。但故事的元素绝对是有的，只是强化了微妙的诗性和意境，强化了除非诗这种形式而不能表达的某种特别的文体功能。

就这方面的意义、这些特质和趋向来说，"三吏""三别"确乎不是杜甫诗歌中的上品，因为无论怎么说它们在夹叙夹议地讲一些故事，其中无以言传的诗意还是比较淡薄的。从杜甫大量诗作中看，就诗的境界之深邃之完美而言，有许多都超过了它。那么我们长期以来给予它的极高的评价，甚至以它为核心对诗人的定位，显然只是因为接受了"阶级论"的缘故，是因为其描叙苦难的"底层性"。这就走向了诗学的分裂和偏颇，是不足以为论也不足以服人的。

我们可以在世界范围里作更大的比较。这里最不能忽略的就是西方的几大史诗了，比如《伊利亚特》和《奥德赛》《贝奥武甫》等。那是典型的叙事长诗，是占有极高地位的英雄史诗，是西方文学史上的骄傲。我们能够说它们是诗中的下品或中品吗？当然不能。那我们又如何评价"三吏""三别"？这好像成了一个问题。

其实先不说它们二者之间的其他差异，只说内容上存有的极大的不可比性即可。首先西方那些英雄史诗无一不是记录了一个大的历史时期的转折性事件，时间跨度与历史场景都是无可替代无与伦比的。而杜甫的"三吏""三别"只属于局部社会风情的描述，是一些生活事件的记叙，不具有那一类"史诗"的宏大格局。就记叙而言，它们二者的性质可以说是一样的，但杜诗篇幅更短，是对生活横断面的截取。这些诗与杜甫其他的大量诗篇是可以在分量和体量上加以并列的。

就当年传播与记录的功能和作用上讲，西方的英雄史诗与杜甫的"三吏""三别"在许多方面是一样的，同样因为当时的媒体不发达，记叙文体不发达，如小说和报告文学这一类体裁还不流行；更主要的是，韵文是当时最有利于说唱传播和普及记忆的。时代变了，类似的叙事长诗继续存在下去就成了一个问题，所以现代几乎不可能出现类似的、成功的长篇叙事诗。

就一首诗或几首诗而言，"三吏""三别"似乎没有长期以来人们评价得那么高和那么重要。但是杜甫给后世留下来的形象，他作为一个诗人的特质，却无论如何也要说"三吏""三别"给予了深刻的凸显，因而是极端重要的。这一类诗改变或确定了杜甫的整体地位与质地。所以我们似乎可以认为，单独将它们抽离出来鉴定和欣赏时，难以说成杜诗的最优秀者；但是它们在杜诗的综合作用之中，在形成其合力的时候，却又是绝对重要的代表性作品。它们当然构成了杜甫的生命底色，更有其艺术底色。

对于作家和诗人和写作，我们难免需要从"分"与"合"这两个角度去考察和认识。只要换一个视角，一部作品的功能和作用以及价值，也许就会多多少少地改变了。

另外需要进一步说明的是，"三吏""三别"只是像"史诗"，而不是严格意义上的"史诗"。真正的"史诗"是一个民族的整体记忆事件，是历史记载方式，有集体创作的性质，最早都以口头流传，甚至出现在一个民族文字诞生之前，而后才经过文人加工整理，以至于成为时代的百科全书。"三吏""三别"只是杜甫的个人创作，且初衷也未必是记录历史，只在客观上具备了传播和记录的功能。"史诗"歌吟的特点非常明显，这也与"三吏""三别"大为不同。从内容的本质上来看，真正的"史诗"都带有本国文明的源头性质，而"三吏""三别"主要关注底层民生，所表现的是生活的"截面"或"侧面"。

· 读懂这个人

只有花了足够的时间和心力，才可以比较熟悉一个古代的诗人，将其活生生地还原到面前。这就不仅是读懂了作品，也不仅是读懂了全部的文字，而是读懂了一个人。读任何一位了不起的经典作家，最后读到这样的地步才算懂：一个人就站在眼前，他就是这些文字的创造者。以至于遇到现实中的任何事情，我们都能想象出他的态度，他的口吻，他的表情，他对这些事物的反应。

中外古今的作家作品，接受他们的道理都是一样的。从李白说到杜甫，这是两个古人，谈到他们之间的区别，他们与当代作家或外国作家的区别，许多深刻的知悟就建立在读懂之后的比较过程当中。比如我们也可以找两个德语作家来比较一下。

穆齐尔和格拉斯的著作有什么区别？穆齐尔是一个更典型的欧洲人，奥地利人，是很能独处的一个人，他的著作就给人这样的感受。他独自思考了无数的问题，这些问题中的一大部分只有不多的人在关心，今天看就尤其如此。他的一辈子好像主要是写了一部书，还没有写完，这就是《没有个性的人》。

德语作家中，这些年我们这儿读格拉斯的人多一些，因为好读。格拉斯的主要虚构作品差不多全译过来了，让我们可以一窥全豹。就译过来的这些作品看，《铁皮鼓》前半部好一些，其余文字远远不如这一部分。《铁皮鼓》前三分之一写得特别好，有地域文化根底以及别样的思悟，诗性也强。当然这是读汉语译本的感受，算不算数另讲。到了后面，这种感觉在丧失，作者的心力在涣散，更多地依靠故事，依靠惯性往前走。

穆齐尔生前没有博得那么大的荣誉，连出版都成问题，但是他生命的质量放在那里，通过文字留下了痕迹。有多少人能读穆齐尔？小说竟可以这样写：反省，批判，犹豫和怀疑，吟味，探

307

讨诸多哲学问题，远离当时的文学世界和艺术潮流。

法国的女作家杜拉斯所有的著作都翻译过来了，其中有两本写得不错：一本是《情人》，的确好。七十多岁的一个老太太，一边翻看过去的黑白照片，一边写着照片的来龙去脉，最后把这些说明整理连缀，竟成了她一生中讲得最好的一个爱情故事，这就是《情人》。她正在进入晚境，生命的活力却一点也没有降低，让读者受到强烈感染，因为这些文字写得既朴实又华丽，是一个老人熬炼的生命的黄金。

她还有一本书叫《物质生活》，算是一本奇怪的书，率性，脱俗，很放松。一个人到了老年终于能够放松下来，走向朴素，放弃了表演。总是过多表演的杜拉斯就这样写出了另一本好书，一部非虚构作品。

杜拉斯就在她的这后一本书里谈到了阅读穆齐尔，说自己到海边一个旅馆里去，只带了海明威的一本书和穆齐尔的《没有个性的人》。她说用了一个月的时间才把《没有个性的人》读完，因为实在是太难读了。她说"这是我一生当中最难忘的一场浩大的阅读"。"浩大"，她这样说。她的感受极其准确。

穆齐尔把整个生命压缩、溶解到这近一百万字里。这是一个朴实的生命，能够独处的生命，所以才送给我们一场"浩大的阅读"。

赫尔岑的《往事与随想》也会送给我们一场"浩大的阅读"。凡是伟大的作品，差不多都给人这样的感受，都值得一读。我们都是时代的产儿，都是被时代反复教诲和诱惑的不肖之子，都需要阅读另一个时代，需要忍耐。所有伟大的著作都需要忍耐，这种忍耐是最值得的。

比如读了很多托尔斯泰的书，但是连他的大胡子都没感到，能算读懂了吗？这样的一个老人如果生活在中国，那他对自然环境和社会状况将怎样发言？他有自己的一套语言系统，有他的态度。这个人的声音，走路的姿态，都可以想象出来。他塑造了那么多的人物，最清晰最生动的却是他自己。

李白和杜甫就在我们这儿，在现场，他们没有缺席——有了这种感受，才是真正读懂了。

有人把托尔斯泰看得像外星人一样遥不可及。不，他就在人生的现场。读了《安娜·卡列尼娜》，读了《战争与和平》，读了《复活》，还有几个短篇几个中篇，这还不够。托尔斯泰的作品特别多，读过一遍，隔一段时间还可以再读。即便这样，我们对托尔斯泰的世界可能仍然了解得不够。托尔斯泰是一个多产的作家，文字多到不可想象。可是托尔斯泰这一辈子大量的时间都在做"非文学"的工作，他不是一个专业作家。他管理庄园，打仗，年轻时喝酒，放荡不羁，后来才在庄园里安顿下来，管理产业和办学等等。正因为他是一个求真的朴素的写作者，遇到的很多人生问题都求助于书本，并形成记录，落实到文字。他特别有责任感，有感情，牵挂多，留下的文字也就多。

一个作家的多产无非有这样几个原因，一是粗制滥造，或是质朴勤劳。天才的作家比一般人牵挂多。有牵挂，有责任，就要记下来。我们每天牵挂的那些事情，深度广度都不够。而托尔斯泰不一样，他牵挂多少事情，比如宗教问题，他觉得这个宗教被异化了，人和神的关系不是那样的，就写文章谈东正教。教会把他开除了。直到最后他还是在教会外面的一个人。在教育方面他也忧心，自己办学编课本，动手写一些寓言故事。他这些文字其实也是最好的作品。他的演讲、日记，一切都跟这个生命密不可分，有千丝万缕的联系。这样的作家想不多产都不可能。

许多读者在没有宗教背景下读托尔斯泰，谁敢说真的读懂了？抛开宗教背景尤其是对东正教的理解去读俄国的作品，能懂多少，是大可怀疑的。再比如英国的大诗人艾略特，他的每一首诗几乎都涉及《圣经》，有的甚至是《圣经》原句，我们如缺乏《圣经》知识，要读懂艾略特就几乎是不可能的。

像我们一直在讲的李白和杜甫，由于我们过去保存文字的条件不行，所以他们留下来的作品还不是海量，但比较起来仍然是那个时代里最多的了。要理解他们，读一部一篇不行，而必须要尽可能地去读全部的文字。李白很短的一个表、一首诗就不重要？要完整地理解这个生命，会觉得他的任何文字都极为重要，因为它们都发自同一生命的根底。读杜甫，不好好读他自己引以为荣的《三大礼赋》大概也不行。

这里同样有一个问题，就是一定要在唐代思想精神的大背景下去阅读李杜。特别是他们两个人一生牵挂的修道，还有对其影响最巨的儒家思想、老庄思想，都要有相当的了解。

· 翻译及传统

从李杜谈到中国的现当代小说，单论继承关系，可能和诗的方向一致，就是基本上趋向国外翻译作品的模仿。无论是魔幻现实主义还是所谓的意识流，都走了那样的道路。大多数作者依赖翻译，平时津津乐道于各种译作，一谈起来就兴致勃勃。

就因为没有雅文学做基础和范本，本土小说就一定要更多地模仿国外吗？答案也许不是这样。中国雅文学的小说仍然属于诗性写作，它的核心也还是诗。既然如此，也就仍然可以继承以李白和杜甫为代表的盛唐传统，继承屈、李、杜、苏的纯文学传统。讲到叙事，那就直接学习《史记》和诸子百家好了，从这里出发，走向今天，那将会是一个完全不同的现当代。雅文学是诗和思的综合，其诗的含量，思想的含量，最终才是衡量叙事文学的主要尺度和指标。单从这个意义上讲，中国雅文学写作应该更多地回到传统。

不过这里的回到传统，不应该是一味地向后看，而是携带着传统向前，走向自己的"现代"。

再说诗本身。从白话文运动初期的自由诗到现在，西方对我们产生了决定性的影响。这个过程里李杜等中国古典诗人是背向的，属于扬弃的对象。于是要谈自由诗，就不能不谈外国诗歌翻译。据诗歌与西语通人讲，同样是一个人的诗，两个人翻译出来，有可能完全对不上号，觉得不是一个人写的。可见诗的翻译有多难，多么令人生疑。

国外的人愿意翻译、较易翻译什么样的文学作品？一般来说是故事性很强的那种，比如一些通俗文学。因为翻译故事容易，翻译语言困难。要把一个写作者的语言特质翻译成另一种语言，那会多么艰难。比如说语言的地域特征、独特的气息，词汇调度之细部，内在的幽默，等等——这些才是写作者的文学指纹，要把它识别出来，既是最起码的，又是最难的。李白有句诗说"蜀道之难，难于上青天"，好的译本就是要抵达语言层面，但做起来同样是"难于上青天"。

把真正的诗意和节奏翻译出来，把微妙的东西凸显出来，这正是译者的着力处。诗的翻译几乎是一种知其不可为而为之的工作。小说也是这样，真正意义上的雅文学是非常难译的。把一个故事用另一种语言讲出来，大致不出错误，这是容易做的，这样的工作既快捷又能博得口彩，在读者那儿较易通过。外国人可以看得明白故事，可以转述。但是语言之妙，别致的讲述方法，就需要细致体会和感受，它需要更强的感悟力。

不回到语言层面的翻译，严格讲并不算真正的文学翻译。因为文学是语言艺术，忽略了语言即等于忽略了文学本身。

尽管这是十分困难的任务，但总要完成。中国有好的翻译家，而且数量开始多起来。过去有一个叫查良铮的人，笔名穆旦，他既写诗也译诗，许多人都说他译得好。比如奥登那首《悼叶芝》译得多好，还有《荒原》。现在需要强调的是，由外语译成母语中文，汉语言艺术的表达水准才起真正的决定的作用。

这些年许多中国人翻译马尔克斯的东西，如果一个读者对语言足够敏感，就会发现：不同的人翻译其作品，都带有强烈的马尔克斯气息。这说明认真的翻译是可以回到语言层面的，尽管从遥远之地传递过来，经历了东方民族的改造和嫁接，但是那种原创的特殊意味还是能够让人感受。

从这个意义上讲，翻译也许不要那么悲观。小说和诗都能做到更好。好的翻译家能够把诗的精髓抓住，传递过来。我们读译过来的普希金的诗，里尔克的诗，阿赫玛托娃、茨维塔耶娃的诗，常常要想：这会是他们，真的是他们？我们是在读他们还是在读译者？我们读的是外国人写的汉语诗，还是中国人用汉语写的外国诗？为什么有些大师作品读起来好像并不好？我们在这样的阅读环境里受到的影响，究竟算不算真正来自西方？总有这种种疑惑。但是没有办法，如果不读，那也只好去读原文了，又没有几个人有这种能力。今天看马雅可夫斯基的一些诗，还是有许多感触。那些阶梯诗当年令人冲动，并不觉得直白和浅陋。初一看这类诗没什么意思，长短句子排列起来，明白如话。不过细细领略，还是会捕捉到那种内在的韵律和张力，多少还原了诗人创作那一刻的激动。

由此我们可以想见，李白和杜甫的诗如果译成外语，有可能会意味全无。

更有趣的是，当年的李杜并不急于"走出去"，大概从未想过"走向世界"，但是现在西方人一提起中国诗歌，稍有专业知识者，谁会不知道他们？

· 绝对真理

人是否相信永恒的绝对的真理，是我们每个人都绕不过去的。如果过去说到永恒的真理，没有多少人会反对。但中国人毕竟是现实主义者居多，特别是现代人，大多已经变成了"相对论"的信徒，认为一切东西都是相对的：黑白是相对的，真理是相对的，对错是相对的，道德也是相对的。

如果一切都在"相对"，那追求真理还有什么意义？

于是一切都可以混淆，一切都可以去"辩证地理解"，结果完全搞成了诡辩。人的一生要过这种没有目标也没有标准的生活，真是糟透了。

相信永恒和绝对的真理，对一生治学至关重要。我们可以相信有一种无所不在的、莫名的、我们难以理解的巨大的规定力，是它决定了世界的秩序，形成了规律。这种力量是存在的，这种力量叫"神"可以，叫"绝对真理"也可以。

但是这里有一个问题：当我们接近真理的时候，会有各种途径，它们通常会表现为各种思想体系，比如国人常说的"唯心主义""唯物主义"等等，难以历数的"主义"、众说纷纭的学说。所有学说都会号称自己找到了通向了永恒真理之路，有时甚至还要宣称自己所信奉的是"放之四海而皆准的""颠扑不破的"。一个人既要相信绝对真理，又要对所有通向它的路径保持一定的质疑能力。一切的学说和探索都是不完全的，都不妨将其看成接近真理的路径和假设之一。如此一来，要探索真理就不能轻易排斥其他学说，就要有巨大的包容性，包括反省和自我批判。只有这样，才能处于整合和"解码"当中，接近终极的意义。

这样似乎比较好一些：把一切学说都当成通向永恒之旅的假设，既要有怀疑精神也要有包容精神。无论某一种学说如何铿锵有力，我们仍然可以去质疑。一个学说不可能囊括所有的真理，无论它多么丰富、博大、精深，都只是认识世界的一个侧面、一个层次和一个角度。它来自不同的人群、生活经验和道德禁忌，来自不同的政治需要和社会需要。所以考虑到这一点，我们似乎也不用多么紧张：面对各种各样的学说和理论系统，不妨大胆地包容和质疑。这如同胡适说过的"大胆假设，小心求证"，真的是一种很好的治学精神。

· 当代的勇气和热情

我们现在需要清晰准确、爱知并重、诚实无欺的当代艺术评论者。这里不一定是专门的批评家，而是一个能够从自己的真实判断里说出个人见解的人。比如我们看到唐代诗人们相互品评，他们甚至将这些意见直接写入诗中，终于成为后来人最珍贵的诗论资料。李白与杜甫的友谊不用说了，单说他们相互对诗的品评，尤其是杜甫对李白不吝言辞的赞扬，就是十分感人的。他们因为诗才的相互吸引，还有性情志趣等各方面的契合，才有了如此之深的友谊："怜君如兄弟""醉眠秋共被，携手日同行。"这是杜甫怀念李白时写下的句子。李白说杜甫："何时石门路，重有金樽开。"杜甫谓李白："何时一樽酒，重与细论文。"讲的都是同一回事，就是相逢一起把酒论诗。可以想见他们作为诗人，在一起谈诗论艺时的大愉悦。

对诗友李白，杜甫最有名的力赞当是如下的句子："昔年有狂客，号尔谪仙人。笔落惊风雨，诗成泣鬼神。声名从此大，汩没一朝伸。文采承殊渥，流传必绝伦。"这真是倾心感佩之极，是无以复加的钦敬。两个天才人物如此切近，一个对另一个发出这样的赞论，除非是一方被另一方深深地打动和折服而不能为。在当代的文学交谊中，这样的例子是极难寻觅的——现代人担心和算计的是能不能"持重"，更担心其他种种禁忌。当代人对文友常常是小心翼翼的，相当精明得当，唯恐失去了什么。这是精神和思想的小时代常有的拘谨气和小家子气。

同为唐代著名诗人的元稹，比李杜晚生了六七十年，他十分注目李杜二人。他对杜甫评价特别高，并且多用李白比较杜甫，留下了一些苛刻的文字。他的李杜评价就留在了《唐故工部员外郎杜君墓系铭并序》中，其中说："是时山东人李白，亦以奇文取称，时人谓之李杜。"这就说明在那个时候已经有"李杜"并称的现象了，可见作为两位杰出的诗人，他们的名声已经开始确立，不过这已经是他们去世后多达半个世纪的事情了。不同的是，当时的元稹认为李白比杜甫简直差得太远了，"余观其壮浪纵恣，摆去拘束，模写物象，及乐府歌诗，诚亦差肩于子美矣。"还说："至若铺陈终始，排比声韵，大或千言，次犹数百，辞气豪迈而风调清深，属对律切而脱弃凡近，则李尚不能历其藩翰，况堂奥乎。"

中唐以后杜甫名声渐大，以至于有以元稹为代表的扬杜抑李的风气，其实这大约与杜甫擅作律诗、工整考究、后人易学有关；而李白这样的天才选择了自由的乐府诗和绝句，七律写得少，多靠神来之笔，后人学不来也模仿不了，只能望尘莫及——也许我们从中唐以后以元稹为代表的这种观点里，看到了一个盛大的朝代正在渐渐式微的某种先兆，这种先兆在文学观念上的表现，即不再像以前那么单纯、任性和自信了，也不再那么青春。

在中唐有扬杜抑李的倾向，今天就更是如此。文学艺术领域多有类似倾向。单纯从创造上来讲，杜甫和李白都是具有极大创造力的杰出诗人，但李白的原创性则更高更强更天然——一个创造力极强的时代、活力向上的时代、开放的时代，必然会更加喜欢李白；反之，一个活力下降的时代则更容易喜欢杜甫，这跟一个时代的心理状态有关。杜甫与社会性的普遍思维很容易相通，但李白则需要回到自由和单纯的人性中去——人总会被异化，于是就丧失了那种单纯天然的气质，所以也就不再理解最为自然天成之物。另外，杜甫的缜密也不可以简单地视为后天的努力，而仍然是先天才华的一部分——就此来说，今天所有"杜甫式"的诗人，都极难抵达他的高度。

李白从高空直接降临，而杜甫从地面往上攀登。

说李白的诗歌远逊于杜甫，这是一部分人的观点，并且盛行过一段时间。但也有相反的例子，比如后来的皇帝唐文宗，就把张旭的草书、李白的诗歌、裴旻的剑舞并称为"三绝"。但这是什么时候的事？文宗已经是晚唐皇帝了，他出生的时候李白已去世半个多世纪了。

我们最熟悉的还有韩愈的《调张籍》："李杜文章在，光焰万丈长。不知群儿愚，那用故谤伤。蚍蜉撼大树，可笑不自量。"可是韩愈这首诗的出世，离李白去世也有几十年的时间了。

可见真正深刻的认识需要时间、依赖时间，这几乎是没有办法的事情。至于杰出的艺术家及其作品在当代即得到深入认识的，那常常要局限在极小的范围内，而更多的只会是芜杂的喧嚣，是庸俗与势利的附和与覆盖。这本是人之常情，世之常情，没有什么好奇怪的。我们如果渴望自己的时代出现像别林斯基那样执着而顽固、目光犀利如电的人物，或者出现鲁迅那样不避近身搏杀纠缠、不计得失的勇者，那也是太过奢望了。

于是一部分有操守的当代艺术批评者离开了，他们宁可去做明清文学研究、现代文学研究，也不愿蹚当下这摊浊水。这是大家可以理解的退居之方，是类似于沉默的力量。

当代诗论难度极大，这种工作容易产生影响，拨动当代思潮，介入社会生活，是幅度较大的个人动作，所以危险性也大，往往会付出白白浪费时间这样的至大代价。他们一旦发现自己处于一种极其无聊、混乱无序的时期，陷入极具民族特色的"大众诗学"的浑汤里，或者是鲁迅所说的"无物之阵"中，或随上做无心无肺的胡言乱语，或不顾个人安危死缠烂打——这两种选择都让人一时接受不了。他们没有别林斯基那种即使遍体鳞伤，爬起来后连伤口都不舔一下就继续前冲的巨大勇气。他们自认为才华和人格力量、勇气，都不足以做当代别林斯基，更不足以做鲁迅。所以，他们选择了实在的日常劳作，这等同于沉默——不失尊严的沉默。这当然也是别有力量的。

学者退到一个惯常的角落里，这种行为本身也表达出一些不屑和傲慢。这也是令人尊重的。我们并不会因为他们的缺席和退场而感到惋惜。因为这个特殊的时刻，确乎已经没法做那些事情了——但是另一方面，如果都照此办理的话，全部缴械或搁置，那我们的当代学术会更加不可避免地烂掉。彻底烂掉也许更好？不过我们的想法总是很老派，认为最有力和最深刻的人，还是那些能够揪住当代文化与精神的细节，死打烂缠如鲁迅者。

鲁迅因为这些可怕的战斗，影响了自己重要的创作计划。他曾经流露出写一个关于唐代杨贵妃的长篇小说的念头，可是一直没有写，直到五十多岁死去。他的中篇和短篇后来写得也很少。他说希望自己"速朽"。他活着时完全陷入了与当代文化、当代学术这种沙场乱阵之中，就连一个微不足道的小人物在报纸上发了一篇小文，只要事关原则，他一定会做出自己的反应。他晚年的很多的杂文就是这样写成的。这需要多大的牺牲的勇气。

鲁迅是因肺病去世的。忧伤肺，那是多么大的忧伤。老人早早地去世了，留给我们的是那一大摞杂文。有一些人说鲁迅不是什么了不起的作家，连个长篇都没有。长篇固然好，可是平庸的、没有精气神的"巨作"，比废纸的价值会更大吗？ 而鲁迅这一摞杂文，却给一个又一个时代提供了"浩大的阅读"。鲁迅的杂文也是诗，他几乎是以写诗的方式来写杂文的，他自己说司马迁的话亦可用在自己身上，即他的杂文也是"无韵之离骚"。

鲁迅付出了巨大的代价，但他成了一个了不起的虚构作家；同时仅就其大量的批评文字来看，又有些中国式的别林斯基的意味了。他具有无比的勇气、生命的激情。这种对真理执着追求的勇气，可以支撑他孱弱的生命做最后的挣扎，直到生命的终点。这样的一个人，连身上的血迹和灰尘都来不及扑打，一直战斗到最后一分钟。这是一个多么巨大的悲剧，又是多么光荣的生命燃烧的轨迹。

这些勇者更愿活在当代真实中，他们不想屈辱地等待下去。

第七讲

苦境和晚境

· 思想灿烂的时代

唐代没有太多杰出的思想家，却有以李白和杜甫、陈子昂、王维、白居易、李贺、李商隐等为代表的一大批诗人。而那个时代用以表述个人思想的一些散文化文字，包括李杜所写下的这些文字，相比于他们的诗，品质就大大逊色了。我们会发现一个有趣的现象，唐朝是物质科技各方面都高度发达的一个朝代，唐玄宗的前期，国家非常富裕，边疆及中原各地都很安定，文化发达。唐玄宗这个人不仅治理国家很有办法，而且关于儒教、佛教、道教，都有自己的专著，诗也写得好。

但是大一统且富裕强盛的唐朝，在思想方面并不是那么发达，而且不是往前走。思想的发展绝不是线性的，不会简单地进化。比如说魏晋，大家知道"竹林七贤"的独立，思想的锋利，非常让人惊讶。再往前追溯到战国，那更了不起，有所谓的"百花齐放，百家争鸣"的稷下学宫。稷下学派那部分人的思想，直到今天在世界范围内都相当了不起。战国是一个不可多得的思想灿烂的时代。

那时的国家和民族没有走向大一统，于是留下了很多"不治"的空间。

这种混乱的格局有代价，大一统也有代价。总之"不治"的思想空间多起来，就会产生一些"个别"现象，这些现象都将综合到一个民族的重要积累中去。战国稷下学派的伟大不必说了，魏晋南北朝竟出现了嵇康这一类人物。民国也是如此，产生了那么多的思想家，造就了到现在还令人深以为傲、钦羡不已的思想格局。

国家走向大一统，须具有思想方面的包容气度，这往往是极难的。不然就很难出现游离的个体。李白和杜甫为代表的烂漫的想象和诗意，并非直接书写了思想，而是大于思想的感性的抒发——这虽然是伟大的表达，但仍然不同于直接的理性思辨，还不是一回事。可以设想，如果大一统的辖制走向极端，就连感性的果实也会凋落。

唐朝为什么没有涌现出众多的大思想家？原因可能极为复杂，但如上所说，一切也并非无踪可寻。从世界和历史来看，分散的独立的小国更容易出思想家，而统一之后的大国往往很少出现这样的人物。另外人们总是追问唐朝为何艺术辉煌灿烂，回答也大致是人所共知的"军事和经济发达""人民生活富裕"等等。这些罗列倒也显得表面一些，因为类似的物质时代并不少见，却往往并没有突出的艺术呈现出来。唐朝一度社会安定物质丰富，且有相当的包容和自信，但辉煌的艺术必有一些更深层的原因。

刚刚经历了魏晋南北朝那样一个民族大融合的时期，唐朝对魏晋文化特别是对外族文化的吸收，才使汉文化的视野得以更大幅度地展开。唐朝对外开放程度很大，交流甚至远达西方，不仅有玄奘的印度取经，还有西方景教的传入，这是基督教的一支。以科举制选拔人才，贵族地位不全凭世袭，而且以诗取士，这表明官方对诗歌有了认可，而且皇帝和大臣们带头作诗。从诗歌文体本身的发展来看，中国诗歌最初是四言，后来有了五言，到唐朝则有了七言——诗行的字数越来越多了，形式也越来越自由了。唐朝已经有了词，李白就写过词，王国维《人间词话》就评过李白的词，词比诗就更多了一些自由。也就是说，仅从诗歌这种文体自身的发展来看，唐朝也正好是最为成熟的时期。

为什么唐朝这样一个所谓的"盛世"却少有大思想家，似乎还可以从地理上的大一统跟地理上的割据的区别中，找到一整块精神空间和被一块块分割的精神空间之间的联系。这二者是有关系的：地理上形成的集体和个体之分，这的确对思想是有影响的。还有，唐朝过于尚武，这从某种程度上也淡化了儒家文化的教化功能。唐朝之前是一个南北朝乱世，作为华夏正统的儒家文化被一定程度地破坏了，到了唐朝不但没有恢复，反而引进并发展了外来文化，比如胡文化和佛教文化影响渐大，这就阻碍了以儒家为中心的传统文化的复兴，甚至还起到了破坏的作用。也许唐代诗人只有韩愈、柳宗元算得上思想家，但他们的文学成就又远远大于并盖住了"思想家"的身份。即便像韩愈这样一个大儒，也曾因为"谏迎佛骨"而差点被杀。

总之文学上的兴盛掩盖不了哲学思想及学术上的苍白。唐朝文化铺排得热闹，喜欢"输入"和"输出"，却因哲学思想上的无力，对中国传统文化缺乏升华，所以回首望去只是一片诗词烂漫而已。对比思想史上的春秋战国、汉代、宋代、明代，唐朝都是让人遗憾的。一个没有思想的时代，其实对于民族和人类的真正贡献是可疑的。试想古希腊如果只有《荷马史诗》和悲剧喜剧，而没有苏格拉底和柏拉图，没有宗教尤其是基督教的传播，那么西方还会是今天的西方吗？

钱穆说："唐朝在中国学术史上，实仅可称一文学时代。"胡适写《中国哲学史大纲》，只写到汉代就没再往下，这当是胡适的问题，但同时也让人联想：他就是往下写，写到唐代会写什么？我们从韩愈被贬一事，就可以看出唐代的思想禁锢。有时候思想禁锢也会使得人们更多地寻找另一个表达的出口，如选择文学这种相对曲折的方式，这就促使了文学得以繁荣——但这种禁锢一定是适度的，如果禁锢走向了极致，那么文学也要被扼杀掉。可以设想，一个时期大兴文字狱，文学是绝无存活之望的。

但是比较起来，唐朝并没有跟前朝思想彻底断裂，它只是没有发展和产生出自己的思想和思想家而已。

· 对思想的辖制

唐代是诗歌的王国，让中华民族永远骄傲的朝代。可也就是这样一个朝代，我们的诗人流露出令人极遗憾的一面——不能说"不堪"，那个词很重；像李白和杜甫，留下了许多表和赋，可以说"不堪"，但更多的人只能说是遗憾。为什么？有两个原因，一是来到了大一统的封建社会，而且这个社会来得空前富裕，空前安定，空前给人希望。经过了长期的纷乱，这个朝代给当时的知识分子以巨大的喜悦和希望。他们的诗有一部分是"错爱"。

杜甫自己很清楚，"文章憎命达"是他的名句 —— 文章这东西跟那种命运的富贵显达是"有仇"的，有了显达的经历和情感，诗人往往就会飘忽起来，没有了真切的语言力量，思想与激情都会失去了投放点。一个人若是像杜甫那样命运坎坷，像李白那样失意，就会增加各种情感的思想的"沟回"。

人的聪明在于大脑上有很多"沟回"，在于不平。情感的产生依赖于生命的颠簸，"国家不幸诗家幸"，也是这个意思。从多灾多难的民族命运和个人命运的结合当中，能看到人性锐利的部分，从顶峰到深渊的跌宕，会让一个生命强化感受和意识。

盛唐的各种状况固然很好，但人跟强权的关系、政治的关系，平民与政府的关系，比起其他时代仍然没有多少本质的改变，还是压迫与被压迫、统治与被统治、集体主义与个体主义的强烈矛盾，是思想的管制与个体独立之间的尖锐对立，这些基本关系都没有改变。外部的统一，所谓的经济状况、民生问题，大致有一个升平的景象，这些让诗人一时产生了幻觉。在这种幻觉下，写歌颂官府的诗就多了，并形成一股潮流。

潮流对人是有裹挟力的，比如受网络语言的影响，今天说粗话的多了，许多文明人也跟上说粗话。巨大的盛唐诗歌潮流，感染和裹挟了一大批诗歌写作者。

而"以诗赋取士"只是诗歌兴盛的一个小的原因。当年还是科举制，以诗赋进阶，比如说上一篇好的诗或赋也可以递补候缺，是盛唐的规矩。比如当年杜甫进献大赋，获得了唐玄宗的赏识，批示宰相李林甫，要他注意杜甫。杜甫被找来当面作文，但李林甫嫉贤妒能，并没有给杜甫多大好评，结果误了杜甫一生。

李白上了许多的表和赋，或者囿于自身某种条件不得参加科举，或者想蹦过科举取士这个门槛。"诗赋取士"是做官的一个大路径，而对艺术则是一个小路径，这对诗人诗风的形成、内容和主题的形成，如果说有影响也是微乎其微的。最重要的因素，还是唐代到了一个大一统的专制时期。

这个大一统不得了。无论这个时代富裕还是穷困、太平还是战乱，当它分隔成一块块地理空间的时候，一定是伴随着一块块的精神空间。战国、魏晋南北朝、民国，何其混乱，但却出现了许多思想方面的豪杰人物。对皇帝一类人物拍案而起，民国时期曾真的发生过，但是唐代没有人敢这样做。唐代不用说对唐玄宗拍桌子，就是轻慢一点都可能被杀掉。这种精神的高度统一和专制，肯定会形成对思想的辖制。

李杜及其他盛唐诗人，其文字都留下了辖制的特征。

· 阔大浩瀚的世界

人们常常会问一个问题：唐代既有对思想的普遍辖制，为什么还能产生诗歌的大繁荣？一般来说思想的辖制与艺术创造的飞跃确是一对矛盾。所以说没有比文学问题再复杂的了。依附官府和权贵不好，但李白和杜甫如此依附权贵，诗却写得那样好；一个人关怀底层最好不过，但杜甫最关怀底层的诗作，恰恰并不像历来大多数人所认为的那样好，起码不是他自己最好的作品 —— 杜甫百分之七十的诗作都是在回归草堂之后写的，无论数量还是质量都是居上的。可见艺术总有特殊的个例，这里不能用所谓的规律涵盖一切现象。个案的分析将是更复杂、更为一言难尽的。

文学创作的产生是由多种因素决定的，它既是一个多灾多难的人发出的感慨、反抗、嫉恨和热爱，同时又可能是一个手不沾土的富贵子弟的把玩，如李煜贵为皇帝也能写出不朽的好诗。所以没有什么比生命现象、文学艺术现象再复杂的了。

唐代是诗的王国，风云际会，很难简略总结、一言以蔽之。天时地利诸因素的综合，才形成了盛唐的诗章。有那么多的巨星互相映照和学习、鼓励与启迪，即可产生无可比拟的推动力。同时这又是很漫长的一段太平时期——讲起盛唐，我们感叹产生了《全唐诗》里那么多的好诗，但也不要忘记，这里除了李白、杜甫、孟浩然、张九龄、高适、贺知章等巨星一块儿生活的相对集中的那些年月，整个唐朝有近三百年的时间，如果三百年内集中挑出几百首，李白、杜甫两人却又占去了许多。

说到唐诗还要提到两个身在官场的重要人物：一个是贺知章，这个人是当朝高官，他也是大诗人，非常欣赏李白，也非常爱喝酒，极为率性。有记载说他在官场上不得志，也有人说他得志，只是厌倦了刻板的生活，才要求回到故乡。这个人物与政府间的合作是不错的，在当时算是一个桂冠诗人。

另一个是高适。高适最早在哥舒翰麾下当幕僚，哥舒翰是将军，突厥人。高适当年未发达时也有好多不如意，牢骚很盛，李白、杜甫都劝导过他。后来他发迹了，在永王和唐肃宗的对峙中站队"正确"，是当了皇帝的唐肃宗一边的人。他带人去围剿肃宗的弟弟永王李璘——就是把李白从庐山上请下去的那个王子。当时李白很是兴奋，说皇帝的两个王子，一个在那边打，一个在这边打，很快就要把安禄山打败了。他以为自己正在协助王子立一个大功，没有想到兄弟之间还要争夺天下，有个"安内"还是"攘外"的问题。安禄山气焰正嚣，李亨就派兵去打自己的兄弟了，"政治"就是这样残酷。高适是个很了不起的诗人，他跟李白那么好，最终却分道扬镳了。高适领兵消灭的对象，正是李白服务的对象。他与李白曾是那样好的朋友，两人一起喝酒游玩。李白入狱与高适有没有直接关系，没有文字可考，但用郭沫若先生的话说，高适起码是在"作壁上观"，并没有伸手搭救。

高适在唐代诗人里面可能是权力最大、官职最高的之一。但是他和贺知章一样，个人诗的成就并未受此影响。所以我们不能简单用经济状况、政治态度和社会地位去判断诗人与艺术成就的关系。这个关系极其复杂。我们可以在文学史和学术理论、学术研究中去寻觅文学与社会的关系、文学与立场的关系、文学与精神状况的关系，但这仍然不能替代关于艺术创作极其复杂的理解。

唐诗并不是唐代文学艺术的全部，但仅仅是研究它的诗，就会觉得魅力无限；仅仅是注目于李白和杜甫，也要进入一个阔大浩瀚的世界了。

· 众口铄金

不同的民族和不同的国家，在不同时期的文化宽容度、容忍度是完全不一样的。有一本书，大家如果感兴趣可以看一下，叫《蒲宁回忆录》。蒲宁这个小说家兼诗人、散文家，是一个典型的十月革命的叛逆者，跑到了西方，在这本回忆录里记下了十月革命后活跃的一大帮诗人，如勃洛克、马雅可夫斯基、叶赛宁等等。看他的记录会发现一些趣事，这些文字当然有偏向，有情绪，不一定全是信史。但苏联当时肯定有一拨狂妄无比、才华盖世的中青年诗人。像他书中所列举的一些人，有点让人受不了。恋爱，酗酒，粗鲁，怪异，激情像烈火一样日夜燃烧。他们生命力极强，但一般又活得相当短促，其中如叶赛宁和马雅可夫斯基等，都是自杀早夭。

这一拨诗人留下了不可遗忘的诗篇。

看蒲宁的记录，觉得作者对他们是常常厌恶和不能接受的。但公平而论，他们个人的艺术和日常的行为，在逻辑上也完全是统一的。如果能够回到具体的环境，研究他们的个性轨迹，就会觉得一切都是有迹可循、自然而然的。一个诗人如果仅仅是依赖表演性，那就成了空穴来风。这种古怪的、特异的、名声极其可疑的狂人，在任何时候都难以绝迹，但他们仍然与那些早逝的、满是瑕疵的天才们是两回事。表演者是投机者，最终还是走不远，他们的问题是专业上的低能与懒惰，是不着边际的情感和行为的夸张，是出于各种原因的发泄和放纵。

比如同样是出名或受人关注，是否因为作品的质地而不可湮灭不可回避，这完全是不同的。现代人熟稔广告时代的一套操作程序，一个通用的办法就是往脸上抹油彩。比如走在大街上，一般人回头率不会高，可是如果在头上绑一撮红色的鸡毛，再把脑瓜抹上油彩，这一路必定会有许多人回头观看。这时候丑俊好坏是另一回事了，受到了众多关注倒是一个事实。这个路数多么廉价、多么不自信又多么可笑，但就是百试不爽。尤其在网络时代，在这个众口铄金的时期，艺术界采取这种方法的人并非少数。

从行为艺术到广告效应，聪明的现代人谈到李白和杜甫就有了另一番理解，比如有人竟认为他们的"符号化"也是其成功的重要因素。李白的"狂"与"仙"，杜甫的"苦"与"窘"，都是他们最明显的个人标志——二者如此不同，而且在作品和言行两个方面都发展到了极致，于是才不可取代，万世留名。其实这是多么浮浅的理解。李杜二人的伟大与不可湮灭，因素多到了不可穷究，但有两点是最明显和最主要的，这就是：他们作为一个诗人的过人的才华，作为一个人的诚真质朴，才构成了他们成功的最大必然性。

我们在理解两个伟大诗人的时候哪怕小有偏差，也会导致严重的误读，会离题万里。

有一个在刊物工作的朋友讲，某一天他的办公室突然来了四五个青年男女，都是所谓的诗人——与诗有关的故事从古至今都特别多——他们进了门立刻把他吓了一跳。领头的那个男子双目灼灼，放着贼光，个子不高，头上绑着布条，上面写着一些古怪的字母，一进来就瞪着他。朋友说"欢迎啊，你们请坐啊"等，但那人根本不听，只瞪着眼慢慢往前凑，双手也举了起来。那个朋友正吓得往后退，领头这人突然打了一个响指，接着跟在后面的几个人一字拉开，一齐蹲成马步，大喊："我们是咬人来了！"

接下来他们并没有咬人，只是说了一些极狂妄的话，然后就转身离去，到了大街上。朋友从窗子望下去，发现他们开始在街上表演了，这个朗诵一首诗，那个朗诵一首诗，有的还在地上打滚，声嘶力竭地喊叫。

这些人不是疯子。他们的行为是精心设计过的。

依此类推，无论学术界还是创作界，类似倾向的人并不罕见，有时候不过是五十步笑百步而已。这是我们文化里很特殊的一个现象。如果硬要从古人那里找找依据和例子，有人就会谈到李杜，谈到早于他们的"竹林七贤"，还有许多。有人会觉得不狂如李白，就不会成为那样的大诗人；不苦如杜甫，也不会成为那样的大诗人 —— 其实对古人片面的不着边际的理解和模仿，只会误掉自身。古人和外国人的成就和怪癖，像水纹一样一波一波荡过遥远的时空，来到今天和当下就变成了浪涌。

海啸是怎么发生的？从震源处开始，那儿的水波是比较小的，但动力来自那儿；当这水波传递了几百公里之后，慢慢地积蓄和增加了能量。"水"就是时间和民众，古人的言与行穿越其中，会被一波一波无限地放大。

· 疼得远远不够

我们永远以李白和杜甫的诗为傲，总是说着"诗仙"和"诗圣"。他们的诗在过去耳熟能详，现在则被网络之类的喧嚣覆盖了一点。但是传诵他们的诗句是一回事，作为一个文化标本的剖析，表现出的民族反思力、反省力和批判力又是另一回事。对于这两个象征性、符号性的人物，我们不忍过分地挑剔和批判。

谈到李白，他可爱的形象马上跳到眼前。李白留下的文章大概有几十篇，诗大概有一千首左右。细读一下他的诗和文，会时而触碰痛点。这是文化之疼，理性之疼，人性之疼，有时令我们忍不住合篇而思，良久不语。还有杜甫，他的不幸，他留下的心声，他的各种言与行，真是让人一言难尽。这种疼会从某一个点开始，辐射到全身，到心的深处。但我们仍然疼得非常不够。我们没有那种长久的、时时袭来的、深到骨髓里的痛楚和羞愧。这不仅是为李白和杜甫，还为我们自己——我们自己的文化性格，正是在包括这些伟大的诗哲在内的一大部分人物的影响之下，一代代培育起来的。

这就带来一个问题：李白和杜甫既是文化上的两个杰出代表，是符号，是民族自尊的重要象征和组成部分，我们是否还可以从他们身上更多地发掘和反思文化与人性之痛？实际上我们在为李白、杜甫的坎坷感到不平和痛苦的同时，也无形中把这两个人在世时的社会政治关系类型化了，并且在某种程度上给予了谅解和认可。

这才是更大的不幸和悲哀。

我们一谈到李白就想到一个天才的怀才不遇，以至于成为一个模型和套路，认为这就是文人、艺术和社会及权力之间的正当格局。在我们带着惋惜传递他们这方面的信息的时候，实际上更是得到了心底的首肯和认同。

我们一方面津津乐道于李白那些了不起的、富有想象力的诗章，震惊于他的惊人才华，但是又不愿用更清晰和理性的眼睛去看他的《与韩荆州书》，还有《为宋中丞自荐表》《大鹏赋》之类文字。他的一些诗章，一些文字，会令人感到极大的羞愧和不可卒读，感到极大的心理不适 —— 触动我们心中最敏感的部位，疼痛难持。

有没有这种疼痛，对于一个民族来讲非常重要。我们这个民族在文化性格的反思上，关于李白和杜甫所引起的疼痛还远远不够，这最终会让我们付出巨大的代价。

谈到李白和杜甫，如今给人印象最强烈的当然不是这种疼痛，而是他们了不起的才华所给人的惊羡和快感，是他们的忧国忧民给予我们的震动，是他们惊世绝伦的句子给予我们的敬慕，是绚丽的意象带来的不可抵御的美与辽阔。现在我们经常提到的好多了不起的佳句就来自李白和杜甫，或苏东坡等 —— 许多时候我们是学习和记忆这些，而不是其他。这当然也是必要的。

但是要冷静而全面地理解他们，仅仅如此就不够了。我们还要尽可能地还原他们作为一个知识分子、一个作家和诗人在当年的生活轨迹。我们不习惯于"还原"，一方面是嫌费力气，另一方面是给我们带来太多不愉快的感觉。像李白和杜甫这种民族符号是敏感的，连带了许多的民族基因，如果过多地谈论他们的屈辱，他们人性的弱点，他们面对权力的谄媚和畸变，他们那种可怜甚至是卑劣，似乎是普遍不可忍受的 —— 他们属于一个民族，他们不再是他们自己；他们是艺术的象征，精神的象征，思想的象征，贬低他们就是贬低我们自己。

我们有时候觉得谈论李白和杜甫反面东西太多，会被他们当年的一句诗讥中："尔曹身与名俱灭，不废江河万古流。""尔曹"就是"你们" —— 你们若过多地论及李白和杜甫背光的一面，自己也会感到畏惧。

最令我们感到不舒服的当然是他们两人的"干谒"文字，还有类似性质的一些诗篇。我们今天的阅读脱离了当年的具体语境，会有一种陌生感，会发生时空错乱的讶异——怎么会是这样？这是真的吗？这种面对白纸黑字的询问将不断地出现在脑际。

我们其实已经忘记了自己在读一千多年前的社会与人生。

唐代遗留的策士之风是十分浓烈的。这种战国策士游说天下一朝闻达的形象，在唐代不但没有湮灭反而变得高大起来。知识分子可以纵才使性，摇唇鼓舌，让权势者宾服和重用，然后一生显贵。战国时期的游说之士苏秦、张仪之流影响甚巨，这些人成为许多人的榜样。今天看唐代的大名士们，为了自己的仕途很写了一些大胆文字，像诗文大家韩愈有名的《上宰相书》《与李翱书》，杜牧的《上宰相求湖州第三启》《上宰相求杭州启》，都是绝好的例子。这些文字比起李白、杜甫的同类文字已经晚了许多，可是在令人讶异和不快的程度上，却又丝毫未减。

在这样的风气与框架上考察李白与杜甫，我们会有怎样的心情？

他们除了"干谒"求官，还有没有更好的人生道路可行？或者说，他们在求仕之途上，还有没有更好的路径？实际上许多时候，我们记得的只是他们的诗章所绽放出来的"光焰万丈长"，反而不再愿意感知诗人的个体精神，不去细究他们当年怎样生活，更不愿正视诗人的生活质地。他们的诗里到底包含了什么，他们的言论里包含了什么，为什么会有如此多的"伟大"和"卑俗"矛盾地交织在一起，这才是需要好好回答的。

· 悲剧的根源

　　无论是读小说还是诗，只有让心灵与作者相连相通，接近他们创作瞬间的那些情绪波动、心灵激越，才会有一次神会。读李白的诗，那个常常泡在酒里的所谓怀才不遇、思绪怪异的唐朝人，我们并不会觉得有多么陌生。这完全要依靠心和心的接通，以感受诗人运思那一刻的生命状态。无论是外国的还是古代的诗人，无论在时空上离我们多么遥远，一旦有了这种生命的呼应，也就开始了真正的结识。

　　但是现在做学术的，还有一些机械麻木的读者，却不愿回到这个最为基本的状态。有人总要依赖教科书，要听别人怎样讲，唯恐与对方讲得不一样。其实阅读中个人的心灵相通、生命之间的联系，实在比什么都重要。比如李白，会发现现成的一些书上太多地说到他的仕途失意、他的浪漫气质了，这些都是从他留下的文字里边看到的——人们不难读出李白的可爱和率直，以及他的一些软弱、狼狈和苟且。他身上有严重的所谓"时代的局限"，有令人极惋惜之处，这些也是不必讳言的。

　　如果按许多书上所讲，他们从李白的那几篇自荐表里竟然读出了"自尊"。而在我们今天看来，其中或有不得不忍受的、自我屈辱之后的某种不安和痛苦的流露，但总体上来说还是读不出多少"自尊"。这些自荐表以及类似的诗是他的痛苦自伤，哪里会读出多少"自尊"。为了做官，不得不奉承别人，抬高自己，总让人觉得尴尬和痛苦。我们如果不能正视这些，就是阅读的遗漏和缺失。

当然从另一方面来说，李白这个人又实在可爱，尽管留下了太多的瑕疵。我们现代人如果把自己放空，不带成见地从头读一下李白的诗文，会觉得李白大致还是一个可爱之人——包括他对功名和权贵表现出来的态度，大部分都是真实的——其实对权贵或功名的向往与蔑视共存，常常也是国人的通病。

总之我们尤其不能受那些成说的影响，各种成说来自汗牛充栋的李白研究，来自古代，特别是来自上世纪40年代末之后的这一段时间，其中的一些观点是大可怀疑的。我们直到今天还会多少觉得：自己所继承的传统文化的核心部分，也就是诗书之国里的"诗"的部分，一些不该触碰的疮疤一旦被揭开，会有一种巨大的不安和痛楚产生——这不仅是因为李白和杜甫，还有我们自己——这是一种奇怪的感觉。

我们的血液中有他们的因子，那是中国文化人的基因。缺少反思和警醒的阅读，会让我们一方面谴责"万恶的封建社会""专制社会"对两个天才人物的迫害，同时又将不同程度地、自然而然地接受这样一种事实：知识分子类似的生活轨迹是必然的，是不得不认可的一种模式。这就使我们多少变得习以为常了——尽管对此也不断有一些反抗和批判之词，但大致还是认同的，因为古来如此，所以也只能这样接受下来。

这种认识才称得上悲剧的根源。

除了文学人、知识人的命运悲剧，我们还不同程度地接受了一种学术悲剧，这就是同意和认可所谓李白的"浪漫主义"、杜甫的

"现实主义"，赞同他们一起被强调的各自的"意义"。比如杜甫的诗史品格、底层性；李白的傲然与飘逸。所谓的"大众诗学"已经被普及成这样，几乎无法质疑了。这怎么会是真正健康的学术？

今天我们希望有一个从头检点、分析、破解的契机，希望回到具体，回到细节，回到个人，回到真实。

说到底，这种种悲剧的根源不仅仅是阅读和学术，而最终还是文化人格。我们的文化长期以来流行"主子"和"奴隶"的文化，这就从根本上决定了我们对李白和杜甫的认识——无论是宽容还是苛刻，都会不由自主地从这种顽固的文化劣根上出发和生长。

· 国人的价值标准

说到人的价值，大概最重要的是每个人做好自己的事情、做应该做的事情。只要做好自己的事情就有意义。一个人总想影响别人，影响这个世界，于是也就不停地宣传自己——其实对别人最好的影响，对周边的影响，包括在身后历史上所起的作用，还要靠扎扎实实地做事。这是一种价值观念。

不少国人的价值观通常十分简单和粗陋，许多时候其实只有一个标准，就是做官，其他的竟然可以一概忽略不计了。

这里谈个有趣的现象。某个学府到了百年或几十年大庆的时候，校友们要回去，还要贴出一溜"了不起的"校友照片。那些照片会怎样排列？一定是按照官职高低的，从省长到将军，然后是副省长、厅局长，最后才是什么学者。如果遇到一个极有名的学者，那就太难为他们了，因为没法换算其价值。它的价值标准只有一个，那就是官职，可是这会儿又出现了一个特别有名的学者，比如说在欧美名牌大学取得了较高荣誉者，这跟中国的官职怎么换算？这成了一个棘手的问题。要知道在今天的国人心中，西方也是一个显眼的另一条标准。他们很是作难了一番，最后就把这个人放在副省长和厅局长之间。这是多么小心翼翼和费尽心思。从中我们可见对方的苦衷，体味其换算的痛苦和劳累。

一个以教育人才、传授知识、传播文化为己任的著名学府，把校友请来以后，一经排列，它的价值观就赤裸裸地亮出来了。只有一个在国外取得了荣誉的学者才让他们为难了一番，不然排列起来是非常顺畅和简单的。可是我们会问，如果是一个在本国取得了较大荣誉的著名学者怎么办？很简单，放在局长们后边也就可以了。现在终于开放了，结果千年不易的唯一的固定标准之后又加了一条标准，这就是在"外国"如何。

其实这两个标准从历史上看都不突兀。比如说唐玄宗那个时期似乎也是如此。当时那些文人要做一个独立思考的知识分子，吃饭问题就不好解决，要有个职业，有个营生做。做官就成了他们第一体面的营生，而且主要是能够实现治理的抱负。如果没有官做，又不愿做其他营生，那就得依赖别人接济。当年李白、杜甫的那些亲友，就有些经商的。亲友的资助曾经是他们重要的生活来源，但却不能一直如此。

关于文人谋官之切，可能还要从另一个方面去看，即时代的发展、社会分工的因素。那时的李白、杜甫等文人除了做官，似乎可走的道路是极其狭窄的，没有更多的职业可供选择。他们似乎不愿务农，不能教书，也不能专业写作，更不愿经商。他们往往把建功立业当成了专业，诗歌写作当然是这种追求之余的一个东西。

杜甫后来因乱弃官，回到四川筑起草堂种果树，活得也很愉快，甚至是一生最愉快的时期之一。他吃鱼赏花，写出了多少好诗。这些好心情和好作品都是独立生活的成果。别人可以种地，可以经商，可以活得不错，知识人为什么就不能？只要拥有强有力的人格力量，就能把这种不依赖他人、不寻求公职的生活方式贯彻到底。唐代这么有才华的一些人，却要千方百计地巴结那些权贵，丧尽了自尊，留下了那么多白纸黑字、斧头都砍不去的阿谀文字，以至于成为整个民族的伤痛。

那不过是为了博得一官半职。这说明那个时期的社会风气是不健康的，这从人们普遍的价值观就可以看得出来。这种"中华价值观"的形成过程，实在值得好好考察。李白和杜甫一辈子追求这种人生价值，造成了莫大的悲剧。杜甫最终获赐了"绯鱼袋"，成为六品；李白当年大概很难以品级论，"翰林待诏"到底算什么级别还得仔细换算。

与官职这个价值标准相比较，钱的多少当然从来都是一个标准。其实官职的价值除了满足威赫的心理，再就是可以用来敛财。很难想象一个高官是一个穷人，自古皆然。不过钱这个标准像赛跑一样，是慢慢冲上来的，今天差不多冲到了前边 —— 这是现代社会中某些国家的情形。唐玄宗时期的第一标准是当官，其次好像"国外"这个背景也变得重要了，这一点似乎让今天的国人大不理解，以为是妄言。

事实上那时候就是如此。"国外"这个身份很重要，外国人是很容易被推崇被迷信的。当年唐玄宗那些主要将领都是外国人，像安禄山、哥舒翰等等，都是。他们就像李白诗里写的，长着红色的毛发、金鱼一样的眼睛、石棱一样突出的颧骨，这些异邦人都是大将军，掌握军权。有人可能说这些人并不全是外国人，还有少数民族——在当时这样说是很牵强的，严格讲他们就是异邦人士。唐玄宗很迷信他们。后来很多人觉得这个事情不妙：这拨人在战场上没有杰出的表现，还掌有军权，慢慢会形成割据，汉人江山不保。

包括杨玉环的哥哥杨国忠，那是唐玄宗最信任的近臣和国戚，也有这样的担心，可惜他的话皇帝不听。皇帝看重外国人。

· 杜甫的营生

李白一辈子的大部分时间里基本上没有正式的工作，而杜甫一生中有三个时期是正式为官的。这是需要关注的一件事。一个人没有营生做，涉及吃饭穿衣等日常生存，比怎么作诗更重要，当然也影响到怎么作诗。

杜甫比起李白更像一个中规中矩的人，写诗也是如此，更多的推敲，对仗、平仄、韵律诸方面都更趋近完美。这种性格的人该是有一份稳定工作的。事实上杜甫一有机会就想好好做点营生，最看重那只铁饭碗。

他在流浪长安时，好像没干什么正式的工作，也不是公家人员。到了四十四岁的那年，他被任命为河西县尉，不久又改授右卫率府胄曹参军。这是他进献《封西岳赋》的结果。杜甫为官之前数次献赋，最有名的就是《三大礼赋》了，但那次因为宰相李林甫的阻挠，没有什么结果。这次算是杜甫第一次正式为官，有了俸禄。这个官职虽然卑微，对他来说应该是极大的一个事件。但是由于"安史之乱"，不久长安即陷入叛军手中，杜甫被安禄山困在京城，逃了两次才出长安，最后总算逃到了唐肃宗所在的地方。这条逃亡之路艰难无比，简直是生不如死，到了驻地之后衣衫破烂，形容枯槁，于是感动了唐肃宗和身边的人。这一次他被授予的官职叫"左拾遗"，相当于现在秘书班子里的人，负责对日常政事提一些参考意见。杜甫在这个岗位上尽职尽责，后来果然看到了人事方面的不周之处，也就提出了自己的不同意见。人事方面总是敏感的，结果就得罪了皇帝，被贬了。

左拾遗属八品，官职不高，却能够接触皇帝。这次遭贬多少有些不公正，好在有一个人为他说了好话，指出杜甫的工作就是做提醒和建议的，他看出问题并说出来，是忠于职守的表现。皇帝虽然不快，但认为这种说法无懈可击，后调任杜甫为"华州司功参军"。这算是杜甫的又一份正式工作。

再后来杜甫所做的官家营生，可能是跑到四川之后。当时战乱，他需要不断地南逃，最后到了四川。想不到这里有他的大机会，因为遇到了严武。严武是一个文武双全的人，和杜甫是旧交，比杜甫小十多岁，官做得很大，主管四川。看杜甫这个时期的诗，充满了幸福和快慰，非常明快。他就在这里建了杜甫草堂，看来是要长期定居下来。这个时期他做了严武的幕僚，算是有了一份很好的营生。

不仅是有了正式的工作，而且还获得了进一步发展的机遇。因为严武觉得杜甫这么大年纪了，一生颠沛，又是大诗人，应该有更好的安置，于是就给他上了一个表，表中历数了杜甫的才德。结局还好，皇帝授予他一个"工部员外郎"的职衔，可能相当于六品。这是杜甫一辈子所拥有的最高官衔了，所以后来人就以"杜工部"称他。上边赐他"绯鱼袋"，这是官职的标志。

可能在当时的幕僚班子里以杜甫的年龄为最大，他总是把那个鱼符袋戴在身上，可能因此惹得年轻同僚暗里嘲讽。有书上说杜甫就因为这类嘲讽才离开了岗位，可能也不准确。

总之杜甫一辈子真正在官家做事，从记录上看只有三四次，而且时间都不太长。这就要考虑他一生靠什么来糊口的问题了。这方面的记载也不多，能找到的一个记录就是他在四川经营了一片果园、一片树林，可能还有一点地亩收入。他曾被上面任命经管多少顷土地，那也算负有相当责任的工作。大量时间里他好像没什么事情好做。郭沫若先生考证，说他有兄弟在三峡一带做生意，可以接济他。但靠别人帮助度日，对一个男人来说并不是心安理得的事，生活也不会十分安定。

· 皇帝手谕及其他

再看李白，这一辈子从生活安定方面来看，可能还不如杜甫。他简直没有什么工作。年轻时出川，在长江流域游荡，娶了前宰相的孙女，住到了女方家里。大部分说法是"入赘"做了上门女婿，但也有人说这是唐代的一个特有现象，虽然住在女方家里，却并不算正式"入赘"。总之这时的李白日子并不难过，起码没有物质匮乏之虞。女方是前宰相的孙女，可以想见家境会很好，人脉也广。

不少书上推测李白第一次去长安，能够很快与一些文化和政界人物接触，可能就是依仗了妻子的关系。这第一次是极为重要的，可以为他的第二次打下基础。在道士吴筠和皇帝妹妹玉真公主的推荐下，可能还有身为高官的大诗人贺知章的推助，李白做了令他一生最感荣耀的翰林待诏。这个职位既有"待诏"二字，可能也不算一个正式的官职，没有记载说多少品。李白和一批人待在这个地方，待遇可能不错，而且可以接近宫廷，是相当有机会、有面子的一个岗位。宫廷里有事情可以找他们，没有事情就闲在那里。如果被任命外地官职，就可以到那里去经管一方了。准确点说，这里可能是一个智囊库、人才库、秘书班子三合一的特殊机构。

在任翰林待诏的两三年里，竟是他一辈子最有希望的时期。之后就没有他为官的记录。他怎么生活？到处游走，极不安定，用当代人的话说，就是到处"打溜溜"。他的经济来源是什么？这需要好好考察。李白前期的物质生存条件不成问题，甚至到后来很长时间也是好的，可以说远远超过了杜甫。考察他的经济来源，首先要知道他排行"十二"，叫"李十二"，可见有好多同族兄弟。父亲是一个商人，兄弟间也有从商的，在长江流域活动。他还有一个兄弟在山东一带经商，一些亲戚在山东为官，这使他在鲁地生活起来可以及时得到接济。

李白在山东学习剑术，这是很需要花钱的事情。一个自由人，一心想当游侠，过着放荡不羁的浪漫生活。这样的人花起钱来一定不会小里小气，耗费不会太少。在我们的想象中，他的日常开销一定是远远超过了杜甫的。

光是兄弟和亲戚支持还不够，李白早期还有其他大进项。因为李白当年的名气比杜甫要大上许多，两人在诗坛上的辈分也大不相同。今天看杜甫是"诗圣"，而李白是"诗仙"，"仙"是飘逸在现实之外的，"圣"则是人间的神圣，最起码杜甫与李白可以齐名。可实际上杜甫当年的诗名不大，那时出版的一些重要诗集几乎都没有收过杜甫和李白的诗，但因为李白在皇帝身边工作过，这样连带着诗名就大起来了——这成为李白一生的荣耀，几乎可以吃整个下半生。他交往朋友，在官场厮混，长安的经历正是炫耀的资本。有了名声，物质来源也就不成问题了。

历史上非正式的记录里有他在长安的绘声绘色的描述，讲高力士怎样，杨玉环怎样——连杨贵妃都替他研墨，连高力士都给他脱靴；唐玄宗对他如何如何亲近——今天看这些记录倒是大可怀疑的，它们不是来自民间，就是来自李白酒后的个人演绎。在京城之外，无论到了哪里，那一段官场经历都足以让他引以为荣，一般文人和官场人物也会以与他交往为荣。可以说李白经济来源的一部分，就借助于那段辉煌的经历。

李白的长安岁月以及其他，都给人以红火、炫目的神秘感。这样一个人生活起来自然比杜甫方便多了。所以李白到了哪里都是"千金散去还复来"，根本不在乎。历史记载，他到哪个地方招待文友，不是花一点钱喝一场酒而已，而是招来许多人一起豪饮，有时还要通宵达旦地喝。所以李白到了哪里，哪里都会吃不消。这个人是太铺张了，特别能挥霍。他就是这样一个人，身上的钱少了根本不行。"千金散尽还复来"——从哪里来？

李白显然需要有更大的收入，特别是他的中年时期，没有大的资金支持是根本不行的。这些钱仅仅从亲戚那儿来，尽管是兄弟之间，既不一定及时也不一定长远。比如兄弟给了十万，转眼两天花完了，再给十万？这不是长久之计。可见必须有多个渠道来供应他的挥霍和放荡不羁的游侠生活。怎么办？原来李白还有一个更重要的来源，这里绝不可以忽视：李白利用他的盛名为人写了铭文。过去需要写铭文的都是富商或官人、大地主等，付给的润笔费不菲，所以也就成为文人最重要的收入。这种工作对于李白来说是不难的。李白是唐玄宗时代有名的大天才，传奇人物，由他写铭文当是极有面子的事。这是李白的又一项大收入。

另外，据记载唐玄宗从宫里打发他走时，是"赐金放还"的，给了很多的钱。据说在给钱之外，还曾有过一个手谕。李白到了哪里都可以拿出这个手谕，让官家接待。有人考证这种情形大约有三两个月的样子，不久这个"条子"就被废止了。李白太能花费了，地方政府是耗费不起的。

· 自立与自尊

从经济来源讲，兄弟接济和官方恩赐都不是长久可靠的。而写铭文是自己的劳动，这是最可靠的。问题是像李白这种人会觉得是一个不小的负担，不一定高兴写，而且还有个雇主多少、是否及时的问题。李白的名声太大，混日子自然不难；但是如果挥霍太大，超过了名声的助力，生活也会陷入困顿，那也就会感受人生的不幸和窘迫了。

所以我们现在考证李白和杜甫的日常生活来源是很必要的。一个人没有稳定的经济收入，就不能够自立，有时难免就活得没有自尊。一个人要做好的诗人，就要能吃苦，能放下身段。平时说的"大丈夫能屈能伸"，要"屈"在正地方，不能趋炎附势。这个"屈"，也包括俯下身子做一点实实在在的事情。他们的兄弟可以经商，他们自己为什么不可以？杜甫曾经种植果园，李白也可以做。世界上有很多营生，比如前辈陶渊明不为五斗米折腰，就回去种地了。许多人都靠种地生活，这就是农民；地种得规模大了，还可以成为地主。

大家都在做实际的事情，养活自己，而后才是精神方面的创造，是个人生命力量在其他方面的投放。一个人怎么可以什么实际工作都没有，做一个饭来张口的寄生虫？李白的一些敛财行为，往好一点讲是借了荣耀和名声，往不好一点讲就是借势蒙人。一个人靠这个生活，其人格的力量怎么树立和强大起来？所以李白诗中的道德力量并不是最强的，而在这一方面，杜甫比李白要强，这也是他被称为"诗圣"的重要原因。

· 诗人传记

关于中国古代大诗人的传记有很多，但写得好的并不多。

屈原作为一个大诗人，他精神世界的规模和体量，其空间感，似乎超过了李白和杜甫等唐代诗人。其中的原因当是极其复杂的，如中国远古先民对于超自然力量、宇宙和上天神灵，比后来的人更加好奇、更加敬畏也更加敏感。越是后来的作家们越是注重所谓的"人性"而忽略"神性"。比较唐代而言，屈原那个时代的诗人们当有更高的"神性"——这在任何族群中都是相同的，即"神性"会随着时代的发展、科技的进步而逐渐减弱。这大约正是屈原与李杜的区别——而李白在这方面又要好于杜甫。总之，对一个诗人的文字世界需要敏感地把握，这不是简单的量化工作。他们写了多么巨量的文字，涉及哪些沉重的题材，都不是最重要的依据，关键还是要对其精神世界作出总体评估。我们对诗人全部文字所构筑的世界，应该有个大致清晰的判断。

屈原的世界似乎比一般的唐代诗人更为复杂、深邃和玄妙。屈原更多地受惠于楚文化，受民间流脉影响很深。比如《九歌》，是直接来自民间的形式；《招魂》更是来自民间的一种悼念仪式。他在这个基础上把它们进一步深化和优化。他植根于强大的民间文学，成为一个谁也打不败的安泰一样的人物。杜甫和李白也是这样，但屈原好像更具有深植民间的特征。

屈原的《天问》给人错综复杂的纠缠感，那种繁复和追究引出的巨大惊讶，那种醉心于无尽玄思的形象，是令人读后再也无法忘怀的。一口气问了那么多问号，是不得了的一种思维。他的《招魂》，特别是他的《离骚》，那种想象华丽而不空，情感既具体又缥缈。李白在《梦游天姥吟留别》里有很多句子很接近《离骚》。李白受屈原的影响好像很大，这与他那种华丽的、夸张和纵情想象的风格有关，他们于是被统称为"浪漫主义"；而杜甫被称作"现实主义"，受屈原的影响要小得多。

一个文学人物，特别是一个高超的文学人物，因为想象的世界太大了，这个生命体对他人来讲就会太过神秘，简直是无边的浩渺，像看海洋和天空一样。想象一下，要写出这些人物的传记该有多么困难。有人创造了一种文体叫"传记小说"，不知是什么意思，将传记当成小说来写？比如说《梵高传》，欧文·斯通的代表作，就不是一般的传记和报告文学，所以他冠以这种名字。可能有些细节需要他去想象补充。

可是中国历史上一些大诗人的传记，需要的就不是一般的想象了，因为留下的资料很少，关于生活细节的记录几乎完全没有。那么多的细节不靠想象靠什么？于是类似的传记不仅不是写实的，而简直就是一本杜撰的虚构读物。这是不是有点过分？

所以说要把握这些特异的生命，难度不是一般的大，简直是一次不可能完成的工作。我们现在去看那几本古代诗人的传记，总是捏一把汗。有一本在中国流传很广且很迷人的书，就是林语堂的《苏东坡传》。这是一本畅销不衰的书。除了作者的理解力和文笔之妙，再就是传主苏东坡本人太有趣了。这个人的经历太坎坷，大有故事可讲。苏东坡的文字世界和思想世界奇妙无比，绚丽多彩。这是传主本身立下的基础。

写传的人修养没问题，他写过好多著作，常常是精彩的。这两个生命的结合和相遇，就产生了《苏东坡传》这样一本书。以更大的对文字的敏感和野心而论，有人看了或许觉得还不过瘾。这是一句非常不谦虚的话，但也是实情。苏东坡比起李杜来说离我们更近，留下的文字也多，但后人演绎他的时候也还是有不少困难，总是在生活细节方面受限。

所以要写《李白传》《杜甫传》，那又是难出十倍的工作。

欧文·斯通的《渴望生活》又译为《梵高传》，可以让人看得热血沸腾。它比《苏东坡传》读起来更过瘾，原因在哪里？除了作者的才具不同，一个很重要的原因就是梵高离我们近得多，作者可以掌握许多生活细节。而即便如此，作者仍然要标出这是一部"传记小说"。这表明了作者的严谨，因为书中的一些细节肯定是想象出来的。

写伟大的文学人物传记，作者的才华如何至关重要，而不仅是凭借功课，不仅是对传主生活细节的把握。能不能够依靠巨大的想象力去还原、把握和展开，以与传主一样飞扬的才情去展现，像传主本身一样深邃莫测、怪异和多趣，这才是根本之所在。比起伟大的传主，通篇传记文字给人感受太过沮丧和平庸，为什么还要写这样的文字？简直是多此一举。所以要写《屈原传》《李白传》这一类文字，一定要慎之又慎。因为我们通常离这复杂的、高蹈的灵魂还差十万八千里，根本够不着他们飘动的衣袂。

还是看他们的原著吧，那就是最好的"传记"。

· 生命日历

李白和杜甫，还有许多的古代诗人，他们的作品与今人有一个很大的不同，就是其日常记事性质，是它的这种功用。这种很强的实用性会极大地改变和影响这些文字的风貌和质地。比如李白的那些记行诗、送别诗、赠诗、游记诗，都有很明显的现场感和即时性，也就是说，那些文字大致上是现作现用的。杜甫的这类诗也同样多，情形并无例外。如果抽掉了他们的这一类诗作，只留下类似于今人的"专门创作"，那些仿佛闭门构思出来的"作品"，那么李杜他们的诗章从数量到品质都会发生极大的改变。

这一类作品正因其现场性和即时性，所以我们在阅读中必须对其产生的环境有一个详尽的了解。时间地点，为什么写，写给谁，以及涉猎对象的情况，都要知道，不然就没法更好地欣赏和理解。这些文字因此就更加成为他们行动的注解和说明，更加难以超脱和独立成篇。而我们现代人的作品，其中的绝大部分却不是这样的，一般来说它们起码看上去是可以独立于作者的，并不像古人诗篇那样，与四周的具体事物如此丝缕相连。读杜甫的《江南逢李龟年》，我们就需要知道诗中所写的这个人是怎样的，还要知道杜甫与他以往的关系，他们怎样相逢，当时的社会与政治环境等等一系列的细节和故事。杜甫是用这首诗记下了那次相遇的感触，还有诸多追忆，有过去的时间地点——"岐王宅里寻常见，崔九堂前几度闻"；也有现在的节令和场景——"正是江南好风景，落花时节又逢君"。字面上似乎易懂，背后的故事可就多极了。像《乾元中寓居同谷县作歌七首》《同诸公登慈恩寺塔》《送孔巢父谢病归游江东兼呈李白》《丹青引赠曹将军霸》……这一类都是极具体的记事诗，也都是名篇。但它们与《秋兴八首》《白帝》《诸将五首》《阁夜》《春雨》《春望》《登高》……这类名篇的性质却有明显的差异。后者大致像我们今天所熟知的"创作"，而前者则是即写即用的文字。

李白这两种文字都有，现场应酬和手记式的文字甚至多于杜甫。因为比较起来，李白更像是有感而发不事雕饰的好手，事后经营的习惯可能更少一些。这样的文字在他来说，许多只是顺手而为，所以用过算完，丢失的可能性也大。这些文字有些是过于简单了，失于随意；而更有可能却是因随意而自然兴起，随口吐出极好的句子。李白作诗强调"清水出芙蓉，天然去雕饰"，那么这种作诗的方式本身就足够"天然"了。他的《当涂赵炎少府粉图山水歌》《峨眉山月歌送蜀僧晏入中京》《赠孟浩然》《江夏赠韦南陵冰》《闻王昌龄左迁龙标，遥有此寄》《秋日鲁郡尧祠亭上宴别杜补阙范侍御》《酬崔侍御》《客中作》……都是这方面的名篇。由于此类诗是这样成篇的，随手拈来，即作即用，不事雕琢，所以既可以灵光闪烁运思周备，也可以马马虎虎稍加敷衍。但李白这样的人兴致高、异思快，竟然由此而产生出一些千古名句。"月出峨眉照沧海，与人万里长相随""兰生谷底人不锄，云在高山空卷舒""兰陵美酒郁金香，玉碗盛来琥珀光。但使主人能醉客，不知何处是他乡"——真可以说是俯拾皆是。

李杜这些有韵的文字，几可以看成他们生活中的随笔、日记、便笺，但这其中确实产生了大量的名作。他们那些更为用心经营的作品，当然总的来说要好于这一部分，但有时也可能会失于过分用力，比如诗学家和研究者一再称赞的杜甫的《秋兴八首》一类。以韵文记事，这是古人的一种大雅之趣，是习惯和风气，也是因为他们心中的确装满了诗，有时候不吐不快。以韵行文，以诗抒意，这在他们来说简直不需要刻意修辞，而是一种十分自然的书写冲动。

这样说不是指李白和杜甫常常不太经意地、随意地掷下文字，尤其是杜甫，他有过著名的"语不惊人死不休"的诗论；李白也有"我志在删述，垂辉映千春。希圣如有立，绝笔于获麟"的著诗大志。可见他们不仅仅是依凭诗才和天资，而实在是付出过大辛劳的。不过这仍然与今天的"专业创作"心态大不相同——他们的作品是更为自然的生命日历，而我们当代的文学写作，这种"日历"性就大大地减弱了，转向了更强的虚拟性和创造性。

中国古代诗人的绝大部分都把"做官"当作职业，而文学写作成为非职业行为，更是一种源自生命本身需要的个人的、民间的行为。这一方面大大区别于后来职业化写作带来的功利性，同时又区别于网络时代写作的过于平民化。

· 诗人的地位

我们不能完全知道李白和杜甫在当时作为一个诗人是怎样一种境况，诗人的地位在盛唐如何，只能凭一些现象来加以推断。我们知道那时候没有专业作家和诗人，于是就会说，当年的诗人社会地位一定不如现在。理由是那时候写诗不能换来稿费，也不是领工资的一个职业。但仅举出这样几个条件，除了说明社会分工越来越细，并不能说明更多的问题。

在唐代科举制成熟了，考试的内容与后来有所不同。所谓的八股文考试是更晚才确立下来的，是科举制进一步发展的产物。八股文之所以在历史上沿用那么久，是因为它在取士方面具有一定的实用性和科学性，并不像后来批判中说的那样荒唐。唐代开始的取士考试中，占重要篇幅的是诗，可见诗这种体裁在社会应用中的实际地位有多么高。写诗可以有大用，可以做官，这就是诗在唐代的世俗地位。如果没有经过考试这个步骤，要想当官还可以向朝廷进献诗赋，这也是一条路径。总之诗既然成了进阶之路，诗的世俗地位社会地位自然也就很高了。

诗的地位高，诗人的地位也就高了。我们很容易就可以举出很多的唐代大官，从将军到宰相，其中都有一些大诗人。至于那些不知名的、没有流传下来的诗作有多少出自官宦之手，我们就不得而知了。写诗，从一般的读书人到皇帝都在做，可见是一件极体面的事情。有人可能说写诗这种事直到今天，在作者队伍方面也没有什么变化，因为上上下下都在写。是的，诗的地位在当代依然很高，好像仍然比小说之类要高。

但具体谈到诗的地位，所谓的"高"与"低"，如何看待还应该有所区分。比如一个是在世俗市井意义的层面，如今或者过往，它的地位比起当初或者古代已经大大降低了；但在纯粹的学理意义上，它的地位一直都是很高的，似乎并没有多少下降 —— 它肯定不及哲学和宗教那么形而上，但又比小说对于世俗生活的描摹更具概括意义，似乎离哲学和宗教更近一些，离天空更近一些 —— 这些天生的特点也决定了它独特的命运、幸与不幸。

"上层人物"大多不写小说，除了因为这种体裁需要更多的时间之外，主要的原因还有其他。比如小说的烟火气太重，一些"体面人物"下笔时就要有所顾忌。

但是总的来说，诗的地位从古到今并不是没有变化的。今天的诗比起唐代来说，论地位显然不知下降了多少。那时候的诗既是文学作品，又是进阶之物，还是某种媒体——许多事情就是通过诗的咏唱来传达的。同时诗又取代了一般的记叙文体，一些事件特别需要诗的记录。那时没有什么大篇幅的小说故事，诗也具备和替代了它们的功能。正因为如此，杜甫的一些叙事诗在当时和今天看来才显得这样重要。

那时候作为一个读书人，除了写赋之外，显示和标明才华的文字作品，主要就是诗了。诗差不多成了唯一。一个读书人即便不当官，他的诗名也可以极大地帮助他。一个人能写出一手好诗，就能够有机会得到官场人物的赏识，比如孟浩然、李白、杜甫等等许多人，就因为诗写得好，与当朝的权力人物才多有往来，甚至成为十分要好的朋友，这种情况在现代来说会是不可思议的。

就因为一个人有了诗名，他身为平民就常常被视为极不正常的事，像李白和杜甫，就多次有人举荐，认为他们应该为朝廷所用才对。有诗名的人即便在民间游走，也会受到许多人的盛情款待。像李白，凭着自己的名声让人高接远迎，特别是一些政界人物、一些财东大户，与他在一起就会感到荣耀，还请他写写铭文之类，付给丰厚的酬金。

今天的诗人地位也许是往昔遗留下来的一缕余音。一般来说，物质主义时代是最能折杀诗意生活的，诗的地位也许只保留在人类的理性世界里，或在美好的想象之中。但须注意的是，人在没有物质保障时也会远离诗意，物质的保障和发达似乎又可以保存和激发诗意，这方面的例子也很多。中国古代的不要说了，西方的诗人中产阶级以上者也占了绝大多数，艾米莉·狄金森、罗伯特·弗罗斯特、华莱士·史蒂文斯、T.S.艾略特、罗伯特·勃莱……这些人从出身到个人经济地位，很少为物质生活所忧虑。

惠特曼来自底层，没受过多少教育，但也不似我们想象的那样穷困。他所写的一些普通劳动者，歌颂他们，不是为了阶级划分或者"关注底层"，而更多是表达平等意识和民主意识。再如李清照，如果不是出身于书香门第，不是官宦之后，有那样的文学修养也是完全不可能的。

"文章憎命达""诗穷而后工""国家不幸诗家幸"，这只是一个视角。这在西方文艺理论中或许罕见——大约游牧民族在迁移过程中形成了仰望星空的习惯，而中国这样的农耕文化里，人们埋头土地的时间更多。这就会把个人的命运紧紧地跟周围联系在一起，目光是向下的，最远最高处无非就是皇帝，而无法越过皇帝的头顶看到更高处，于是也就忽略了星空和苍穹。

· 西域诗人

有一位老作家讲过一件事，就是他到李白出生的碎叶城一带去参加一个会议，遇到了一件有趣的事情。这个故事也许不是因为到了中国大诗人出生地才要发生的，而只是碰巧发生在西域。那个国际会议召开时，还是苏联的辖区，政府官员在主席台上讲话，下边坐成一排。他说自己已经很习惯于这样的会议格局了。领导讲话时大家都很肃静，不断地鼓掌。官员的话还没有讲完，会场

的门就突然打开了 —— 从那一刻这个官员的表情就变了，原来的神气收敛了许多，接着站起来匆匆宣布，说"某某诗人来了，让我们热烈欢迎"，这位官员带头鼓掌，并且自觉地停止讲话，站到了一边。

刚进来的诗人马上坐在他的位置上了，一点都不推让，一坐下就张牙舞爪地讲开了，握着拳头呼喊，最后还跳到了桌子上。我们的老作家吓了一头汗，当时真的担心要出事了，可后来发现那个官员一直老老实实坐在第一排，耷拉着头在听，还时不时地带头鼓掌。

我们的老作家后来才知道，原来那个地方有崇尚诗人的传统，特别爱诗，当时的官员是自然反应也罢，是做出来的一种姿态也罢，反正那天的确是这样的。这个场面和故事让我们联想到一个有趣的问题，就是大诗人李白出生的地方还保留有那种鲜见的风气，这真是不解的谜团。如果李白还在西域待下去，当年不随父亲回到四川，他自己会怎样？西域又会怎样？那样我们就失去了一段光荣的历史，失去了一个伟大的诗人，而那边诗人的气就更壮了。

还有一个朋友讲，他去参加一个国际会议，地点就在欧洲。从碎叶城临近的地区去了一个诗人，这人在会议上算是小字辈，可是风光得不得了，竟然带了两个女秘书。这位诗人走到哪里都虎虎生风，很威严的样子，以至于那个朋友不太敢和他搭讪。

今天开个玩笑，我们的大诗人的出生地真是不同，那儿诗的地气如此强旺，直到今天还是这样一番气象。这样讲倒不是渴望我们这里也要对诗人宠成那样，而是说昨天与今天、这边与那边，二者差异实在过大，有些不成比例。好像那边是地球之外发生的事情似的。

再到后来，众所周知，这个西域国家独立了，成了一个东方小国，朋友说的那位神气的诗人当然成为国内最有名的人物了。另一个朋友为了采访他专门跑到那个国家，但一直没有把握能否采访成功。没想到一切顺利，这位诗人接受了采访，事后还和他一起参加了一个高官孩子的婚礼。那天来的客人中有总统等许多贵宾，诗人去得比较晚。总统在那个地方谈笑风生，当然是客人的中心，走到哪儿都是众星捧月，气场也大。"气场"这种东西很怪，有时候说某个人的气场大，感觉整个屋子都充满了他的气息，这也是环境加给的东西：大家都以他为中心，将某种意念给了他，他的气场也就大了。"意念"这种东西是有能量的，是一种神秘的力量。一个学术场合或者一个官方场合，某个人的气场可以很大；但就是同一个人，一旦落魄，顷刻之间就再也没有气场了——这种认识似乎没错，但另一方面强大的气场并非装腔作势，而实在是生命质地由内到外的投射。一些伟大的人物再谦卑，其力量仍然不会消失——朋友说这个总统当时的气场很足，因为是中心人物。可是当那个大诗人到场以后，说感觉很明显，整个气场马上就变了，转到了诗人那儿。

我们现在说这些的时候，不知为什么总是想着李白。在这个半仙之人出世的地方，还有这么多关于诗人的好故事。李白在四处游走之时，他的气场一般来说是很大的，起码比杜甫要大。这些我们从他的诗句中可以感受得到。

· 文章骨骼

李杜不是专业诗人，可是他们留下了斑斓奇崛的诗章，这不由得让我们假设：如果他们一生将主要的时间用来写诗，那又该是怎样一番惊人的辉煌啊。我们为他们一生的流离和奔波感到极大的痛惜和遗憾。其实就艺术成就来说，事情极有可能不是我们想象的那样。

正因为是一种业余的状态，一种陪伴生存的书写和抒发，才有了这些文字。这些文字的质地和我们今天的所谓"文学创作"是大相径庭的，这才是我们需要好好正视的一个问题。我们应该思索的是诗以及文学，所有这一类文字与生存和生命的关系到底是怎样的；思索社会有了极细的分工，特别是因此而将精神活动分离成一个专门的工作之后，带来的异化和蜕变。

李白和杜甫的诗与文无非有这样几类：一是用来答谢朋友作以应酬的，这些文字具有很强的应用性，它们诉说心情，强调情谊；二是私下记录自己的喜悦伤感以至于忧愤，用以抒发和排解的，这也不可以缺少，因为没有这些文字，他们就更加难以忍受；三是利用它们上达疏通的，为进身之路做具体的使用，当然有更直接的目的性；四是作为个人纪事使用的，就像日记差不多，比如随手记下的几行韵文，留待日后备查和回顾；等等。总之所有的诗文突出的仍是一个"用"字，这就与今天的创作有了极大的区别。这种区别带来一个本质的不同，就是没有那么多为文的处心积虑，也最大程度地避免了无病呻吟。源发于生命需要，这才是真实的大前提。

这些诗篇之间的"距离"都是极为鲜明的。所谓的"距离"是指情感、事件、气息等方面的差异，就是说每一次写作都出于不同的实际需要，都要从当时的真实处境出发，于是心情和视角、行文的方式，都与上一次大不相同了。人在生活中忙碌，为进取为糊口为交游只能奔走不休，写作也就成了间隙中的"小事"，成了生存实务之余，这样的文字面貌自然也就大为不同了。它们会变得生鲜锋利，质朴内敛，有比较坚实的质感。

如果为文而文，构思的工夫就会多一些，也就自觉不自觉地偏离了使用性，文字反而会变得虚浮。专业写作者总是在室内的时间多，他们的写作过程如果分解为阅读准备、案头工作、篇章结构、伏案书写等几个步骤的话，那么大多数都要完成于室内。古代业余写作恰恰相反，他们的大量时间可能要用在室外。其中的案头工作也许是极少的，有时就连伏案书写这样非室内而不可的事都与今天大不一样：李白走到一个地方诗情冲动起来，就可以直接将诗文题到墙壁上；杜甫会直接把赠诗写出来当面交给朋友。这样现场感就强烈了，减少了虚拟性。

文学蜕变为一种专业营生，其实是弊大于利的。能够自觉地认识到这种专业伤害并时刻加以克服的，毕竟只是少数，大多数还是会服从于所谓的"专业"，非常敬业和勤奋地做下去。于是我们总是读到千篇一律、陈陈相因和毫无生气的文字。这些作品太像"作品"了，太符合文章作法了，也离不拘小节的生存冲动太远了。这样的文字当然少了许多生命的力量。

李杜的诗篇，更有历史上那些不会湮灭的大量篇章，之所以构成一个民族的文章骨骼，其主要的奥秘也就在于此。

· 济南名士多

"海右此亭古，济南名士多"，这是杜甫的名句，也是济南人重复最多的一句诗。当地人会将古往今来所有与济南有关的名士都罗列起来，用以验证诗圣杜甫的这句话所言不虚。其实杜甫这里所说的"名士"，只限于他的言说之前。后来也出现了一些名士，比如曾巩、元好问、苏东坡、赵孟頫、张养浩、顾炎武、蒲松龄等等，他们生活或流连于此，并且留下了文字。再后来这里的"名士"就少多了，原因有许多，主要是"此亭"不再"古"，缺少了巨大的吸引力和培育力。

实在一点讲，"济南名士多"并不能算作一句鉴定语，这更接近于一句客套话——诗人在一个地方受到礼遇，作一首诗赞扬一下也算是自然。这与"天下第一泉"的意义差不多。济南人后来多多引用它，已类似于一个城市的广告语，可见文化与名士的作用之大。这种情形而今到处都有。

杜甫写下这个句子的时间值得好好一记。因为那是他的一个特殊时期。"放荡齐赵间，裘马颇清狂"，这是《壮游》中的句子，从中可以看出杜甫那时的生活状态。齐赵放荡之期，当是杜甫从二十五到二十九这四年，那时还没有结婚，游过了吴越，又参加了贡举考试，未中继续漫游。到了三十岁这一年他结婚了，筑"陆浑山庄"于首阳山下，"壮游"算是告一段落。他结婚以后只在家里待了两年，就再次出来游荡了，这也算得上继续"壮游"，见到了李白、高适等人，时而豪饮。特别是他与李白的相见，可以说是一生中最令他兴奋的事情。也就是三十三岁前后这几年，他遇到了时任北海太守的天下名士李邕，二人同游大明湖，杜甫写下了这首诗。

历史上记载的当时徘徊于济南的"名士"也许还不够多，但杜甫却写下了这样的句子。这不可能是一般的应酬，他推崇的当年名声极大的李邕也可以用"济南名士"来统括。济南属于齐地，在春秋战国时名震天下的"稷下学宫"就在齐国都城，那里可以说是天下的文心，几乎最有名的大文化人思想者都汇聚到了学宫里。这种风气之盛，为齐地所独有。而同时期的秦国是另一个强大的国家，却由于思想的专制而拒绝了许多大学者，起码在那时绝对不可以与齐国相比。文化的传承有根性，有连接力，所以说即便到了唐代，来往于济南一带的有名人物一定也是很多的。而杜甫说的"名士"，大概并不局限于他生活的那几年。

这里还需要说一下"海右"这个词。有人说这里的"海"就指了渤海，顶多是黄海，杜甫与李邕面南而坐，在历下亭里看着千佛山，历下亭可不就是在大海的右边；另外古人以西为右，济南自然也在大海的西面。这样只是看着地图说话，实际感受是不可能如此的。这儿说的"海"只能是放眼所见的大水，也就是从大明湖到东部的那片涟漪。要知道当年济南的水是很盛的，远不是今天这样。今天的大明湖是大大萎缩后的样子，而当年是由小清河连接了不远处的更大一片汪洋，那时是将整个华不注山的东北西三面围起来的，所以用"海"来形容并不为过。东边有一片大水，所以杜甫说是"海右"。另一讲法则是更为平实的，就是"海内之右"——国家历史悠久的东部，古人以右为尊。

李邕对杜甫的赞赏是有原因的。这位名重一时的唐代"名士"身居高位，傲视文坛，是极有性格的人，后来到了七十岁的高龄，竟然被嫉心亟遽的凶狠宰相李林甫棒杀。李邕显然不是那种迎和世风权贵的人，但对杜甫的爷爷杜审言却极为推崇，曾夸其诗才为天下第一。不仅如此，李邕也非常欣赏杜甫，他政务繁忙，却能不止一次与年轻的杜甫长饮，在历下亭畅快地论文谈诗。记载中杜甫和李白还曾结伴去李邕家里探望这位当代名流，可见关系已经是很近的了。当时的杜甫经过了壮游时期，见过世面，与李白、高适等诗人有了交往，而且多次访道，游历名山大川，相当骄傲，心气较高。他就在这样的时候遇到李邕，两个辈分不一却又是同样傲世的人在一起，那情形是可想而知的。李邕极大地鼓舞了年轻的杜甫。

当时的诗文名家许多是为官的，像杜甫拥有这样的才具并且又是出身于名士和官家之后的，长期流落民间是很不正常的。与李邕在历下长饮的第二三年，杜甫就去了长安。这当然是为了求官，却想不到成为他一生最为困顿不堪的时期，让他后来一直不堪回首。第一次长安应试，结果落第。再后来就是接二连三地"干谒"投书，找权贵推荐，全然没有成功。和李白相同，他们都曾找过同一个人，这个人就是唐玄宗的女婿张垍，也同样没有什么结果。剩下的一条路就是向皇帝进表，不久他就写下了一直让自己引以为荣的《三大礼赋》，这时候他已经四十岁了。而后杜甫还有过不止一次献赋，直到四十四岁才被任命为河西县尉，后又改授右卫率府胄曹参军，是和县尉一样级别的小官。

历下亭的吟哦，似乎可以看成杜甫命运中一件值得好好纪念的大事。

· 最后的折腾

杜甫认为自己一生最不幸的时期，也就是身困长安的那些年了。"衣不盖体，常寄食于人，奔走不暇，只恐转死沟壑"，这是他对当时生活的描述，也是上书中的自述内容。可是他没有料到，自己的老年晚景也许才是最为悲惨的。随着老之将至，诗人的人生跌宕实在令人唏嘘。

他这辈子令自己得意和宽慰的，仍然是与朝廷发生较密切关系、稍稍得用的几个时段，如四十岁献《三大礼赋》，得以待命集贤院，这有点和李白做了翰林待诏一样的荣耀，所以他有"忆献三赋蓬莱宫，自怪一日声辉赫"的诗句。再就是他从沦陷的长安城出逃后，回到凤翔，被唐肃宗授为左拾遗，相当于八品官职之时。最后是第二次追随四川节度使严武回到成都，被荐为"检校工部员外郎"，获赠"绯鱼袋"、从六品的时候 —— 这大约相当于今天的"副局级"。

可是他的这些幸福岁月既短暂，又被更严酷的生存境况给分隔和冲决了，中间经历了亲人离散、出逃流奔、饥肠辘辘等，有几次还算得上有死亡之虞。就这样来到了艰难困苦的晚境，虽然有"绯鱼袋",但最终仍无济于事。他真的到了无依无靠、体弱多病的颠沛流离时期,最后竟然连个寄身的地方都没有了,不得不住在一条漂荡的小船上。他活了五十九岁,但从五十岁开始,生活就进入了更加不安定的时期。五十一岁时,严武调离四川,杜甫没有了依靠,只得移居梓州,两年来辗转在涪城、盐亭、汉州、阆州等地,并一直犹豫是否离开四川。直等到五十三岁时又一次迎来了严武回到四川,这才重新移归成都。本来期望有一个安定的居所和养老之地,谁知道刚满一年之期、正当盛年的严武却病死在任上,于是杜甫再次失去了依傍,只得携家离开成都。这一次是彻底离去,一家人乘舟南下,经嘉州、戎州、泸州、渝州、安州,至五十五岁又迁往夔州——这才有了一点喘息时间,他写出了《秋兴八首》和《观公孙大娘弟子舞剑器行》。在夔州不到一年,杜甫身体状况急剧下降。两年之后杜甫投奔亲戚去了公安,半年后又不得不登舟顺水而下,流经岳阳、潭州、衡州、耒阳,直到五十九岁这一年的春末夏初因病死去。这么长一段时间杜甫就住在一条小船上,常常被饥饿所困。

李白活了六十二岁,虽然前半生比杜甫物质生活优越一点,但基本上也是四处游荡居无定所。他的晚年同样是极为不幸的,尤其是最后六七年的时间里,生活紊乱不安到了极点。五十五岁时遇安禄山反叛,与夫人一起南奔,连丢在山东的一双儿女都来不及带上。这期间他先是住在浔阳,在金陵和宣城、当涂、溧阳之间奔走,最后又想隐居庐山度过晚年。谁知唐玄宗的儿子李璘让人请他出山,即随从水师做了幕僚,从此便开始了更大的折磨。

李白的晚年从军生活真是他一生最大的不幸。李璘不久即被其兄弟李亨剿杀，李白也成了附匪的叛逆而被朝廷拘捕，不久又改为流放夜郎，直到五十九岁冬末行至三峡巫山遇赦。而后的三年时间是他曲折生命历程的最后一段，也就在这个时期，壮心不已的李白还决定参加李光弼的部队，要干一番事业，但走到金陵就发病了，不得不躺倒在当涂县——他再也没有走出当涂，就在这里结束了自己的一生。

· 形单影只的独身猛人

在这个物质主义时代、现世主义时代，聪明人都要"活在当下"。如此一来，追求真理的基本念想就要变得十分遥远了。所以在这样一种情形之下，再看一场场关于人文主义、人文关怀的争执，会别有一番感慨。类似的争论不会没有，但今后可能越来越少了，因为人们会觉得不值。一方面人心具有天生的良知和理性，对尊敬与蔑视并不混淆也不陌生；另一方面又有人性的弱点乃至恶习，总是很能够附和强势、出卖良知。

李杜时期的唐朝对诗歌来说当是一个特殊的机缘。人们大谈唐诗的繁荣原因，其主要理由是说盛唐的政治开明和经济发展，仿佛这两个大条件真的成了艺术昌盛的根本基础似的。其实大动荡时期的艺术和思想有时也会呈现出灿烂的景象。比如同是李杜，他们两个人在唐代最动乱的民不聊生时期，都写出了自己最重要的作品，如杜甫，他的作品就数量与质量两个方面，都以唐代转衰时期的写作最为突出。

唐代有以诗取士的科举制度，可是李杜二人凭其诗作，竟然没能走上一条稍稍像样的仕途，这好像是一件奇怪的事情。他们的诗不知比当时的达官贵人们要高明多少，却在以诗取士的年代里郁郁不得志。

当时有不少高官与他们谈诗论艺，交换诗稿；他们也常常写出诗赋进献，但基本上没有什么效果。我们不可能天真到这样的地步，认为那些有决定权的上层人物一定是艺术上的盲瞽，他们不辨好歹，才将近在眼前的异才看成平庸之辈。当时受皇帝委托选拔人才的宰相李林甫，考试中看过了多少贤能人士，其中就包括了杜甫。李林甫对皇上这样禀奏：当今的贤人大才已经全都集中在朝廷里了，民间再也没有了。中国之大，各色人等浩如烟海，他竟然敢说这样的大话。其实这并不是什么奇事，在嫉贤妒能的小人物那里，视野中也只能是围在身边的一群阿谀奉承之徒，这些以类而聚的卑俗之物竟然是天下"人才"之大成。

为真理而不顾个人安危挺身而出，做一个这样的人是最难的。不靠一己的快感和冲动，也不为那点私利和虚荣而战，这种人更是罕见。看上去只是一种固执的令人尊敬的坚守，但却是因为艺术、真理和善意，为了人生本来就应该具备的良知，这是多大的意义和勇气？人从诞生的那一刻起，就被赋予了纯朴和力量，同时也有了渺小的私欲，这就是人性的美和恶——我们人类的全部希望，不过是怎样设法战胜自己的卑劣而已。这种艰苦卓绝的个人斗争，从唐朝到今天其实并没有什么变化，其激烈的程度和斗争的性质也并没有变化。

从这个意义上讲，我们看待今天的文学论争心里也就分明了许多。才华远不及李杜者，遭遇的坎坷与埋没或者都不必抱怨，或许都是再平常不过的事情。有时候我们会惋惜，惋惜那些有力量的人，嫌他们的力量还不够；那些善良的人，他们的善意还不为更多的人所理解 —— 我们渴望他们像某种英雄人物一样，拥有那样的环境，那样的力量，焕发出那样的激情，走得更加遥远，以至于能够改变整个文化界和思想界的气息。这只是美好的幻想而已。

古代杰出人物创下的遗产，一直会影响到我们的今天。李杜等人真是了不起，这是一拨或得志或直到最后都在挣扎的人，但他们毕竟还留下了灿烂的诗篇。我们这个时期远离了那种语境，那种状态，没有了那种四处奔走的沸腾的激情，同时那种古典的朴素情怀也离我们越来越远。令我们敬仰的那些人好像完全生活在陌生之地，背影一转即淡远不见了，以至于杳无踪迹，仿佛只一下就回到了眼下的物质主义、娱乐主义和广告时代。小丑们纷纷登场，稍有一点矜持和自尊的人，必会自觉地退到角落，然后悄无声息地过完自己的一生，连转身时的一声招呼都没有。在这种情势之下，对那些尽管形单影只，但勇气蛮大的独身猛人，我们一定要充满尊敬；而对那些以"宽容"为借口的混世者、痞子文化的继承者，则需要有足够的清醒和警觉。

· 无物之阵

可见作为伟大的诗人，李白和杜甫算得上命运不济，越是到了晚年越是贫病交加，最后的结局竟是那么不幸。他们在封建专制社会里才有这样的磨难，一切的哀伤和悲惨全都来自那个黑暗的时代——这曾经是一个不变的视角，一个难以颠覆的结论。但是我们是否还可以有另一种推论，是否可以从更深处寻找一下原因？

在不那么黑暗的时代，甚至是人们口中"最伟大"的时代，一些杰出的人物就会拥有更光明的前途吗？实际上他们中的一大部分有可能还不如李杜的下场。看来一味标榜的社会政治结构是一回事，它实际所具有的仁慈与善意、公平与正义究竟如何又是另一回事。体制固然是决定人的命运的重要因素，但或许还要往更深更远里追究——说到底社会体制之类仍然是人的"作品"，仍然要受人性的驱使和决定。人性之力才是一种根本的力量，无数的人性就可以形成无与伦比的合力。这种合力是社会道路发展的最终决定力和牵引力。人性和体制也并非线性发展的，更不可能是一直向前、后优于前的。

我们永远歌颂的都会是人性之美，可是我们却常常忘记批判人性之恶。人性的弱点怎么估计都不过分。人性不加以改造和制约，将是泛起滔天大恶的总根源。这种恶的力量可以毁灭伟大的旷百世而一遇的天才，也可以将无辜的平民推入万劫不复的深渊。李白和杜甫到底跌进了哪里？他们为什么会这样坎坷这样倒霉？说到底，他们不过是跌进了人性的黑暗深渊里而已。

我们仅仅是相信人性的善是远远不够的。这种单纯的信任和乐观不仅不能挽救人类本身，而且造成的结果还会相当可怕。具体表现在李白和杜甫身上，他们作为一个人是有巨大缺陷的，比如他们的骄傲和自负，过多的投机，"干谒"以及攀附，嗜酒，对权势的迷恋……还有周围对这两个天才人物的嫉恨，褊狭不容，排挤和遏制……这一切集合在一起，有时甚至是无形无迹的，形成一张人性的魔网，让受困者终生难逃，同时又无法进行更具体的抵抗，如同鲁迅所说，一个战士来到了一个"无物之阵"，于是只好"荷戟独彷徨"。

李白在任翰林待诏的那段时间里大概感受最深者，莫过于同僚的排挤，这也是他离开朝廷走向民间的主要原因。那时候知遇者贺知章等人在哪里不知道，反正已经起不到保护作用了，倒是像张垍这一类小人有了大施邪能的机会。像李白这样不拘小节，颇有几分天真烂漫的人物，当然是不会被巧言阿谀、机心遍布的官场所容纳的。李白待在这样的地方简直就是活受罪。他在《翰林读书言怀呈集贤诸学士》一诗中写道："晨趋紫禁中，夕待金门诏……青蝇易相点，白雪难同调。本是疏散人，屡贻褊促诮……"已经分明地写出了这个翰林院是怎样的情形，他自己又陷入了怎样的境地。他这些愤然之词如果自己发泄一通倒也罢了，但他却"呈集贤诸学士"，那种后果当然是不难预料的。

结果怎样我们是知道的，就是"赐金放还"，打发走人。李白具体谈到这次失败的经历时有不少文字，如《答高山人》中写道："谗惑英主"；《为宋中丞自荐表》中写道："为贱臣诈诡，遂放归山。"这时候的李白好歹知道一些"谗惑"的人，比如张垍等人。最苦的是他这一生中都在"无物之阵"中挣扎，这才是他的致命之痛。刚刚走出翰林院时头上有光环，手中有赐金，还算风光了一阵；但好景不长，渐渐也就显出了沦落的颓相，为人所不待见了。到了后来，他竟然成了一个"世人皆欲杀"的罪人，走到了人生的绝路。

李白在这种境况之下怎么会有好日子过？这其中的责任有多少需要由他自己来负，又有多少需要那个万恶的社会来负？更有多少需要人性之恶来负？

杜甫的情形与李白既同，又有一些不同，因为在为人处世方面杜甫算是谨慎低调之人——但他醉后吹嘘起来同样是令人不安的，他在《奉赠韦左丞丈二十二韵》这首代表作中已经表达得淋漓尽致了："甫昔少年日，早充观国宾。读书破万卷，下笔如有神。赋料扬雄敌，诗看子建亲。李邕求识面，王翰愿卜邻。"尽管这是他对自己才能的认识，但实际境遇却是那样不堪，简直是糟透了。在同一首诗里他还谈了长安大街上的奔波："朝扣富儿门，暮随肥马尘。残杯与冷炙，到处潜悲辛。"诗中所述，断然是一个诗人、一个有自尊的人所不能忍受的。

杜甫虽有三次为官的经历，却没有一次享受官场的愉悦，三次都以失败而告终。

杰出人物总有强烈的个性，有敏感的知觉，有强大的洞察，这一切既不同于常人，又大半不被常人所谅解。他们身上优越的资质很快就会被识别，进而被嫉恨，于是也就走入了穷于应付和捉襟见肘的境地。这种情形从历史到今天一直在发生着，实在是一点都不令人奇怪的。

凡是杰出人物，迟早都要走入"无物之阵"。

· 假设与求证

读郭沫若先生的《李白与杜甫》会有诸多感受。他非常有才能，兴趣也是多方面的。文学不用说了，我们知道在很多领域里他都有过不俗的贡献，甚至成就卓著。不过诗还是第一位的。他写过自传体小说，还有散文和戏剧。不过在特殊的时期，他就非常放松和游戏了，写了一些玩闹的诗。这是很带有悲剧性的，其中大可以写成专门的著作去谈，也许会有令人惊怵的人性发现、社会发现。

就我们一再提到的《李白与杜甫》这本书来说，即是一部多么诡谲奇异之作。从字面上看也许一切并不晦涩，甚至可以沿用"左""右"之套路来分析一番，以为一切也就迎刃而解了，由此可以简单地得出一个结论：郭沫若先生在极左的时期写出了一部迎合之作，顽固而浮浅地坚持了"阶级斗争"的理论，成就了一部扬李抑杜的翻案之书。

事实上一切远没有这样简单。

这部书或许比通常认为的要复杂得多，费解得多。

郭沫若的深刻与广博，激扬的才情，并没有随着极左时期严厉可怕的文化专制而彻底丧尽，他的判断力和求证心、对自由的向往等等一切因子，并没有悉数归零。他是处在一个"活着还是死去，这是一个问题"的哈姆雷特式的追问之中。他在上世纪60年代至80年代写下的那些自残式的所谓"诗作"，其癫乱嬉闹不是最好的讽刺，就是极端化的抵御，但更有可能是 —— 一种妥协和变异。他时而清醒时而昏聩，一会儿如稚童一会儿如耄老，甚至写下了"有雄文四卷，为民立极"这样的"名句"。

《李白与杜甫》是他晚年之作，尤其要注意这样一个可怖的事实，就是他正遭遇了人生最大的不幸：于混乱年代中接连丧失了两个儿子。也就是在这种处境之下他想起了从头梳理两位最伟大的同行：李白与杜甫。果然，书中有一以贯之的"左视眼"，有严厉的阶级论述，有谁都难以苟同的流行偏见。但是其中还有什么？有痛悔自责的呼号，有面对专制弄人的巨愤，有自嘲和冷汗？或许这一切都是我们的臆断和某种期许？不知道。一切都在书中。有一点是可以肯定的，那就是晚年的郭沫若先生与两位唐代大诗人做了一场漫长而持久的潜对话。

如果以为年轻时代的浪漫诗人，那个狂放和勇气齐具的诗人，突然干干净净地消失于20世纪六七十年代，大概也只会是一种太过天真的认识。

我们可以设想一下，在那样的时代里，他还会做些什么？他总要认真做一些事情的，他不可能总是嬉戏。他在考古方面常常是"大胆假设"的，比如关于东莱古国的推断等。他求证起来很有诗人作风，每每被人视为荒谬。在艺术和学术之路上，雄心和智慧可以让人变成"大拉耙"。

海边拾柴的人用的一种"大拉耙"，能将一路拉过的所有东西都收在其中。有人治学和创作也像一个"大拉耙"，包含的东西很多，极其芜杂。有趣的是，这种大胆假设在治学严谨的学院派那里却常常得到了"小心求证"。"假设"不是学院派所长，却是诗人所长。诗人富有想象力，求证则是学院派的工作。像李白凤、王献唐这一类学者，他们竟然将郭沫若先生当年一些似乎是离题万里的"假设"，求证出了许多。

郭沫若先生对李白和杜甫的一些考证和假设都是非常大胆的。他说他们的兄弟在哪里做买卖，似乎合乎情理。关于李白的死，流行的说法是李白喝醉了酒，去捞江里的月亮，溺水而死。但郭沫若先生说得很确切：是"胸肋间腐肋疾"。总是喝酒的人胸腹很容易发炎，发炎后粘连，粘连后撕裂，脓化即形成穿孔，叫"脓胸症"。说得多么专业和具体，因为郭沫若先生在日本学过医。他大胆假设，却并不小心求证，就这样说了。这种说法似乎能够让人接受。

民间只看到李白将月亮写得这样美，如此爱月，对月亮迷恋恍惚，所以编出一套投江捞月。这其实是民间人士替李白写了一首绝命诗，是他们用很美的想象为李白画了一个完美的句号。但仔细想想又很拙劣。李白喝了那么多酒，最终极其沮丧，得了那个病倒更可能是真的。但究竟郭先生是如何考察出来的，书中的确没有多加说明。捞月而死是一种主观臆想，这种传说只反映出民间对于李白的美好情意，人们宁愿相信是这样，事实究竟怎样倒并不重要，因为只有这种死法才符合人们心中的样子。

关于杜甫的死也有新说。过去说杜甫是饿得厉害，地方官送上牛肉和酒，于是大吃过量，又喝了许多酒，结果腹胀而死。一般长久饥饿的人一开始要喝稀粥，即为了预防过胀。但郭沫若先生考察了杜甫在几月份里得到牛肉，那时又没有冰箱，所以这个肉肯定是变质了。"杜甫是食物中毒而死"①，他再次说得非常具体。

2013年5月12—19日，万松浦书院

2013年11月订，济南

---

① 此为郭沫若先生一家之言。当前研究者多认为杜甫是在长沙到岳阳的船上病死。——编者注

讲坛侧记

五月时节，万松浦的绿荫已经长成。温润的空气被绿意浸透，带着一丝沁人的清甜。院子里槐树满结苞朵，在酣然的春气中抑制酝酿，等待着盛放的节期。

5月12日，又是万松浦春季讲坛开讲的日子，也是本院的一个节日。前来奔赴节会的青年学者和研究生已在前一天赶到了。难得有这么多人来，院子里的喜鹊似乎也很兴奋，在松树枝头跳跃鸣叫，有意无意掠过小路上散步客人的头顶，斜斜落在学者楼前的草坪上。

2012年春季讲坛反响热烈，对2013年讲坛，大家自然生出更多的期待。

这次讲坛仍然是张炜先生主讲。开讲第一天，大家早早到场，张炜先生也提前半小时来了，与大家拉着话。他投来的目光流露着真挚的关切，令人感动。开讲时间一到，讲厅里陡然安静，气氛变得庄重起来。"这个讲坛不同于学校的例行授课，特别希望大家参与进来，形成对话，只有交流、碰撞，有些东西才能越来越明晰……"话筒前先生缓缓讲开，首先辨析了三种讲学模式，指出书院讲坛不是"例行授课"，也不能算"设坛讲学"，而是采取"对话明辨"的方式。这是鼓励听课者参与到讨论中。

大家开始自由发问。起初人们还比较拘谨，但渐渐就放松了，问题一个接着一个。先生斜靠在椅上，沉稳应答。大家提的问题比较散乱，但先生在回答中把它们拢在一起。第一天结束时，这次讲坛已经找到了它的主题：李白和杜甫。

随着讲坛的进行，现场气氛越来越热烈，话筒紧张地传递，时有激烈的争论。从李白和杜甫的话题发散开，大家的提问涉及中国诗学特征与存在的问题、浪漫主义和现实主义、现实中的道德问题等诸多领域。但不论怎样杂乱，张炜先生总能在深入辨析中，将话题引回到李白和杜甫身上。如有人突然请问"顽皮"这个词，让大家觉得与正在讨论的主题无关。先生稍作沉吟，很快从"顽皮"讲到"自由"以及两种不同的状态，进而讲到李白性情中的"顽皮"，那种与生俱来的自由感……

张炜先生答问的那种姿态让人印象深刻：眼睛虚看向半空，周围突然变得宁静，仿佛进入了另一个空间。可以想象他多年的阅历和思考正在飞速调动、结合，话语源源不断流淌出来……很有一些刁钻的问题抛来，他却总能找到奇妙的切口，将其层层剥开，引出更多别开生面的见解。这样现场即兴的发挥带给人的撼动，不亲身经历是难以体会的。

临场的问答让大家更为真切地领略了张炜先生的性情魅力。他对真理的执着，对道德的坚守，对美之深爱，对丑之憎恶，对李杜才情与遭遇的疼爱——甚至还有一些"偏见"，比如对"独孤明"这个名字的再三玩味……这些汇聚一起，在先生周围形成了一种晕圈，散发着一种力量。

较之理性的条分缕析，先生在答问中展现出的强大直观感受力更令人难忘。这种长期磨炼中形成的能力，使得他对事物的判断常能直取核心，引导理性思维不致迷失于烦琐的论证。这也就容易理解，为何他特别强调"以诗论诗"了。

听张炜先生讲课是一种难得的享受。他表达精准，时有警句，还是一个特别好奇的人，时而流露出孩子般的天真，对于生活中有意思的事物永远充满兴趣，当说完一件趣事之后，会笑着看你，邀你一起感受世界的妙处。

不知是哪一天，书院的槐花开了。在馥郁花香中，经历了彼此的熟悉，大家提问更加直言不讳，运思也更为自如，真切体会到了思考力被调动起来时的深层欣悦和自由。在书院的清寂氛围中远离闹市，投入到对一些严肃问题的思考和相互辩难中，这在当今时代确是一种奢侈，是精神的节日。

许多问题还萦绕脑际，意犹未尽时，为期一周的讲坛即结束了。

大家都期待着万松浦的再次相聚。

张雯

2013年7月

后

记

这是一部"万松浦书院2013年春季讲坛"的录音整理稿。全书由听课者做出电子初稿，由陈沛、张洪浩二位先生编订。他们为此付出了很多劳动。作者在这个基础上再进行补充和订改，成为现在的书稿。

这算不得一部古典文学研究专著，而仅仅是一部阅读者的"感言"。还由于它是与听课者"对谈"中形成的文字，所以口语化较重，所涉猎的问题也十分繁杂。

为了阅读的方便，订改时将口语枝蔓加以删削，并核对增补引用的诗文；同时为每一节拟出标题，把相同或相近的问题集中到同一大题目下，仍保持原讲坛中形成的七个单元（七讲），等于做了一种"合并同类项"的处理。

尽管有了如上一些补拙的工作，但薄弱浮浅的质地仍旧难以改变，谬误肯定很多。作者期望通过这种方式与读者交流，获得更多的学习机会。

2013年11月